Kirsten Thorup
Bonsai

Roman

Aus dem Dänischen von
Angelika Gundlach

Insel Verlag

Originaltitel: *Bonsai*

Druck: Friedrich Pustet, Regensburg
Printed in Germany
Erste Auflage 2005
ISBN 3-458-17237-8

1 2 3 4 5 6 – 10 09 08 07 06 05

I An Charlotte

»Es war ein Erfolg. Reisen ist leben. Ein ganz anderer Mensch kommt zurück zu dir auf die Couch, Charlotte. Im Flugzeug kam ich auf die Idee, in Bangkok zu bleiben. Mein ursprüngliches Reiseziel zu ändern. Mich im Großstadtdschungel zu verlieren, statt hinunterzutauchen zu meinem geliebten Korallenriff, wo ich Mona zum ersten Mal gesehen habe, mit zusammengewachsenen Beinen auf einem Felsen sitzend wie die kleine Meerjungfrau. Ein Rendezvous unter Wasser hatte ich nicht mehr. Mona hatte den Fischschwanz abgeworfen und war an Land gegangen. Der Gedanke war für mich wie ein Licht, das im Inneren meines Schädels über dem rechten Ohr blinkte. Ich stieg im Hotel Continental ab. Ich wollte Ruhe haben, meinen neuen Urlaubsplan vorbereiten.

Ich gebe es zu, ich bin losgefahren, um Mona zu finden. Wie Orpheus, der ins Totenreich hinabsteigt, um seine geliebte Eurydike zu finden, würdest du sagen. Aber ich bin ein banaler, beschränkter Mensch. Kein Halbgott. Ich bin ohne Tiefe, wie ein Stück braune Pappe. Meine Telefonkritzeleien sind Längs- und Querstriche, die aussehen wie Maschendraht oder Gefängnisgitter, übereinandergelegte Vierecke und Dreiecke, die zu Sternen werden. Das ist das Äußerste, zu mehr bringe ich es nicht. Aus meinen Kritzeleien tauchen keine Blumen, Tiere, Pflanzen, Gesichter auf. Keine Figuren und Bilder. Keine Häuser. Was erzählen diese ganzen bildlosen Kritzeleien über mich? Habe ich kein Unterbewußtsein?

Ich irritiere dich mit der Behauptung, ich hätte kein Unterbewußtsein. Ich habe nur meine Gedanken, die wie

Nebelbänke über einem schwarzen Meer schweben. Und dann sagst du, ich muß deine Arbeit ernst nehmen, sonst willst du mich nicht als Klienten. Du willst mich verstoßen, wenn ich nicht ans Unterbewußtsein glaube. Wie eine Mutter ihr mißratenes Kind. Ein Priester einen Ungläubigen.

Ich glaube an das Unterbewußtsein. Nur wurden mir diese Unterwasserklippen nicht in die Seele gesenkt. Keine Schluchten oder tiefen Klüfte. Keine finsteren Abenteuer mit Trollen und Kobolden. Ich bin leer, vollkommen leer. Starke Kopfschmerzen, ein harter Druck mitten auf dem Scheitel, wo sich die Sonne in die Schädeldecke brennt. Das ist alles, was mir vergönnt ist. Wir sind alle unterschiedlich ausgestattet, Charlotte. Ich liebe deinen Namen. Ich lasse ihn auf der Zunge zergehen. Ganz neutral selbstverständlich. Du bist kein Liebesobjekt für mich. Du bist eine Wand mit Ritzen in den porösen Ziegeln, die Regenwasser und Stürme aufsaugen, Sonne und Schnee, und aus der Witterung Mythen machen. Bin ich Odysseus? Bin ich Niemand? Auf meine eigenen Fragen antworte ich immer: Ich bin Niemand. Ein Produkt leerer Gedanken, zerstreuter Sätze und Wörter. Ich rede wie ein Wasserfall. Aber meine Stimme kommt nirgendwoher. Dieses ›Nirgendwoher‹ ist mein Fluch.

Meine Uniform ist meine Identität, wenn ich sie ausziehe, bin ich wieder Niemand. Ein Mann, der seine Geliebte verloren hat und mit ihr selbst verschwunden ist. Ein Mann, der getötet hat. Stell dir vor, du warst im Krieg und leidest an einem Granatfeuerschock, sagst du. Du kommst zurück mit diesen schrecklichen Bildern, die dich von der heimischen Umgebung isolieren und dich zu einem Fremden machen. Ich kann dich gut verstehen. Aber das ist Fiktion, eine phantasievolle Metapher. In meinem Bewußtsein sind keine Bilder. Meine Frau auf dem Bett, vollgestopft mit

Morphiumtabletten, ist eine Tatsache, kein Bild. Ich habe keine anderen Bewußtseinsbilder als die vom Fernsehbildschirm und aus dem Kinodunkel. Ich kann keine Bücher lesen. Die Buchstaben und die Wörter auf dem weißen Papier ergeben keinen Sinn. Keine Bilder.

In Bedienungsanleitungen und Handbüchern verstehe ich jedes Wort, weil sie von technischen Zeichnungen und Schaubildern begleitet sind. Ich verstehe etwas von Pistolen und ihrem Gebrauch. In meinem Beruf funktioniere ich perfekt. Ich habe Korpsgeist. Mein Verhalten ist diszipliniert und besonnen. Ich habe Überblick, die wichtigste Eigenschaft eines guten Führers. Aber, verdammt noch mal, Charlotte. Ich bin ein hoffnungsloser psychologischer Fall. Meine Funktionsfähigkeit ist meine Krankheit. Wäre ich zusammengebrochen, ich wäre menschlicher. Aber ich funktioniere weiter. Ich habe nicht die Fähigkeit, zusammenzubrechen. Ich weiß nicht, wie man es anstellt, geisteskrank zu werden. Die Pforte zur Geisteskrankheit ist mir verschlossen wie die Pforte zu Gott. Eine Tasse schwarzer Kaffee und eine Zigarette sind meine täglichen Rituale, und Kaffee und Zigaretten öffnen keine Pforte.

Ich blieb drei Tage im Hotel Continental, ohne das Zimmer zu verlassen. Ich wartete darauf, daß meine Sehnsucht, sie lebendig zu sehen, zu Fleisch und Blut würde, daß der Geist Gestalt annähme. Jetzt bist du unzufrieden, weil ich wegen der Schlaftabletten nicht träume. Das macht deine Arbeit mühsam und langwierig. Aber eines Nachts im Continental hatte ich einen Traum. Mona erschien mir. Sie trug einen grünen Regenmantel, so nah und wirklich, daß ich sie berühren, unter dem kalten, glatten Vinyl ihren Körper spüren konnte. Wenn ich einen anderen Menschen berühre, werde ich normaler. Elementarer, mein lieber Watson. Ein Wiedersehen, von zwei Liebenden sehnsüchtig erwartet, rückt die Welt wieder zurecht.

Ich folgte ihr, hinaus aus dem Hotel. Wozu gibt es fremde Städte? Um seine Geliebte wiederzufinden. Man liebt nur einmal im Leben. Der Rest ist Rekonstruktion, Surrogat für die eine einzige Liebe. Wer seine Geliebte spät im Leben findet, hat Glück.

Ich folgte ihr, hinaus in die Neonnacht. In Bangkoks schmale Seitenstraßen der großen Boulevards. Schließlich ging sie durch eine Tür in ein altes, schmales Holzhaus, eingeklemmt zwischen zwei Neubauten. Sie ließ die Tür offenstehen. Ich folgte ihr eine steile Treppe hinauf, bis zu einer Dachterrasse mit einem kuppelförmigen Glasdach, wie in einem botanischen Forschungszentrum. Sie saß unter den tropischen Pflanzen auf einer Eisenbank. Sie trug ein Kleid aus weißem Papier und war barfuß. Ich setzte mich neben sie. Sie nickte freundlich und rückte ein wenig zur Seite, um mir Platz zu machen. Ich empfand große Dankbarkeit, daß ich die Chance bekommen hatte, alles wiedergutzumachen, wie in den guten Märchen.

Sie hatte eine kleine grüne Plastikfigur in der Hand. Sie sah sie an und begann, mit einer fremden Stimme zu sprechen, was mich zuerst erschreckte, aber ich gewöhnte mich schnell an die Veränderung. Ihr neuer Zustand, geprägt von einer größeren Geistigkeit, abgetrennt von der physischen Dimension, gab mir ein Gefühl der Schwerelosigkeit.

Ein Lichtstrahl drang durch die gebogene Stahlkonstruktion, traf die Tonsur auf ihrem Kopf, verschwand für den Bruchteil einer Sekunde und schoß aus ihrem vollen, roten Mund heraus, verwandelt in einen dünnen Faden, an dem die Wörter hingen wie feuchte Perlen. Ihre Stimme hatte sich vom Körper gelöst.

›Ich habe vom grünen Gift der Eifersucht getrunken. Ich habe den Tod getrunken, schon als du mir zum ersten Mal untreu warst. Ich schluckte meine Wut herunter. Die Wut breitete sich in meinem Körper aus. Sie wurde zu einer zwölfarmigen Krake. Entflammt von einem wuchernden Zorn und zugleich beschämt über sein unnatürliches Ausmaß, das ein naives, kleines Mädchen zum Äußersten trieb. Unbekannt, wie ihr die Grausamkeit war.

Ich hatte mich nur mit den alltäglichen Dingen beschäftigt: dem Haushalt und meiner Arbeit im Architekturbüro. Ich glaubte, die Architektur bestimme das Leben der Menschen, weil sie mein Leben bestimmte. Monumentale Bauwerke können mich in ein Tier oder in eine andere Person verwandeln: historische Schlösser in einen winzigen Sklavenwurm oder in ein fleißiges Küchenmädchen. Kathedralen und Münster in eine wahnsinnige Nonne, die unter dem Joch des Schweigegelübdes auf dem Steinboden kniet. Im Schatten von Parlamentsgebäuden wurde ich zur gesetzestreuen Bürgerin, und in New Yorks göttlichen Wolkenkratzern spiegelte ich mich, bis ich zum Ebenbild von Elizabeth Taylor wurde und Tausende von Autogrammen gab, mit dir an meiner Seite auf der Hochzeitsreise ins Walhalla der Verbrechen, wie es sich gehört für einen Polizisten, der an seinen freien Abenden ›Polizeirevier Hill Street‹ sieht und sämtliche 1034 Folgen für seine Videothek aufnimmt.

Du warst mit mir zusammen in den Katastrophenlandschaften der Architektur, und ich entschied mich für eine funktionalistische kleine Wohnung über zwei Stockwerke, die meine Unterklassen-Eltern bezahlten. Sie hatten mir nichts anderes zu geben als ihr Geld. Darüber hinaus konnte ich sie zu nichts gebrauchen. Ihre Rollen waren ausgespielt, ihre Werte brachen zusammen. Nichts war mir ferner als die beiden, an die ich mit Blutsbanden gebunden war.

Sie trauten sich nicht, uns in unserer äußerst eleganten Wohnung mit bleichen Korkböden, Fensterrahmen aus Stahl und einer Kochinsel in der riesigen Küche zu besuchen. Seit seiner Geburt hatten sie eine Heidenangst vor ihrem einzigen Kind, das jetzt im Alter von 22 einen Mann aus der Mittelklasse, einen Akademiker und Polizeibeamten von 26, geheiratet hatte. Eine erschreckendere Mixtur gab es nicht in ihren ängstlichen Feudalhirnen, wo jeder seinen Platz kennt, die Großen da oben und wir Kleinen hier unten sind in Ordnung, aber alle Lakaien dazwischen sind Ungeheuer der Geschichte.

Als Hochzeitsgeschenk schickten sie uns eine Kiste Hühnerleber. Mein Vater bekam zum dritten und absolut letzten Mal die Existenzgründerförderung und hatte sich auf Geflügel verlegt, genauer gesagt auf in Käfigen gehaltene Hühner. Ich hatte Mitleid mit ihm. Er hatte sich immer identifiziert mit Tieren, die leiden. Vielleicht hatte er in Käfigen gehaltene Hühner gewählt, damit eine kleine ausgewählte Schar dieser Art unter seiner Obhut ein erträgliches Leben führen konnte.

Meine Eltern kamen nie in die Wohnung, die sie mir, der Alleinerbin, auf Staatskosten geschenkt hatten: seine Existenzgründerförderung, vor ihrem ökonomischen Abstieg vom Taxiunternehmer mit mitarbeitender Ehefrau zu zwei Sozialhilfeempfängern. Jetzt nicht mehr Unterklasse, sondern Randgruppe. Alles ist relativ. Du badest nie zweimal im selben Fluß. Und das Doppelbett war auch nicht zweimal dasselbe.

Statt der Unterklassen-Randgruppen-Eltern kamen Oberklassen-Barbiepuppen zu Besuch, und du warst gern Ken in Uniform. Da kam eine, da kamen zwei, da kamen drei, da kamen vier Barbiepüppchen.

Ich kaufte Barbiepuppen. Stach ihnen die Augen aus. Riß ihnen Arme und Beine ab. So grausam war das grüne Gift. So grausam war das Schweigen, das so tut, als wäre nichts, und mit zuckersüßem Lächeln das Abendessen serviert. Ich klammerte mich an den Haushalt und an die Kochbücher.

Ich dekorierte den Alltag. Die kleinen Seidensofakissen wurden mehr und mehr. Lavendelduft breitete sich in den Kommodenschubladen aus. Es war doch nett mit deiner kleinen Frauengalerie, nett, daß du so populär warst. Ich schlug vor, sie zum Abendessen einzuladen. Ihnen einen Platz am Tisch zu geben. Aber das Spiel war schon aus. Die schicken Oberklassenflittchen gab es nicht mehr. Sie waren zu Gespenstern geworden, verschwunden in den ersten Morgenstrahlen, die das zarte graue Licht über den Finsensvej legten.

Die Wohnung, in der früher sechs oder mehr von ihnen waren – ich konnte die Puppen nicht mehr zählen –, wirkte viel zu groß nur für uns beide. Die Schatten schufen Entfernungen. Die Zimmer dröhnten, wenn wir einander riefen und voreinander wegliefen. »Wir zwei Kinder lieben uns immer noch«, hast du mir jedes Mal gesagt, wenn ich in meiner Konzentration auf die Kleinigkeiten die großen Linien vergaß.

Die Liebe und die Angst waren zwei Seiten ein- und derselben Medaille geworden. Zwei Masken, die einander zum Verwechseln ähnlich waren. Eine tödliche Mischung, die meine Schritte steif und unsicher machte. Ich bewegte mich in einem luftleeren Raum wie ein Astronaut auf Mondwanderung. Ich stolperte bei jedem Schritt. Die Böden waren keine Böden mehr, sondern eine dicke Staubschicht auf einem welligen Gelände. Die Dinge verwandelten sich ständig. Die Gardinen in Flammen, die Möbel in bedrohte Tierarten, Messer und Gabeln in Waffen.

Quer über den Frühstückstisch vertrautest du mir an, du sähest gern Frauen, die funktionieren, die sich im Griff haben und die Situation unter Kontrolle. Das sei der schönste Anblick für dich: Frauen, die funktionieren. Ich nickte und lächelte. Die Maske funktionierte. Aber hinter der Maske herrschte ein Weltkrieg. Die Dinge wurden nie wieder sie selbst. Es ging weiter. Die Gardinen lagen als kleine Aschehaufen unter dem Fenster. Die Möbel waren zu Fossilien in einem prähistorischen Museum geworden. Messer und Gabeln jetzt zu Ketten umgeschmolzen. Jetzt waren die Barbiepuppen nur die Tarnung für einen noch größeren Betrug, den entscheidenden Schlag gegen meine weibliche Seele.

Wir lebten in der neuen Zeit, in der die Freiheit höchstes Gesetz war. Wir waren zwei selbständige Individuen, jedes mit seinen Interessen, jedes mit seinen Freunden. Wir waren nicht gebunden durch die Heiligkeit der Ehe wie meine pflichtbewußten, feudalen Eltern in ihrer Strohhütte. Nachts kamen wir kaum noch zusammen. Wir schliefen jeder in seinem Zimmer, um morgens die Hektik des anderen nicht zu stören. Es gab auch zwei Badezimmer in der zweistöckigen Wohnung. Das große für dich und das kleine für mich. Ganz wie es sein soll. Getrennt in Harmonie und dem gemeinsamen Respekt vor der freien Entfaltung des Individuums. Ich genoß meine einsamen Morgenstunden wie ein grandioses Symbol für die Freiheit, die wir proklamiert hatten.

An einem späten Herbstabend, an dem schwarze Regenwolken den Sternenhimmel bedeckten, machtest du einen Spaziergang. Nur einen kleinen Spaziergang durch die verdreckten Straßen. So einen harmlosen Abendspaziergang, während ich ins Bett ging und zufrieden war mit meinem perfekt funktionierenden Leben. ›Ja, Schatz, ich wünsche dir einen schönen Spaziergang. Man kann so gut nachdenken, wenn man sich bewegt. Und wir Menschen müssen über vieles nachdenken.‹ Es war nicht nötig, mich zum Abschied zu küssen. Wir wußten ja, daß wir uns liebten. Wir brauchten keine billige Bestätigung der Liebe. Keine feuchten Umarmungen in dem stilvollen Interieur, das wir zusammen geschaffen hatten.

Du gingst ins Dunkel hinaus. Ich machte das Licht aus und legte mich zum Schlaf der Gerechten auf mein schmales Dornröschenbett. Ich hatte den Fehler, daß ich schlafwandelte. Ich wußte nichts von meinem Schlafwandeln, bis du mich auf deine übliche sanfte, bevormundende Art auf dem Weg über den Korkboden des Eßzimmers geweckt hast. Du gingst spät ins Bett und warst immer wach, während ich schlief. Ich wachte dadurch auf, daß dein Finger mir hart zwischen die Rippen stieß. Ich wäre gern in einer anderen Welt aufgewacht, jenseits der Erde. An einem schönen, friedlichen Ort in der Nähe eines Sterns. Du brachtest mich in mein irdisches Bett und tratest meinen unirdischen Wunsch unter die Korkplatten. Dann konntest du in dein Zimmer gehen und mit deinen geistigen Einsamkeitsübungen die Nacht fortsetzen.

An diesem Herbstabend, den ich herausgreife aus der langen Reihe ehelicher Freiheitsnächte, machte ich meine Schlafwandlerwanderung durch den luftleeren Raum der Wohnung wie ein Securitas-Mann im Wachdienst. Plötzlich blieb ich stehen und schlug die Augen auf, und das Licht fiel auf dein leeres, unberührtes Bett. Ich blieb auf. Kauerte im Sessel und wartete auf dich, während mir das Blut im Leib zu Eis gefror und der Morgen im Schneckentempo näherrückte. Ein Sturm war aufgekommen. Der Regen peitschte gegen die Scheiben. Ein richtiges Unfallwetter für einen einsamen Mann in den öden Straßen, wo der Müll nicht mehr weggeräumt wurde. Um so sauberer und hygienischer in der Wohnung mit bezahltem Reinemachen zweimal die Woche. Das Schweigen des Handys tickte in meiner Bademanteltasche. Der Sessel war eine Schönheit. Mehr Skulptur als Möbelstück, wie es die Mode vorschrieb. Die Mode ist eines der vielen Gesichter des Todes. Und ich saß im Schoß des Todes und ließ das Leben seinen Gang auf den Friedhof zugehen.

Es war sieben Uhr, als du mit Brötchen und Orangensaft zur Tür hereinkamst. Ein gesunder Gedanke in einem gesunden Körper. ›Wo warst du heute nacht?‹ ›In meinem Bett.‹ ›Aber das war leer.‹ ›Spionierst du mir nach?‹ fragtest du. Das war die denkbar schlimmste Todsünde in einer freien Ehe. Die niedrigste aller niedrigen Handlungen. ›Ich bin nur geschlafwandelt‹, sagte ich mit meiner furchtsamen Unterklassen-Stimme. ›Leg dich schlafen. Ich muß arbeiten. Ich habe keine Zeit für dich‹, sagtest du. Meine Worte waren nicht auf fruchtbaren Boden gefallen. Ich war in Ungnade.

Es vergingen vierzehn Tage, bis ich mich dir wieder näherte, um dich zu fragen, was du gemacht hattest in dieser Nacht, als du behauptet hattest, nirgendwo anders gewesen zu sein als in deinem leeren Bett. Ich hatte nichts anderes erwartet als eine weitere Lüge. Aber du fingst an, von deinen Exzessen im Casino Copenhagen zu erzählen, wo deine ganze Chemie ausgerichtet war auf den rotierenden Sog des Roulettes und die kleine Metallkugel, die auf der trichterförmigen Fläche in munteren Sprüngen auf und ab tanzte. Dein ganzes Bewußtsein war auf diese Kugel reduziert. Du hattest auf Schwarz gesetzt und gewonnen. Zum Beweis warfst du rosafarbene Tausendkronenscheine in die Luft und ließest sie mich vom Boden aufsammeln, einen nach dem anderen. Das Verlangen nach Geld war ein Surrogat geworden für das sexuelle Verlangen.

Ja, Geliebter, Sex ist das einzige, was uns Großstadtmenschen mit der Natur, mit dem Tierreich und dem Pflanzenreich verbindet. Und Essen und Trinken. Wir haben eine solche Sehnsucht nach der Natur. Eine solche Leidenschaft für sie. Hast du nicht den Ruf der Natur gespürt, wenn wir mit unseren Fünf-Gänge-Diners auf große Fahrt gingen, Geliebter, und hinsegelten zum Dessert und zum Cognac. Der Duft des Salzwassers, in dem wir schwammen wie Kinder. Der weiße Strand. Die große Mikrowelle der Sonne erhitzte uns bis zum Siedepunkt. Wir navigierten mit der Zunge. Jeder Gang war ein Kontinent, der erobert und kartiert werden wollte. Wir waren so glücklich und fröhlich, während wir an der Pilzsauce nippten, sie führte uns hinaus in den Wald und die fritierten Austern ans Meer. Wie viele Erlebnisse gab es doch in den gedämpften Speisesälen.

Der Wein brachte uns nah zusammen wie Tiere im Dschungel. Wie ich die Dschungelwärme liebte, sie stieg durch den Boden auf. Deine entblößten Zähne, wenn du die Gabel zum Mund führtest, wenn du die Geschmacksknospen arbeiten ließest. Ich wurde nie müde, dich diese wunderbare Natur aufnehmen zu sehen. Die Mahlzeiten waren unsere gemeinsame Basis, von der wir aufbrachen in den Urwald. Wie aßen wir doch von all dem Grün und Rot und Gelb. Wir fraßen die Natur, nahmen sie in unsere Körper auf und stillten die Sehnsucht nach dem Beginn der Zeiten. Wir nisteten uns ein im weichen Pelz der Tiere und waren selbst Tiere.

Endlich hörst du auf die Dschungeltrommeln. Du bist jetzt ein anderer Mann, befreit vom Schmerz der Liebe, bis du dorthin kommst, wo es die Natur nicht gibt, wo es Fleisch und Bedürfnisse nicht gibt, wo es nichts anderes gibt als Schönheit.

Wo waren wir, Kris? In welcher Stadt? In welchem Land? Ich wollte doch nur etwas Wirklichkeit schaffen. Ein wenig Leben. Ich wollte nicht tot sein, sondern lebendig. Am Anfang, als wir uns kennenlernten, sagtest du immer: ›Du bist so lebendig, Mona, du bist so voller Leben.‹ Der Tod kann nur eintreten, wo Leben ist.

Aber vor diesem Vorfall lagen noch viele Tage. Tage, die von Anfang bis Ende voll durchlebt sein wollten. Die vergifteten Topfpflanzen waren nicht zu retten. Raus damit.

Raus mit allen Gespenstern. Aus einer Barbiepuppe wurden vier in meinem Unterklassenhirn, wo sich alles vermehrte. Es war ein Unfall, sagtest du, ein Mann ist schwach. Es bedeutet nichts. Ein einzelner Fick. Ein Schuß geht los, ein Tier stürzt zu Boden. Das Leben geht weiter.

Wie bricht man einen Menschen? Kritisiert ihn ein wenig jeden Tag. Trifft die wunden Punkte. Kleine Tropfen, die den Stein höhlen. Raubt ihm sein Selbstvertrauen. Wie kann die große Liebe verschwinden? Wenn die kleine bleibt? Die große Liebe ist die zerbrechlichste.

Wir tanzten im Walzertakt die Treppen zum Barbiefriedhof hinunter. ›Begrab sie da‹, sagtest du. ›Wie kann ich wissen, daß es nur eine war‹, sagte ich, reduziert auf einen kindischen Pedanten. ›Eine oder mehrere ist gleichgültig‹ sagtest du. Was bedeutet, daß 1 + 1 + 1 + 1 + 1 + 1 + 1 = 0. Also hast du Liebe gemacht mit 0 + 1, d. h. mit mir. Meine Unterklassenexistenz wurde plötzlich erhöht auf + 1. Wie schön war doch die Mathematik in ihrer Einfachheit.

›Mach mit mir, was du willst‹, sagte ich. Aber meinen Ausverkauf hätte ich mir sparen können, wenn ich sowieso einen Billigladen führte, mit freiem Zugriff auf alle Regale. Du zogst nichts = 0 mir = + 1 vor. + 1 war weniger als 0. Viel weniger.

Es gilt als zivilisiert, wenn Sex als Freundschaft wiederaufersteht. Als ein Ausdruck von Intelligenz. Ihr gingt in Kunstaustellungen. Du warst Vorsitzender des Kunstvereins Revier 5, und Barbie studierte Kunstgeschichte. So ein Zufall! Der Gott des Zufalls war auf eurer Seite. Wenn du nach Hause kamst, erzähltest du begeistert von der geistigen Bereicherung durch die Kunst. Du hattest nichts zu verbergen. Sex gehörte nicht zum System. Ihr wart gute Freunde. Weiter nichts. Warum sollte ich mir etwas daraus machen? Ich war deine Number one. Erhaben über platte Konkurrenz mit deinen Freundinnen. Unsere Liebe war unverletzlich. Aber Liebe ist nicht unverletzlich, verstehst du das, Kris? Liebe ist nie ein Phantasieprodukt. Liebe ist wirklich.

Jetzt beginnt die Erinnerung zu verblassen. Wie Luft, die langsam aus einem Ballon entweicht. Es ist so schwer, sich an das Leben zu erinnern. Details verschwinden, eines nach dem anderen. Zuerst die Töne, dann die Farben, dann die Dinge selbst. Nur die Konturen bleiben übrig wie in einem Malbuch für kleine Kinder. Dann verschwinden die wundervollen Düfte der Kindheit und des Frühlings, der Geschmack von Salzwasser. Übrig bleiben der Sternennebel, die Milchstraße, die Urzeit. Dort lebt man nicht. Weder mit Lungen noch mit Kiemen. Denn dort ist keine Luft und kein Wasser. Kein Himmel. Kein Licht und keine Dunkelheit. Man ist im Nichts. Außerhalb des menschlichen Bewußtseins. Mein Freund, ich weiß nicht einmal, wer du bist. Nur, daß dein Leben jetzt meines ist.‹

Das war ihr Denkzettel. Mein Leben war in den Händen einer Toten. Ich war umklammert vom Tod. Ein klaustrophobischer Gedanke drückte mir die Kehle zu: Du kannst deine Frau oder deine Freundin ausrangieren, aber die Toten wirst du nie los.

›Mein Leben brach zusammen, als ich meine Arbeit verlor. Ich verlor meinen Wert. Deine Liebe reichte nicht. Der Wert eines jeden Menschen lag in seiner Arbeit. Ich gab irrtümlicherweise dir die Schuld dafür, daß die Liebe nicht alles war. Jetzt weiß ich es besser: Weder für die Arbeit noch die Liebe leben wir, sondern für das Leben selbst. Das Leben in all seiner Schönheit ist der Sinn. Die Schönheit ist das eigentliche Gesicht des Daseins. Das sehe ich jetzt, nachdem ich mir aus Unwissenheit das Leben genommen habe. Ich kann dich sehen, aber du kannst mich nicht sehen, da, wo ich jetzt bin.‹

An dieser Stelle wollte ich protestieren, aber ich hatte

Angst, sie würde wieder verschwinden, falls ich sie nicht ausreden ließe.

›Der Tod ist keine Reise von einem Zustand zu einem anderen. Der Tod ist ein Sturz aus dem Universum. Der Tod ist kein Ort. Ich bitte dich, mich nicht zu vergessen. Du bist meine Nabelschnur. Du mußt mich tragen wie einen ungeborenen Zwilling. Einen Fötus mit weichen Knochen, einen Gedanken ohne Haut. Ich lebe nur in dir. Du gibst mir Leben, mein Liebster. Ich lege mein Leben in deine Hände. Du bist einen langen Weg gegangen. Du bist an meiner Seite. Ich halte dich an der Hand.‹

Mona war weg. Verschwunden in dem Bruchteil einer Sekunde, den man braucht, um zu blinzeln. So, als hätte ich sie mit der magischen Kraft der Augenlider selbst weggezaubert. Sie hatte die kleine Plastikfigur in meiner Hand zurückgelassen. Sie fühlte sich in der saunaartigen Wärme kondensierter Feuchtigkeit trocken und kühl an.

Ich nahm sie mit und ging zurück zum Hotel. Oben in meinem pastellfarbenen Zimmer legte ich mich aufs Bett und sah CNN, während ich überlegte, ob ich noch einen Versuch machen sollte, Mona, die allgegenwärtig geworden war, zu finden. In den Tempeln und den Diskotheken. Ich wußte, wo ich nach ihr suchen mußte. In so jungem Alter zu sterben muß zwangsläufig ein ausschweifendes Nachtleben nach sich ziehen. Gefolgt von öden, besinnungslosen Morgen.

Ich stellte den Fernseher ab und beschloß, rauszugehen und ihr Lebwohl zu sagen, bevor ich abreiste. Ich wollte nach Hause zu meiner Arbeit. Ich sah ein, daß die Arbeit mein Leben war, so wie ich Monas Leben war. Ich mußte nicht mehr nach ihr suchen. Sie war ich selbst.

Ich zog mich anständig an. Weißes Hemd, Seidenkrawatte, Khakihosen, braune, handgenähte Schuhe. Ein anonymer Tourist. Ohne nationale Erkennungszeichen. Bevor ich das Hotel verließ, checkte ich aus. Ich hatte einen Rückflug für morgen früh gebucht. Ich war glücklich, als ich auf Bangkoks Straßen hinausging. Ein seltenes Gefühl von Freiheit hatte mich erfaßt. Direkt vor der Drehtür des Hotels kauerte ein Bettler mit ausgestreckter Hand. Ich legte zwei Dollar in die Hand, die sich sofort um die Scheine schloß und zur Faust wurde.

Ich besuchte unzählige Diskotheken, bis ich Mona endlich fand. Sie tanzte in einem vergoldeten Boxring zusammen mit vier Go-go-Girls. Sie winkte mir zu, als hätte sie mich erwartet. Sie war nicht ganz dieselbe Mona wie auf der Dachterasse. Sie war kleiner, dunkler, jünger, ca. vierzehn. So hatte ich sie nur auf Familienfotos gesehen. Sie winkte mir weiter zu. Ich winkte zurück. Die vier Mädchen wurden eines nach dem anderen von älteren europäischen Männern ausgewählt.

Ich kaufte Mona, und zusammen gingen wir hinauf in einen schmuddeligen Verschlag mit einem zerknitterten Vorhang, der kaum die Öffnung abdeckte. Wir setzten uns auf die stinkende Matratze. Sie nahm meine Hand und sagte, ich solle in den Tempel gehen und zehn Kerzen für sie anzünden. Sie könne das Etablissement nicht verlassen. Aber da wir eins seien, würden die Götter nicht erzürnt sein. Im Gegenteil, sie würden mich willkommen heißen. Ich stand auf und ging, ohne mich von ihr zu entfernen. Es gab keine Distanz zwischen uns.

Im Tempel herrschte großes Gedränge. Mönche in orangegelben Gewändern schwenkten silberglänzende Weihrauchkessel. Gläubige schoben sich zur großen Buddhastatue vor. Die Menschenmasse riß mich mit in einen dunklen Nebenraum. Ich war eingezwängt zwischen den schwitzenden, nach Kräutern duftenden Körpern und konnte nicht zurück. Schließlich wurde ich durch eine niedrige Tür hinausgedrängt und stand draußen im blendenden Sonnenlicht. Ich fuhr nach Hause, ohne Kerzen für Mona angezündet zu haben. Danke für deine Geduld, Charlotte.«

»Jedes einzelne Wort von Monas Abgesang an mich ist in meinem Gehirn gespeichert, jedes kleine Zittern ihrer Stimme durchströmt meine Nervenspitzen. Ist das Einbildung, Projektion, Wunschdenken? Was passiert zwischen zwei Menschen, die so eng verbunden sind wie wir? Ich nenne sie noch immer einen Menschen. Obwohl sie nicht mehr hier auf der Erde ist, war sie nie lebendiger für mich.

Was ich in Bangkok erlebt habe, existiert nicht mehr. Es war Narziß, der sich spiegelte. Ein Traumgesicht. Allmählich zweifelte ich daran, daß ich in Bangkok war. Da gab es keinen Körper, keine Haut, kein Fleisch, keine Knochen. Keine Arme, keinen Mund, keine Schenkel. Nur eine Stimme, die meiner eigenen ähnlich war. Ein Echo in einer großen, schimmernden Wüste. Ich weiß nicht, welche Abenteuer sich in dieser Wüste versteckten. Eine Fata Morgana? Wilde Kamelritte durch den Sandsturm?

Kamele sind böse Tiere. Ihre Augen und gebleckten Zähne erfüllen mich mit Schrecken. Ganz zu schweigen von ihrem gereizten Fauchen, das an eine allzu menschliche Unzufriedenheit erinnert. Einmal auf einer meiner unzähligen Urlaubsreisen – du weißt, ich bin ein Tourist par excellence – bin ich in der Wüste in Tunesien auf einem Kamel geritten. Seinen Haß spürte ich durch Höcker und Sattel hindurch. Seine scheinbare Geduld, sein gemächlicher Paßgang waren nichts weiter als die Tarnung einer mörderischen Aggression, die jederzeit ausbrechen konnte. Ab und zu stieß es diese hohen, schnarrenden Kehllaute aus, wütender Angstschrei eines Toten, ein memento mori.

Mein Touristenkamel stolperte im Sand und fiel auf die Knie. Nur mit Mühe und Not hielt ich mich im Sattel. Ich hatte es im Verdacht, daß es mich absichtlich auf die Probe stellen oder mich einfach umbringen wollte. Höchst unwillig transportierte es mich, bis es schließlich mit einem bösartigen Schnauben ohnmächtigen Stolzes den Schlägen des Kameltreibers nachgab. Ich hoffe, nie ein Kamel zu werden – im geistigen Sinne. Dann lieber eine sinnlose Wüste.

Je älter ich werde, desto weniger verstehe ich, welchen Sinn das alles hat. Das einzige, was ich weiß, ist, daß es Zeitverschwendung ist, nach einem Sinn zu suchen. Sinn ist das falsche Paßwort. Das richtige habe ich noch nicht gefunden. Habe ich die eitle Hoffnung, daß Mona im Besitz des großen existentiellen Paßwortes ist?

Charlotte, ich rede mich heraus. Hörst du das nicht? Ich will es mir nicht eingestehen, daß ich Mona das Leben genommen habe. Mit allem, was ich gesagt und getan habe, habe ich sie gebeten zu verschwinden, zu sterben. Ich habe einen Mord auf dem Gewissen. Während ich gleichzeitig für Gesetz und Ordnung arbeite. Mörder festnehme, in Straftaten ermittle und polizeiliche Untersuchungen durchführe. Ich müßte tot sein, nicht Mona. Das wäre gerechter.

Ja, du nennst das eine typische Depression. Das klingt so düster und traurig, so klein in meinen Ohren. Du kennst meine Einstellung zur Psychoanalyse: Sie reduziert den Menschen und verurteilt ihn zu ewiger Kindheit, allein mit Vater und Mutter. Ich habe dir von Anfang an klargemacht, daß ich über meine Eltern nicht sprechen will. Das ist ein überstandenes Kapitel.

Ich will über Mona sprechen. Auf ihre Art beging sie meinen Selbstmord. In meiner frühen Jugend war ich philosophisch veranlagt. Inspiriert von den Vorstellungen der Stoiker vom Menschen, von seinem freien Willen und seiner vollkommenen Unabhängigkeit von allen denkbaren

Bindungen, entwickelte ich eine Philosophie, die darauf hinauslief, daß der einzige würdige Abschluß des Lebens der Selbstmord sei. Er sollte verübt werden, wenn man sich auf dem Höhepunkt seiner Lebensbahn befand, in der vollen Blüte sozusagen. Vor dem Herbst und dem Verblühen. Bevor Krankheit und Leiden einsetzen und den Körper verwüsten. Hilflosigkeit, Abhängigkeit von anderen waren unwürdig. Aber in aufrechter Haltung sterben, von eigener Hand, das war schön.

Wir stritten uns jedes Mal, wenn wir auf die Frage des Todes kamen. Mona wurde wütend. Selbstmord, sagte sie, sei ein Aufbegehren gegen die Natur. Alles gehöre zum Leben. Auch Krankheit und Leiden. In diesem Punkt war sie fanatisch. Dieses ›Alles gehört zum Leben‹ machte mich eiskalt. Daß sie anfing, an meinen Idealen zu rütteln, die mir heilig waren. Ich weiß, was du sagen willst. Ihre Ideale waren ihr vielleicht genau so heilig. Das bedeutet, daß es keine Wahrheit gibt, und das kann ich absolut nicht begreifen. Wenn du nicht Die Wahrheit mit dem großen D akzeptierst, mußt du mir wenigstens Die Schuld mit dem großen D lassen.

Langsam erkenne ich, daß ich dich eigentlich zu nichts anderem brauche, als die Dinge loszuwerden, die ich anderen nicht erzählen kann, ohne meine Würde zu verlieren. Du bist eine weiße Wand mit Ohren. Eine Wand, die ich gekauft und bezahlt habe. Solange es mir gefällt, diese Wand aufzustellen, gibt es eine Beziehung zwischen uns. Wir beide sind das perfekte Paar. Jede Woche habe ich ein Rendezvous mit einer Wand. Eines Tages werde ich dir eine Lobeshymne schreiben, aber erst, wenn es aus ist zwischen uns. Die Wand ist meine neue Liebste, meine neue Geliebte, so glatt, so schön in all ihrem Weiß. Von einem ganz anderen Kaliber als Mona. So abgeklärt, so ruhig.

Mona ist der nervöseste Mensch, dem ich je begegnet bin.

Diese Nervosität liebe ich. Dieses ununterbrochene Zittern ist das einzige, was von ihr geblieben ist. Sie ist in der Luft, die ich einatme. Sie ist ein Ziehen und Stechen in der Brust wie starker Zigarettenrauch. Ihr Tod hat seine goldenen Ketten um meine Knöchel gelegt. Es ist leichter, dem Leben zu entkommen als dem Tod.

Ich halte den Klang meiner eigenen Stimme nicht aus. Ich muß mich in Arbeit vergraben. Mona in neuer Besetzung austauschen. Endlich habe ich das richtige Wort gefunden: auftreten lassen. Charlotte, meine Geliebte. Danke, daß du mich aufgefordert hast, meine Gedanken und Ideen auf Band zu sprechen, als Ersatz für meine mangelhafte Traumproduktion. Ich kann mich besser ausdrücken, wenn ich nicht durch deine Anwesenheit abgelenkt werde. Mit Hilfe der Technik kann ich besser reden als in der Gesellschaft eines anderen Menschen. Vielleicht bin ich gar nicht aus Fleisch und Blut. Vielleicht bin ich toter als Mona. Vielleicht ist das Leben eine Illusion, ein Fehler im Universum.«

»Die Wohnung, in der ich wohne, ist exquisit. Die Möbel weiß, weinrote Jalousien. Obstschalen mit gelben Äpfeln, Gemälde, gekauft, als die bekannten Maler weniger bekannt waren. Alles Monas Stil. Warum ziehe ich nicht um?

Ich schäme mich vor mir selbst. Ein Gefühl von Unzulänglichkeit hat mich erfaßt. Ich bin diesem Leben, das Mona von mir verlangt, nicht gewachsen. Ihre Forderung, mein Leben zu teilen, hat mich schachmatt gesetzt. Die kleine Plastikfigur hat sich in mein Bewußtsein eingebrannt wie ein schwarzes Loch. Jeden Abend beleuchte ich die Dunkelheit mit zehn brennenden Stearinkerzen.

Es war ein Abstieg, zur täglichen Routine zurückzukehren. Ich weiß nicht mehr, warum ich Polizist geworden bin. Eigentlich wollte ich Arzt werden oder Geistlicher. Irgendein Beruf, in dem ich Menschen helfen konnte. Während meines Wehrdienstes kam ich auf andere Gedanken und vergaß meine ursprünglichen Zukunftspläne. Ich bekam Geschmack an Kameradschaft, Disziplin, Teamwork. Gleich nach meiner Entlassung bewarb ich mich bei der Polizei. Das schien mir eine natürliche Verlängerung des Militärdienstes zu sein. Nur unter starkem Arbeitsdruck fühle ich mich hundertprozentig lebendig. Aber das zehrt am System. Ich bewege mich in der Gosse, auf dem Boden der Gesellschaft. Ich betrete und verlasse ein Schreckensszenario nach dem anderen, Dokudramen der Art, wie sie dem Fernsehzuschauer zu Herzen gehen und ihn mit dem eigenen, selbstzufriedenen Glück im Leben konfrontieren.

Die meisten Stunden des Tages verbringe ich auf dem Revier. Ich lebe für meine Arbeit. Aber ich habe die Freude daran verloren. Ich bin ausschließlich damit beschäftigt, die Wahrheit über Mona herauszufinden. Ich bin von dem Gedanken besessen, sie zu erlösen. Wovon? Von mir? Ich komme nicht weiter. Die Spur endet im Trüben. Aber wenn ich das Fernglas umdrehe, ist da immerhin ein Lichtpunkt am Eingang zum Tunnel.

Unsere Hochzeit in der Marmorkirken ist die schönste Erinnerung an Mona, die ich habe. Ich hatte eine Frau gefunden, die schön war wie ein Fotomodell. Ich war gerade als Kriminalassistent eingestellt worden. Mein Leben war wie eine bunte Fernsehwerbung. Ich wurde ganz andächtig, als ich sie in dem weißen Spitzenkleid mit winzigen, eingenähten Rosenknospen zum Altar schreiten sah. Sie war eine Offenbarung. Die Heilige Jungfrau kam am Arm des Küsters auf mich zu. Ihre Provinzeltern hatten Angst vor Kopenhagen und nahmen an der Feier nicht teil.

Wie du weißt, Charlotte, sollte mir diese Schönheit einen bösen Schrecken einjagen, da der Inhalt der Verpackung nicht entsprach. Doch die Erinnerung ist intakt und ebenso das beinah religiöse Gefühl, das mir dieses größte Ereignis meines Lebens einflößte. Essen im Søpavillon. Ein Feuerwerk auf den Seen. Ein Rolls-Royce beförderte uns zum Søllerød kro, wo wir die Hochzeitsnacht verbrachten. Niemand kann mir diese Nacht nehmen. Nichts, was war, kann je verschwinden. Ich übertreibe vielleicht ein wenig in meinem Loblied auf die Kirche. Aber ich sah das Licht. Wir brauchen Rituale, um den Alltag zu bewältigen.

Ich weiß genau, was du sagen willst: ›Gefühle sind aktiv. Passive, abgetötete Gefühle sind Sentimentalität‹. Alles Seelische wird mit Formeln überklebt in deinem engen Normensystem, und die Menschen werden so klein. Warum komme ich immer noch zu dir, wenn ich so unzufrieden bin? Ich bin abhängig geworden von dir. Du gibst mir die Freiheit, alles zu sagen. Ein kleiner Rest Ungesagtes bleibt immer übrig. Das Ungesagte ist der Köder, der mich anzieht. Es steckt Geld im Ungesagten. Viel Geld. Ich weiß es genau: Ich übertrage meine Aggressionen auf dich, anstatt sie auf Mona zu richten. Auf Wiedersehen, Charlotte.«

»Ich bin ein Mann in der Gewalt meiner Gefühle. Und meine Gefühle sind vor allem an Erotik gebunden. Ich empfinde etwas für eine Frau in dem Ausmaß, wie ich von ihr sexuell angezogen bin. Fühle ich mich nicht angezogen, läßt sie mich völlig kalt. Das ist bedauerlich und mühsam für mich selbst. Ich wünschte, es ginge mir nicht so. Ich würde liebend gern erlöst werden von diesem ganzen Zirkus, der dazu führt, daß man eine Beziehung abbricht, wenn sie den

Höhepunkt erreicht hat und man sich auf dem Abstieg vom Gipfel befindet. Um so tiefer ist der Fall in die totale Gleichgültigkeit.

Es kommt wie ein Blitz aus heiterem Himmel. Mir fällt plötzlich irgendein physisches Detail auf, das meinen Sinn für Ästhetik verletzt. Wie ich immer wieder so offenkundige Schönheitsfehler übersehen kann, ist mir ein Rätsel. Die erotische Verzauberung macht mich blind. Das kann ein lispelnder Zungenschlag sein oder eine besondere Art von Rechthaberei, die die Lust auf die betreffende Frau abtötet. Habe ich den Fehler erst entdeckt, gibt es kein Zurück mehr. Ich kann die erotische Beziehung nicht fortsetzen.

Danach kommt die schreckliche Zeit, in der die Beziehung abgewickelt werden muß. Die Phase der Häßlichkeit, in der das Schlechteste in mir hochkommt und die Bosheit blüht. Das kann ein halbes oder ganzes Jahr dauern. Je mehr die Frau an mir klebt und sich festkrallt, desto mehr fühle ich mich eingesperrt. Ich komme nicht damit zurecht, Gegenstand einer Liebe zu sein, die ich nicht erwidere. Ich besorge mir eine Geheimnummer fürs Telefon. Ich halte mich in der Stadt von den Orten fern, wo ich sonst zu finden bin. Ich verstecke mich wie ein Gewohnheitsverbrecher. Die ganze Zeit spüre ich da draußen die Frau. Ihre Augen starren mich an, ihre Gedanken umkreisen mich. Ihre ganze Aufmerksamkeit ist auf mich gerichtet.

Ich bin nicht mehr ich selbst. Ich bekomme Lust, sie aus dem Weg zu schaffen. Mein Gehirn konstruiert den perfekten Mord. Meine Beziehung zu dieser Frau ist zu Paranoia geworden. Ich vergleiche sie mit Mona. Sie wurde nie häßlich in meinen Augen. Sie hatte keinen Schönheitsfehler. Sie überstrahlt alle anderen Frauen. Sie war schön bis in den Tod.

Du weißt, ich glaube an nichts. Ich bin gottlos. Die

Pforte zum Göttlichen war mir immer verschlossen. Und falls sie einmal offengestanden hat, bin ich daran vorbeigegangen, ohne sehen zu wollen, was sich dahinter verbarg. Ich habe angefangen, darüber nachzudenken, ob ich in einer Art geistiger Umnachtung lebe. Ob es hinter der Welt der Dinge eine verborgene Welt gibt, ein Geheimnis jenseits des Materiellen, das meine hochgepriesene Intelligenz nicht erfassen kann. Ob ich diese geistige Dimension verdrängt und zuviel Gewicht auf die Gefühle beziehungsweise die Vernunft gelegt habe, gerade durch diese scharfe Trennung zwischen Herz und Hirn, die ich, nebenbei gesagt, im Falle eines Unfalls, zusammen mit dem Rest des Kadavers der Schönen neuen Welt der Wissenschaft zu spenden beabsichtige. Der Tod auf der Autobahn ist ein Risiko, auf das wir alle gefaßt sein müssen. Es ist etwas Schönes, im Körper eines anderen weiterzuleben. Der Gedanke, daß mein Herz für einen anderen schlägt, für das Leben eines anderen arbeitet. Daß der Körper für etwas anderes zu gebrauchen ist als für Würmerfraß. Ich versöhne mich damit, den besten Spielkameraden meines Lebens verloren zu haben, indem ich mir vorstelle, Tod und Nächstenliebe verbinden zu können.

Betrachte es meinetwegen als eine Opfergabe an Mona. Was ich versäumt habe, als sie noch lebte, will ich im Tod wiedergutmachen. Ich rechne nicht damit, älter als fünfzig zu werden. Nicht bei dem Leben, das ich führe. Also rechne ich damit, daß meine Organe zu dieser Zeit einsatzfähig sind. Ich will meine Tage nicht mit einem nutzlosen Körper in einem Pflegeheim beschließen. Ich will nicht alt sein. Das verletzt mein Schamgefühl.

Ich habe nichts gegen ältere Menschen. Meine Großmutter habe ich vergöttert. Sie war das Orakel meiner Kindheit. Ich liebe aber meinen Körper zu sehr, als daß ich es ertragen könnte, ihn im Prozeß der Auflösung zu erleben. Ein alter

Körper wäre einfach nicht mehr ich. Wenn ich eine ältere Person auf der Straße sehe, gebeugt, mit einem langsamen und schlurfenden Gang, kaum in der Lage, die Füße vom Trottoir hochzuheben, dann kommt es mir vor, als sei diese Person von einer anderen Art, aus einem fernen, mystischen Land: dem Land der Alten außerhalb der Menschheit. Ich kann mich selbst nicht im Alter sehen. Ich kann mich selbst nicht mit dem Zerfall verbinden. Ich will nicht in einen morschen, alten Baum verwandelt werden oder in eine ausgetrocknete Pflanze auf dem Weg zu Siechtum und Tod.

Du kannst sagen, daß Mona ihr Problem mit dem Alter gelöst hat. Sie hatte womöglich noch mehr Angst davor, alt zu werden, als ich. Was sie an meinen Seitensprüngen am meisten gequält hat, war, daß die Auserwählten in der Regel zehn, fünfzehn Jahre jünger waren als sie. Jetzt wird sie für immer eine 37jährige Schönheit sein. Auch wenn meine Seitensprünge in den Fünfzigern sind. In meinen Träumen hat sie schon mythische Gestalt angenommen. Wenn ich aufwache, fällt es mir schwer zu glauben, daß sie tot ist. Sie wirkt so lebendig, daß ich manchmal glaube, sie sitzt im Wohnzimmer und hört das Klavierkonzert Nr. 2 von Brahms, was sie täglich tat, bevor wir anfingen, das Abendessen zuzubereiten. Sie ist unsterblich geworden. Ich kann es auch anders ausdrücken. Ich glaube nicht mehr an den Tod.

Du darfst mich nicht mißverstehen. Ich bin nicht Spiritist geworden oder Mystiker. Ich muß einfach einsehen, daß es mehr gibt zwischen Himmel und Erde, als ich zugeben wollte. Monas Tod hat mich reicher gemacht. Ich fühle, sie ist gestorben, damit ich ein neues Leben bekommen konnte. Sie hat für mich die Tür geöffnet zum leuchtenden Raum des Todes. Wo auch immer sie sich befindet, ich hoffe, sie erfährt, daß sie mir das größte Geschenk gemacht hat, das ein Mensch einem anderen machen kann: sein Leben.

Ich wache morgens mit Mona auf und schlafe abends mit ihr ein, ich sehe sie vor mir, im Bett liegend, die glänzenden, weichen Haare auf dem Kissen ausgebreitet. Ihre Schultern sind nackt. Die Arme liegen auf der Decke. Sie trägt ihre Lieblingsringe. Ihre Hände sind schlank. Die Finger lang und schmal. Der Nagellack ist mitternachtsblau. Sie hat das Bett mit der weißen Bettwäsche aus ägyptischer Baumwolle bezogen. Sie liegt in der weißesten, zartesten Schlagsahne. Sie ist weißer als die Schlagsahne, weißer als die Morphiumtabletten, die sie mit einer Flasche Mineralwasser hinuntergespült hat. Sie ist gehüllt in das schwere, wächserne Weiß der Haut, das alle Farben aufsaugt und alles Licht verschluckt.

Mir geht Monas Bild nicht aus dem Kopf. Es verfolgt mich überallhin. Ich bin besessen von dem Gedanken, mich an ihre Stelle zu setzen. Ihren Selbstmord zu wiederholen, ihren Tod bis ins kleinste Detail zu kopieren und ihr auf die andere Seite des Sonnenuntergangs zu folgen. Meine Besessenheit von Monas Tod hat meine sexuelle Lust ersetzt. Ich muß mich beherrschen, um die Lust, ihr zu folgen, nicht zu befriedigen, wie ich früher mein Verlangen bändigen mußte, auf den ersten Blick in eine schöne Frau einzudringen.

Im Tod hat Mona erreicht, was sie sich am allermeisten gewünscht hatte: daß ich keine anderen Frauen ansehe, daß sie die einzige ist. Jetzt hat sie endlich Frieden vor ihrer Eifersucht und nicht zuletzt vor dem Grund für diese Eifersucht. Und den Frieden kann sie nicht einmal genießen. Das ist ungerecht. Das Leben und der Tod haben sich gegen uns verschworen, Charlotte. Haben wir das wirklich verdient? Wofür werden wir bestraft? Ich weiß selbst die Antwort: Wir werden bestraft für unsere Blindheit. Danke für heute. Wir sehen uns wie immer Mittwoch nachmittag. Ja, ich bin sauer auf dich, wie ich sauer auf Gott gewesen wäre, hätte ich an ihn geglaubt.«

»Man kann nicht leben, ohne sich an jemanden zu binden. Es ist, als ob die Seele Gefühle produziert, die unaufhörlich ausgesondert werden und, zusammen mit Schweiß und Abfallstoffen, durch die Haut nach außen sickern. Ich kann nur bei dir meine Gefühle ausschwitzen. Du bist mein einziger Zeuge. Ist das ein Armutszeugnis?

Ich wußte genau, daß sie es tun wollte. Ich habe nichts getan, um sie daran zu hindern, den Selbstmord auszuführen. Ich habe eher nachgeholfen, um allem ein Ende zu machen. Sie warnte mich von früh bis spät davor, daß es passieren würde, sollte ich meine Seitensprünge nicht unterlassen. Sie wußte, sie traf mich tief. Es war infam. Hinter ihren Drohungen lauerte die Grausamkeit. Ich haßte sie, als sie anfing, sich ihre Selbstmordszenarien auszumalen, obwohl ich es war, der ihr vom Selbstmord gepredigt hatte. Aber das auf einer eher philosophischen, Camusschen Ebene. Mona nahm alles so wörtlich. Sie besaß kein Abstraktionsvermögen.

Ich durchlebe diese Jahre wie einen Horrorfilm auf einer Kinoleinwand. Es ist, als würde nicht ich dir die Geschichte von Monas Tod erzählen, sondern nur ein übriggebliebener Teil von mir. Ich habe mich in einen teilnahmslosen Zuschauer verwandelt, der nacherzählt, an welche Teile vom Film seines Lebens er sich noch erinnern kann.

Ich habe sie geliebt. Ich war verrückt nach ihr, auch wenn ich andere hatte. Ich konnte nicht genug kriegen von ihr. Sie bedeutete alles für mich. Die anderen waren so eine Art Fickpuppen. Ich habe es für uns getan, für die Harmonie.

Sie begriff nicht, daß sie meine number one forever war. »Du bist krank im Kopf«, sagte sie und zündete sich die fünfundzwanzigste Zigarette des Tages an. Bevor sie die Zigarette ausgedrückt hatte, fieberte sie schon nach der nächsten. Es wurden bis zu vierzig Stück am Tag. Wäre es auch meine Schuld gewesen, wenn sie sich Lungenkrebs angeraucht hätte? Wieviel Schuld kann ein Mensch tragen?

Bis zur Beerdigung bewegte ich mich in einem euphorischen Rausch. Ich tanzte. Ich drehte mich um mich selbst, leicht wie eine Feder. Ich hatte das Gefühl, herausgekommen zu sein aus dem goldenen Käfig der Liebe. Am Tag nach der Beisetzungszeremonie hatte sich der goldene Käfig in ein häßliches Gefängnis verwandelt. Zusammen mit Mona befand ich mich im Totenreich. Sie hatte mich mit ins Grab gezogen, um mich nie mehr loszulassen. Ich hatte den Tod geküßt. Hier endet der Film. Die Frage ist jetzt, ob es eine Fortsetzung gibt.«

»Charlotte, ich hüte unsere Beziehung wie ein Geheimnis. Nicht, daß ich dich und deine Arbeit nicht respektiere. Ich habe das Gefühl, es ist eine Bankrotterklärung zuzugeben, daß ich außer dir niemanden habe, dem ich mich anvertrauen kann. Daß unter meinen Freunden oder Kollegen nicht einer ist, zu dem ich so viel Vertrauen hätte, daß ich ihm von Mona erzählen könnte und wie der Selbstmord mich verändert hat.

Ich trage eine Maske auf dem Gesicht. Ich tue so, als empfände ich ganz normale Trauer über den Tod meiner Geliebten. Ich habe den Leuten weisgemacht, Monas plötzlicher Tod sei einem Herzstillstand zuzuschreiben. Das ist insofern richtig, als eine ausreichende Menge an Morphiumtabletten einen Herzstillstand verursacht. Aber das Verschweigen ist die Mutter der Lüge. Die halbe Lüge trennt mich von anderen Menschen. Ich werde für immer verbannt sein ins Niemandsland der Distanz. Der Film geht also weiter, nach dem Kino, draußen im wirklichen Leben.

Ich will keine Heilung. Der Film über Monas Selbstmord ist das einzige, wofür ich lebe. Er ist der Höhepunkt unserer Liebe. Die äußerste Konsequenz unserer Leidenschaft füreinander. Ich lasse ihn laufen, bevor ich schlafe. Ich weine dabei nicht, wie ich über einen Film im Fernsehen weinen kann. Ich lasse die Bilder vorbeiziehen und verweile bei bestimmten Details. Zum Beispiel, wenn sie nach dem ersten mißlungenen Versuch sagt: ›Ich bin kein Übermensch‹. Ein Eingeständnis, daß sie den Selbstmord nicht ausführen kann ohne mich an ihrer Seite. Das heißt, ohne meine Hilfe. Sie traute sich ganz einfach nicht allein.

Nach zwei Jahren Laufzeit auf meinem inneren Bildschirm läuft der Film immer noch. Es tauchen immer mehr Details auf. Kleinigkeiten, die unsere Liebe vergrößern. Ein Blick, eine Handbewegung, eine Berührung. Der Film ist unser gemeinsames Kind geworden. Ich hätte gern Kinder gehabt. Sie sagte, Kinder würden uns voneinander entfernen. Unserer Liebe die Aufmerksamkeit stehlen. Damals habe ich das nicht verstanden. Ich flehte sie an, ihr ein Kind machen zu dürfen.

Erst jetzt, so lange nach ihrem Tod, verstehe ich sie. Der Film ist der Beweis. Er ist ihre Liebesgabe an mich. Sie war bereit, für mich in den Tod zu gehen. Eine solche Liebe kann man nicht verraten. Ich habe nach Mona nicht an andere Frauen gedacht. Ich könnte nicht einmal den harmlosesten one night stand durchziehen. Der Verlust meiner sexuellen Lust ist der Preis, den ich bezahle, um den Film meines Herzens unversehrt zu bewahren.

Als ich dir den Film zum ersten Mal vorführte, sagtest du, ich stünde unter Schock, und es werde viel Zeit brauchen, den Zuschauer und den männlichen Hauptdarsteller zum Verschmelzen zu bringen. Ich habe keine Lust zur Verschmelzung. Ich mache mir nichts aus der Rolle. Ich will nicht der Mann sein, der nicht alles tut, was in seiner Macht steht, um seine Geliebte vor dem Selbstmord zu retten. In meinen schwärzesten Stunden wünsche ich mir, der Film hätte einen anderen Schluß. Es ist ungerecht, daß sie Opfer dieses dummen Schweins wurde (das, nebenbei bemerkt, ich nicht bin).

Und die Betrügereien des Mannes werden nicht kleiner dadurch, daß er von seinen Eroberungen offen erzählt. Sie hätte ihn schon nach dem ersten Seitensprung verlassen sollen. Statt zu verzeihen und die Ehe fortzusetzen, die zuletzt nichts weiter war als eine leere Hülle aus Leiden. Ein Mann, der seine Gelüste nicht beherrschen kann, ist nicht viel wert. Er muß lernen zu begreifen, daß seine Taten Konsequenzen haben. Daß man die Gefühle eines anderen Menschen nicht immer wieder ungestraft verletzen darf. Er ist so dickhäutig, daß es einen Selbstmord braucht, damit er aus seinem Tiefschlaf aufwacht.

Bleib mir vom Leib mit diesem Mann. Zwei Jahre lang habe ich die meiste Zeit darauf verwendet, ihn auf Distanz zu halten. Ich kämpfe jede Nacht gegen ihn. Aber er ist unbesiegbar. Der Film kann ohne ihn nicht laufen. Ich bin an ihn gebunden. Hilf mir, Charlotte. Aber rate mir etwas Besseres als Verschmelzung.«

»Bei unserem letzten Treffen hast du gesagt: Mona ist ein erwachsener Mensch, der die Verantwortung übernehmen muß für das, was er tut. Es sei nicht meine Schuld allein, daß das passiert ist. Es sei in erster Linie ihre eigene Entscheidung. Ich verstehe jedes Wort, das du sagst, mit dem Kopf, aber meine Gefühle malen mir mit großen, schwarzen Buchstaben MÖRDER auf die Stirn. Wir haben angefangen, aneinander vorbeizureden, Charlotte. Unsere Gespräche drehen sich im Kreis. Und trotzdem mache ich weiter wie ein Übergewichtiger, der die Völlerei nicht lassen kann.

Du möchtest mir gern helfen, herauszukommen aus dem Totenreich. Aber, verdammt noch mal, ich habe meiner Frau aus dem Leben geholfen. Wie kann ich jemals normal werden. Mona gibt mir keine Chance. Ich könnte sie erschlagen, wäre sie nicht schon tot. Ich habe mich entschlossen, den Rest meines Lebens für sie zu leben. Ich will mich nie mehr von ihr trennen lassen. Ich will mir nicht heraushelfen lassen aus meinem Trauma. Ich brauche dich, um abzuladen. That's all. Du kannst mich um den kleinen Finger wickeln. Wie Mona. Eure Methoden ähneln einander. Immer eine dumme Erklärung parat. Immer dieses Weibergeschwätz.

Ich habe Lust, weit weg zu fahren und von vorn anzufangen, mit einem neuen Namen, einem neuen Paß, einer neuen Identität, um mich endlich loszuwerden. Morgens aufzuwachen mit neuen, frischen Gedanken. Befreit vom Film des Todes. Wenn die Medizin weiter fortgeschritten wäre, würde ich vor einem operativen Eingriff nicht zurückschrecken, um ein anderer zu werden. An einem Tag klammere ich mich an den Film, am nächsten wünsche ich mich weit weg. Vielleicht bin ich trotz allem der Mann im Film, der ich nicht sein will.«

»Mona schrieb mir kleine Zettel: ›Mein lieber, geliebter Gott. Unser Zuhause ist der Tempel, den ich für Dich baue. Das Bett ist der Altar. Im Eßzimmer empfangen wir das heilige Abendmahl. Die Sinfonien auf der B & O-Anlage heben uns hinauf in Deinen Himmel. Alles, was ich tue, ist zu Deiner Ehre. Deine Dienerin.‹

Sie hatte so viele Facetten. So viele Schichten. So viele Saiten, auf denen sie spielte. Die Tage mit ihr waren nie gleich. Ihre Erfindungsgabe war groß. Neue Lampen mit einem außergewöhnlichen Licht. Neue handgeklöppelte Tischdecken. Rolläden aus Pappelholz aus Norditalien. Immer zuerst das Besondere, dann das Gewöhnliche. Ich wurde seekrank von all diesen Veränderungen. Ich fing an, mich nach Stillstand zu sehnen. Nur ein Abend, ohne die Novität des Tages bewundern und sich über Qualität und Farbe begeistern zu müssen. Manchmal verband sie mir die Augen und führte mich vor eine Neuanschaffung: eine alte chinesische Schüssel oder eine antike Kanne. Ich mußte das Ding in die Hände nehmen, es befühlen und raten, was es war. Sie war besessen von Dingen. Durch die Dinge, denen sie eine geistige Dimension zusprach, versuchte sie mich zu erreichen. ›Wenn die Dinge reden könnten...‹, sagte sie und unterbrach sich selbst: ›Nein, die Dinge können reden.‹

Ich hatte Lust, die kostbaren Antiquitäten zu zerdeppern, darauf herumzutrampeln. Nur um nicht ›den Fund‹, ›den guten Kauf‹, kommentieren zu müssen, ein kleines Vermögen, verwandelt in Schönheit. Mein Stimmungsbarometer stand auf Sturm, wenn sie den schwarzen Lappen von meinem Gesicht nahm. Sie war ein krankes Kind, das einen Begeisterungsschrei erwartete und ein Herumgeschwenktwerden in Vaters Armen. Ich konnte nicht tun, was sie erwartete, Charlotte. Ich konnte nicht. Ich ertrage es nicht, wenn man mich überfordert.

Es endete jedes Mal damit, daß sie sich auf den Boden warf und heulte. Ich mußte sie aufheben und ins Bett legen. Das war nur der Anfang. Ich mußte auf der Bettkante sitzen und ihre Hand halten, bis sie einschlief. Ich habe nie einen Menschen erlebt, der so viel schlief. Mona konnte jederzeit schlafen. Sie lag da, zusammengeknäult wie ein samtweiches Kätzchen, ein kleines, feines Lächeln um den Mund. In wachem Zustand lächelte sie nie. In all dem Weichen war ein kleiner, harter Kern aus Kälte. Ich weiß nicht, woher diese Kälte kam. Sie hatte eine unglückliche Kindheit gehabt, aber wer hat das nicht? Vielleicht war dieser kalte Stahl nur in sie eingepflanzt, eine Laune der Natur. Ich fing an, mir einzubilden, daß ich es war, der den kalten Punkt zum Wachsen gebracht hatte. Mein Liebesauftrag lief darauf hinaus, den kleinen Eiswürfel in ihr daran zu hindern, sich zum Eisberg zu entwickeln. Ich mußte sie warmhalten, um jeden Preis warmhalten.

Ich stand morgens auf und machte Frühstück für sie. Mit warmen Brötchen, frisch gebrühtem Kaffee und zwei Codymagnyl. Sie war morgens so müde. Brauchte so lange zum Aufwachen. Ich machte es ihr bequem mit zwei Kissen im Rücken. Ihr Kopf hing schräg über der linken Schulter. Die Haare waren hellblond, fast weiß. Einige Male habe ich mit ihr geschlafen, wenn sie nicht wach war. Ganz ruhig, in Zeitlupe, habe ich mit der Traumprinzessin geschlafen. Im Traum sitzt ein kleiner Junge auf dem Boden und trinkt Milch aus einer großen, weißen Schale. Er trinkt aus, kippt auf die Seite und schläft.

Mona seufzt und greift nach meiner Hand: ›Warum leben wir, wenn wir sterben müssen?‹ ›Aber wir müssen doch leben, wenn wir erst mal geboren sind.‹ Mit Mona fühlte ich mich wie ein Elefant im Porzellanladen. Sie war so zart, so zerbrechlich. ›Wir werden zusammenbleiben, bis wir alt sind‹, sagte ich und trampelte im Porzellan herum. ›Ich will nicht alt und häßlich werden. Ich möchte immer so sein, wie ich jetzt bin, eine junge Frau von 37 Jahren. Ich möchte schön sterben wie Schneewittchen und Dornröschen.‹ ›Aber die wurden ja wieder lebendig.‹ Sie machte mich ganz wirr mit ihrer Todessehnsucht. Und wenn ich verwirrt bin, komme ich mir dumm vor. Und wenn ich mir dumm vorkomme, werde ich wütend. Ich setzte die Wut in Fürsorge um. Ich tat alles, um es ihr recht zu machen, und haßte mich selbst dafür. Ich war feige.

Jetzt im nachhinein muß ich zugeben, daß ich Angst vor ihr hatte. Ich hatte Angst, weil ich die Ursache war für ihre Selbstmordgedanken. Um von den Schuldgefühlen wegzukommen, konsumierte ich Sex wie Narkotika. Ich schaffte es nicht, Monas Forderungen zu erfüllen. Ich war ein Fiasko. Unsere Ehe war ein Reinfall.

Sie arbeitete auf Gleitzeitbasis, lag meistens bis weit in den Vormittag im Bett und kam erst am Abend nach Hause. Ich hielt das Abendessen für sie bereit. An den Abenden, an denen ich Dienst hatte, bekam sie nichts zu essen. Sie konnte nicht einmal mehr ein Ei kochen. An den Abenden, an denen ich nicht zu Hause war, fastete sie – ihr eigener Ausdruck –, obwohl sie mager war und fast ein Fall von Anorexie. Es schenkte mir eine innere Ruhe, ihr das Frühstück zu bringen, mit Blumen der Jahreszeit und einer brennenden Kerze in einer mexikanischen Schale. Es erleichterte mein schlechtes Gewissen, die auserlesensten Gerichte für sie zuzubereiten, wenn sie müde von der Arbeit nach Hause kam. Sie war der Typ, der voll und ganz in der Arbeit aufging. Sie schonte sich nicht. Und dafür respektierte ich sie. Ich kann nicht sagen, ob dieser Respekt ein Ausdruck von Liebe war oder ein Surrogat für abgetötete Gefühle.

Mich selbst verachtete ich in der Rolle der dienenden Hausfrau. Ich wünschte mir inständig, alles wäre wie früher, und sie wäre es, die das Essen für mich bereithielt, wenn ich nach Hause kam. Nur einen kleinen nächtlichen Imbiß, wenn ich nach dem Abenddienst so viel abzuladen hatte. All diese unglücklichen Menschen auf Kriegsfuß mit dem Gesetz. Das Chaos der Tatorte. Das Stilleben der Opfer. Die Blutflecken auf der Tapete. Ein lebendiger Körper, verwandelt in eine leere Hülle, mit Kreide auf den Betonboden der Tiefgarage gezeichnet.

Wenn ich nachts um eins nach Hause kam, war sie schon längst zu Bett gegangen und schlief bei eingeschaltetem Licht. Die ganze Wohnung war hell erleuchtet. Nicht einmal die Stearinkerzen in den antiken Silberleuchtern hatte sie gelöscht. Der Anblick des unschuldigen Mädchens im Bett verschaffte mir ein Gefühl von Unzulänglichkeit. Die Art, wie sie zusammengeknäult unter der Decke lag, war wie ein Klageschrei, ein brennender Vorwurf. Ein Katalog meiner Fehler und Schwächen. So kam es, daß ich mich über das schlafende Dornröschen warf. Ich mußte meinen Schmerz und die Zärtlichkeit, die ihre Unschuld in mir weckte, loswerden. Eine Flutwelle dumpfer Gefühle, die ich nicht zurückhalten konnte. Ich bin mir nie darüber klar geworden, ob sie schlief oder nur so tat, als ob. Ab und zu strich sie mir mit einer mechanischen, schlafwandlerhaften Bewegung über die Haare. Ich hätte ebensogut eine Pornopuppe ficken können. Danach wälzte ich mich auf den Rükken. Meine unmännlichen Tränen vermischten sich mit tierischem Schweiß.

Ich will mich nicht beklagen, aber ich hatte meine Zweifel, ob Mona mich liebte. Sie sagte es nie. Ich war zu stolz, danach zu fragen. Trotzdem war ich sicher, sie würde mich nie verlassen. Sie wollte keinen anderen als mich. Ich gab alles, was ich in mir hatte. Ich servierte mich selbst auf einem Silbertablett. Meine Seitensprünge waren ein Sicherheitsventil, weiter nichts. Sie halfen mir, bei ihr zu bleiben, verhalfen mir zu Treue. Ich hatte mich ganz unter Kontrolle. Hätte es nicht ihre krankhafte Eifersucht gegeben, wir wären das perfekte Paar gewesen.

Ob es die Eifersucht war, die sie darauf bestehen ließ, daß wir keine Kinder haben sollten, weiß ich nicht. Auch nicht, ob sie sich deshalb sterilisieren ließ, ohne es mir zu sagen.

Ich erfuhr es bei der Obduktion. ›Sagen Sie, sind Sie sich darüber im klaren, daß Ihre Frau sich hat sterilisieren lassen‹, sagte der Arzt. Ich sagte, selbstverständlich wisse ich das. Wir waren so eng verbunden, wie zwei Menschen es nur sein können.

Ich belog nicht nur ihn, sondern auch mich selbst. Nah waren wir einander nur in der Phantasie. Unsere Beziehung war eine große Illusion. Ich hatte keine Ahnung, was es heißt, einem anderen Menschen nah zu sein. Oder wie sich Nähe zwischen zwei Menschen ausdrückt. Das hat nichts mit Frühstück im Bett oder Candlelightdinner zu tun. Nähe spielt sich in einer ganz anderen Sphäre ab, in der ich nie gewesen bin. In einem Bereich, der, so kam es mir vor, außerhalb der Grenzen meiner Möglichkeiten liegt. Also pflege ich vorläufig meine Einsamkeit. Wir sind doch alle miteinander einsam – als Ausgangspunkt. Wir leben, jeder in seiner Hülle, getrennt voneinander, außer wenn wir lieben. Wir werden geboren und sterben mit der unvermeidlichen Einsamkeit des Körpers.

Ich höre ja, daß ich klinge wie ein Pastor. Aber Einsamkeit als solche ist nicht interessant. Das Interessante ist, was wir darüber hinaus erleben können an Liebe, Freude, Genuß. Ob wir genügend Augenblicke des Vergessens erleben, die die Einsamkeit aufheben. Ich meine, es ist verdammt in Ordnung, daß wir einsam sind. Diese Geschichte mit ›meine Frau versteht mich nicht‹ war nie mein Ding. Da gibt's nichts zu verstehen. Nur Leere dahinter. Alles andere ist aufgeblasene Prahlerei. Wir sind Tiere, und das reicht mir schon. Philosophische Tiere, die Angst vor dem Tod haben.

Ich kann nur sagen, ich habe das Gefühl, daß ich mit dir mehr Kontakt habe als früher mit Mona. Mißversteh mich jetzt nicht. Ich hatte starke Gefühle für Mona. Die habe ich für dich nicht. Aber ich brauche die Gespräche mit dir. Du machst deine Arbeit gut. Mit dir ist es, wie in einen nackten Raum zu gehen und eine anonyme Frau zu ficken. Bildlich gesprochen natürlich. Ich sehe dich tatsächlich nie ohne Kleider vor mir. Ich nehme sogar an, daß du komplett angezogen schläfst. Man kann das bestimmt eine platonische Beziehung nennen, Charlotte. Bis auf weiteres bin ich abhängig von dir, abhängig wie von meinen kleinen Babydolls, als Mona noch lebte. Was bin ich für ein Mensch?«

II Bonsai

Sie wurde ins Wohnzimmer gebracht und den Gästen vorgestellt. Sie sollte etwas sagen und bereitete die Worte und Sätze gründlich vor, bevor sie den Mund aufmachte. Trotzdem ging es schief. Sie bekam die Sätze nicht zu Ende. Sie stockte mitten im Wort, schreckensstarr bei dem Gedanken, einer der Gäste könnte sich angesprochen fühlen, so daß alle auf sie aufmerksam würden und sie mit ihren Blikken einfingen. Im nächsten Augenblick war sie in der Ecke in Sicherheit. Niemand beachtete sie. Niemand sprach sie an. Sie war unsichtbar. So hatte sie es am liebsten. Sie wollte ein stummes Stück Holz sein. Allerhöchstens ein Haustier, dem man ab und zu über den Kopf streicht oder ein Bonbon in die Schnauze steckt. Sie spürte, wie sich das warme Wohlgefühl im Körper ausbreitete, als sie da in ihrer Ecke stand und dem Klatsch, den Witzen, den Anekdoten, den Diskussionen und Neckereien zuhörte. Die Wörter schwebten auf weißen Flügeln im Zimmer umher. Sie vereinigten sich zu einem Schwarm und zerstreuten sich wieder. Sie stiegen und sanken. Als die Stimmen zu laut wurden, hielt sie sich die Ohren zu. Sie wollte die Stimmen nicht im Kopf haben, denn dann konnten sie nicht wieder raus und schwatzten weiter drauf los in ihren hohen und tiefen Tönen.

– Kümmert euch nicht um sie, sagte Mutter, sie möchte am liebsten allein sein. So war sie schon immer.

– Ihr habt sie viel zu wenig beachtet, sagte die Tante, sie lag oft stundenlang da, ohne daß sie hochgenommen wurde.

– Wir haben alle unsere Eigenheiten. Woher auch immer. Mutters Stimme war hart und gereizt.

– Das kommt schon in Ordnung, tröstete die freundliche Tante, sie ist nur etwas langsam in ihrer Entwicklung.

Jetzt stieß sie dort in der Ecke einen stummen Schrei aus. Was sie sagen wollte, war, daß es ihr bestens ging. Sie wollte nicht heraus aus ihrer Ecke. Sie wollte immer in der Ecke bleiben. Keine zehn Pferde würden sie da herauskriegen. Wenn sie alle tot wären, würde sie in der Ecke stehen und über das leere Wohnzimmer blicken mit seinen braunen Möbeln und dem speckigen Lampenschirm über dem Eßtisch, auf dem sie geboren worden war, »so leicht, wie man eine Mandel schält«, und wo sie neben ihrem Vater saß, wenn er Karten spielte. Wie eine nicht entfaltete Blume auf den Stuhl gepflanzt, half sie ihm, den Überblick über das Spielgeld zu behalten. Sie stapelte 25 Øre-, Ein-Kronen- und Zwei-Kronen-Stücke und stellte sie in einer Reihe auf. Sie konnte ganz unbesorgt sein. Keiner wandte sich an sie. Keiner forderte sie auf, teilzunehmen an dem Vergnügen rund um den Tisch, dem Altar des Kartenspiels unter den Zigarrenrauchschwaden. Sie war stolz auf ihren Vertrauensposten und stellte sich vor, Nina stehe für Glück. Sie hielt den Mund geschlossen und ließ die Wörter in ihrer Brust. Da drinnen flatterten sie umher, hinter den weißen Gitterstäben der Rippen. Sie wußte, wie ein Skelett aussah. Sie hatte ein Vogelskelett aus einem Buch ausgeschnitten. Gott war ein weißes Skelett, das oben im Himmel schwebte. Sie wollte gern ein Skelett sein wie Gott. Sie wollte gern hinausschweben aus dem dunklen Zimmer mit dem Eßtisch, von Anfang an eine fremde Welt, in die sie aus Versehen geraten war und in der sie sich nur mit äußerster Vorsicht bewegte.

Wenn es ein seltenes Mal vorkam, daß jemand mit ihr sprach, waren es die Falschen. Der Einsiedler oder eine der Witwen. Nur Sonderlinge oder einsame Menschen sprachen mit Kindern. Sie antwortete ihnen nicht. Sie wollte nicht mit den Gescheiterten und Ausgestoßenen im Bunde sein. Sie wollte zu den normalen, gutgelaunten Menschen zählen, aus denen die Wörter strömten wie Gold und zu Sätzen wurden, die sie in ihrem Kopf bewahren konnte. Viel schwieriger war es, wenn einer der normalen Gutgelaunten aus irgendeinem unerfindlichen Grund die Regeln brach und ihr seine Goldworte an den Kopf schleuderte: »Na, stehst du da und versteckst dich.« Denn dann fing sie an zu schwitzen und wurde rot. Und die Wörter wurden zu Klötzen, die tief im Hals steckenblieben. Sie konnte nur nicken und ihren Speichel schlucken.

– Sag was, Pjerrot. Mutters Stimme knallte wie ein Schuß durchs Wohnzimmer. Aller Blicke richteten sich auf sie. Sie drehte sich um und übergab sich ganz hinten in der Ecke. Da, wo die Tapetenwände zusammenstießen.

– Sie ist so zartbesaitet, die Kleine. Die sonore Bauernstimme des Onkels traf sie wie ein Keulenschlag. Ein Chor von Stimmen stieg zur Zimmerdecke auf. Vater ging in die Küche und holte einen Eimer Wasser und einen Lappen zum Aufwischen. Sie blieb in ihrer Ecke. »Wie ein kleiner Soldat auf Wache.« Vaters Worte lagen gut im Mund.

– Wie ein kleiner Soldat auf Wache, wiederholte sie. Vaters Worte waren die einzigen, die sie nachsprechen konnte. Er gehörte nicht zu den normal Gutgelaunten, aber auch nicht zu den Ausgestoßenen. Er war jemand dazwischen. Jemand ganz für sich.

Sie saß hoch oben auf dem Arm des Einsiedlers und schaute über die große, schmuddelige Fläche des Linoleumbodens, den sie jeden Freitag auf den Knien putzte. Es war ein berauschendes Gefühl, da oben zu sitzen und auf das eigene Martyrium herabzusehen. Sie war Herr über den verhaßten Boden. Dank des Einsiedlers, der Anstreicher und Kunstmaler war, existierte der Freitag nicht mehr.

Der Maler war Einsiedler geworden, nachdem sein Sohn auf einem Rummelplatz aus einer Schiffsschaukel gestürzt war. Seine warmen Arme, die sie umfaßt hielten, übertrugen die Sehnsucht nach dem toten Jungen auf sie. Die Sehnsucht, ihn zum Leben zu erwecken, damit sie mit ihm spielen konnte. Der Einsiedler drückte sie ganz fest mit dem Arm. Sie war umschlossen von diesem langen, sehnigen Arm, über den ihr karierter Rock ausgebreitet lag, weil er nicht zerknittern sollte. So bestand Hautkontakt zwischen ihrem weichen Kinderschenkel und seinem behaarten Arm, der sie kitzelte. Sie saß wie eine Prinzessin erhoben auf dem Thron, hoch über dem verhaßten Fußboden, der jeden Freitag forderte, daß sie vor dem Hausgott auf die Knie fiel. Vor ihm, der bestimmte, daß die Böden einmal die Woche zu putzen seien und daß kleine Mädchen auf Knien zusammen mit einem Eimer quer über das unendliche Linoleum rutschen sollten, über das große Kreppsohlenschuhe marschiert waren und allen möglichen Straßendreck und unsichtbaren Hundekot hinterlassen hatten. Sie saß auf dem starken Arm und sah hinunter aufs Meer der Verdammnis, das wellige Linoleum, auf dem zwischen den beiden Türen eine schmale, abgenutzte Bahn wie eine Schlange den Raum durchquerte.

Der Einsiedler hatte den Hausgott, der über Mädchen und Frauen herrschte, davongejagt. Jetzt war der Einsiedler der Herrscher im Haus, wo jede halbe Minute die Ladenglocke läutete. Sie befand sich in dem geheimen Licht, das den Einsiedler umgab. Er war nicht wie andere Menschen. Für ihn gab es keine Regeln hinsichtlich Bodenputzen und Haushaltsführung. Er war ein freier Mann und sein eigener Herr. Sie wollte wie er sein, wenn sie groß war. Arbeiten, nur wenn sie Lust hatte, und nie saubermachen. Sie sah die hohlen Wangen des Malers, seine schlaffe Haut. Mit seinem zahnlosen Mund saugte er an der Zigarette. Ihr gefielen die hohlen Wangen nicht. Sie waren unheimlich.

Sie bekam Angst und wollte von seinem Arm. Aber sie traute sich nicht, ihn zu bitten, sie auf den Boden zu stellen, so daß sie hinüber zu ihrer Mutter konnte. Sie spürte, daß er sie heiraten wollte, und wurde auf seinem Arm ganz still. Sie starrte auf seine Wangen, die flatterten, wenn er mit ihrer Mutter über Gott und die Welt redete. Die steifen Bartstoppeln auf den gräulichen Magermilchwangen verschafften ihr eine Gänsehaut. Sie hörte die schlürfende Stimme des Malers und schloß die Augen und zauberte das Kornfeld herbei.

Sie versteckte sich in dem hohen Korn. Sie lag auf dem Bauch auf der warmen, trockenen Erde, das Gesicht nach unten. Sie aß die Erde. Sie war ein Tier mit zwei Armen und zwei Beinen. Sie hatte einen Panzer auf dem Rücken. Die Sonne brannte. Sie schwitzte unter dem Panzer. Sie fing an, auf allen Vieren vorwärtszukriechen. Sie wollte ein kleiner, unsichtbarer Punkt auf dem Boden sein. Sie wollte hinaus auf die große Landstraße, von einem Lastwagen überfahren werden und verschwinden. Sie versuchte sich aus der Umarmung des Malers zu winden. Er hielt sie nur noch fester. Sie saß bewegungslos auf seinem Arm und wartete darauf, daß er sie losließ. Der Maler lachte leise und zeigte sein

Zahnfleisch. Sein Mund sah aus wie ein großes Fischmaul. Sie hatte Angst, von ihm verschluckt zu werden und in seinem Bauch zu landen. Sie hatte Angst vor der Finsternis in seinem Bauch und davor, daß die Mächte der Finsternis sie in Besitz nehmen würden. Sie erschauerte bei dem Gedanken an die Mächte der Finsternis und kuschelte sich an seine kratzenden Bartstoppeln, die ihre Wangen zu glühenden Rosenbüschen machten. Er lachte wieder und schlürfte mit dem Mund. Sie konnte ihn nicht ausstehen. Sie wollte ihn nicht heiraten und nie mehr auf seinem Arm sitzen. Er sollte heimgehen zu seinem Haus und da bleiben. Sie fing an, ihn zu treten. Er lachte und sagte: »Aber Kleines«, und hielt sie so fest, daß sie keine Luft bekam. Sie fing an zu weinen. Ihr Gesicht wurde naß. Sie stieß sich mit den Füßen von seinem Bauch ab, stürzte sich über seinen Arm und schlug mit dem Kopf auf den Linoleumboden.

Als sie aufwachte, lag sie allein in ihrem Bett. Unter der Tür konnte sie einen schwachen Lichtstreifen sehen. Da draußen war das Land des Lichts. Sie befand sich im Land der Finsternis, wo man Bauchweh hat und sich übergibt und wo alle Dinge und Möbel tot sind. Egal, wie fest sie an ihnen reibt, um sie zum Leben zu erwecken.

Nina war böse. Das hatte sie so viele Male von so vielen verschiedenen Menschen erfahren, Familie, Nachbarn, Schulkameraden. Es war eine Tatsache, die sie längst akzeptiert hatte. Ob sie böse geboren oder ob sie gut gewesen war, bevor sie böse wurde, ging aus deren Urteil nicht hervor.

In ihr Schreibheft schrieb sie seitauf, seitab: »Nina ist böse«. Sie schrieb nicht: »Ich bin böse«. Denn sie wußte nicht, worin ihre Bosheit bestand. Sie wußte nicht, wann oder warum sie böse war, bevor sie darauf aufmerksam gemacht wurde: »Jetzt bist du böse, Nina. Schon wieder böse.« Sie wurde rot im Gesicht und murmelte eine verwirrte Entschuldigung. Schließlich hörte sie auf, sich zu entschuldigen. Denn selbst ihre Entschuldigungen wurden als böswillig verstanden.

Sie betete für Nina zu Gott. Daß er ihr dabei half, aufzuklären, was das Böse war. Vielleicht war ihre Unwissenheit hinsichtlich des Bösen, die Tatsache, daß sie sich ihrer Bosheit nicht bewußt war, der Kern dieser Bosheit. Sie vertraute auf Gott. Darauf, daß er sich ihr offenbaren, ihr das Böse zeigen werde. Sie einweisen werde in das Böse, das sie gern auf sich nehmen wollte. Sie konnte aber ihre Bestimmung nicht erfüllen, ohne genau zu wissen, worauf sie hinauslief. Sie mußte wissen, wie sie das Böse anpacken sollte. Ihre Eltern konnte sie nicht um Rat fragen. Denn die sagten immer: Nina ist so gut, so gut, wie der Tag lang ist. Sie war der Engel des Hauses, doch sobald sie sich durch das Gartentor hinausbewegte, wurde sie böse.

Sie lag am Bett auf den Knien und betete, bis ihr der

Schweiß auf der Stirn stand und die Hände so hart gefaltet waren, daß sie sie nicht auseinanderbekam. Gott gab kein Zeichen von sich. Vielleicht war sie nicht böse genug. Sie beschloß, ein Experiment zu machen. Sie hatte nie jemanden geschlagen und nie jemanden geärgert, so wie sie geschlagen und geärgert worden war. Sie diskutierte lange mit Nina, was das Böseste war, das sie tun konnte. Ein Kätzchen ertränken, jemanden schlagen, der kleiner war als sie selbst. Sie fühlte sich leer und ideenlos. Nichts davon wirkte überzeugend. Das waren Dinge, die die anderen Kinder taten, und doch galten sie nicht als böse. Es mußte etwas ganz besonderes sein, wenn sie der Bosheit gerecht werden wollte, die Erwachsene wie Kinder in sie hineinlegten. Es ging nicht anders: Sie mußte einen Menschen umbringen. Ein Baby war sicher das allerbeste. Ein Baby zu töten war das Böseste, das sie sich vorstellen konnte. Denn sie liebte Babys und wünschte sich brennend, ihre Mutter würde ein Baby bekommen, das sie im Kinderwagen spazierenfahren konnte.

Sie bat Gott um ein Zeichen, welches Baby es sein sollte. Sie verließ sich blind auf Gott. Er war klüger als alle Lehrer zusammen. Eine Art Oberlehrer oder Rektor. Sie ging am Schlachter vorbei. Davor stand ein Kinderwagen mit einem wenige Wochen alten Baby. Das Baby schlief. Sie stellte sich ihre Hände vor, wie sie den kleinen, dünnen Hals zusammendrückten. Übelkeit preßte ihr das Mittagessen in den Hals, und sie war sicher, sie würde vor dem Baby ersticken. Vielleicht reichte es, sich das Böse nur vorzustellen. Vielleicht mußte man es nicht tun. Sie mußte Gott fragen, ob er zufrieden war mit bösen Gedanken. Er hatte sie erschaffen, also mußte er ihr auch vom Bösen erzählen.

Ihre Mutter kam herauf, um Gute Nacht zu sagen. Sie war so weich. Sie sagte nie Nein, wenn Nina sie um etwas bat.

– Es ist nicht nötig zu knien, du kannst abends im Bett beten. Quält dich irgend etwas? fragte sie. Nina konnte ihr nicht sagen, daß das Böse sie quälte. Ihre Mutter kannte nur Güte und Mitgefühl mit anderen. Sie war wütend auf ihre Mutter und hatte das Gefühl, sie lasse sie im Stich mit all ihrer Güte, die sie nicht gebrauchen konnte. Die Mutter liebte sie einfach. Aber was sollte sie mit Liebe, wenn das Böse über sie bestimmte? Wenn Gott sie böse gemacht hatte und Bosheit von ihr erwartete? Sie biß ihrer Mutter in die Hand, als diese sie nach ihr ausstreckte, um sie ins Bett hochzuheben.

– Warum bist du so geworden? Du machst Vater und mich traurig, seufzte die Mutter. Nina schenkte ihr einen triumphierenden Blick. Sie war dabei, es zu lernen. Die Eltern traurig zu machen, war ein Schritt auf dem Weg zum bösen Gott.

– Ich erkenne dich nicht wieder. Bevor du zur Schule kamst, warst du so ein liebes kleines Mädchen.

– Nein, nicht lieb, Mutter. Böse. Ein böses kleines Mädchen, schrie sie wie eine Ertrinkende, die um Hilfe ruft.

– Wer hat dir so einen Unsinn eingeredet?

– Das sagen die in der Schule.

– Dann müssen wir mit deinem Lehrer reden.

– Das verstehst du nicht. Du bist so lieb. Lieb und dumm. Sie schrie noch hysterischer.

– Ich erkenne dich nicht wieder. Die Mutter legte sie hart auf dem Rücken ins Bett und stopfte die Bettdecke fest um sie.

– Ich will ja böse sein, weinte sie verzweifelt. Die Mutter machte das Licht aus und ging. Nina hatte Angst vor der Finsternis. Sie traute sich nicht, aus dem Bett aufzustehen, sondern bat Gott darum, ihr zu sagen, ob sie böse genug war. Jetzt, nachdem sie daran gedacht hatte, ein Baby zu erwürgen. Gott hörte ihre Gebete nicht. Jetzt wußte sie, Gott war böse, nicht sie. Und er hatte sie erschaffen nach seinem eigenen bösen Bild.

Sie lag in der Finsternis und wartete auf das Morgenlicht, das sie von Gott, der in der langen, kalten Nacht wohnte, befreien würde. Sie wärmte sich an ihrer Wut auf Gott. Tief in der Finsternis baute sie eine Höhle aus Ästen und Blättern. Sie war wieder ein kleines Tier, ein Igel mit Stacheln aus Silber. Sie strahlte in der Finsternis. Wenn sie angegriffen wurde, konnte sie sich mit den Silberstacheln verteidigen. Die Finsternis war ihr Heim, wo sie über das Böse und das Gute bestimmte.

Sie war ein glückliches Kind. Sie sah es in den Augen ihrer Mutter, als sie sie zum ersten Mal zur Schule brachte und auf dem Schulhof ablieferte, wo sie allein zurückblieb, lange nachdem die Glocke geläutet hatte und die Kinder in die grauen Ziegelgebäude verschwunden waren. Der Lehrer kam heraus und holte sie. Sobald sie in die Klasse kam, lief sie zur Tür und wollte hinaus. Der Lehrer setzte sie zurück in die Bank. Sie blieb unruhig sitzen und wiederholte mechanisch, was der Lehrer sagte und was die Kinder antworteten. Der Lehrer bat sie, still zu sein. Aber sie konnte es nicht lassen, sie nachzuahmen und ihnen die Worte nachzusprechen.

Der Lehrer verlor die Geduld und setzte sie vor die Tür. Sie guckte durchs Schlüsselloch hinein und sah den Lehrer ein großes A an die Tafel schreiben. Sie öffnete die Tür, lief zu ihm, nahm ihm die Kreide aus der Hand und schrieb ein A genau wie das, das vom Lehrer stammte.

– Kannst du auch B schreiben? fragte er.

– Kannst du auch B schreiben? wiederholte sie. Der Lehrer schüttelte den Kopf wie über ein unartiges Kind. Er nahm die Kreide und schrieb B an die Tafel. Sie schrieb B, und es hatte die gleiche Neigung wie das B des Lehrers. Sie schrieb ihm das ganze Alphabet nach, Buchstabe für Buchstabe, so daß kein Unterschied zu erkennen war. Er machte mit ganzen Sätzen weiter. Auch diese schrieb sie mit erstaunlicher Präzision. Als er sie fragte, was dort stand, konnte sie nicht antworten. Doch sie durfte für den Rest der Stunde oben am Katheder beim Lehrer bleiben.

Nina begriff nicht, was mit ihr los war. Im Spiegel konnte

sie sehen, daß es mit ihrem Äußeren nichts zu tun hatte. Sie war ein ganz normales Mädchen wie die anderen in der Klasse. Sie achtete darauf, sich gründlich den Hals zu waschen und sich die Haare zu bürsten, daß sie glänzten. Die Haare waren das Hübscheste an ihr. Da waren sich alle einig. Trotzdem schmierten ihr die beiden Mädchen, die hinter ihr saßen, Remoulade in die Haare. Sie hatte einen ganzen Schultag Remoulade im Nacken. Ihre Haare waren so dick. Sie spürte nichts. Sie hörte einige kichern, aber als sie sich umdrehte, hörten sie auf und sahen sie seltsam an. Sie war so daran gewöhnt, ausgelacht zu werden, daß sie nicht auf die Idee kam, es könne etwas Besonderes vorgefallen sein. Als sie nach Hause kam, schlug die Mutter entsetzt die Hände zusammen und weinte. Nina tröstete sie. Erst als sie ins Badezimmer kam, sah sie, daß die Mutter über sie geweint hatte.

Die Mutter kaufte eine Tüte Bonbons, die sie am nächsten Morgen mitnehmen und an die Kinder verteilen sollte, um sie milder zu stimmen. Als sie ein paar Mädchen, die Ball spielten, die Bonbons hinhielt, taten die so, als sähen sie sie oder die Bonbons nicht. Sie blieb stehen und sagte: »Hier.« Doch die sagten, sie solle hier nicht herumstehen und sie anglotzen, sie würde beim Spielen stören. Eine schlug ihr die Tüte aus der Hand und trat darauf. Ein paar Bonbons flogen aus der Tüte, und ein paar wurden zertreten. Sie hob die Tüte auf und ging in die entfernteste Ecke bei den Toiletten und aß alle Bonbons. Sie bekam Bauchweh und mußte hineingehen und sich in eine Kloschüssel übergeben. Sie kam zu spät zur Stunde und wurde vom Lehrer ausgeschimpft. Er setzte sie vor die Tür. Es half nichts, daß sie den Grund für ihre Verspätung erklärte.

– Nur der Tod gilt als Entschuldigung, sagte er und wies sie mit seinem langen Zeigefinger hinaus.

Draußen dachte sie daran, daß die Tüte Bonbons schuld daran war, daß die Kinder und jetzt auch der Lehrer wütend auf sie waren. Sie sollte damit aufhören, ihnen Süßigkeiten mitzubringen. Vielleicht war es besser, für die Mädchen in der Klasse kleine Geschenke zu machen. Sie fing schon an, sich vorzustellen, welche Geschenke die verschiedenen Mädchen bekommen sollten. Im Freundschaftsalbum standen ihre Lieblingsfarben und Lieblingsblumen. Sie würde aus dem Portemonnaie ihrer Mutter Geld stehlen, Kreppapier kaufen und Blumen in ihren Lieblingsfarben machen. Ihre Mutter hatte ihr beigebracht, Blumen zu machen. Und die hatte es wiederum von ihrer Mutter gelernt. Wenn sie sich jetzt wirklich Mühe gab und die Blumen wirklich schön wurden, dann würden sie vielleicht ihre Wut auf sie vergessen. Sie hatte sie ja gestört, als sie Ball spielten. Sie würde aufpassen, daß sie das nicht wieder tat. Sie würde überhaupt aufpassen, wenn sie mit anderen zusammen war, daß sie sie nicht beleidigte oder irgend etwas tat, das sie dazu brachte, sie zu hassen.

Zwei Mädchen aus einer der höheren Klassen hatten sie eines Tages auf dem Schulhof aufgehalten, um ihr zu sagen, daß sie sie haßten, dann hatten sie hocherhobenen Hauptes auf dem Absatz kehrtgemacht. Sie empfand es wie eine Ohrfeige und griff sich an die Wange und fing an zu spekulieren, was an ihr nicht stimmen könnte. Denn sie war nicht im Zweifel, daß sie selbst an ihrem Unglück schuld war. Sie versuchte an jemanden zu denken, der sie gern hatte. Sie kam nur auf ihre Mutter. Was sah diese in ihr, was die anderen nicht sahen? Warum schmierte sie ihr nicht Remoulade in die Haare und lachte sie hinter ihrem Rücken aus? Es mußte irgend etwas sein mit der Mutter. Sie fing an, ihrer Liebe zu mißtrauen. Nicht all ihre Kameraden konnten sich irren. Vielleicht war in Wirklichkeit die Liebe der Mutter schuld am Haß der anderen auf sie. Vielleicht hatte die sie zu einem kleinen Teufel gemacht, den die anderen mit Recht kaltstellten.

Um nicht allein auf dem Schulhof herumzustehen, den Blicken der anderen ausgesetzt, schloß sie sich in jeder Pause in der Toilette ein. Dort saß sie mucksmäuschenstill. Trotzdem fanden die Kinder heraus, wo sie war, und hämmerten an die Tür, so daß sie sich die Ohren zuhalten mußte. Sie war gezwungen, herauszukommen, wenn die Glocke läutete, sonst wäre sie wieder vor die Tür gesetzt werden. Sie hatte Angst, aber sie mußte hinaus. Sie wollte den Lehrer nicht wütend machen. Er war trotz allem erwachsen und konnte sie vielleicht vor den Kindern beschützen, wenn sie die Regeln einhielt.

Sie hatte wieder Pech. Einer der Jungen hielt die Tür zum Hof zu, während die anderen hinein zur Schulstunde liefen. Der Junge war größer und stärker als sie. Sie setzte sich auf den Boden und weinte. Der Junge jenseits der Tür hörte ihr Schluchzen. Er öffnete die Tür ein wenig, stand da und guckte sie an.

– Die anderen haben mich dazu gezwungen, sagte er und half ihr auf, und zusammen gingen sie zur Leckertante und trösteten sich für ihr Geld mit Leckereien. Sie hatte einen Freund gefunden. Aber nur in dieser einen Schwänzstunde. Sie redete nicht mehr mit ihm. Er drehte ihr eilig den Rükken zu, wenn er sie sah. Aber er hatte sie weinen gesehen, und er hatte mit ihr geredet. Deshalb liebte sie ihn. Seinetwegen ging sie jeden Morgen mit großen Erwartungen in die Schule. Sie hoffte, er werde sie bemerken und vielleicht lächeln. Sie hoffte auf ein Wunder. Allein die Tatsache, daß sie hoffen konnte, war etwas Großes für sie. Es hatte einen Sinn, in die Schule zu gehen, nachdem es vorher sinnlos gewesen war.

Sie saß gern zwischen den Tanten und Tante Anna, die alle nähten und strickten. Sie hatte ihr eigenes Nähzeug, ein Rasiertuch für ihren Vater. Die Tanten redeten viel. Tante Anna dominierte mit ihrer feineren und deutlicheren Aussprache. Sie trug auch goldenen Schmuck. Nina lauschte mit dem ganzen Körper. Sie wollte gern etwas lernen vom Erwachsenenleben. Sie wußte, eines Tages würde sie wie sie werden. Eine erwachsene Frau, die Tischtücher stickte und Pullover für die großen Söhne strickte.

Der Kaffee in der königlichen Porzellankanne war kalt geworden. Die blaue Farbe des Möwenservice war so trist, so friedhofsmäßig. Sie saßen in der guten Stube. Die wurde nur geheizt, wenn Besuch kam. Sie wurde nie richtig warm, bis der Besuch gegangen war und sie wieder leerstand und auf die nächste Familienzusammenkunft wartete. Trotzdem wurde in der guten Stube jeden Freitag saubergemacht. Denn der Staub legte sich überall hin, auch wenn die Stube nicht benutzt wurde.

Tante Gerda legte ihr Nähzeug in den Nähkorb und stand auf. Das war das Signal zum obligatorischen Gartenspaziergang. Sie sollten die Staudenbeete und die Johannisbeer- und Stachelbeerbüsche im Küchengarten sehen. Die unebene Erde zwischen den Stauden und Büschen war von Unkraut befreit und mit dem Rechen geharkt worden. Nina interessierte sich mehr für die Hühner und ging in den Hühnerhof mit dem hohen Maschendraht rundherum. Der trockene, scharfe Geruch von Hühnerkot stach ihr in die Nasenlöcher.

Sie wählte einen großen, braunen Italiener als Versuchsperson für ihr Experiment. Sie hatte einmal ein Huhn zum Einschlafen gebracht und wollte noch einen Versuch machen. Falls es ihr dreimal hintereinander gelang, ein Huhn zum Einschlafen zu bringen, würde sie sich Hypnotiseur nennen können. Sie setzte das Huhn vor sich. Sie strich ihm über die Federn. Es war vertrauensvoll und zahm. Sie hatte es oft auf dem Schoß gehabt, mit ihm gesprochen und ihm über die braunen Federn gestrichen. Es war ihre Vertraute. Sie nannte es Iris. Jetzt sollte ihre Freundschaft die Probe bestehen. Sie wußte, sie hatte magische Kräfte, sie konnte kleinere Tiere dazu bringen, zu gehorchen und ihrem Willen zu folgen. Das erforderte nichts weiter als ein bißchen Konzentration. Sie sah Iris tief in die Augen. Das nervöse Blinzeln hörte rasch auf. Sie hatte Kontakt. Sie gebrauchte keine Worte. Denn es verstand Sprache nicht. Sie rief ein Bild der schlafenden Iris in ihrem Kopf hervor und schickte dieses Bild durch die Augen in das Huhn. Einen Augenblick danach stand es da und schlief. Nina betrachtete ihr Werk. Große Freude durchströmte sie. Das Gefühl von Gott.

Mit ihren Tanten konnte sie die Freude nicht teilen. Die hatten Angst vor dem »Übernatürlichen«. Und das Übernatürliche war für sie alles, was sich nicht messen und wiegen ließ, alles, was jenseits des Materiellen lag. Jenseits der Welt des Haushaltens, des Melkens und des Erntens. Am nächsten kamen sie dem Übernatürlichen beim Wetter, das sie »die Wettergötter« nannten. Ihre ganze Existenz war abhängig von den Wettergöttern. Es gab gute Jahre und schlechte Jahre. Je nachdem, wie die Wettergötter sich verhielten. Darüber hinaus aber war eine Blume eine Blume, ein Rechen ein Rechen, ein Huhn ein Huhn. Alles andere war undenkbar. Die Grenze zwischen Menschen und dem Tier- und Pflanzenreich war scharf gezogen.

Die Tanten hatten auch Angst vor ihr. Alle, die nicht auf

ihrer Wellenlänge waren, waren fremde Sonderlinge, eine Bedrohung der Herrschaft des Alltags, in dem es darum ging, in die Hände zu spucken und sich ins Zeug zu legen. Nach der Parole: Man muß arbeiten fürs Essen. Die Tretmühle der Arbeit sprach Nina nicht an. Sie hatte schon einen neuen, glänzenden Plan. Sie wollte versuchen, ins Pflanzenreich einzudringen und eine Blume zu hypnotisieren, daß sie aufblühte. Anfangen wollte sie mit einer Osterglocke. Tante Gerdas Geburtstag war ein wiederkehrendes Familienereignis. Er fiel in den April, also um die Oster- und Osterglockenzeit. Nina hatte reichlich Zeit, sich vorzubereiten und zu planen. Magie war eine Frage von Strategie und mathematischem Denken. Sie sehnte sich schon nach Hause, um anzufangen, in ihrem Botanikbuch die Anatomie der Osterglocke zu studieren.

– Was grinst du so verschmitzt? Hast du vor, etwas anzustellen? fragte Tante Gerda. Ihr Tonfall war warm und liebevoll. Sie erwartete nicht, daß Nina groß etwas anstellte. Sie war so still und artig. Allzu still und artig, wie sie zu Ninas Mutter sagte, die Nina verteidigte.

– Wir können ja nicht alle gleich sein. Sie ist gut genug, wie sie ist.

Aber als sie nach Hause kamen, schüttelte sie sie hart am Arm und sagte:

– Warum kannst du nicht sein wie alle anderen? Warum spielst du nicht mit jemand?

– Spielen langweilt mich.

– Es stimmt, was die Tante sagt. Du bist seltsam.

– Tante Anna ist auch seltsam.

– So was darfst du nicht sagen.

Die Mutter hatte das Prinzip, von niemandem schlecht zu reden. Nina wußte, daß mit Tante Anna irgend etwas nicht stimmte. Daß sie ihr am liebsten aus dem Weg ging, auch wenn sie freundlich war und immer Bonbons in ihrer

Tasche hatte. Bernsteinfarbene Bonbons, die dieselbe Farbe wie ihre Haare hatten. Eine rote Lockenpracht um ihr ovales Gesicht, das mit bleichen Sommersprossen übersät war. Ebenso wie ihre Arme. Nina wünschte sich, sie hätte Sommersprossen wie Tante Anna. Aber man mußte mit Sommersprossen geboren sein, also war diese Möglichkeit für immer und ewig dahin.

Vielleicht waren es ihre roten Haare, mit denen etwas nicht stimmte. Und um das Mysterium aufzuklären, mußte sie sich Tante Anna nähern. Sie besuchte ihr Haus, ohne daß die Eltern davon wußten. Bekam aber nichts aus ihr heraus. Die Tante antwortete ausweichend auf ihre Fragen und schloß immer mit der Ermahnung, man solle seine Eltern achten und ehren. Nina fing an, sich ihr anzuvertrauen. Ihre Pläne, Osterglocken zu hypnotisieren, und etwas größere Tiere wie Kühe und Hunde. Tante Anna lachte vergnügt über ihren Einfall und ermunterte sie, ihre Studien des Pflanzen- und Tierlebens fortzusetzen.

– Wir stammen aus der Natur. Davor können wir nicht weglaufen, sagte sie. Ihr Wohnzimmer stand voller Topfpflanzen. Auf den Fensterbänken, auf dem Eßtisch, auf dem Couchtisch, auf kleinen Blumentischen. Die Luft war dumpf und feucht. Eine erstickende Tropenwärme wie in einem Treibhaus. Nina wurde der Kopf schwer, und sie wurde schläfrig dort auf dem Sofa, in der Hand eine Tasse Schokolade in einer unbestimmbaren dunkelbraunen Farbe. Die Schokolade schmeckte verbrannt. Sie war mehrere Tage immer wieder aufgewärmt worden. Tante Anna ließ nichts umkommen. Ihre Mahlzeiten bestanden aus Essensresten. Nina wollte auf keinen Fall zum Abendessen eingeladen werden und entschuldigte sich mit den Hausaufgaben, wovor Tante Anna großen Respekt hatte. Sie wäre mehr als gern geblieben, hätte es nicht das verdorbene Essen und die Eltern gegeben, die ihr verboten hatten, mit

Tante Anna zu verkehren. Sie waren überhaupt dagegen, daß sie herumstreifte und überall zu Besuch kam, wo eine Tür offenstand.

– Warum magst du nicht zu Hause sein? klagte die Mutter, wenn sie endlich um die Essenszeit auftauchte.

Der Einsiedler war immer bei ihr. Wo sie war, war auch er. Wie ein Schatten, mit dem sie zusammengewachsen war. Es konnte lange dauern, bis er wieder einmal auftauchte. Plötzlich saß er in der Küche und redete mit ihrer Mutter. Sie wich ihm aus, weil sie diese fixe Idee hatte, er wolle sie heiraten. Habe sie zu seiner Kinderbraut erwählt.

Als sie dreizehn wurde und in den Konfirmandenunterricht ging, ergriff sie selbst die Initiative, ihn aufzusuchen. Sie war an seinem Haus viele Male vorbeigeradelt, wußte aber nicht, daß er da wohnte. Sie klopfte an, und als niemand aufmachte bekam, ging sie hinein.

Der einzige Raum, den er benutzte, war die Küche. Er saß an einem Tisch am Fenster und studierte seine Lateinbücher. Die lateinische Sprache war für ihn der Schlüssel zum Leben. Der Tisch war voller Bücher, Papiere und Zeichnungen. Das Fenster war viele Jahre lang nicht geputzt worden und vom Tabaksrauch mit einer braunen Haut bedeckt. Man konnte nicht hinaussehen, und es kam auch nicht sehr viel Licht herein.

Er hatte einen dicken, patentgestrickten Schal an. Es war still um ihn. Beinah tot. Eine Fliege krabbelte träge an der Wand. Seine Hände mit den langen schwarzen Nägeln lagen auf dem aufgeschlagenen Lateinbuch. Auf dem Tisch lag auf Zeichnungen und Papieren ein Menschenschädel. »Memento Mori« stand in schwarzer Tusche auf der Stirn. Er nahm einen Stapel alter Zeitungen von einem Schemel und bat sie, sich zu setzen. Sie wußte nicht, warum sie gekommen war.

– Weiß deine Mutter, daß du hier bist? Er sah sie an,

als habe er ihren Besuch erwartet. Sie schüttelte den Kopf.

– Rauchst du? Er reichte ihr die Zigarettenpackung. Sie rauchte nicht. Er nahm sich eine Zigarette. Seine Finger waren gelb von Nikotin. Die Küche roch muffig und sauer. Auf dem schwarzen Herd lagen Stapel von Büchern.

– Machen wir einen Spaziergang in den Wald? Ich zeige dir meine Hütte. Ich nenne sie mein Sommerhaus. Er lächelte vor sich hin, als habe er dem Schicksal irdisches Gut abgelistet. Sie sagte ausweichend, sie habe nicht soviel Zeit. Sie wollte nicht mit ihm in den Wald.

– Hast du viele Hausaufgaben? Er strich sich mit einer eleganten Bewegung über seinen kahlen Scheitel, wie ein Mann von Welt, der ein feineres Leben weit weg von der kalten Küche geführt hatte. Ja, sie hatte viele Hausaufgaben.

– Das ist der Weg in die Zukunft. Im Gymnasium bekommst du Latein, sagte er.

Sie wollte gern Latein lernen, damit sie all die Bücher, die auf dem Herd lagen, lesen konnte. Er schenkte Kaffee aus der Thermoskanne in einen Becher ein, den er ihr reichte. Sie traute sich nicht, aus dem dreckigen Becher zu trinken.

– Du hast doch keine Angst vor mir? fragte er. Sie schüttelte den Kopf. Das war wahr. Ihr Schweigen war darin begründet, daß sie nicht wußte, was sie von ihm wollte. Er rückte näher und wollte ihr einen Kuß auf den Mund geben. Sie wehrte den Kuß ab und stand auf, um zu gehen.

– Warte, ich lese dir etwas auf Latein vor, sagte er. Sie blieb stehen und dachte daran, daß er der Freund ihrer Mutter war und ihr nichts Böses tun werde. Er las aus dem Buch vor, das auf dem Tisch lag. Sie verstand nicht mehr als die Schönheit der toten Sprache. Und sie verstand, daß der Einsiedler ihr Lehrer war. Er blätterte voller Zärtlichkeit in dem Buch. Die Bücher seien seine Freunde, sagte er, und fing an zu lesen. Latein sei die Mutter aller Sprachen. Und eigentlich brauche man nichts anderes, um sich einen Menschen nennen zu können. Er folgte mit dem Zeigefinger den Zeilen und sprach jede Silbe mit großer Präzision aus. Seine Stimme klang wie trockene Wüstenmusik. Sie zerfloß in die Himmelssprache der Wüste, der Sprache der Ärzte und Juristen. Sie lauschte mit geschlossenen Augen und spürte, wie die eckige Sprache sie auf eine Flutwelle der Unendlichkeit trug und sie unsterblich machte.

Als er fertig war, fragte sie, ob er ins Dänische übersetzen wolle, was er eben gelesen hatte. Er sagte, es sei besser, wenn sie die lateinische Sprache in ihrem Herzen bewahre und die Bedeutungen später im Gymnasium erfuhr. Dann könne sie sich ein eigenes Bild von der kraftvollen Rhetorik des Römischen Reiches machen. Jetzt sehnte sie sich schon danach, ans Gymnasium zu kommen und in die lateinische Bruderschaft aufgenommen zu werden. Die einzigen beiden lateinischen Worte, die sie kannte, waren die auf dem Schädel des Einsiedlers: »Memento Mori«, die bedeuteten: »Denk daran, daß du sterben mußt«. Er sagte, man solle dem Leben gegenüber demütig sein. Dankbar für die kurze Zeit, die man geschenkt bekam, bevor man ins Nichts zurückkehrte, aus dem man gekommen war. Mindestens einmal am Tag solle man seine Dankbarkeit zeigen gegenüber diesem großen Nichts, das uns geboren und zur Welt gebracht habe als das Bewußtsein der Erde von sich selbst.

Wie zeige er denn seine Dankbarkeit, wenn er weder saubermachte noch aufräumte und nie sein Fenster putzte, damit er all das schöne Grün sehen könne, das ihnen die Erde jedes Frühjahr schenke, solange sie lebten? Hätten sie dann nicht die Pflicht, wenigstens aus den Fenstern sehen zu können? Und sie werde sie gern für ihn putzen, wenn er das wolle.

Er fing wieder damit an, es sei besser, in den Wald zu gehen, als sich das Grün durch ein Küchenfenster anzusehen. Sie hätten geradezu die Pflicht, in den Wald zu gehen, nirgends in lateinischen Schriften oder hebräischen Bibeln stehe etwas von Fensterputzen geschrieben. Er flirte ein wenig mit dem Hebräischen. Es sei seine Geliebte, während Latein seine Angetraute sei.

Sie wollte wissen, wo das mit der Pflicht, im Wald spazierenzugehen, stehe. Sie habe in der Schule die Zehn Gebote gelernt, und andere Gebote gebe es ihres Wissens nicht. Zehn sei eine heilige Zahl. Ein elftes Gebot würde die zehn auf eine niedrigere Ebene ziehen. Elf sei eine Primzahl, durch keine andere Zahl teilbar. Überhaupt solle man vorsichtig sein mit den Zahlen. Das Universum sei auf Zahlen aufgebaut. Und wenn man Unordnung in die Zahlen bringe, würden Naturkatastrophen eintreten. Gott z. B. sei 1:1. Und wer wage es, dies zu 1:2 oder 1:7 zu machen.

– Du darfst ja keine anderen Götter haben, sagte sie. Sie habe sich so echauffiert, weil die Zahlen die Weltordnung zusammenhielten. Ihre Mutter habe drei Kinder, nicht vier. Sie hätten ein Sofa, nicht fünf. Sie hätten zwei Eingangstüren, nicht vier. Sie habe eine Puppe, nicht zwanzig. Es gebe einen Samstag in der Woche, nicht zwei. Sie habe ein Sonntagskleid und drei Alltagskleider, 23 Donald-Duck-Hefte, 250 Hühnerringe: 41 gelbe, 23 rote, 36 grüne, 77 blaue, 51 durchsichtige, 22 schwarze. Da könne man nicht einfach sagen, es gebe ein elftes Gebot. Jedenfalls nicht, wenn sie es höre.

Der Einsiedler runzelte die Stirn und sagte, er müsse gründlich nachdenken über das, was sie gesagt habe, denn es sei interessant, daß ein Kind philosophiere. Sie wollte, daß er sich bei ihr entschuldigte für das elfte Gebot. Ja, aber dann solle sie sich auch jetzt auf seinen Schoß setzen, damit sie gute Freunde seien. Das könne sie gern machen, jetzt ein bißchen nett sein, nachdem sie ihn wegen Blasphemie und leichtsinnigem Umgang mit den Zahlen ausgescholten habe. Und wenn sie nun auch noch zu seiner Freundin erhoben werde und so den gleichen Status erhalte wie die Lateinbücher, gebe es keinen Grund, sich zu zieren, selbst wenn sie nicht gekommen sei, um auf seinem Schoß zu sitzen, sondern um seine Lateinbücher zu sehen.

Es gab keine Bücher, d. h. 0 Bücher, bei ihr zu Hause. Ihre Mutter meinte, alle Bücher über die Schulbücher hinaus brächten Unglück. Doch als sie fragte, ob sie das beweisen könne, sagte die Mutter, sie solle sie nicht der Lüge beschuldigen. Sie wolle sich nicht von Beweisen tyrannisieren lassen, sagte sie. Die Mutter gab alle möglichen Behauptungen von sich, ganz ohne Beweise, zum Beispiel, der Glaube versetze Berge. Nina wolle für alles Beweise, und dessen sei sie so müde. Sie solle einfach glauben, was sie sagte. Ohne Glauben werde sie als boshafte alte Jungfer enden. Denn die Liebe sei eine Glaubenssache.

– Was ist Liebe ohne Beweise wert, sagte Nina.

– Du glaubst vielleicht nicht, daß ich dich liebe. Die Mutter drückte ihr fest die Hand.

– Doch, Mutter, das ist bewiesen.

– Wie denn, Fräulein Bücherwurm?

– Es steht in den Sternen.

Sie setzte sich ruhig auf den Schoß des Einsiedlers und wartete auf den Beweis ihrer eigenen Existenz. Er strich ihr übers Haar und glättete ihren Rock. Ihre Mutter hatte sie gelehrt, wenn man A sagte, müsse man auch B sagen. Er legte die Hand auf ihr Knie und streichelte es mit seiner kühlen Käpt'n-Hook-Hand. Sie meinte, wenn die Haare A seien, müsse das Knie B sein. Er gönnte sich ein langes B. Und dann wollte er ihren Hals küssen. Aber ein C sollte er ihrer Mutter zufolge nicht haben.

Sie verlegte sich aufs Verhandeln. Er könne einen Kuß bekommen, wenn er fünfzehn lateinische Zeilen für sie übersetzte. Er ging auf ihre Bedingungen ein. Darauf schlug er eine ganze Seite dafür vor, daß er ihr unter den Rock greifen durfte. Sie wollte zwei. Er beugte sich ihrer Forderung und führte sie noch einen Schritt weiter in Ovids *Metamorphosen* ein.

Sie fragte ihn, was Metamorphose bedeute. Er erklärte, es bedeute Verwandlung. Das heißt, eine vollständige Transformation von einem Zustand in einen anderen, so daß die Form des ersten Zustands im nächsten aufgehoben sei, zum Beispiel eine Blumenvase, die zu einer Frau werde. Sie entnahm seiner umständlichen Erklärung, daß es um Schönheitsoffenbarungen ging, und sagte, sie wolle gern eine Metamorphose sein, und sie könnten die Verhandlungen über ihre Einweihung in die lateinischen Verse gern fortsetzen.

Der Wald, der nicht in den Büchern geschrieben stand und deshalb nicht als das elfte Gebot gelten konnte, war in die Küche gekommen. Eine schwarze Wildnis breitete sich um sie aus, zusammen mit der Abendstille. Der Einsiedler schlürfte kalten Kaffee. Seine schlaffen Wangen flatterten um den zahnlosen Mund. Sie nagte an einem Stück trockenem Weißbrot, das sie auf dem Fußboden gefunden hatte. Es war ein richtiger Waldspaziergang. Sie hatte immer davon geträumt, ihre Mutter würde sie auf einen solchen Waldspaziergang mitnehmen, eine Decke ausbreiten und Limonade anbieten. Sie dachte vor allem an ihre Mutter, die ihren besten Freund, den Einsiedler, verloren hatte und von jetzt an auf der ganzen Welt niemand anderen mehr hatte als sie.

Die Stille, die sie mit ihrem Zyklopenauge anstarrte, wenn sie in eines der kleinen Geschäfte eintrat, um für ihre Mutter einzukaufen. Ihr Gruß, der nicht erwidert wurde. Ihre unsichtbare Anwesenheit beim Bäcker oder Schlachter, die bewirkte, daß sie übergangen wurde, bis außer ihr niemand mehr im Laden war. Sie stand lange da und sah auf den Boden, bevor sie sich zu sagen traute, was sie wollte. Und wenn sie endlich den Mund aufbekam und stammelte: »Ein Pfund Hackfleisch« oder »Ein Weißbrot«, war ihre Stimme so leise und verschüchtert, daß sie ihren Wunsch sieben-, achtmal wiederholen mußte, bevor er in den Ohren der Verkäufer Sinn ergab und sie endlich bedient werden konnte. Sie spürte, wie ihr das anzügliche Grinsen der Verkäufer unter die Haut kroch, und das Gift, das in ihren Körper eindrang, wie Eisenhaken, an denen man geschlachtete Tiere aufhängte. Aber es berührte sie nicht, denn sie ließ sich selbst nicht gelten. Sie ließ sich selbst so wenig gelten, daß nichts sie berührte. Weder die abgewandten Gesichter noch das offene Kichern. Sie verließ den Laden mit einer Trauer, für die sie keinen Namen wußte. Die Trauer war ihr Kainsmal. Sie machte sie abstoßend, umschloß sie und machte sie zum Ungeheuer.

Ihre erste Liebe erregte den Abscheu der Mutter des Jungen, wegen ihres schlechten Rufs, deren Inhalt auf rätselhafte Weise vor ihr geheimgehalten worden war. Die Mutter verließ das Haus jedesmal, wenn Nina zu Besuch kam, und stellte schließlich ein Ultimatum: »Entweder sie oder ich.«

Den ganzen Tag vor dem Fest lagen sie am Strand und

sahen einander tief in die Augen. Sie schwammen hinaus bis zur dritten Sandbank und wieder zurück. Sie ließen sich von der Sonne trocknen und rieben einander mit Niveacreme ein. Sie freute sich auf sein Abitursfest und auf die Einweihung ihres neuen Sommerkleids, dessen leichten, rotgepunkteten Stoff sie mit dem Gedanken daran ausgewählt hatte, daß die rotweißen Farben zu seiner Studentenmütze passen würden.

Als sie dabei waren, Handtücher und Strandzeug in ihre Strohtasche zusammenzupacken, um sich rechtzeitig für das große Ereignis des Abends nach Hause zu begeben, sagte er, seine Mutter habe gesagt, wenn Nina zum Fest komme, werde sie aus dem Haus gehen. Er könne selbst wählen. Der Junge wählte die Mutter. Was sollte er sonst tun? Seine Mutter hat man das ganze Leben, ein Mädchen aber ist nur eine kurze Freude, die sich durch eine neue ersetzen läßt.

Gegen Mitternacht, als Nina zu Bett gegangen war, kam er zu ihrem Haus und warf einen Stein durch ihr offenes Fenster. Sie wurde von dem schweren, dumpfen Geräusch auf dem Fußboden geweckt und sah den Stein daliegen wie eine Faust aus einer feindlichen Welt. Sie stand auf und ging zum Fenster. Sie schlief im Sommer nicht im Nachthemd, ein geheimes Verbrechen, auf das sie Wert legte. In ihrem halbwachen Zustand vergaß sie, etwas überzuziehen und zeigte sich ihm splitterfasernackt und legte damit auf dem Hexenscheiterhaufen Holz nach.

Er legte die Hände um den Mund wie ein Trichter und rief ihr zu, nun sei seine Mutter zu Bett gegangen, und jetzt könne sie gern kommen. Sie war zu stolz, um sich mit den Resten eines abgetanen Festes zu begnügen. Er quälte sie weiter und heulte wie eine liebeskranke Katze. Sie beharrte auf ihrem Nein. Nachher, als er zu seinem mutterlosen Fest zurückgeradelt war, bereute Nina, daß sie ihn allein hatte gehen lassen. Sie ging ins Schlafzimmer der Eltern und fragte ihre Mutter, ob es falsch von ihr sei, zu Hause zu bleiben. Ihre Mutter gab ihr recht, daß sie nicht aufs Fest gehen solle, wenn seine Mutter gesagt hatte: »Entweder sie oder ich.«

Ein paar Monate nach dem Abitursfest ging eine junge Frau und Mutter zweier Kinder in einem Anfall akuter Psychose nackt die einzige Straße des Provinzstädtchens hinunter und wurde anschließend im nächstgelegenen psychiatrischen Krankenhaus eingesperrt. Nina wurde zum Sündenbock ausersehen, mit dem Vorwurf, die arme junge Frau inspiriert zu haben, ihre Krankheit vor offenem Vorhang auszustellen.

Es war die böse Zunge der Studentenmutter, die das Gerücht von Ninas unsittlicher Sommergewohnheit verbreitet hatte. Sie kehrte den Haß der Mutter gegen sich selbst. Sie schluckte den Haß, kaute und verdaute ihn, bis er aus ihrem Bewußtsein getilgt war. Sie war Schauspielerin, konnte sich gut verstellen und so tun, als wäre nichts. Den Hohn und das Grinsen von sich abprallen lassen, mit überheblicher Miene weitergehen und sich sagen: »Ich entscheide selbst, ob ich verletzt werden will, ob die giftigen Pfeile weh tun sollen. Entscheide ich, daß sie nicht weh tun, brechen sie, und die Wirkung bleibt aus. Ich erhebe mich aus der Schlammschlacht wie der Phönix aus der Asche. Ich bin unberührbar, unerreichbar.«

Trotzdem kostet es sie große Überwindung, auf die Straße zu gehen und sich den Löwen vorzuwerfen, ihr sicheres Elternhaus zu verlassen, wo die Mutter herumläuft wie ein krankes Huhn und jammert: »Du bist so lieb, so lieb.« Sie weiß ja genau, was zwischen Nina und der Provinz vorgeht, daß sie dazu auserwählt ist, deren Wurfbude zu sein, in der man ständig Porzellan zerschlägt, damit die seelische Balance aufrechterhalten bleibt, damit die Aggressionen nicht an der Familie ausgelassen, sondern auf neutralem Grund abgeladen werden, an toten Dingen.

Sie ist so ein totes Ding, ein weißer Teller, auf den man wirft, um durch das Geräusch des zerspringenden Porzellans den Druck des Alltags zu erleichtern. Oder ist es nur Keramik? Das hat keine Bedeutung. Zielscheibe zu sein ist besser, als mit der Leere des weißen Tellers zu leben, der mit Fleisch und Sauce und Kartoffeln nie in Berührung war. Was für eine Schande, gleich im Werk aussortiert und als 2. Wahl verschickt und dann zerdeppert zu werden, ohne seine eigentliche Bestimmung erfüllt zu haben: Diener der heiligen Mahlzeit zu sein. Service nennt man uns weiße und muschelgemusterte Kirchendiener.

Ach, wieder ein Teller zu sein und nicht tausend Tonscherben. Eine zweite Chance zu bekommen. Nur gibt es kein zweites Mal. Das Leben ist keine Generalprobe. Ergreife die Chance, wenn du sie bekommst, auch mit dem Fabrikationsfehler, mit dem du ausgestattet bist.

Jedesmal, wenn die Brüder nach einem Wochenendbesuch zu Hause aufbrechen, sagen sie: »Sei bitte lieb zu Vater und Mutter.« Und selbstverständlich haben sie einen Grund zu sagen, sie solle lieb sein. Doch der Grund ist ihr verborgen. Sie denkt, es liege an ihrem schwierigen Charakter. An ihrem Schweigen, das das Haus verfinstert. An ihrer zurückgezogenen Position in ihrem Zimmer, das grün getüncht ist. Ihrer Abneigung gegen Tapete mit gelben Blumenranken. Ihren Haaren, die den Rücken hinunterhängen. Ihren großkarierten Hosen und Islandpullovern. Ihren nächtlichen Fahrten in die nächste Provinzstadt und den Taxis früh am Morgen, deren Fahrer sie warten läßt, während sie ins Schlafzimmer der Eltern hinaufgeht und den Vater weckt und von ihm den Betrag auf dem Taxameter verlangt, eine schwindelerregende Summe im Hinblick darauf, daß die Familie von der Hand in den Mund lebt. An ihren Einkäufe von rotem Martini beim Kaufmann, der der ganzen Umgebung mitteilt, daß dieses siebzehnjährige Mädchen von diesem roten Zeug eine ganze Flasche am Tag trinkt. Ihrem blauen Nagellack, der in dieselbe Richtung weist – Verderbtheit. Solche Ausschweifungen kann man in einem anständigen Gemeinwesen einfach nicht gebrauchen. Für Unregelmäßigkeiten ist in dieser hübschen, gepflegten Provinzidylle kein Platz.

Ein Jammer für die armen Eltern, die das Mädchen überhaupt nicht im Griff haben, das im übrigen in Anbetracht des fortgeschrittenen Alters der Eltern als kleines Mißgeschick betrachtet werden kann, da es vierzehn Jahre nach dem jüngsten Bruder geboren wurde. So sind sie vielleicht ein bißchen selber schuld. Ein bißchen zu verliebt ineinander, gemessen am allgemeinen Anstand. Streicht sie ihm nicht manchmal über die Wange, wenn andere es sehen. Und er bedenkt sie mit langen, liederlichen Blicken, wenn sie im Laden an ihm vorbeigeht. Der Apfel fällt selten weit vom Stamm. Mit der Tochter liegen sie, wie sie sich gebettet haben. Sie sucht schlechte Gesellschaft in den Wirtshäusern der Provinzhauptstadt. Sie besudelt sich am Abschaum der Stadt. Anstatt die frische Landluft einzuatmen und sich an den eingesäten Feldern und der Ernte in den Scheunen zu freuen. An der Unendlichkeit im Wechsel der Jahreszeiten, dem Gesang der Lerchen und dem Flöten der Stare im Herbst. Am ruhigen Flug der Zugvögel über den hohen, klaren Herbsthimmel.

All das müßte ein junges Mädchen zufriedenstellen, selbst wenn es länger unter dem Dach seiner Eltern lebt, als gut ist, um zu lernen, daß man ohne Kopf auskommt. All das Zur-Schule-Gehen, all das Lesen schwächt den Charakter. Es wäre gesünder für sie, wenn sie rauskäme und lernte, die Hände zu etwas Vernünftigem zu gebrauchen. In ihrem Alter ist Zur-Schule-Gehen gleichbedeutend mit Müßiggehen. Junge Menschen sollen arbeiten lernen. Denn Arbeit gibt Rückgrad und schafft gute Bürger, Frauen und Männer, die ihren Platz und ihre Bestimmung kennen.

Die armen Eltern haben ihre Tochter nicht unter Kontrolle. Sie bleibt einfach nicht zu Hause, wo sich ein junges Mädchen nach Einbruch der Dunkelheit aufhalten sollte. Sie nähren eine Schlange an ihrem Busen. Das Mädchen hat sie mit seinem verderbten Benehmen eingewickelt. Je mehr sie sich anstellt, desto kleinlauter und ängstlicher werden sie. Sie gehen in ihrem eigenen Haus auf Zehenspitzen. Die Mutter traut sich kaum, sie zum Abendbrot herunterzurufen, aus Angst, sie könnte das Kind bei den Hausaufgaben stören. Sie klopft bei ihr an und wartet vor der Tür, bis die freche Göre sagt: »Herein.« Sie bleibt sitzen, über die Bücher gebeugt, kehrt ihr den Rücken zu, und die Mutter bleibt auf der Schwelle stehen und sagt mit verlegener Stimme, das Abendbrot stehe auf dem Tisch. Dann schleicht die Mutter die Treppe wieder herunter.

Die Eltern sitzen schon am Tisch und essen, wenn das Mädchen allergnädigst erscheint. Sie sitzt da und stochert im Essen und macht den Mund nur auf, wenn sie um das Salz oder die Platte mit der Bratwurst bittet. Ihre Eltern bedeuten ihr nicht mehr als der Dreck, auf den sie tritt. Aber das ist ja nicht zum Anhören! Daß ein Elternpaar so an die Wand gedrückt wird. Sie braucht eine Tracht Prügel, und anschließend ins Heim für verwilderte junge Mädchen. Es kann nicht sein, daß ein sicheres, kleines Gemeinwesen die Hände in den Schoß legt und zusieht, wie auf so guten, liebevollen Eltern herumgetrampelt wird. Das ist einfach empörend. Daß das Mädchen mit den Eltern nicht spricht. Daß sie sich stumm stellt. Es ist unerhört, seine Eltern so unanständig zu behandeln. Nur weil sie länger zur Schule geht als normal. Die Schule ist für Kinder, nicht für einen erwachsenen Menschen weit jenseits des Konfirmationsalters.

Eine Deputation, bestehend aus drei Frauen und einem Mann, trifft am Haus ein. Alle Mitglieder der Leitung des Einzelhandelsverbandes, in dem auch der Vater Mitglied ist, kraft seines Geschäfts, das das kleine Gemeinwesen mit Illustrierten, Zigaretten, Kodakfilmen und vor allem mit Totoscheinen versorgt und es damit den Bürgern der Stadt ermöglicht, am wöchentlichen, staatlich kontrollierten Toto teilzunehmen. Ein ehrliches und stubenreines Spiel, weit entfernt vom schmutzigen Poker und vom Glücksspiel, das man in ihrer Gegend Mauscheln nennt. Der Mann, der die Staatliche Totogesellschaft in die Stadt gebracht hat, soll sich von einer unmündigen Tochter, die bei den Eltern nassauert und sich einbildet, sie werde studieren, nicht schlecht behandeln lassen. Sie ist ein fauler Fleck am frischen, rotwangigen Gemeinwesenapfel. Sie muß von den gesunden Äpfeln isoliert werden. Denn wenn es etwas gibt, das die braven Leute wissen, dann ist das die Tatsache, daß Fäulnis ansteckend ist. Dürfte nur ein fauler Apfel in der Kiste liegenbleiben, würde es nicht lange dauern, bis man die ganze Kiste auf den Misthaufen schmeißen könnte. Oder in den Trog der Schweine, die faule Äpfel verputzen wie Naschereien. Aber ein Schwein ist das eine, der Mensch etwas anderes. Bei den Menschen herrschen Moral und Anstand. Diese guten Bürger sind anständige Menschen mit einem scharfen Blick für die Fehler und Mängel ihrer Mitmenschen. Und ihr gutes Gewissen befiehlt ihnen, den notleidenden Eltern zu Hilfe zu kommen. Sie sollen aufgehoben werden aus dem Abgrund, in den sie gefallen sind. Über die Kante gestoßen von ihrer verderbten Tochter. Eine Hure ist sie auch, dem Gerücht zufolge.

Die vier selbsternannten Retter werden zu Kaffee und selbstgebackenem Mandelkranz um den Eßtisch gesetzt. Sie sind gekommen unter dem Vorwand, sie wollten einige dringende Punkte in Hinblick auf die Zukunft des Einzelhandelsverbandes besprechen. Die Mutter geht zwischen dem Wohnzimmer und der Küche hin und her und sorgt für ihre Gäste. Sie wird gebeten, sich ebenfalls an den Tisch zu setzen, da das Thema auch sie angehe. Die Mutter setzt sich auf die äußerste Kante des Stuhles und glättet ihre Schürze, die mitten auf dem Bauch einen Fettfleck hat. Noch ein Zeichen dafür, daß nicht alles ist, wie es sein soll. Die dicke Kaufmannsfrau bringt im Namen aller ihr Anliegen vor: Es könne nicht so weitergehen mit dieser Tochter, die die Stadt auf den Kopf stelle und Fäulnis und Verderbnis verbreite.

»Aber wie kann ein kleines Mädchen so große Bedeutung haben?« wendet der Vater vorsichtig ein. Die Mutter ist leichenblaß. Sie starrt mit zusammengekniffenen Lippen vor sich hin. Der Zorn breitet sich in ihrem ganzen Körper aus und lähmt sie. Es wird kein Kaffee mehr eingeschenkt. Und die Platte mit dem Mandelkranz wird kein zweites Mal herumgereicht. Sie steht an der Seite ihrer Tochter. Daran ist nicht zu rütteln. Sie würden sie nicht dazu kriegen, ihren Nacken zu beugen. Sie hört den Vater das Verhalten der Tochter entschuldigen und kneift die Lippen noch mehr zusammen. Sie tut so, als sei sie nicht da. Sie ist erhaben über diese Menschen, die sich in ihr Wohnzimmer gedrängt haben, um zu zerstören. Sie nennen ihre Tochter Teufelsbrut, aber sie sind selbst vom Bösen beherrscht. Sie hat immer an das Gute im Menschen und an die Macht des Guten geglaubt. Vom Bösen wollte sie nichts wissen.

Mit diesem Besuch ist ihre ganze Lebensgrundlage zu Bruch gegangen. Nur die Ruinen sind übrig. Aber der Zorn, der in ihrem Körper wächst, wird ein neues Fundament aufbauen. Einen noch höheren Turm, ein noch schöneres Schloß. Sie fühlt sich befreit mitten in dieser Erniedrigung, die diese rechthaberischen Menschen ihr zugefügt haben. Sie gehörten zum Bekanntenkreis. Sie seien ins Haus gekommen und hätten das unverschämte Auftreten der Tochter den Eltern gegenüber erlebt. Sie hätten ihre anstößige Kleidung und ihre langen, unordentlichen Haare, die eine solide Schere brauchten, gesehen. Außerdem seien da die hartnäckigen Gerüchte, die die Nachbarin verbreite. Gerüchte von nächtlichen Orgien, die zu entsetzlich seien, um laut darüber zu sprechen, die sich nur leise flüsternd weitergeben ließen.

Die Mutter hört den Vater seine stotternde Entschuldigung beenden. »Wir reden mit ihr.« Die unfreundlichen Gäste nicken wie auf Kommando und stehen auf. »Wir hoffen, die Sache wird in Ordnung gebracht«, sagt die Frau, die den Tatol-Laden führt. Sie ist selbst Gegenstand des Provinzklatsches. Sie ist nach einer gescheiterten Jugendehe alleinstehend. Und alleinstehende Frauen sind eine Bedrohung des sexuellen Gleichgewichts in der Stadt. Sie vermeidet die Ausstoßung aus der Gemeinschaft, indem sie sich an die Spitze der Tugendwächter stellt. Sie verschanzt sich hinter der Entrüstung wie in einem unüberwindlichen Fort Knox. Sie ist immer in Kampfstimmung, bereit, zum Angriff auf Schuldige wie Unschuldige überzugehen. Im tiefsten Inneren des Fleischberges sitzt ein verstörtes kleines Mädchen und weint. Ihr stilles Weinen muß um jeden Preis vom Sturz anderer in den Abgrund des Bannfluchs übertönt werden.

Sie verlassen das Haus im Gänsemarsch. Der Kaufmann als letzter. Er dreht sich mit der Bemerkung um, sie würden die Entwicklung verfolgen. Die Familie im Auge behalten. Während des Besuchs hat er nichts gesagt. Um so größeres Gewicht hat jetzt sein Abschiedsgruß. Die Eltern und das unbändige Mädchen sind jetzt in einer Art Hausarrest.

Die Mutter und der Vater bleiben am verlassenen Kaffeetisch sitzen. Sie schweigen. Jeder denkt sich sein Teil. Das Mädchen ist bei einer Schulkameradin zu Besuch und wird das ganze Wochenende weg sein. Der Mutter graut es im stillen davor, daß ihr kleines Mädchen schon verloren ist. Sie ist voller Angst und Sorge. Ihr Mädchen ist in schlechte Gesellschaft geraten. Ist in den Zauberkreis der Begüterten geraten und verhext worden. Sie erkennt ihre Tochter nicht wieder. Ihr hartes Gesicht. Ihre höhnische Stimme, wenn sie sich schließlich herabläßt, ein paar einsilbige Worte fallenzulassen. Sie ist ein fremdes Wesen geworden, vor dem die Mutter Angst hat. Sie sieht den Vater an. Er erträgt es nicht, daß jemand sein Mädchen kritisiert. Sie ist sein Augenstern. Sie ist ihm wie aus dem Gesicht geschnitten und hat sein Temperament. Er würde für sie durchs Feuer gehen. Er würde sich das letzte Hemd vom Körper reißen und es seiner Tochter geben, falls sie in Not ist. Vorläufig müssen sie warten und sehen, ob sie nicht von selbst wieder zur Vernunft kommt. Er schließt sie in sein Abendgebet ein und setzt sein Vertrauen in den lieben Gott, der besonders den Kleinen des Gemeinwesens hilft.

Er geht an den Feiertagen in die Kirche. Wie es sich gehört. Die Mutter geht jeden Sonntag, um sich die Portion geistlicher Nahrung zu holen, die sie so dringend braucht. Sie sieht nicht die Augen hinter den Scheiben, die ihren leichten Gang zur Kirche verfolgen, und hört nicht die spitzen Bemerkungen, sie renne Gott die Türen ein. Sie ißt gierig von Gottes Wort. Die Worte dringen in sie ein wie Regen in die trockene Erde. Sie ist ganz erfüllt von den Worten. Sie fließen durch ihre Adern, gemischt mit ihrem Blut. Sie spürt die Kraft, die vom Mund des Geistlichen ausgeht. Die Worte treffen ihr Gesicht und liebkosen ihre Stirn und Wangen und ihren vollen Mund. Sie trinkt seine Stimme wie den Tau, der früh am Abend fällt. Sie ist ein kleiner Vogel, der sich in einem Vogelbad aus Marmor an einem vornehmen Ort die Federn putzt. Sie ist in der großen Welt, die sich zu den Seelen der Menschen öffnet.

Sie vertraut blind ihrer Tochter, die zu Hause sitzt und die vielen Bücher liest, die das Abitur verlangt. An all den Klatsch, diese empfange in der Kirchzeit Herrenbesuch, Männer jeden Alters von 13 bis 73, glaubt sie nicht. Das sind böse Zungen, die die Familie zerstören wollen. Bis zu diesem unangemeldeten Besuch hat sie anderen nichts Böses zutrauen können. Jetzt hat sie das Böse am eigenen Leib erfahren. Das macht sie stark. Der Vater sitzt da und starrt auf das frischgemangelte Damasttischtuch, das Erbstück aus seinem Elternhaus mit den schönen, alten Traditionen, die an seine Tochter weiterzugeben er vergebens versucht hat.

In dem zunehmenden Tageslicht fährt der Zug in östlicher Richtung durch das Land. Die Winterlandschaft gleitet wie eine strahlende Halluzination an der Scheibe vorbei. Die schwarzen Skelette der Bäume strecken sich zum Himmel. Die Blätter sind abgefallen wie eine überstandene Krankheit. Die Provinz ist schon von der Landkarte getilgt. Sie ist ihr eigener Herr. Weder Vater noch Mutter. Weder Gott noch Herrscher über ihr. Sie lehnt sich im Sitz zurück, berauscht von den unendlichen Möglichkeiten der totalen Freiheit. Ihr selbstgewähltes Exil ist in erster Linie eine Flucht vor den Eltern und dem Schuldgefühl, mit dem sie ihr die Sorge, die sie ihnen bereitet hat, vergolten haben. Ist es nicht die Voraussetzung der Freiheit, keine Eltern zu haben?

Sie hat einen Brief hinterlassen. Sie schreibt ihnen aus Liebe. Nichts anderem als Liebe. Das müssen sie verstehen. Daß sie sich keine Sorgen machen und nicht traurig sein sollen. Sie will ihnen nicht mehr weh tun, im Gegenteil, wenn sie noch einen letzten Rest von Geduld mit ihr haben, müssen sie daran glauben, daß ihr schwieriger Charakter sich zurechtbiegen wird und daß sie eines Tages stolz auf sie sein werden.

Sie kann gut verstehen, daß die Eltern sie in einer fremden Großstadt, die sie mit namenloser Angst erfüllt – heimatgebunden, wie sie sind – ökonomisch weder unterstützen können noch wollen. Es ist zu viel verlangt, daß sie dazu beitragen sollen, daß sie ein Leben führen kann, das sie sich nicht vorstellen können, an das sie nicht einmal zu denken wagen. Und weil sie sich kein Bild von ihr machen können, dort, wo sie jetzt hingeht, ist sie für die Eltern wie tot. Sie wird ihnen trotzdem weiter Briefe schreiben, damit sie nicht schlecht von ihr denken. Sie werden immer an ihrer Seite sein, unsichtbare Zeugen ihrer Auseinandersetzung mit der Großstadt. Und sie wird immer bei ihnen sein, solidarisch mit dem peinlichen Drama, das schon Vergangenheit ist, von dem sie wissen und unter dem sie leiden, mit dem gleichen tiefen, kostbaren Schmerz wie sie selbst, und den sie nie mit jemand anderem teilen kann als mit ihnen.

Zum ersten Mal in ihrem siebzehnjährigen Leben erlebt sie die Süße der Anonymität. Sie hat sich vom Galgenhügel, dem höchsten Punkt der Provinz und sonntägliches Ausflugsziel, auf den Boden des Abenteuers gestürzt, das man auch Einsamkeit nennt. Sie wird von vorn anfangen, indem sie eine neue Sprache lernt. Der Dialekt muß abgeschliffen werden. Sie darf nicht singen. Ihre Aussprache muß korrigiert werden. Die Kindersprache muß ein Korsett tragen. Sie übt sich in der Aussprache, indem sie Stimmen in den Radionachrichten nachahmt. Alle Endungen müssen da sein. Sie muß lernen, die Wörter nicht zu verschlucken. Das Schwerste ist, an die D's zu denken. Sie nimmt die Sätze und Worte auf Band auf, bis ihre Stimme den Radiostimmen zum Verwechseln ähnlich ist. Sie diszipliniert sich selbst, haut sich eine Ferse und schneidet sich einen Zeh ab. Es ist nicht mehr sie selbst, die spricht, sondern eine andere, ohne Vergangenheit, ohne Zugehörigkeit. Ein Roboter im Kleid, umgeben von der ihm eigenen grenzenlosen Melancholie.

Sie trägt diese südliche Sprache von früher mit sich wie eine geheime Grabkammer, wie ein behindertes Kind mit einem Mund zuviel, der verwelkt, weil er nie gebraucht wird und sie nie verläßt. Sie lernt, sich auf einem fremden Instrument auszudrücken, wie man sich mit Hilfe der Mathematik oder der Violine ausdrückt. Die neue Sprache soll eine Auferstehung werden, die ihr einen neuen Körper, eine neue Haut, ein neues Geschlecht schenkt, die ihr alle Türen öffnen wird. Doch sie verliert den Mut, wenn sie das Band mit ihrer eigenen künstlichen und sublimierten Stimme hört, die nirgendwo herkommt und deshalb auch nicht irgendwo hinkommen kann.

Sie ist gefangen im Schweigen zwischen zwei Sprachen. Bis ihre Aussprache perfekt ist, will sie nur zum Band in ihrem Zimmer sprechen. In dem Geschäft, wo sie Lebensmittel kauft, tut sie, als sei sie Ausländerin und begnügt sich damit, zu zeigen und zu nicken oder den Kopf zu schütteln. Sie ist eine Fremde unter Fremden, die nicht wissen, daß ihre Eltern in der Gespensterwelt einer toten Sprache begraben sind. Ihre leeren Blicke, die die Eltern nie gesehen haben und deshalb auch sie nicht sehen, lassen sie zweifeln, ob die Eltern überhaupt existieren. Die Unwissenheit der Fremden überläßt sie dem täglichen Gedächtnisschwund in ein paar hundert Kilometern Entfernung. Aus dem Vergessen entsteht eine Zärtlichkeit, die die Überlebende, die sie in Beziehung zu den Eltern ist, mit dem Jenseits vereint. Aber wer ist eigentlich der Mörder? Die, die von der Existenz ihrer Nächsten nichts wissen, oder sie selbst, die ihr neues Leben als einen zerbrechlichen Friedhof auf deren Schatten aufbaut?

Mit chirurgischer Präzision schneidet sie ihren Ursprung ab, je weiter sich ihre neuen sprachlichen Fertigkeiten entwickeln. Fragt jemand nach ihrem familiären Hintergrund, läßt sie die Antwort mystisch dahinstehen. Oder behauptet, die Frage sei für sie ohne philosophische Relevanz. Ein Flüchtling kann es sich nicht leisten zurückzublicken, sondern muß die ganze Zeit nach vorn sehen, um nicht von der Liebe zum Verlorenen verschlungen zu werden.

III Liebe Eltern

10. 6. 63

Ich schreibe, um Euch zu erzählen, daß ich mich verlobt habe. Wir tragen keine Ringe. Das ist viel zu konventionell, sagt er. Er ist ein echter Kopenhagener und weiß über alles Bescheid. Ihr solltet ihn sehen. Er sieht so gut aus. Groß und breitschultrig. Soigniert (Du sagst ja, Mutter, darauf soll man bei einem Mann achten) und sehr modebewußt. Letzteres bedeutet für Euch sicher nichts, weil Ihr nie in der Hauptstadt wart und nicht wißt, wie sich die Leute hier anziehen.

Ich habe ihn auf einem Fest in der Pension kennengelernt, wo ich die ersten paar Wochen gewohnt hatte. Er kam zu mir und fragte, wo ich herkomme, und wirkte so interessiert, daß ich ihm erzählt habe, daß mir am selben Tag gekündigt worden war und ich im Laufe des Wochenendes aus meinem Zimmer ausziehen mußte. Er war so nett, mir vorzuschlagen, bei ihm einzuziehen. Er hat seine eigene Zwei-Zimmer-Wohnung. Wäre er nicht gewesen, ich hätte auf der Straße gestanden.

Sie sagten einfach, sie hätten es sich anders überlegt, und die Wohnung eigne sich nicht für Untermieter. Vielleicht fanden sie, ich paßte nicht in ihren Haushalt. Ich versuchte, still zu sein und mich so unsichtbar wie möglich zu machen. Ich badete, wenn die Familie unterwegs war, und benutzte die Küche nur, wenn ich Wasser für Tee kochte. Ich hielt mich in meinem Zimmer auf, das am Ende des langen Flurs lag. Das Zimmer war gratis, dafür sollte ich einen Tag in der Woche saubermachen und die jüngste Tochter jeden Morgen zur französischen Schule begleiten. Es war das frühere Kinderzimmer, das für das Kind jetzt, nachdem es sieben geworden war, nicht mehr ausreichte. Das Bett war ein kurzes, schmales Kinderbett. In meinem Zimmer hatte ich den Kanarienvogel der Familie. Nachts legte ich ein Tuch über den Käfig, damit er nicht zu singen begann, wenn es hell wurde. Das tat er aber trotzdem. Aber ich war froh, daß ich ein Zimmer gefunden hatte, für das ich arbeiten konnte. Ein Dach über dem Kopf ist das Wichtigste.

Ihr findet es falsch, zusammenzuziehen, bevor man verheiratet ist. Aber hier können junge Leute zusammen wohnen, ohne daß jemand etwas dabei findet. Die Leute im selben Treppenhaus kennen einander nicht, und sie können uns nicht ansehen, daß wir nicht verheiratet sind. Für Euch ist es sicher schwer zu verstehen, daß kein einziger Mensch von anderthalb Millionen einen kennt.

Ich muß zugeben, es braucht Zeit, sich an das Leben in einer Großstadt zu gewöhnen. Man sieht nur Häuser, Autos und Asphalt. Nie offene Felder und Wälder. Manchmal kriege ich überhaupt keine Luft. So einen Druck spüre ich auf der Brust. Ich habe das Gefühl, alle Fenster in den hohen Mietshäusern glotzen mich an und rufen: Fahr nach Hause, fahr doch nach Hause. Hier ist kein Platz für Bauernmädchen, die sich in jedem einzelnen Schaufenster spiegeln und glauben, sie können schicke Stadtfräulein werden. Ich werde so klein, wenn ich durch die Haustür in unser Treppenhaus gehe und die Treppen zum fünften Stock hinauf soll. Dir graut es, Mutter, bei dem Gedanken, so hoch oben zu wohnen. Dir geht es am besten unten auf der Erde.

Mir gefällt es eigentlich auch nicht, oben in der Luft zu schweben. Aber das Gute daran ist, daß im fünften Stock mehr Licht ist. Im Parterre ist es dunkel wie in einem Grab. Ihr müßt Euch vorstellen, ich wohne in einem Kasten, gestapelt auf andere Kästen. Kästen sind zu allen Seiten und darunter. Ein weiterer Vorteil am fünften Stock ist, daß nicht jemand über einem wohnt und einen niederdrückt. Die Sterne am Himmel sind die nächsten Nachbarn.

Wenn ich die Wohnung betreten habe und in der kleinen Diele mit drei Türen stehe: eine zur Toilette, die mein Liebster einen Schranklokus nennt (sie ist tatsächlich in einem Schrankraum ohne Fenster installiert) und eine Tür zur Küche und eine zum Wohnzimmer – wenn ich in dem kleinen geschlossenen Raum stehe und die schwache Deckenlampe anschalte, fühle ich mich wie in einem Käfig gefangen.

Wie ich es aushalte, die Füße nicht auf der Erde zu haben? Ich konzentriere mich darauf, zu vergessen, wo ich bin, hebe die physische Wirklichkeit auf und versetze mich in eine andere Welt. Ich befreie meinen Geist von meinem Körper. Schwebe durchs Dach hinaus, erreiche im Sturzflug die Straßenebene und fliege tief über dem Trottoir in einen Park, wo man etwas Grün vor Augen hat. Aber Parks sind keine Natur. Es sind künstliche Gärten mit Gittern drumherum, hübsche, kleine Gefängnishöfe, wo die Gefangenen ein bißchen frische Luft schnappen können.

Vorgestern bin ich in den Zoologischen Garten gegangen, um mir die Tiere anzusehen. Den Eisbären, die Seehunde, die Flamingos, die Tiger, die Löwen, die Zebras. Es war wie ein Rundgang in einem schönen Kinderbuch. Zum Schluß kam ich in das Haus mit den Menschenaffen, und ihr scharfer Menschengeruch hat mich beinah umgeworfen. Ich stand lange vor dem Käfig mit den dicken Eisenstäben. Der große Orang-Utan kam und stellte sich direkt vor mich hin. Ich bekam Blickkontakt mit ihm. Sein Blick war wie ein tiefer Brunnen, der mich auf den Grund des wunderbaren Tierreichs saugte.

Ihr müßt keine Angst haben vor dem, was ich schreibe. Das Leben, das ich jetzt führe, ist ein Fortschritt, der nötig für mich ist, wenn ich meinen Platz auf der Welt finden soll.

Ich weiß, es gibt einen Ort, wo ich hingehöre. Vorläufig habe ich diesen Ort bei meinem Liebsten gefunden. Ich hoffe, es ist für das ganze Leben. Ihr werdet ihn selbstverständlich eines Tages kennenlernen, dann könnt Ihr sehen, daß ich den Richtigen gewählt habe. Ich bin sicher, Ihr werdet Euren Schwiegersohn mögen. Er ist so gut und fürsorglich. Er sucht Kleidung für mich aus, kauft Schminke und macht mir ein perfektes Augen-Make-up. Er frisiert meine Haare. Seiner Meinung nach sollen Frauen lange Haare haben. Das ist weiblicher als kurzes Haar. Er sagt, meine Haare sind schön und meine Hände sind schön. Dank ihm habe ich gelernt, das Wort »schön« zu benutzen, das ich früher nur in Büchern gesehen habe.

Das Beste ist, daß er Künstler ist. Das muß ich Euch erklären. Die Ausbildung zum Künstler ist eine Ausbildung wie jede andere. Er geht seit drei Jahren auf Det Kgl. Kunstakademi und hat noch vier Jahre vor sich. Das entspricht einer akademischen Ausbildung. Seine Lehrer sagen, er ist ein großes Talent. Und Ihr könnt sicher sein, daß sie wissen, wovon sie reden.

Ich liebe seine Gemälde. Ich kann stundenlang davorsitzen, bis ich alles vergessen habe und mit den Farben eins bin. Er malt in zartem Grün und Blau oder Weiß und Schwarz. Sehr weiblich im Grunde. Sehr sensibel. Seine Bilder sind nichts für Euch. Sie sind leider abstrakt, und Ihr mögt ja am liebsten Bilder, die etwas darstellen.

Ihr dürft nicht glauben, daß es keine Arbeit ist, Kunstmaler zu sein. Er arbeitet ständig. Ein Künstler hat nie frei. Morgens geht er zur Akademie und kommt erst um sechs nach Hause. Dann habe ich das Abendessen fertig. Wir essen abends warm und nicht, wie Ihr es gewohnt seid, um zwölf. Ich kann inzwischen gut kochen. Er interessiert sich sehr für Essen und hat französische und italienische Kochbücher mit guten Rezepten. Ich kann schon einen perfekten

Salade Niçoise mit Sardellen (kleinen gesalzenen Heringen). Er lobt mich sehr für meine Fortschritte. Ich bin ja die feinen Details der Kochkunst nicht gewohnt. Ich bin so unkultiviert und nicht belesen. Wie Ihr war ich nie im Ausland. Er war in Paris und Rom – wichtige Städte für Künstler. Eigentlich lerne ich erst jetzt die Welt langsam kennen.

Er ist so klug und weiß so viel, in erster Linie von Kunst und Literatur. Vater, Du hast immer gesagt, ich sei so klug, daß ich den Kopf entbehren könnte. Es wird Dich freuen zu hören: Das bin ich nicht mehr. Ich bin dumm, verglichen mit ihm. Ich weiß so wenig. Bevor ich ihn kennenlernte, hatte ich nie Proust gelesen. Ich wußte nicht einmal, wer das war. Ich hatte auch noch nie Knoblauch probiert. Nicht daß ich Euer Essen kritisieren will. Er sagt, jedes Essen – selbst Beefsteak mit Zwiebeln – schmeckt gut, wenn es mit einer liebevollen Hand zubereitet ist. Und die hattest Du immer, Mutter, eine liebevolle Hand. Besonders im Sommer, wenn wir Hühnchen mit Gurkensalat und neuen Kartoffeln und Erdbeeren aus dem Garten aßen. All diese Sommersonntagsmittagessen waren so durcheinander, weil Vater noch zum Fußball wollte. Und wenn Du nicht genau um zwölf fertig warst, wollte er nichts essen, und dann aßen wir beiden allein in der Küche statt im Wohnzimmer, wie es sich sonntags gehört. Du kannst gut kochen. Altmodische dänische Küche.

Gestern habe ich frittierte Muscheln gemacht. Das ist ein sehr billiges Gericht. Und es ist wichtig für uns, billig zu essen. Wir müssen von 300 Kronen im Monat leben. Aber Ihr sollt Euch um unsere Finanzen keine Sorgen machen. Man findet leicht Arbeit (Studentenjobs), wenn man Student ist. Ich habe einen Halbtagsjob in einer Bibliothek, wo ich Bücher einräume. Nicht weil ich keine Lust zum Arbeiten hätte, habe ich nur einen Halbtagsjob angenommen, aber der läßt mir mehr Zeit für das Studium, das ja trotz allem der Grund dafür ist, daß ich in Kopenhagen bin. Ich weiß, es hat Euch nicht gefallen, daß ich an der Universität studieren wollte. Ihr glaubt nicht daran, daß das lange Studium zu etwas führt. Für Euch ist Studieren Müßiggang. Und Eurer Lebensphilosophie zufolge ist Müßiggang die Wurzel allen Übels.

Ich bin so froh, daß ich in die Vorlesungen gehen kann, die ein viel höheres Niveau haben als im Gymnasium. Wir sind mehrere hundert Studenten in den großen Auditorien, wo die Professoren großzügig ihr Wissen weitergeben. Man spürt den Flügelschlag der Geschichte. Seit Jahrhunderten sitzen hier Studenten und lauschen den klugen Worten und schreiben die Goldkörner mit, so wie wir es heute tun. Ich muß viel lesen, um mitzukommen. Ich hatte schon das Philosophikum und habe eine Eins bekommen. In einem halben Jahr habe ich die Phonetik-Prüfung. Wenn ich dieses Examen bestehe, kann ich ein Stipendium beantragen. Ich traue mich nicht, ein Studiendarlehen aufzunehmen. Die Furcht davor, Schulden zu machen, habe ich von Euch.

Ich wünschte, Ihr könntet mich sehen. Ich sitze am Tisch in unserem Wohnzimmer und schreibe. Vor mir auf dem indischen Tischtuch stehen eine blaue Teekanne und ein blauer Teebecher. Ich hoffe, Ihr faßt eines Tages Mut und kommt uns in unserer gemütlichen, kleinen Wohnung besuchen. Stefan hat mit seiner Malerei an der Akademie sehr viel zu tun. Deshalb haben wir keine Zeit, Euch in den Ferien zu besuchen. Ich sehne mich danach, Eure lieben Gesichter zu sehen. Sehne mich nach Mutters Schweinebraten mit krosser Schwarte. Ich sehne mich auch sehr nach meinem Verlobten, obwohl wir einander so nahe sind, wie zwei Menschen es sein können. Wir sind wie Schwester und Bruder. Ich sehne mich nach Liebe. Wie man sich nach etwas, das man hat, sehnen kann, verstehe ich nicht. Ich wünschte, ich könnte Euch ab und zu um Rat fragen, aber Ihr würdet mir nicht antworten können. Ich führe ein ganz anderes Leben als Eures mit ganz anderen Regeln. Sonntags geht Mutter in die Kirche und Vater zum Fußball. Alltags arbeitet Ihr von Sonnenaufgang bis Sonnenuntergang, und abends hört Ihr zum Abendessen die Nachrichten und den Wetterbericht. Aber das genügt mir nicht. Und doch wünschte ich, ich wäre wie Ihr und könnte leben wie Ihr. Einen soliden Mann von zu Hause heiraten und in Eurer Nähe wohnen.

Stefan hat mir galant das Bett überlassen und schläft selbst auf einer Luftmatratze in dem Zimmer, das er als Atelier benutzt. Wir leben sehr unkonventionell und unbürgerlich, und das ist mir sehr recht. Ich habe ja immer die Freiheit sehr hochgeschätzt. Ihr habt darunter gelitten, daß ich mit Euren Normen gebrochen und nicht ins Schema gepaßt habe. Jetzt wird es Euch freuen zu hören, daß hier niemand darauf achtet.

Stefan ist nicht wie andere Männer, die sexuell soviel verlangen und wollen, daß man ihnen folgt, wo sie gehen und stehen. Er ist gegen die traditionelle Ehe. Eine Beziehung soll keine lästige Fessel sein, sagt er. Wir gehen jeder für sich aus. Er besucht seine Freunde, und ich mache lange Spaziergänge, was ich so gern tue. Ich habe unter meinen Kommilitonen noch keine Freunde. All meine Zeit vergeht mit der Arbeit und dem Studium. Nach den Vorlesungen unterhalte ich mich mit einem ungarischen Mädchen. Sie ist mit einem dänischen Geschäftsmann verheiratet und erwartet schon ein Kind. Sie hat ihn über eine Kontaktanzeige gefunden. Sie wollte um jeden Preis nach Westeuropa, genauso wie ich nach Kopenhagen. Ich bin so glücklich und brauche keine anderen, außer Stefan. Er ist alles für mich: Vater und Mutter, Freund und Liebhaber.

Während der ersten Monate, in denen wir zusammenwohnten, machte Stefan keine erotischen Annäherungsversuche. Und ich bekam langsam Angst, daß mit mir etwas nicht stimmte. Aber vor drei Wochen ist es passiert. Ich habe die Geduld verloren und ihn gefragt, ob er nicht etwas vergessen habe. Er sah mich verständnislos an. Und ich habe weitergeredet: »Es ist doch unnatürlich, zusammenzuwohnen, ohne miteinander ins Bett zu gehen.« »Dann machen wir das eben«, sagte er, als wäre es etwas, das ihn eigentlich nichts anging. Er zog sich den Islandpullover über den Kopf und warf ihn auf den Boden. Holte die Luftmatratze hervor und blies sie in einem unglaublichen Tempo auf. Ich bekam es mit der Angst, sie würde platzen, und vergaß alles, was auf der Luftmatratze passieren sollte. Ich stand nur da und glotzte ihn dumm an. »Willst du dich nicht ausziehen?« fragte er. Ich war mir nicht sicher, ob ich es genau so gemeint hatte. Aber ich tat, was er wollte, und zog mich aus.

Nachher begann er Pläne zu machen, daß wir heiraten sollten, damit er die Wohnung, die er als Untermieter bewohnt, behalten kann. Man muß verheiratet sein, um in Kopenhagen eine Wohnung zu bekommen. Er will nicht in der Kirche heiraten. Sondern im Rathaus. Das ist selbstverständlich schade für Euch, denn Ihr findet ja, es gehört sich, in der Kirche zu heiraten. Aber es wird immer üblicher, daß junge Leute im Rathaus heiraten oder »ohne Papiere« zusammenwohnen. Wir leben in einer ganz anderen Zeit als Eurer.

Ihr redet nicht soviel, wie man es hier tut. Ich habe nicht gelernt, wie man eine Konversation führt. Ich weiß nicht, was ich zu Leuten sagen soll. Wenn ich allein bin, und das bin ich meistens, gehe ich im Wohnzimmer auf und ab und übe Sprechen. Es heißt nicht Reden in den Kreisen, in denen ich mich befinde. Ich lese jeden Tag gründlich die Zeitung (Politiken), um Diskussionsthemen zu finden. Ich gehe auf Kunstausstellungen und manchmal in Det Kgl. Teater. Dort ist es sehr schön – Gemälde mit Blattgold an der Decke, Kristallkronleuchter und dunkelrote Plüschsitze. Ich habe das Gefühl, ich bin auf eine andere Art nach Hause gekommen als bei Euch. Auf einer eher geistigen und intellektuellen Ebene.

Ich übe nicht nur, mir Themen einfallen zu lassen. Über Kritiken von Kunst und Literatur und Film zu sprechen. Ich übe auch, die Wörter korrekt auszusprechen. Die primitive Sprache, die ich von Euch habe, auszumerzen ist mindestens ebenso wichtig, wenn ich mich in der Hauptstadt bewegen will. Es ist so merkwürdig, daß ich zu Hause damit aufgezogen wurde, daß ich so hochnäsig sei und viel zu lange zur Schule ginge, und hier passiert wegen meiner bäuerlichen Sprache genau das Gegenteil.

Früher einmal war die Provinz das strahlende Zentrum der Welt. Das war, begreife ich jetzt, lächerlich und beschränkt. Ich spreche schon viel besser, obwohl ich immer noch »singe«, wenn ich müde oder traurig bin. Ich freue mich auf den Tag, an dem keiner mehr hören kann, wo ich herkomme. Ich bin so ungeduldig und unzufrieden mit mir. Jeden Morgen ermahne ich mich, ordentlich zu sprechen und mich gebildet und höflich zu benehmen. Ich bin wie ein kleines Kind, das alles von Grund auf lernen muß. Alles, was Ihr mir beigebracht habt, kann ich hier nicht gebrauchen. Ihr lebt in einer Märchenwelt. Mutter, Du sagst immer, das sind die besten Menschen, denen es dreckig geht. In Kopenhagen muß man die Puppen tanzen lassen, sonst existiert man nicht. Und man soll nicht schlecht von anderen reden, sagst Du auch. Das gilt hier nicht. Man soll es selbstverständlich, auf amüsante, spirituelle (das bedeutet geistvolle) Weise tun. Viel Konversation besteht daraus, zu erzählen, wie dumm und lächerlich andere sind. Mir ist im Ernst aufgegangen, daß ich selbst zu den Dummen und

Lächerlichen gehöre, aber das verberge ich selbstverständlich und lache mit.

20. 12. 63

Ich will Euch nur mitteilen, daß ich letzte Woche geheiratet habe. Ich weiß ja, wieviel Euch dieses Papier bedeutet. Es war eine kleine Hochzeit. Nur Stefan und ich. Er wollte kein Fest mit Geschenken und Reden. Das ist viel zu konventionell für seinen Geschmack. Jetzt sind wir also berechtigt, seine Untermieter-Wohnung zu übernehmen. Sonst gab es keinen Grund für all den Papierkrieg, wie er es nennt. Wir sind ja moderne Menschen, denen die Freiheit wichtiger ist als die Liebe.

Auch eine Hochzeitsnacht gehörte nicht dazu. Stefan war müde und hatte eine furchtbare Migräne. Aber auch die Hochzeitsnacht muß man nicht so ernst nehmen. Es ist eine Nacht wie alle anderen Nächte. Er haßt die ganze Hochzeitsromantik. Er sah genau, daß ich den Kopf hängen ließ wie ein kleines Mädchen, das seinen Lutscher nicht bekommt, und wurde sehr wütend. Falls es etwas gibt, das ihn in Wut bringen kann, dann sind es die Konventionen. Er ist ein Revolutionär. Und ich konnte nicht anders, als mich seinen Prinzipien zu beugen. Unaufgeforderte Annäherungen kann er nicht ausstehen. »Frauen sind so vulgär«, sagt er. So eine vulgäre Frau will ich nicht sein. Ich möchte auch nicht in den Traditionen steckenbleiben. Ich will ein freier Mensch sein, unabhängig von Sitten und Gebräuchen und den Fesseln der Vergangenheit.

Ich kroch unter meine eigene Bettdecke von zu Hause und lag die ganze Nacht sehr still, um Stefan nicht zu stören. Ich machte mir solche Sorgen wegen seiner Migräne, die schlimmer und schlimmer wird. Ich konnte nicht schlafen, so glücklich war ich. Ich fühlte mich wie die glücklichste Frau der Welt. Stefan war mein Ritter auf dem weißen Pferd, der mich aus dem bodenlosen Sumpf der Provinz gerettet und in die avanciertesten Kreise der Großstadt mitgenommen hat.

16. 5. 64

Stefan erzählt so spannend, bis ins kleinste Detail, so daß ich fast vergesse, daß ich selbst nicht dabei war, als es passiert ist. Ich stelle mir all das Interessante vor, das er erlebt. All die spannenden Menschen, denen er begegnet, und die wilden Feste, auf die er kommt. Er läßt mich zu Hause, um mich zu beschützen, damit ich mit meinem ländlichen Äußeren und meinen unbeholfenen Manieren nicht zum Gespött werde. Ich soll erst sprechen lernen. Leute, die nichts sagen, kann man nicht gebrauchen. Es reicht nicht, nur dazusitzen und nett auszusehen. Aber er sagt, ich bin bei ihm, wo er geht und steht, als sein unzertrennlicher Schatten, sein alter ego. Ich bin bei ihm in der Phantasie, die viel größer ist als die Wirklichkeit.

Ich stelle mir die schicken Sachen der Mädchen vor. Wie Stefan nenne ich sie beim Vornamen. Mir wird ganz schwindlig, wenn ich an Farben, Stoffe und Ausschnitte denke, und an die bekannten Modemarken, zierlich in die Kragen genäht. Ich schreibe fingierte Gespräche zwischen diesen kessen Bienen (Stefans Ausdruck) in mein Tagebuch, das ich jetzt führe, um all die schönen Feste in Erinnerung zu behalten. Ich schreibe alles auf, was er mir erzählt. Auf diese Weise wird sein spannendes Leben für mich gegenwärtiger. Die Feste, die Kunstausstellungen, die Konzerte, schriftlich durchlebt, bekommen alle einen strahlenden Glanz, der die wirklichen Begebenheiten weit übersteigt.

Ich teile die Freunde, von denen Stefan erzählt, in Kategorien ein, je nachdem, wie oft er sie erwähnt. Jedesmal, wenn ihre Namen fallen, mache ich im Tagebuch ein Kreuz. Stefan hat einen Freund von früher, den ich schrecklich gern habe. Er ist Schüler am Musikkonservatorium. Er läßt mich durch Stefan immer grüßen und beschwert sich darüber, daß er mich vor ihm versteckt, als schäme er sich, daß er eine Frau hat. Er neckt Stefan damit, daß er vielleicht gar keine Frau hat, daß das Ganze Angabe ist oder daß ich so schön bin, daß er Angst hat, die Freunde würden sich auf mich stürzen und seinen Klauen entreißen.

Ich höre am liebsten von Gert und frage, was er anhat und was er gesagt hat und ob er seine Freundin bei sich hatte, was er meistens hat. Ich mache Stefan eifersüchtig mit meiner nicht zu übersehenden Verknalltheit in Gert. Seine lockigen blonden Haare und seine klaren blauen Paul-Newman-Augen haben mir den Kopf verdreht. Ich mußte Stefan schwören, daß ich nie verlangen werde, ihn kennenzulernen. Er erträgt keine Rivalen und schon gar nicht die, die er mir mit seiner hypnotischen Erzählerbegabung vorstellt.

Ich bin weniger begeistert, wenn er zu oft von seinen Freundinnen und Studienkolleginnen erzählt. Am quälendsten ist seine lebhafte Beschreibung ihrer schönen Körper, vollendeten Manieren, ihres guten Geschmacks. Für Tania, deren Vater Direktor der Wiibroe-Brauereien in Helsingør ist, hat er eine besondere Vorliebe. Jedesmal, wenn er von einem Fest nach Hause kommt, beschreibt er ihre exklusiven Modellkleider aus Paris. Sie studiert an der Universität Französisch und hat viele Freunde in Frankreich.

Ganz besonders ist ein grünes Seidenkleid, das aus zwei rechteckigen Tüchern besteht, die diagonal zusammengenäht sind und am Hals mit Spaghettiträgern zusammengehalten werden. Stefan hat eine minuziöse Zeichnung davon gemacht und mich gebeten, genau so ein Kleid zu nähen. Und ich habe zugestimmt. Ich will gern dieser Göttin gleichen, die er so eingehend beschreibt, daß ich beinah das Gefühl habe, ich kann sie berühren. Ich bin wie verhext von seiner Begeisterung für die Schönheit dieses reichen Mädchens und habe keine Bedenken, mir etwas von ihrem Glanz zu borgen. Ich überwinde meine Eifersucht und verwandle mich in eine Kopie von Tania, obwohl die Kopie das Original nie erreichen kann. Im stillen bin ich erleichtert darüber, daß ich mit seinen Oberklassenbekanntschaften nicht konfrontiert werde, gegenüber denen ich ohne Zweifel jämmerlich durchfallen würde. Mit meinen geborgten Federn hoffe ich Stefan anziehen zu können, wie er angezogen ist von den Mädchen, mit denen er in den Kreisen Umgang hat, in denen er verkehrt: an der Kunstakademie und in Det Kgl. Teater.

Ihr würdet Euren Augen nicht trauen. Aber ich kann inzwischen gut nähen. Das Kleid ist gut gelungen, aber die billige Thaiseide von Per Reumert hat selbstverständlich nicht die Klasse des Pariser Modells. Das Kleid hängt seit einem Monat im Schrank, und ich habe Stefan gezwungen, mich auf ein Fest mitzunehmen. Ich will das Kleid tragen und habe gedroht, von zu Hause wegzugehen und mich zu ertränken. Er verabscheut »Streitereien«. »Szenen« sind unter seiner Würde. Deshalb hat er ausnahmsweise versprochen, mich am Samstag zu Tanias einundzwanzigstem Geburtstag mitzunehmen.

9. 6. 64

Ich zitterte vor Nervosität, als ich zu dem Fest in der mondänen Villa mit Blick auf den Øresund und die Küste Schwedens aufbrach. Stefan reagierte irritiert auf meine Angst und sagte, Tania werde nicht zweimal dasselbe Kleid anziehen. Sie habe sicher ein neues Geburtstagskleid direkt aus einem Pariser Modehaus bekommen.

Selbstverständlich hatte sie das grüne Kleid an. Und Stefan ignorierte mich den ganzen Abend, tat so, als kennte er mich nicht. Ich hielt mich die meiste Zeit auf der Toilette auf. Allein mit der Scham über die armselige Imitation. In den wenigen Augenblicke, in denen ich mich in den großen Ballsaal, geschmückt mit Blumensträußen und Kerzen, hineinwagte, sah ich von meinem Versteck in einer dunklen Ecke in der Nähe der Tür, daß Stefan mit Tania tanzte und sie mit Geburtstagsküssen überschüttete. Ein einziges Mal kam Tania direkt auf mich zu, und ich glaubte, sie wollte mir aus Wut darüber, kopiert zu werden, das Kleid vom Leib reißen, aber sie ging an mir vorbei, ohne mir auch nur einen Blick zuzuwerfen.

Das Fest dauerte bis in den Morgen. Und als wir gingen, gab sie mir die Hand und sagte, es tue ihr leid, daß wir nicht richtig miteinander gesprochen hätten, nachdem ich nun einmal mit einem ihrer besten Freunde verheiratet sei, und sie hoffe, sie werde mich später kennenlernen. Wir standen einander in unseren Zwillingskleidern gegenüber, aber sie schien sie gar nicht zu bemerken. Sie wirkte wie ein feiner, kultivierter Mensch, der weit über mir stand.

Nach unserem Mißgeschick ging Stefan einen ganzen Monat lang nicht mit mir ins Bett. Das ist lange für einen jungen Menschen, der wie ich Sex für den Sinn des Lebens hält. Mir kommt manchmal der wahnsinnige Gedanke, daß ihn Sex nicht wirklich interessiert. Aber ich schiebe ihn schnell wieder weg.

Es gibt noch eine Frau, die mir Stefan so lebendig beschrieben hat, daß ich sie ins Tagebuch eintragen muß: sein Lieblingsmodell an der Kunstakademie. Ich habe sie auf seinen Zeichnungen gesehen. Sie hat schwellende Formen: der Mutter-Erde-Typ mit dicken, korngelben Haaren, die hinten zu einem kräftigen Zopf geflochten sind. Er spricht über sie wie über das achte Weltwunder. An sie reiche ich als der kleine, magere Hering, der ich bin, auch nicht heran. Wieviel Näschereien und Kuchen ich auch in mich hineinstopfe, bekomme ich nichts auf die Rippen. Stefan besteht darauf, mich in genau den gleichen Stellungen wie das Modell zu zeichnen. Es ist sehr anstrengend, die verdrehten und unbequemen Positionen zu halten, ohne fünfzehn Minuten hintereinander auch nur einen Muskel zu bewegen. Aus Mangel an Bewegung schlafen meine Beine ein, und meine Arme werden gefühllos. Mein ganzer Körper tut weh. Selbst wenn mir die Tränen die Wangen herunterlaufen, zeichnet Stefan ungerührt weiter. »Man muß für die Kunst leiden«, sagt er, wenn ich mich beklage und vor dem offenen Fenster vor Kälte zusammenbreche. Er braucht frische Luft, wenn er arbeitet.

Wir vergleichen die Zeichnungen, die, wie ich genau sehe, zugunsten des Modells ausfallen. Es ist deutlich, daß seine künstlerische Inspiration geweckt wird, wenn er ihren klassischen Modellkörper sieht, den er mit dem Körper der Venus von Milo vergleicht. Ich habe keine Ausstrahlung, sagt er, keine Seele. Mein Körper ist am besten im Bett, bei ausgeschaltetem Licht. Als Modell ist er nicht zu gebrauchen.

30. 11. 64

Ich bin selbstverständlich nicht die erste in Stefans Leben. So wie Ihr es wart, als Ihr Euch kennengelernt habt. Bevor er mich kennenlernte, war er mit der Tochter eines berühmten Malers verlobt. Dieses Mädchen war ungewöhnlich hübsch und in jeder Hinsicht ungewöhnlich. Die ganze Familie, in der es fünf Töchter gab, hatte großen Einfluß auf ihn. Stefan sah zu dem imposanten, einflußreichen Vater auf und begann mit dem Gedanken zu spielen, Maler zu werden. Die patriarchalische Familie sprach ihn an. Er bewunderte die sanfte Mutter und Beates ältere Schwestern, selbstbewußte, starke Naturen. Beate glich ihrer sanften Mutter. Sie war Stefan zufolge das weiblichste und mütterlichste der fünf Mädchen. Sie buk wunderbares Brot, kochte Senfgurken und Gewürzgurken ein und machte delikate Marmeladen für den Nachmittagstee.

Stefan geht die Familie seiner früheren Verlobten nicht aus dem Kopf, und er beklagt sich darüber, daß ich weder backe noch einkoche wie Beate. Ich habe ihn gefragt, warum er die Verlobung, die eine richtige Verlobung mit Ringen und einer Verlobungsfeier mit vielen Rednern gewesen war, aufgehoben hat. Ich bekomme von ihm keine richtige Antwort. Nur unverständliches Zeug in die Richtung, daß er nicht Teil der bürgerlichen Familie sein und die Rolle des perfekten Schwiegersohns spielen wollte. Er hatte sich mit dem Verlobungsring unwohl gefühlt und ihn abgenommen, wenn er in die Stadt wollte. Das paßt nicht zu der bewundernden und anbetenden Art, in der er von Beate redet, beinah als sei er in Trauer. Und es ist mir ein Rätsel, warum er sie nicht geheiratet hat. Ich begreife nicht, was los war mit dieser wunderbaren Familie, die er in den höchsten Tönen lobt.

Der Vater, der berühmte Kunstmaler, hatte auf Stefans Überlegungen, Maler zu werden, schnell reagiert und ohne sein Wissen einige Zeichnungen und Gemälde zur Aufnahmeprüfung an die Kunstakademie geschickt, woraufhin er angenommen worden war. Der Mann hatte ihm heftig auf die Schulter geklopft. Aber warum war er dann so gar nicht dankbar? War das seine Art, ihm zu danken – indem er die Tochter fallenließ? rufe ich in Stefans Kopf hinein. Ich kann seine ewigen Andeutungen in Hinblick auf die jüngste Tochter der Kunstmalerfamilie nicht mehr aushalten. Jedesmal, wenn sie erwähnt und auf meine Kosten hervorgehoben wird, ist es, als würde ein großes Stück Fleisch aus meinem Körper geschnitten. Ich werde weniger und weniger, und schließlich gibt es mich nicht mehr. Ich fühle mich wie eine lebendige Attrappe der früher (und vielleicht immer noch) Geliebten. Ich weiß nicht mehr aus noch ein.

15. 2. 65

Du kannst stolz auf mich sein, Mutter. Ich habe angefangen, einzumachen und zu backen, nach spannenden Rezepten, die Stefan gefunden hat. Das Häusliche kann schon interessant sein, aber das konnte ich nicht sehen, als ich jünger war. Ich war ja eher Dein Dienstmädchen, Deine Küchenhilfe. Ich habe Petersilie gehackt und Zwiebeln geschnitten und Kartoffeln geschält, während du gebraten und gebacken hast. Du hast mich in die Geheimnisse der Kochkunst nicht eingeweiht. Du warst selbst Dienstmädchen auf den großen jütländischen Gütern gewesen und machtest mich zu einer jüngeren Ausgabe von Dir selbst. Das war vielleicht die einzige Rolle, die Du kanntest, die Du an mich weitergeben konntest.

Ich nähe auch nach originalen Mustern, die Stefan zeichnet. Aber zu meinem Entsetzen habe ich entdeckt, daß ein Mantel, den ich gerade genäht habe, genauso aussieht wie der von Beate. Da war ich zum ersten Mal mit auf einem Konzert im Odd-Fellow-Palæet. Ich hatte meinen grünen Samtmantel in Trapezform an. Es war die Hölle, ihn zu nähen. Er war dann gut gelungen und hatte dieses Kleidermachen-Leute an sich. Ich war stolz auf mich und hatte das Gefühl, daß mich Stefan gerade wegen dieses Mantels mitgenommen hatte.

In der Pause verschwand er plötzlich ohne ein Wort und ging zu zwei Frauen, einer jüngeren und einer älteren, die wie Mutter und Tochter wirkten. Die junge Frau trug den gleichen grünen Mantel wie ich. Das konnten nur Beate und ihre Mutter sein. Stefan holte an der Bar Limonade für die beiden eleganten Frauen und machte lebhaft mit ihnen Konversation. Nach der Pause ging er mit ihnen zusammen in den Saal. Ich blieb allein zurück. Als das Foyer menschenleer und die Flügeltüren zum Konzertsaal geschlossen waren, ging ich.

Stefan kam erst spät in der Nacht nach Hause. Ich hatte aufgehört zu weinen. Wenn es etwas gibt, das ihn eiskalt macht, dann sind es Frauentränen. Er hatte keinerlei Verständnis für meine Reaktion. Falls ich nicht einsähe, daß er seiner früheren Verlobten und Schwiegermutter seine Aufmerksamkeit schuldete, hätte ich über allgemeine Höflichkeit noch viel zu lernen. Ich war durch seine Anklage gelähmt. Er hätte mich lieber schlagen sollen. Ich traute mich jedoch nicht, ihm das zu sagen. Aber später, als er wieder aufgetaut war, schlug er vor, ich solle anfangen zu weben wie Beate, die an die Kunstgewerbeschule geht. Ich habe einen gebrauchten Webstuhl gekauft und sitze fleißig da und webe. Ich finde, ich kann es schon ganz gut. Ich bin dabei, einen Schal zu weben, den Stefan zum Geburtstag bekommen soll. Ich fühle erst jetzt, daß ich wirklich mit ihm verschmelze.

27. 3. 65

Stefan ist zur Zeit sehr wenig zu Hause. Den ganzen Tag an der Akademie, und abends hat er meistens Statistenjobs in Det Kgl. Teater. Auf ein Stück Bettuch hat er drei Reiher mit ausgebreiteten Flügeln in heftigem Kampf gegeneinander gezeichnet. Zwei sind gleich groß, der dritte ist kleiner. Ich sehe es als zwei Männchen und ein Weibchen. Ich frage nicht, was er mit den kämpfenden Vögeln meint.

Er wollte zuerst, daß ich drei Schlangen sticke, die gegeneinander kämpfen, aber das wollte ich nicht. Ich habe Angst vor Schlangen. Das versetzte ihn in eine unerklärliche Raserei. Schlangen seien heilige Tiere, schon bei den alten Ägyptern, sagte er, und ich solle sie nicht besudeln mit meiner Hühnchenangst. Er nahm die Schlangenzeichnung und legte sie ganz hinten in die Kommodenschublade und sagte, er wolle das Motiv für eine Lithographie verwenden. Ihr erinnert Euch vielleicht, daß er kurz nach unserer Hochzeit auf einer Akademiereise in Ägypten war. Da hatten ihm Inschriften und Reliefs die Göttlichkeit der Schlangen bestätigt. Der Aufenthalt da unten ist ihm leider nicht bekommen, und er kam vor der Zeit krank nach Hause. Es dauerte mehrere Monate, bis er wieder er selbst war. Er sagt, er wird nie mehr ohne mich so weit weg reisen.

Während ich darauf warte, daß er abends nach Hause kommt, sticke ich an dem Reihertuch. Es ist eine unendliche Sisyphosarbeit aus Flachstichen und Kettenstichen. Es ist gemütlich, mit Tee und Wecken auf ihn zu warten. Ich finde, es ist nichts dagegen einzuwenden, daß wir sowenig zusammen sind. Ich vertraue ihm und bin völlig sicher, daß er keine anderen Frauen neben mir hat, auch wenn er nach seinen Kinotouren erst mitten in der Nacht nach Hause kommt, weil er oft jemanden von seinen Freunden trifft, der zufällig im selben Film war.

Ich habe vergessen zu erzählen, daß ich in meinem Studium eine Pause mache. Ich war gezwungen, noch einen Studentenjob anzunehmen. In einem Büro. Jetzt habe ich also zwei Halbtagsjobs und arbeite ganztags. Das ist nur eine Übergangslösung, um unsere Finanzen in den Griff zu bekommen. Das Leben in Kopenhagen ist teuer, selbst wenn wir sparen. Meine Lehrbücher sind auch viel teurer, als ich kalkuliert hatte. Sie bereiten mir die größten finanziellen Kopfschmerzen. Es kostet mich viel Zeit, in den Antiquariaten nach gebrauchten Exemplaren zu suchen. Ich sehne mich schon zurück an die Universität. Mir geht es am besten, wenn ich meinen Kopf benutze. Mit den Händen war ich ja noch nie sehr geschickt.

Du konntest es nicht ertragen, mich herumfummeln zu sehen, Vater. Du hast mir die Schnürsenkel gebunden, bis ich zwölf war. Du hast mir alles aus den Händen genommen. Die Schere, wenn ich Papier zum Einbinden meiner Schulbücher zuschneiden, das Messer, wenn ich Käse abschneiden, sogar Lineal und Bleistift, wenn ich gerade Linien zeichnen wollte. Du hast mir den Koffer gepackt, als ich von zu Hause ausgezogen bin. Die Sachen waren fein säuberlich zusammengelegt. Sie hatten nicht eine Falte, als ich sie wieder ausgepackt habe.

Ich versuche auch, abends Zeit zum Weiterstudieren zu finden. Ich arbeite nach den Literaturlisten in den Lehrplänen. Aber ein Studium ohne Vorlesungen ist nicht dasselbe. Mir fehlt das große Auditorium. Mir fehlen meine Kommilitonen und die Inspiration durch die Professoren. Ich fühle mich wie lebendig begraben im Sarg der Ehe. Das wollte ich nicht sagen. Es ist illoyal meinem lieben Mann gegenüber, der mich in seine große, interessante Welt eingeführt hat. Was ist los mit mir? Warum bin ich so undankbar?

14. 3. 66

Es ist lange her, seit Ihr von mir gehört habt. Das liegt daran, daß ich angefangen habe, mein eigenes Leben zu leben. Anstatt die halbe Nacht dazusitzen und auf Stefan zu warten, gehe ich jetzt in die Stadt und amüsiere mich. Ich habe entdeckt, daß ich nur im Gleichgewicht mit mir selbst bin, wenn ich einen Liebhaber habe. Ich begreife nicht, warum ich so bin. Etwas scheint mit mir nicht zu stimmen. Ein moralischer Mangel. Und ich muß bei Euch mein Gewissen erleichtern.

Stefan ist nie zu Hause, deshalb habe ich reichlich Zeit

und Gelegenheit, mich mit meinen Liebhabern zu treffen. Entweder zu Hause bei mir oder bei ihnen. Selten einmal im Hotel, aber das wirkt so unanständig. Ich bin mit ihnen einmal, höchstens zweimal zusammen, dann breche ich den Kontakt ab. Ich möchte mich nicht an sie binden. Meine Gefühle gehören Stefan. Gefühlsmäßig bin ich immer noch rein wie eine Jungfrau.

Stefan ist der einzige für mich. Ich will lieber einmal mit ihm Liebe machen als hundertmal mit meinen Liebhabern, die wie flüchtige Schattenbilder schnell wieder aus meinem Leben verschwinden. Ich bin so erfüllt von Liebe zu Stefan, daß ich mir nicht vorstellen kann, ohne ihn zu leben. Ohne ihn ist es gar kein Leben. Wir sind zu einer Art psychischen Symbiose zusammengewachsen. Er ist an meiner Seite, wo ich auch bin und was ich auch tue. Auf eine mystische Art und Weise fühle ich, daß ich seine stillschweigende Zustimmung – ja, geradezu seinen Segen habe. Es entspricht Stefans Willen, daß ich andere Männer umarme und mich von ihnen umarmen lasse.

Stefan ist nicht wie andere Männer – damit tröste ich mich in meinen düsteren Stunden. »Stefan ist nicht wie andere Männer« ist mein Mantra, mein Licht in der Dunkelheit, mein schönster Traum von Liebe. Aber worin der Unterschied zwischen Stefan und anderen Männern besteht, weiß ich nicht. Unsere Ehe ist nicht wie andere Ehen. Wir streiten uns nie, und es gibt keine Eifersucht zwischen uns. Wir sind zwei unabhängige Personen, die ihr paralleles Leben leben. Wenn ich die Ehen unserer Freunde mit all ihrem Haß und Neid und Chaos betrachte, graut es mir. Und ich weiß für mich, daß ich in so einer normalen Ehe nie leben könnte.

Vielleicht weil ich nicht normal bin. Ich habe kein Bild von Normalität, an das ich mich halten könnte, wie bei den Zeichnungen, auf denen man fünf Fehler finden soll.

Manchmal wird mir angst und bange bei dem Gedanken, daß ich keine richtige Frau bin, mit all den Fehlern und Mängeln, die ich habe. Andere Frauen sind mir fremd. Es gibt nichts, worüber ich mit ihnen reden könnte. Ich teile nicht ihr Interesse für Haus und Heim. Für Backen und Einmachen, Sofakissen und Küchengardinen. All meine Experimente mit dem Hausfraulichen habe ich längst hinter mir gelassen. Auch an dem Gemecker über Männer kann ich nicht teilnehmen. Stefan ist ja der perfekte Mann. Er ist mein Gott. Das klingt in Euren Ohren blasphemisch. Aber meine Liebe zu ihm ist allumfassend.

Diese Spaltung in alles (Stefan) und nichts (ich) ist für Euch sicher schwer zu verstehen. Weil Ihr in Euch und der sicheren Lebensform ruht, wo jeder seinen Platz hat und das Leben entsprechend dem Wechsel der Jahreszeiten, Geburt und Tod und den wichtigen Tagen dazwischen – Taufe, Konfirmation, Hochzeit, runden Geburtstagen, Silberner und Goldener Hochzeit – eingeteilt ist. Ihr lebt in festen Rahmen, mit der Notwendigkeit, diesen Rahmen gerecht zu werden und sie auf Punkt und Komma zu erfüllen. Ich habe versucht, die festen Rahmen, die ich als Zwangsjacke empfinde, zu sprengen (das schließt nicht aus, daß ich jetzt aus der Distanz die Schönheit dieser Rahmen sehen kann und wünschte, ich könnte in ihnen leben). Ich will ein anderes Leben führen als Ihr. Ich weiß nur nicht, wie es aussieht und wie ich zu diesem »anderen Leben« kommen kann. Ich spüre nur Abwesenheit und Leere, ohne etwas an deren Stelle setzen zu können.

Es gibt ein Dunkel zwischen Stefan und mir, das ich nicht durchschauen kann. Ich starre hinein in das Dunkel und werde nicht klüger. Ich sehne mich hinein in das Dunkel wie damals als Kind in das Paradies. Ich stelle mir vor, darin ist ein zottiges wildes Tier, das mir auflauert, bereit, mich zu verschlingen und zu zermalmen. Ich will, daß das wilde

Tier mein Freund ist. Ich will im Dunkel sein, das Tier an meiner Seite, wie »Kalb und Löwe weiden zusammen«. (Der Kirchgang war nicht vergebens, Mutter. Die Metaphern der Bibel habe ich mit der Muttermilch eingesogen. Ich habe sie im Blut, obwohl ich aus der Kirche ausgetreten bin.) Ich will das fremde Tier, dessen Äußeres ich nicht kenne. Deshalb kann ich ihm keine Form geben und stelle mir nur etwas Zottiges vor.

Ich habe keine Sprache, die meine Gefühle für Stefan vermitteln könnte. Es ist, als wolle er meine Liebe nicht annehmen. Er ist mein Ritter, der nie die Rüstung auszieht. Ich liebe ihn mit der Rüstung und habe mich damit abgefunden, daß ich nie hinter seinen Panzer kommen werde. Er befindet sich auf einer höheren geistigen Ebene als ich, die ich Sex nicht entbehren kann. Er spricht viel von Sublimierung, das heißt, sich mit der Kraft des Geistes über das rein Tierische und Sinnliche zu erheben. Ich reiche ihm nicht bis zu den Fußknöcheln. Er steht weit über mir. Er ist unerreichbar wie die warme Sonne. Ich bin eine kleine grüne Pflanze, die von der Sonne lebt und nur in ihrem Licht wachsen kann. Ich kann von Stefans Sonne nicht genug bekommen. Je weniger wir zusammen sind, desto mehr liebe ich ihn. Es ist, als ob die Abwesenheit die Liebe verstärkt. Ich bin zerschnitten. Ich hänge nicht zusammen. Meine Ehe hängt nicht zusammen. Irgendwo ist ein blinder Fleck, der mich spaltet und in die warme Umarmung eines Liebhabers zwingt. Ist diese Spaltung eine Form des Bösen?

3. 6. 66

Am Anfang war ich in Stefan nicht verliebt. Ich war mit meiner ersten Liebe, John, beschäftigt. Er studierte Jura an der University of London. Ich hatte nicht den Mut, ihm zu folgen und so weit weg von Euch im Ausland zu leben. Ich war feige. Ich habe die Herausforderung der Liebe nicht angenommen, weil ich an seiner Seite nicht ich selbst war, sondern mich auf ein Anhängsel reduziert fühlte. Statt dessen flüchtete ich in Stefans sichere Umarmung, ohne von ihm als Mann wirklich angezogen zu sein. Angezogen war ich von dem Gefühl ungefährlicher Sicherheit, das er mir gab, dem Gefühl, nach Hause gekommen zu sein. Und wenn es etwas gibt, wonach ich mich sehne, dann ist es eben dieses Gefühl von »zu Hause«.

Ich habe den Kontakt mit John wiederaufgenommen. Wir haben angefangen, einander zu schreiben. Er hat akzeptiert, daß ich einen anderen gefunden habe und eine verheiratete Frau bin. Ich bekomme einmal die Woche einen Brief und schreibe am selben Tag zurück. Nach zwei Jahren Schweigen habe ich die Initiative zu unserem Briefwechsel ergriffen, und er hat umgehend geantwortet, als hätte er meinen Brief erwartet.

»Liebste, ich hätte Dir schon lange schreiben sollen. Nichts in Deinem Brief hat mich überrascht (wie konnte es auch) – es war nur eine Bestätigung dessen, was schon im Schweigen da war, was immer da sein wird: Dieses Eigentümliche, Mystische, Unmögliche zwischen uns, das so sehr ein Teil von mir ist, daß ich ohne dieses, ohne Dich ein ganz anderer wäre, für mich selbst unkenntlich. Ich glaube, es macht keinen Unterschied, wie wir es nennen. Ich fühle, ich ›verstehe‹ es jetzt und für immer. Und die Worte decken Bedeutungen nie ganz ab. Sie verzerren und werden ihnen nicht gerecht: übersentimentalisieren und überromantisieren irgendwie – ausgenommen in der Poesie, meine zweite Leidenschaft nach der Jurisprudenz. Wir wissen beide um die den Worten innewohnende Gefahr der Lüge, wie verführerisch sie auch klingen. Dies mehr als irgend etwas anderes hat mich bewogen, das Schweigen aufrechtzuerhalten, seit ich nach London abgereist bin, selbst in den Augenblicken, in denen ich mir am allermeisten gewünscht habe, Dir zu schreiben, und vielleicht gerade in diesen Augenblicken. Nenn es, wie Du willst. Allein die Worte finden zu müssen, war unerträglich schmerzlich.

Im November: Alles erinnerte mich an Dich, und ich habe mich hoffnungslos nach Dir gesehnt. Meistens komme ich damit zurecht. Du bist einfach hier in meinem Inneren – sehr nahe und sehr wirklich – Daß du in mir bist, macht mich glücklich. Aber manchmal habe ich doch ein Gefühl von großer Panik und Verzweiflung und Abwesenheit, völligen Verlustes, und dieses Gefühl kommt in Wellen. Diese Liebe ist eine unerschöpfliche und unergründliche Quelle in mir. Ob wir zueinander sprechen oder einander schreiben oder auch nicht, wir können sie nie wegsprechen oder -schreiben: Sie wird nach wie vor unerschöpflich sein. Manchmal ist es, als ob die Quelle überfließt und alles verschlingt! Im November kam mir die Erkenntnis, daß es zwei Jahre her ist, seit wir uns getrennt haben, während gar keine Zeit vergangen zu sein schien, entsetzlich vor. Ent-setz-lich.

Und Du hast recht. Vielleicht hätte ich Dir nicht geschrieben, hättest Du nicht als erste geschrieben. Aber jetzt schreibe ich, und ich schreibe, weil ich Lust habe zu schreiben. Daß, wie Du gesagt hast, das Schweigen schlecht ist, stimmt ebenso. Auch das Schweigen verzerrt und verwirrt, sogar mehr als Worte. Ich glaube, wir sollten versuchen, einander zu schreiben, selbst (und vielleicht besonders) wenn es am schwierigsten ist, um einander Kraft zu geben und um außerdem ein bißchen Freude und Glück in dieser Liebe zu finden – in ihrem Schmerz. Welchen Sinn hat sie sonst?

Falls Du jemals meine Hilfe brauchst, sag Bescheid! Halte Dich nicht zurück. Es gibt keinen Grund mehr für diese Art Furcht oder Mystik. Ich war ein Idiot in diesen Jahren, daß ich vor unserer Liebe Angst hatte. Davor, daß sie mich zerstören und, falls ich ihr nachgäbe, auch Dich zerstören würde. Jetzt ist diese Furcht verschwunden. Der Schmerz kommt und geht, aber wenn dem Schmerz die Furcht genommen ist, findet selbst er eine andere Form. Und er verwandelt sich nicht in ›Tragödie‹ oder ›Romantik‹ – oder ›Komik‹ oder ›Leere‹, sondern etwas völlig anderes.«

Ich weiß nicht, ob Stefan gemerkt hat, daß Briefe kommen. Zumindest hat er nichts gesagt. Ich will sie ihm so gern zeigen und mit ihm teilen. Aber ich glaube nicht, daß es ihm recht wäre. Er legt großen Wert darauf, daß wir einander in Ruhe lassen und nicht danach fragen, was wir jeweils machen und mit wem wir zusammen sind.

3. 7. 66

Ich habe einen Ort gefunden, wo ich sehr gern bin. Er heißt Tunesia Bar. Ich gehe hin, weil dort viele Ausländer sind. Ich rede gern mit Fremden und lasse mir erzählen, wie die Leute in ihren fernen Heimatländern leben. Sie sind alle viel herumgekommen und kennen die Welt. Ich lerne viel von ihnen. Jetzt, nachdem ich an der Universität aufgehört habe (zu Eurem großen Kummer), ist die Tunesia Bar meine Universität. Ich sitze da und nippe an meinem Sprudel. Ich kann es mir nicht leisten, zu Restaurantpreisen zu trinken, sage aber Ja, wenn ich eingeladen werde.

Am Samstag kam ein Ausländer an meinen Tisch und fragte höflich, ob er sich zu mir setzen und mich auf einen Drink einladen dürfe. Als er mit dem Drink zurückkam, legte er seine Hand auf meine und fragte, ob ich mit ihm nach Hause gehen wolle. Aber sehe er denn nicht, daß ich verheiratet sei? Und warum habe er ausgerechnet mich angesprochen und nicht eine der anderen Frauen in der Tunesia Bar, die darauf warteten, daß sie aufgefordert wurden zu einem Tanz, der sie aus der Eintönigkeit herausreißen und einen Traum von Nähe und Treue erfüllen würde?

Er sagte, er habe mehrere vor mir gefragt und einen Korb bekommen, und er habe sich kaum getraut, mich anzusehen, so peinlich sei es ihm, noch einmal eine Unbekannte um die große Ehre zu bitten, sein Gast zu sein. Aber so viel habe er gesehen, daß ich die Güte in Person sei. Aber ich wisse ja gar nicht, wie man es anstelle, gut zu sein, sagte ich und wich seinem Blick aus.

Ich ging mit ihm nach Hause. Ausschließlich weil er mich darum gebeten hatte und weil seine Augen so traurig waren. Er wohnte in einem Zimmer auf einem Dachboden, einem kleinen Raum von zwölf Quadratmetern mit Bretterwänden aus unbehandeltem Holz. (Ihr schüttelt sicher den Kopf über solche Wohnverhältnisse.) Er bot mir Tee und süße Kekse an und spielte Musik, die sich in weichen Spiralen zur Decke schlängelte. Wir saßen auf großen, farbenprächtigen Kissen auf dem Boden. Das Bett war das einzige Möbelstück.

Ich war neugierig und fragte, was er von mir wolle. Warum säße ich überhaupt da und hörte zusammen mit ihm die seltsame Musik? Er sagte, er sei an derselben Haltestelle ausgestiegen wie ich und mir ins Tunesia gefolgt. Er habe auf jede mögliche Weise versucht, mit meinen Landsleuten in Kontakt zu kommen, aber daraus seien nur oberflächliche Bekanntschaften geworden, die alle nach kurzer Zeit im Sande verlaufen seien. Deshalb habe er mich gekidnappt und werde mich in seinem Dachboden lange genug einsperren, um mich wirklich kennenzulernen.

Es klang so komisch, als er mit seiner fremden Aussprache »kidnappen« sagte, daß ich laut lachen mußte. Ich wurde schnell wieder ernst und sagte, er brauche mich nicht zu kidnappen. Ich würde aus eigenem freiem Willen bei ihm bleiben. Ich hätte keine Angst vor Fremden. Ich sei selbst fremd in der Großstadt, nur nicht so sichtbar fremd, weil ich aussähe wie alle anderen, aber da höre die Gleichheit auch auf. Ich hätte seine steife Körpersprache und die hilflos gestikulierenden Hände, die Kennzeichen des Außenstehenden sind, sofort wiedererkannt. Ich sähe die Fremden als verwandte Wesen und hoffte, daß sie in Zukunft viel mehr würden, damit ich mich mehr zu Hause fühlen könne. Ich sei auch einmal mit einem Afrikaner im Bett gewesen, sagte ich. Es falle mir viel leichter, mit einem Wildfremden Liebe zu machen, als mit jemandem, den ich kennte, zu reden. Er solle nicht glauben, ich sei ein Hurentyp, obwohl ich freiwillig mit ihm gegangen sei und er mich nicht einsperren müsse. Denn so einsam solle kein Mensch sein.

Ich kennte gut die Einsamkeit in einer fremden Stadt, sagte ich, und jetzt, da ich endlich jemanden gefunden hätte, mit dem ich reden könne, der wie ein Beichtvater hinter dem schwarzen Tuch sei, solle er nicht glauben, daß er mich gleich wieder los würde. Denn ich sei nicht so unschuldig, wie ich aussähe. Ich hätte viele Liebhaber gehabt. Und das, obwohl mein Mann alles für mich sei. Und jetzt dürfe er mich gern unterbrechen, sagte ich, denn sonst würde ich über meine Ehe mehr verraten, als gut sei, und dadurch meinen Mann verleumden. Und das wäre, als spuckte ich Gott an.

Er sagte, er könne nie eine europäische Frau heiraten, denn er respektiere europäische Frauen nicht. Die Frauen seines eigenen Landes seien schöner, sanfter. Sie seien richtige Frauen, die bis zur Hochzeitsnacht auf den Mann warteten. Die europäischen Frauen seien nur Halbfrauen mit einem Sexualleben wie Männer. Er würde nicht mit einer seiner Frauen ins Bett gehen und sie nachher verlassen. Zuerst werde er sie heiraten und dann die Hochzeitsnacht genießen wie ein lange erwartetes Festmahl. Die europäischen Frauen täten ihm leid. Er habe Mitleid mit ihnen. Sie hätten den Schutz des Mannes verloren.

Ich sagte, ich bräuchte den Schutz des Mannes nicht. Ich sei eine freie Frau. Aber wenn er so mit mir über uns europäische Frauen rede, als wären wir gar keine Menschen, sondern Fleischstücke, die er wegwerfen könne, wenn er ihren Geschmack satt habe, solle er mir nicht zu nahe kommen, aber ich würde selbstverständlich unsere Vereinbarung einhalten, bis er mich »gründlich« kennengelernt habe.

Und was wolle er mit seiner Anklage gegen mich und seinem mangelnden Respekt vor den unweiblichen Frauen des Westens, wenn ich ihm andererseits etwas geben solle, das er brauche? Weil ich eine Frau sei, sei ich schließlich mit ihm nach Hause gegangen und sei auch bereit, ihm die Zärtlichkeit zu geben, die er brauche, weil er sich in einer absurden und unglücklichen Situation befinde, weil er Flüchtling sei und es ihm unmöglich sei, in sein eigenes Land zurückzukehren und eine der wunderbaren Frauen dort zu heiraten.

Daß ich so schwach gewesen sei, seiner maskulinen Anziehungskraft nachzugeben, sei ein Fehler, den ich mir selbst vorwerfen, aber nicht bereuen könne, da ich ein Mensch sei wie alle anderen, sagte ich. An eben diesem Abend seien wir auf einer einsamen Insel in den Armen des anderen gelandet. Und es sei unsicher, wer sich an wen klammere. Unser nächtlicher Kontakt sei in erster Linie eine menschliche Beziehung. Er solle froh sein über meine Leichtlebigkeit und mein starkes Bedürfnis nach Wärme, anstatt mich zu verachten und mich eine europäische Frau zu schimpfen. Er müsse auch wissen, daß ich mich mit dem Leben, das ich führte, von meiner Mutter, für die es ebenso wie für die Frauen in seiner Heimat eine Todsünde gewesen wäre, vor der Ehe mit einem Mann ins Bett zu gehen, weit entfernt hätte. Deshalb müsse er zumindest meine Mutter respektieren. Er sagte, er respektiere meine Mutter und bedaure es, daß er sie nie kennenlernen werde. Er klang wie ein Kind, denn eine Mutter ist das höchste Wesen. Dann legte er sich mit seinem ganzen Gewicht auf mich. Ich konnte eine solche maskuline Kraft, die mich in die unendlich weiche Schaumgummimatratze quetschte, einen solchen Luxusgegenstand, den ich nicht gegen meinen Willen, sondern mit meinem Willen geschenkt bekam, nicht abweisen.

PS. Langsam erkenne ich, daß das einzige Band zwischen mir und dem Kind in meiner Kindheit darin besteht, daß wir uns zufällig im selben Körper befinden. Das Kind, das ich damals war, und die, die ich jetzt bin, scheinen mir ohne jede Verbindung zu sein, obwohl wir denselben Namen tragen.

23. 3. 67

Heute ist mein Geburtstag, und ich habe solche Lust bekommen, Euch zu schreiben. Ich bin jetzt eine ältere Frau von vierundzwanzig mit all der Erfahrung, die das mit sich bringt. Ich genieße die Stille an diesem Ostermorgen. Ich bin früh aufgestanden. Die Sonne schien so herrlich vor dem Fenster zum Hof. Im Schnee war ein Wirrwarr großer Vogelspuren und kleiner Katzenpfoten. Ich denke, eine große fette Dohle hat mit einem Kätzchen gekämpft, ein Traumspiel, aufgeführt mir zu Ehren, während ich schlief.

Ich nahm ein Tablett mit ins Bett, nachdem ich zur Feier des Tages ein Ei gekocht hatte. Ich hatte das starke Gefühl von »Geburtstag«, wie ich es seit meiner Kindheit nicht gehabt habe. Dann stand ich auf und räumte die Sachen vom Abendessen gestern weg. Ich hatte Besuch (zwei Freundinnen von damals an der Universität), und es ist spät geworden. Danach habe ich staubgesaugt. Heute soll es um mich herum sauber sein. Und als die ganze Wohnung glänzte und nach Ajax roch, blieb ich im Bad, bis ich innerlich und äußerlich sauber war.

Bei so einem Sonnenschein kann man nichts anderes sagen, als daß ich im vergangenen Jahr ein braves Mädchen war. Ich bin heute so glücklich, daß ich kaum stillsitzen kann, während ich Euch schreibe. Ich sitze auf meinem Stuhl und betrachte die roten Rosen (viel zu teuer), die ich gestern gekauft habe, zum einen, um sie auf den Eßtisch zu stellen, zum anderen, um sie auch heute noch ansehen zu können. Ich pflücke ein paar Kronblätter ab und stecke sie mir in die Nasenlöcher und lasse den süßen Rosenduft in mich eindringen.

Heute vormittag habe ich etwas Verrücktes gemacht. Ich habe »Die vier Jahreszeiten« aufgelegt und bin mit einem orangefarbenen Chiffontuch, das um meinen Hals flatterte, im Wohnzimmer herumgetanzt. Ich habe weitergetanzt, bis ich gespürt habe, wie die Erde sich um sich selbst dreht und zugleich langsam und gemessen um die Sonne schwebt. Eine doppelte Bewegung, die auch in mir ist. Ich bin jetzt nämlich zu zweit. Ein kleines Kind wächst in meinem Bauch, ganz ohne meine Kontrolle. Ich bin im achten Monat. Er tritt heftig und wird allmählich ungeduldig. Ich bin auch ungeduldig und kann es fast nicht abwarten, bis er geboren wird. Ich bin schon in ihn verliebt und sehne mich danach, ihn in meinen Armen zu halten.

Nach dem Tanzen war mir schwindlig, und ich mußte mich hinsetzen. Ich sollte lieber sagen: »Wir«. »Ich« ist »wir« geworden; ich werde nie mehr allein sein. Der Gedanke ist ebenso schwindelerregend wie der Tanz. Daß ein anderer im eigenen Körper ist, ist ein science-fiction-artiges Gefühl. Ich stelle mir vor, daß er von intelligenten Wesen von einem anderen Planeten in mich eingepflanzt worden ist und daß wir alle ursprünglich von draußen aus dem Weltraum kommen und unser Leben lang lernen müssen, Menschen zu werden. Das ist ein unchristlicher Gedanke für Euch; Ihr glaubt ja, daß der Mensch von Gott geschaffen ist.

Macht Euch keine Sorgen um mich. Ich radle immer noch, trotz des dicken Bauches, und habe meine Studentenjobs, immer noch dieselben, von denen Ihr gehört habt, der eine vormittags bis vierzehn Uhr und der andere von achtzehn bis zweiundzwanzig Uhr. Ich freue mich auf meine sechs Wochen Mutterschaftsurlaub. Ich wünschte, Ihr könntet sehen, wie ich als Schwangere aussehe. Ich glaube, Ihr würdet mich nicht wiedererkennen, wenn Ihr auf der Straße an mir vorbeiginget.

Es war nicht ganz einfach, die Babysachen aufzutreiben. Das meiste, ein großes Paket mit sechs Baumwollhöschen, sechs Unterhemdchen, sechs Hemdchen mit langen Ärmeln, zwei Strampelanzügen, zwölf Windeln, alles in Weiß, und eine Kinderdecke mit zwei blaukarierten Bezügen, haben wir von der Mutterhilfe bekommen. Ich war gespannt, ob der Antrag bewilligt werden würde, aber er wurde es, und darüber hinaus bekamen wir noch einen gebrauchten Kinderwagen. Ich nehme ab und zu eines der Hemdchen und Höschen heraus, lege sie auf den Tisch und versuche ihn vor mir zu sehen. Er soll Dino heißen, nach einem von Stefans Bekannten. Es ist ein italienischer Name. Ich finde ihn schön, aber Ihr hättet wohl lieber einen richtig dänischen Namen.

Stefan ist nicht zu Hause. Er ist in Italien, zu Besuch bei einem Freund, der ein Künstlerstipendium in Amalfi hat. Ich hoffe, die Geburt ist nicht zu früh, so daß er rechtzeitig zu Hause sein kann. Es wird kein großer Junge, sagt der Arzt, aber er liegt, wie es sein soll, mit dem Kopf nach unten. Stefan hat die Wohnung so gut für ihn hergerichtet, obwohl er in der Abendschule, wo er »Kunstverständnis« unterrichtet, sehr viel zu tun hat.

Er hat ganz aufgehört zu malen. Ich darf gar nicht daran denken, daß sein Talent verlorengeht. Er hat ein solches Bedürfnis, sich künstlerisch auszudrücken. Aber die Malerei ist für ihn tot, und er bekommt davon Migräne, sagt er. Die Staffelei hat er auf den Dachboden gestellt. Er will an die Filmhochschule und hat angefangen zu photographieren. Er hat ein paar Bilder von mir gemacht, in voller Größe. Ich bin ganz unförmig, fast wie ein Fabeltier. Aber er sagt, er liebt mich trotzdem. Wir sind einander viel näher gekommen, dank des kleinen Jungen, der uns zu einer Familie macht.

IV Pusselchen

Jetzt seid doch nicht so traurig, meine Pusselchen. Es ist so ein überaus schöner Tag. Ein Geschenk des großen Unbekannten. Ich bin umgeben von Blumensträußen, eine wahre Farborgie. Und ihr seid bei mir. Was kann ich mehr verlangen. Das einzige, wovor ich wirklich Respekt habe, sind die harten Realitäten des Lebens. Nein, hör auf zu weinen, Schatz. Ich gehe nur auf eine andere Art von Reise. Fliege hinauf zu den Sternen. Denkt an mich als einen großen, weißen Vogel. Nein, einen Meteorstein. Das ist schöner.

Die ganze Welt liegt mir hier draußen vor dem Fenster zu Füßen. Der Himmel, die Baumkronen, der Schornstein. Gibt es etwas Vollkommeneres als einen Fabrikschornstein? Die rohe Bescheidenheit des Betons. Die Schlichtheit und Stärke des Materials. Die perfekte Rundung, die gen Himmel strebt. Ganz glatt und seidenweich wie eine Kinderstirn. Pure, reine Poesie. Ich könnte diesen Schornstein streicheln. Ich kann mir direkt vorstellen, wie es sich anfühlt, die Hand über den glatten Beton gleiten zu lassen. Wie sich das Gefühl im ganzen Körper ausbreitet. Wie die Nackenhärchen sich durch die Berührung aufrichten.

Seht den jungfräulichen, weißen Rauch, Pusselchen. Sinn und Zweck des Schornsteins. Er wurde geschaffen mit dem einzigen Ziel, daß Rauch herauskommt. Rauch ist seine Bestimmung. Immer mehr Rauch. Rauch bis ins Unendliche. Tut mir den Gefallen und achtet darauf, wie dieser Rauch ständig die Form ändert. Wie eine Kettenreaktion der Phantasie. Bald ist er ein dünner ätherischer Strich, bald eine dicke Schwefelwolke. Dann ein Mann mit Zylinder, dann eine Ballerina im rosa Tutu, dann ein fetter Aal, der zu einer langen Nase wird. Ein Anblick für Götter. Wäre ich Schriftsteller, ich würde eine Ode an den Schornstein schreiben. Rümpf bitte nicht die Nase, Schatz. Dieser Schornstein ist das achte Weltwunder.

Hier zu liegen, mit Aussicht auf eine solche Offenbarung, ist ein Privileg. Sie erinnert mich daran, wie zerbrechlich alles ist. An die Vergänglichkeit des Lebens. Wie wenig ist nötig, damit ein solcher Schornstein zusammenkracht und zu einem Haufen Betonbrocken wird, bereit für den Schuttplatz. Nur ein kräftiger Orkan oder ein winziger Fehler im Beton, und die stolze Form verwandelt sich in Staub. Auch Staub und Verfall haben ihre eigene Schönheit. Hat man Sinn für den göttlichen Kreislauf, ist Schönheit in allem, was das Auge sieht.

Selbstverständlich gibt es Häßlichkeit, das Abstoßende. Das Schlimmste, was ich kenne, sind häßliche Frauen. Reiß mir nur den Kopf ab wegen dieser Bemerkung, Schatz. Der wird sowieso bald rollen. Weiß der Teufel, ich glaube, ich schenke meinen Schädel Det Kgl. Teater. Dann können sie ihn in *Hamlet* benutzen. To be or not to be. Ja, Shakespeare ist so verdammt platt. Und deshalb liebe ich ihn. Im Grunde bin ich aus demselben Schrot und Korn. Ich liebe Platitüden, je billiger, desto besser. Ich hege eine unglückliche Liebe zum volkstümlichen Element. Jetzt mach nicht so ein Gesicht. Dich meine ich nicht. Du hast dich ja vom Volk entfernt. Du bist ins Reich der Kunst eingedrungen. Dank meiner. Das wagt man kaum zu sagen, aus Angst, das Leben vor der Zeit zu verlieren.

Nein, nicht ich habe dich zur Künstlerin gemacht. Aber ich habe dich angetrieben. Ich konnte es nicht ertragen, dich jedesmal, wenn ich spät in der Nacht nach Hause kam, auf dem Sofa sitzen und weinen zu sehen, eine Weinflasche in der einen Hand und eine Zigarette in der anderen. Dein Kopf lag auf deinen Knien. Deine langen, fettigen, ungekämmten Haare hingen deine Beine entlang bis zum Boden, der voller Weinflecken und Zigarettenstummel war. Verdammt, war das eklig. Einmal hast du mir die Flasche an den Kopf geworfen, so daß ich in die Ambulanz kam und mit fünf Stichen an der Stirn genäht werden mußte. Danach konnte ich dich wochenlang nicht anrühren. Aggressive Frauen machen mich eiskalt. Dann hast du noch mehr geweint und gesagt, du könntest dein Leben nicht ertragen. Ich muß zugeben, ich konnte mich zu deinen unbeherrschten Gefühlsausbrüchen nicht verhalten. Ich wußte nicht, was ich mit dir anfangen sollte.

Es irritierte mich, daß du so passiv warst, daß du keine Freunde fandest, mit denen du ausgehen konntest. Daß du nur mich hattest und zu Hause gesessen und gewartet hast. Einen ganzen Winter lang hast du niemanden gesehen außer mir. Es war krank. Du bist nirgends hingegangen, außer zum Einkaufen. Du konntest nicht mal allein ins Kino gehen. Ganz ehrlich, du warst ein Klotz am Bein. Wir waren uns doch einig, daß wir keine konventionelle Ehe führen wollten wie deine kleinbürgerlichen Eltern. Wir wollten nicht hinter Spitzengardinen und Geranien auf dem Sofa hocken. Wir waren zwei selbständige Individuen. Unabhängig. Autonom. Wir wollten raus, uns selbst erproben. Die ganze Welt gehörte uns. Man mußte nur die Frucht vom Baum der Erkenntnis pflücken. Wir wollten das Leben essen, schmecken. Es war die Zeit des Aufruhrs und der Freiheit. Die Zeit der Experimente. Wir hatten alle Brücken hinter uns abgebrochen und bewegten uns mit voller Fahrt in die Zukunft. Der neue Mensch wurde als unser Abbild geschaffen.

Irgendwann habe ich vorgeschlagen, wir sollten jeder eine Wohnung im selben Haus nehmen. Dann wären wir getrennt und trotzdem zusammen. Ich fand, diese Art zu leben entsprach mehr der Zeit. Du hast einfach angefangen zu schreien. Ich fragte dich, was los sei. Du hast auf direkte Fragen nie direkt geantwortet. Du hast den Blick nach innen gekehrt und warst »weg«. Du bist einfach verschwunden, und es war unmöglich, mit dir in Kontakt zu kommen. Die Ehe mit dir war wie die Ehe mit einem geistesgestörten Kind.

Ich hatte das Gefühl, ich sitze in der Falle. Ich habe die Ehe schon vorher als ein Relikt aus der Vergangenheit betrachtet. Eine versteinerte Gesellschaftsinstitution, die geschleift werden mußte. Wir wollten der Ehe eine neue Form und einen neuen Inhalt geben. Wir waren Pioniere. Aber dein kleines Hirn war eben zu konventionell. Du kamst nicht mit. Du bist tiefer und tiefer in deinem eigenen Sumpf versunken. Ich habe die Revolution allein fortgeführt. Ich wollte mich von der Zweisamkeit nicht binden lassen. Ich gebe zu, wenn ich ausging, machte ich das gründlich und kam erst am nächsten Morgen nach Hause. Meistens schliefst du, wenn ich mich in die Wohnung schlich. Du hast mich nie ausgefragt, wo ich gewesen war oder was ich gemacht hatte. Das Kompliment muß ich dir machen. Wir waren uns ja einig, daß wir einander nicht an die Kette legen wollten.

Ich habe sehr darauf geachtet, dich nicht zu stören. Das Einschlafen fiel dir so schwer, und du warst so leicht zu wecken. Beim kleinsten Laut bist du aufgewacht. Deshalb war dir der Schlaf beinah heilig, und das habe ich selbstverständlich respektiert, obwohl es ans Neurotische grenzte. Ich sah keinen anderen Ausweg, als dir vorzuschlagen, daß wir getrennt schliefen, daß ich aufs Sofa im Wohnzimmer zog, damit ich dir nicht deine Nachtruhe raubte. Die Logik dessen hast du eingesehen, denn du gingst früh ins Bett und mußtest früh zur Arbeit. Ich war ein ausgesprochener Spätaufsteher. Und darauf konnte ich ja Rücksicht nehmen, solange ich studierte.

Wie oft haben wir einander gesagt, wir seien das perfekte Paar und wir wollten mit den Ehen unserer Freunde, die von gegenseitiger Kontrolle und ewigen Streitereien verpestet waren, nicht tauschen. Selbstverständlich hat es mich gestört, daß du manchmal deine Gefühle nicht beherrschen konntest und dich soweit erniedrigt hast, dich darüber zu beklagen, daß ich dich nicht auf die Feste an der Akademie mitgenommen habe, daß ich mich angeblich nicht zu dir bekennen wollte. Dies war nicht mein Niveau. Ich habe mich geweigert, mit dir zu streiten. Es war unter meiner Würde. Selbstverständlich wollte ich mich zu dir bekennen. Wir waren verheiratet. War das nicht Beweis genug? Dein Problem war, daß du unseren gemeinsamen Freiheitsidealen nicht genügen konntest.

Eine geheime Tagesordnung? Was für ein Quatsch. Du hast gelitten wie ein Tier, das nicht weiß, warum es leidet, und nicht einmal weiß, daß es leidet, sagst du. Das ist verdammt noch mal zu pathetisch. Wollen wir nicht sauber bleiben? Es ist geschmacklos, wenn wir uns jetzt retrospektiv streiten. Schreib doch lieber ein Buch über uns, Schatz. Meinen Segen hast du. Ich wäre begeistert, von dir verewigt zu werden. Das Leben ist kurz, die Kunst ist lang. Daran gibt es nichts zu rütteln. Wenn ich der Schurke sein soll, dann im ganz großen Format. Bitte keinen Kleinkram. Heinrich der Achte. Nero. Nicht weniger. Mach mit mir, was du willst. I am all yours, baby.

Ich war immer dein Fan Nummer eins. Ich war deine Lady Macbeth. Ich habe dich gestützt, wenn du von deinem langweiligen Bürojob weinend nach Hause kamst und anfangen wolltest zu schreiben. Du hast gesagt, schon als Kind hättest du dir ein großes Buch vorgestellt, mit weißen Seiten, die du füllen wolltest. Ich hatte überhaupt keine Ahnung, daß in dir eine Schriftstellerin steckte. Wie immer, wenn du das ganz große Drama veranstaltet hast, kam es wie ein Blitz aus heiterem Himmel. Ohne Vorwarnung. Ich stellte mich deinem Projekt hundertprozentig zur Verfügung. Hätte ich nicht deine ersten Manuskripte an Zeitschriften und Verlage geschickt, wärest du heute nicht, wo du bist. Ich habe Adressen auf Briefumschläge geschrieben und habe sie für dich in den Briefkasten gesteckt. Du bist ins Bett gegangen und hast dir die Decke über den Kopf gezogen. Du dachtest, wenn du einfach ganz still liegst, dann liegen auch die Manuskripte ganz still und kommen nie an. Du hast dich aufgeführt wie ein Huhn, dem man den Kopf abgehauen hat und das jetzt auf dem Pflaster des Hofes einen hoffnungslosen Veitstanz tanzt, zu dumm, um auf die Idee zu kommen, sich hinzulegen und zu sterben. Also, war diese leidende Kuh nicht eher ein krankes Huhn? Ich weiß jedenfalls: Hätte ich dich nicht ständig in Trab gehalten und dich zum Schreiben ermuntert, du hättest als Raumpflegerin bei ISS geendet.

Mehrmals am Tag mußte ich dich durch die Tür in dein Zimmer schieben und auf den Stuhl am Schreibtisch setzen. Du bist unter irgendeinem Vorwand immer wieder rausgeschlichen. Wir hätten etwas noch nicht geklärt oder über etwas noch nicht geredet. Und wollten wir nicht gerade ausgehen, ein Bier trinken oder ins Kino gehen? Du hast nicht aufgehört, mir zuzusetzen. Immer wieder mußte ich dich überreden, in dein Zimmer zu gehen und dich um deine Schreiberei zu kümmern. Und wenn meine Überredungskraft nicht ausreichte, mußte ich dich hineintragen. Oder dich buchstäblich an den Haaren hineinzerren. Es war die reine Farce. Schließlich war ich gezwungen, die Wohnung einfach zu verlassen. Ich konnte dich ja nicht in deinem Zimmer einschließen. Das war für meinen Geschmack zu melodramatisch.

Ich war nie zu Hause? Das ist jetzt so lange her, daß keiner von uns statistisch genau sagen kann, wie oft ich nicht zu Hause war. Ich hatte eine Zeitlang das Atelier zu Hause. Aber es ging ja nicht. Du konntest mich nicht in Ruhe lassen. Du hast an mir geklebt. Ich mußte mir ein Atelier in der Stadt suchen, damit du zum Schreiben kamst. Wenn du nicht geschrieben hast, warst du absolut unmöglich. Es war eine Zwangsneurose. Einmal, als ich nach Hause kam – ich weiß nicht mehr, von woher –, hattest du das ganze Bettzeug auf den Boden geworfen und unsere Matratzen mit einem Rasiermesser aufgeschlitzt. Um dich war immer Ragnarök. Und dazu ist man ja nicht unbedingt aufgelegt, wenn man nach Hause kommt und sich entspannen will. Ich hatte kein anderes Mittel, als dich zurück an den Schreibtisch zu schleppen.

Erinnerungstäuschung? Kann gut sein. Aber so erinnere ich es nun einmal. Und warte auf deine Version. Du schweigst, Schatz. Du verschließt dich wie eine Auster und kommst mit einer unbestreitbaren Perle für die Ewigkeit nieder. Aber die Zeit ist knapp. Ich kann auf deine Perlen nicht warten. Wenn du nichts hinzuzufügen hast – ich habe es. Nein, du hast nicht aufgehört zu arbeiten. Das konnten wir uns nicht leisten. Du hast deine Studentenjobs behalten und frühmorgens geschrieben. Ich konnte neben der Akademie nicht arbeiten. In diesen Jahren hast du mich versorgt, Schatz. Ich werde dir bis zu meinem Todestag dankbar sein. Ich habe deine enorme Disziplin damals bewundert.

Na ja, wenn wir uns unbedingt auf das Niveau der Millimetergerechtigkeit begeben wollen: Ich habe auch kurz gearbeitet, im Frederiksberg Antikvariat. Das brachte uns Essen auf den Tisch und einige wunderbare Erstausgaben von Goethe und Schiller als eine Art Nebenverdienst. Wir hatten kein Geld, aber jede Menge Freiheit. Alles war erlaubt. Wir bekamen per Kurierdienst aus den USA unser erstes Marihuana. »Grass« ist so ein schönes Wort. Wir waren

Kinder der Zeit. Mitgerissen von der französischen Nouvelle vague. Vom neuen französischen Roman. Wir waren high auf Rockkonzerten und in den amerikanischen Untergrundfilmen. Erinnerst du dich an den ersten Warhol-Film, »Himself as Herself«. Wir diskutierten nächtelang. Eine ganz neue Welt wurde mit uns geboren.

Es war nicht Warhol? Aber ist das nicht gleichgültig? Ich habe keine Zeit zum Erbsenzählen. Ich war auf keinem einzigen Rockkonzert? Du hast wirklich ein Gedächtnis wie ein Elefant. Natürlich kann es sein, daß ich mehr für Beethovens Streichquartette war. Auf jeden Fall waren wir im Malmö Folkepark bei »Blood Sweat and Tears«. Du warst nicht mit? Du warst schon immer ein Spielverderber. Das liegt an deiner angestauten Wut, die mit dir durchgeht. Diese Wut, die durch und durch geht und keinen Stein auf dem anderen läßt. Hoffnungslosigkeit verbreitet und alles zerstört. Das ist es, was ich an Frauen nicht ausstehen kann. Wenn sie anfangen, einem bis ins kleinste Detail zu erzählen, wie die Dinge in Wirklichkeit zusammenhängen, wie Schwindel und Betrug der Männer zum Himmel schreien, die so leicht durchschaubar sind wie jämmerliche Exhibitionisten. Man wird auf eine Null reduziert, ein herumspazierendes Stück Scheiße, verpackt in eine Lüge. So wahr ich es dir sage, Schatz.

Die Wahrheit ist nur so verdammt häßlich, begreifst du das nicht? Ich kann nicht ohne Schönheit leben. Schönheit ist das Salz des Lebens. Der Sinn von allem. Das Häßliche ist sinnlos. Also ist die Wahrheit sinnlos. Das ist ein simpler logischer Schluß, den wir im Philosophicum gelernt haben. Es kann nicht zugleich regnen und nicht regnen.

Ja, ich lüge so schnell, wie ein Pferd galoppiert. Ein Mann lebt auf vielen Ebenen gleichzeitig, hält viele Bälle in der Luft, die zusammen das Dasein zum Schweben bringen. Stell dir den Mann als einen Segelflieger vor, Schatz. Die zerbrechlichen Flügel tragen ihn. Schwache Luftströme bestimmen den unsicheren Kurs des Fliegers. Er ist ein Spielball der unvorhersehbaren Wechsel der Windrichtungen. Der Kurs ist, wie der Wind bläst. Es gibt keine Erdverbindung. Ich sage das nur, um dich dazu zu bringen, über deine eigene Nasenspitze hinauszusehen, deinen Horizont zu erweitern. Will kein Plädoyer für die Lüge halten. Die Lüge schafft es auch allein. Braucht keine Verteidigung. Sie hat die Tiefe der Metamorphose und die Oberfläche der Tangokugel. Ständig in Bewegung. Ständig in Verwandlung begriffen.

Die Lüge ist eines der tragenden Elemente der Existenz. Die Urmutter der Phantasie. Das Kuckucksei der Wahrheit, ohne das es unmöglich ist, echt von unecht zu unterscheiden. Die Lüge erweitert das menschliche Bewußtsein. Sie ist das Adelszeichen, das uns von den Tieren unterscheidet. Die Lüge ist ein Vergrößerungsglas. Die Tür in den geschlossenen Raum, der Leben genannt wird, die tödliche Umarmung der Zeit. Die Lüge hebt Zeit und Ort auf. Die Frage ist, ob man sich zur Lüge philosophisch oder moralisch verhält. Ich weiß, du magst es nicht, wenn ich »man« sage, ich sage es trotzdem. Ich will in das enge, tyrannische »Ich« nicht eingesperrt werden. Dieses Folterinstrument, das sich wie die Eiserne Jungfrau um einen schließt und einem die Dornen ins Fleisch bohrt, bis es schließlich in dem armen Körper jeden Knochen zermalmt. Ich will sein, wer ich will. Keiner und jeder. Ich behalte mir das Recht vor, mich zur Lüge philosophisch zu verhalten. Ich weiß, was du sagen willst, Schatz. Dieses krampfhafte Festklammern an der Lüge ist kindisch – wenn du guter Laune bist, wohlbemerkt. Wenn um deine Stirn die schwarzen Wolken auftauchen, nennst du es einen perversen, infantilen Zug an mir. O ja, ich bin ein beschädigtes Kind, festgehalten in ewiger Kindheit aufgrund eben dieser Schädigung. Wie die

Kindheit mich langweilt! Ich glaube nicht an die Kindheit als die Ursache von allem. Mehr Format hat Gott schon.

Ich respektiere dich und bewundere dich als den wahrheitssuchenden Hund, der du bist. Die Wahrheit ist nur nicht die ganze Wahrheit. Ein bißchen Lebensbejahung und Leichtigkeit. Ein bißchen Musikalität bei der Begleitung würden hier beim Abschied Wunder wirken. Verstehst du nicht, daß ich ganz aufgekratzt bin, weil das Urteil endlich gefällt ist. Es wirkt wie ein Schuß mit dem besten, edelsten Amphetamin. Die Vertäuung ist gerissen. Von jetzt an steuere ich das Schiff. Ich habe das letzte Wort. Ich bin endlich der, der ich immer sein wollte: der König des Universums. Follow me, Schatz. Laß mich dich an der Hand nehmen. Hier wird nicht geweint. Wisch dir die Tränen von der Wange. Du sollst genauso intensiv und ultimativ leben, wie ich es jetzt tue. Ich war immer ein Lebensgenießer und Ästhet wie die alten Epikuräer. Da ist meine Wahrheit, in der Verehrung des Schönen. Das Gute interessiert mich weniger, mit Ausnahme von dir selbstverständlich. Du bist die Ausnahme meines Lebens. Aber das Gute wird, ehrlich gesagt, auf die Dauer etwas langweilig. Etwa nicht, meine Taube?

Wäre ich John Wayne, würde ich dich lieben, wie ein Mann die Einzige, die Auserwählte liebt. Nichtsdestoweniger sollst du die erste und die letzte sein. Du sollst mit mir ins Grab gehen. Bildlich gesprochen. Du bist ja nicht totzukriegen. Du bist stärker als die Bombe über Hiroshima, stärker als die Sonne. Schenk mir die Sonne, Mutter. Nein, ich weiß, das ist zu blöd. Ich kann es einfach nicht lassen, mich über den grämlichen alten Narren lustig zu machen. Es ist einfach die schlechteste Schlußreplik der Welt. Ich darf wohl ein bißchen ausflippen bei den großen Dramen, in Anbetracht der Situation. Nimm es nicht so schwer. Trotz allem geht es um mich. Ausnahmsweise bin ich im

Zentrum. Als wäre das nicht immer so gewesen? Da hast du wirklich recht. Wie immer hast du recht. Das soll mir aber nicht die gute Laune verderben.

Würdest du mir eine Birne schälen? Es hat so etwas Jungfräuliches, das bleiche, reife Fruchtfleisch, wenn es auf der Zunge zergeht. Ich will es mit geschlossenen Augen genießen, ganz konzentriert auf dieses kurze Jetzt zusammen mit euch zwei Pusselchen. Ich kann nicht ertragen, was du beim Schälen für ein Gesicht machst. Du hast das beste Schälmesser in der Hand. Der Schaft aus echtem Schildpatt und die Klinge aus reinstem Stahl aus Solingen. Kann man weiter kommen auf dieser Welt, als ein solches Prachtexemplar von einem Messer in der Hand zu halten? Ich weiß, ich habe es dir selbst zum Geburtstag geschenkt. Ich will doch nur deinen Sinn für Ästhetik entwickeln, Schönheit vermitteln und sie mit dir teilen. Wäre ich nicht gewesen, du würdest immer noch in Gummistiefeln auf dem frischgepflügten Acker herumlaufen und dem Lerchengesang lauschen, du kleiner Provinztrampel. Jetzt hast du aufgehört zu schälen. Ich möchte auch nicht mehr. Ich esse Birnen nicht aus Hunger, sondern aus Lust. »Lust macht Arbeit leicht.« Das war einer der vielen Wahlsprüche deiner Mutter.

Erinnerst du dich an meinen ersten Besuch bei deinen Eltern? Es war in einem der Eiswinter Anfang der sechziger Jahre. Wir saßen im Wohnzimmer auf dem Sofa und tranken Kaffee. Deine Mutter machte einen phantastischen Kaffee. Er hatte eine besondere Eleganz. Alles, was diese Frau anrührte, schmeckte gut. Ich habe selbst in den teuersten Restaurants mit fünf Sternen nie besser gegessen. Da saßen wir also in der Dämmerung und sahen den Regen an, der die Scheiben herunterlief. Die Wanduhr schlug fünf. Zwischen jeder Replik lag eine halbe Stunde. Ich liebte die schwere Luft im Wohnzimmer und das Schweigen. Daher kommt dein Schweigen, Schatz. Von den langen Sonntagnachmittagen. Plötzlich, wie das Orakel von Delphi, sagte deine Mutter: »Carl war immer sehr leidenschaftlich, und dem konnte ich glücklicherweise gerecht werden.«

Friß, Vogel, oder stirb: das eheliche Liebesleben der beiden Alten direkt in die Visage des Schwiegersohns, der schon vor der Hochzeit den Weg in die Hölle der Geheimnisse betreten und schon die Guillotine der Persönlichkeitsspaltung, die nicht den Kopf vom Körper trennt, sondern die Seele in zwei ungleiche Hälften teilt, die den Körper in jeweils ihre Richtung ziehen und in der Mitte zerreißen, gespürt hatte. Ich war ausnahmsweise mundtot gemacht worden. Und es gehört einiges dazu, mir den Mund zu stopfen. Die Bemerkung deiner Mutter blieb in der Luft hängen wie ein Menetekel meiner eigenen Unzulänglichkeit. Ich blieb ihr eine Antwort schuldig.

Diese beiden treuen Menschen waren meine Vorbilder. Doch, das waren sie. Das muß ich selbst schließlich am besten wissen. Nein, das habe ich noch nie zuvor gesagt. Man sagt ja nicht alles. Es würde ein zusätzliches Leben neben dem, das wir leben, erfordern, würden wir alles, was wir denken, fühlen, erleben und erinnern, bis in jedes Detail referieren, bis zum allerkleinsten Winterling, verborgen unter dem Schnee, oder bis zu einem bestimmten Zug am Mund eines geliebten Menschen. Falls du einen Augenblick zuhören würdest – ich hatte tatsächlich einmal den Traum, Bauer zu werden, wie es dein Vater früher war, und auf dem Acker hinter dem Pferd und dem Pflug herzugehen, die Krähen an den Fersen. Entschuldige die Stilverwirrung: auf einem Traktor, einem roten Ferguson, zu sitzen und zu sehen, wie die Krähen den gepflügten Acker überqueren. Ich hatte nur das Pech, in der falschen Frau zu landen. Ich bin ein Spermium auf Abwegen. Ein Wildling. Sohn eines Kriegshelden mit umgekehrtem Vorzeichen. Eines Nazihauptmanns, erschossen an der Ostfront. Jetzt schüttelst du den Kopf und kneifst die Lippen zusammen. So erkenne ich dich wieder. Laß das Kind doch, denkst du, laß ihn phantasieren. Ich lese dich wie ein offenes Buch, Schatz.

Aber es stimmt wirklich. Ich habe mich mit meiner Geburt nie abfinden können. Oder mit der Frau, die zufällig meine Mutter ist. Irgendwo im Universum muß ein Fehler aufgetreten sein. Jetzt ist der Fehler endlich berichtigt. Ich bin im Jetzt wiedergeboren. Ich schaukle süß in der Ewigkeit des Fruchtwassers, wo die Sonne niemals untergeht. Könnt ihr nicht sehen, wie alles von purem Gold strahlt, Pusselchen. Heute ist mein eigentlicher Geburtstag. Und all die Tage, die nach diesem noch kommen, werden meine Geburtstage sein. Aber die Geschenke könnt ihr euch gern sparen, Kinderchen. Mir fehlt nichts mit zwei so schönen Frauen an meiner Seite. Weißt du noch, als du schwanger warst, hast du gesagt, wenn du eine Tochter bekämst und wenn sie häßlicher wäre als du, würdest du dein Gesicht mit einer Rasierklinge traktieren? Die Tochter soll die Mutter an Schönheit immer übertreffen. Das, muß man sagen, ist uns gelungen, stimmt's, Schatz. Unser Kind ist das schönste Kind unter der Sonne. Ich halte es nicht aus, wenn ihr so dasteht und nichts sagt. Ihr müßt aufhören zu weinen. Ich bin nicht allein zuständig für die Unterhaltung hier auf dem Schloß. Ihr müßt auch dazu beitragen. Setzt euch hier aufs Bett. Ich bin nicht ansteckend. Na ja, vielleicht ist es auf den Stühlen bequemer.

Ich habe jetzt also diese Lungenentzündung. Nicht die gewöhnliche, die jeder bekommen kann. Es ist eine besondere Lungenentzündung, eine Art Pilz in den Lungen, der nicht heilbar ist. Ihr müßt nicht erschrecken. Es gibt so viele Medikamente, die die Krankheitssymptome dämpfen können. Ich habe zur Wissenschaft großes Vertrauen. Denkt an die Fortschritte in den letzten Jahren. Es ist doch ein Glück, daß es erst jetzt ausgebrochen ist. Ich hatte den

Schock meines Lebens, als ich Asger zuletzt besucht habe. Ein blindes Skelett mit Haut. Das war fast das Schlimmste, daß er nicht sehen konnte. Dem kann man heute glücklicherweise vorbauen. Die Ärzte sind inzwischen sehr tüchtig. Der Oberarzt ist unser bester Experte auf diesem Gebiet.

Es ist verblüffend, wie wenig diese kompetenten Experten vom Leben wissen. Sie haben nichts weiter erlebt als das Studium, das Einfamilienhaus, die Frau und die Kinder. Sie leben in einem Reservat. Also kann ich ihnen ein bißchen davon erzählen, was sich jenseits der Gartenpforte abspielt. Einer der jungen Assistenzärzte, Karl Johan heißt er. Wie diese wunderbaren Pilze. Allein schon wenn ich den Namen sage, habe ich ihren Duft in der Nase und ihren Geschmack auf der Zunge. Karl Johan ist lang wie ein schlechtes Jahr. Ein richtiger Lulatsch, wie man früher sagte. Es gibt so viele geniale Wörter, die nicht mehr benutzt werden. Er kam gestern mit frischen Feigen in mein Zimmer und sagte, unsere Gespräche wirkten bewußtseinserweiternd auf ihn. Das hört man ja gern. Ich bin eine Vaterfigur für ihn geworden. Ja, was habe ich ihm zu erzählen? Das eine oder andere von den Abgründen der menschlichen Seele. Vom Leben da draußen im Dunkeln.

Ich genieße eine Sonderbehandlung. Das Einzelzimmer hier direkt am Eingang zur Station steht immer für mich bereit, wenn ich in die Klinik muß, damit ich nicht den Korridor entlang Spießruten laufen muß. Die Ärzte sind beeindruckt von meiner Art, damit umzugehen. Etwas Ähnliches haben sie noch nie erlebt. Ich gehe tatsächlich angemessen damit um, ich meine, man muß sich philosophisch dazu verhalten. Ein paar Jahre mehr oder weniger spielen im Grunde keine Rolle. Jeder hat sein Schicksal. Nicht Schicksal als Vorherbestimmung. Ich möchte eher sagen: Schicksal als eine im Körper enthaltene Uhr. Du hast ja immer gesagt, ich werde nicht alt bei dem Leben, das ich führe. Der Tod war das einzige Vernünftige, worüber wir uns streiten konnten, als wir jung waren.

Einmal bei einem Essen wurdest du wütend auf mich, weil ich meinte, es sei am hygienischsten, verbrannt zu werden. Du wolltest in der Erde liegen und zu weißen Knochen werden, über die ein Mensch der Zukunft staunen könne. Du hast mir eine Ohrfeige gegeben, weil ich sagte, es sei eine widerliche Vorstellung, zu Würmerfraß zu werden. Du warst immer so fanatisch in deinen Standpunkten. Du kannst die Dinge nur von einer Seite sehen.

Was dich wirklich aufregen konnte, war, wenn ich auch nur andeutete, daß die Existenz intelligenter Wesen auf anderen Planeten irgendwo im Universum vielleicht nicht ganz unwahrscheinlich sei. Dann hast du angefangen zu weinen. Du bist völlig zusammengebrochen. Du hast getobt und gebrüllt und geschrien, du könntest nicht mit jemandem verheiratet sein, der daran glaubt, daß es außerhalb der Erde Leben gibt. Du hast dich aufgeführt wie ein religiöser Fundamentalist. Ich mußte dich packen und aus deiner Hysterie herausschütteln. Wenn ich vorschlug, wir sollten zum Arzt gehen und ein paar Stesolid für dich besorgen, kamst du mit dem großen japanischen Hackmesser an. Du wurdest häßlich, wenn du wütend warst. Ich hätte Angst vor dir kriegen können, wäre ich nicht trotz allem stärker gewesen als du.

Es war gut für dich, daß wir geschieden wurden. Du wurdest normaler. Jetzt mach nicht so ein Gesicht, Schatz. Das war lieb gemeint. Wir haben uns ja nur scheiden lassen, weil du so chaotisch warst und so nachlässig mit dir umgingst. Das war ja schon pathologisch. Du hattest tagelang dieselben Sachen an. Es war so unweiblich. Jaja, ich weiß, es gab auch noch andere Gründe für unsere Scheidung. Aber das war für mich der Grund. Ich konnte mit deinem Chaos nicht leben. Es war kein gewöhnliches Chaos, das die Tätigkeiten des Alltags hervorbringen. Es war ein depressives Chaos. Dein ganzes Unterbewußtsein über die Wohnung verteilt. Unsere Wohnung war dein psychischer Mülleimer. Ich habe Brechreiz bekommen, wenn ich in dein Zimmer kam und dich im Bett liegend fand, auf der nackten Matratze ohne Laken unter der klammen Bettdecke ohne Bettbezug. Du hast mich an Ilsebill im Zuber erinnert. Ich war der Butt, der dich emporheben sollte, aber ich ließ dich im Zuber. Ich konnte dich nicht emporheben. Du saßest fest. Im Gegenteil, du hast mich getragen und aufrechtgehalten? Um das zu begreifen, bin ich zu dumm. Du mußt es mir später erklären.

Wie auch immer, dein Chaos trug dazu bei, daß ich lieber im Wohnzimmer schlafen wollte. Ich mußte das Chaos ja auf Distanz halten und auf ein Zimmer beschränken, damit ich im Rest der Wohnung ein normales Leben führen konnte. Vor deinen psychotischen Schreien die Tür schließen. Du warst ein primitives Tier damals. Du hast dich entwickelt, bist weiblicher geworden. Dein Körper war immer sexy. Aber du bist ästhetischer geworden, schöner. Das Älterwerden steht dir. Du bist selbst auf den Kompromiß eingegangen, Schatz, daß wir getrennt schliefen. Du hast eingesehen, daß es vernünftig war. Trotzdem hast du mir Vorwürfe gemacht. The mad woman in the attic, nanntest du dich. Eingesperrt vom bösen Ehemann. Immerhin sind aus meiner Bosheit ein paar Bücher entstanden.

Rede ich zuviel, Schatz? Das habe ich in der Schule auch getan. Stefan redet während des Unterrichts, stand im Zeugnisheft. Ich kann das Reden nicht lassen. Ich muß den Druck loswerden. Sonst wird der Kopf zu groß. Das Hirn kocht über. Ein Gutes hat diese Krankheit. Meine Migräne ist verschwunden. Das ist wirklich phantastisch. Einfach weg. Ausradiert. Und die Krankenschwestern sind ein Geschenk des Himmels. Ich hatte gar keine Ahnung, daß sie so sexy sein können. Besonders die jungen. Nackte Beine in weißen Clogs. Schenkelkurze Kittel über BH und Slip. Tolle braune Körper. Wie Naschwerk. Ein Krankenhaus hat etwas herrlich Unpersönliches und Neutrales. Etwas Klinisches und Stromlinienförmiges, das mir sehr recht ist. Ich bin umgeben von hundertprozentig professionellen Menschen. Die Labors haben die fortschrittlichste Hightech-Ausrüstung des Landes. Ich werde mit den empfindlichsten Apparaten untersucht. Ich fühle mich an einen Ort im Weltraum versetzt. In eine Mondkolonie für die Auserwählten. Ich werde rund um die Uhr überwacht. Selbst nachts behält man mich im Auge. Ich befinde mich in einem Luxusinkubator. Ich werde ganz high von all der Aufmerksamkeit. Ich bin der Nabel der Welt, um den sich alles dreht. Wie sich die Planeten um die leuchtende Sonne drehen. Seht ihr nicht, daß ich leuchte, Pusselchen.

Ich reise business class durch das kalte Dunkel des Weltraums. Ein Komet, unterwegs zu seinem Bestimmungsort. Befreit von der irdischen Schwerkraft fliege ich auf den weißen Flügeln der Krankenhausmaschine dem Licht entgegen. Ich hatte meine erste Zwischenlandung. Und hier liege ich in meiner Mondbasis, bereit, euch, die wenigen Auserwählten, zu empfangen. Niemand sonst darf über die Schwelle treten. Die Ärzte sind meine Wächter. Das Personal meine Schutzengel. Und die ganze Herrlichkeit ist gratis. Jede Mahlzeit, die reinen Laken, die Kanülen und die Blutproben werden bezahlt von der großen menschlichen Gemeinschaft. Habe ich wirklich verdient, für das bißchen Steuern, das ich bezahlt habe, so viel zu bekommen?

Man soll froh sein, daß man nicht in Afrika geboren ist. Dort liegen sie nur da und sterben. Verwelken wie Blumen. Das wäre vielleicht auch natürlicher. Würdiger als dieses Festklammern am Leben um jeden Preis. An die Überlegenheit des weißen Mannes habe ich nie geglaubt. Der weiße Mann ist ein Kunstprodukt. Eine Comic-Figur für Gewaltfilme. Ich bin nicht der weiße Mann. Nur sein Schatten, ein gewöhnlicher, schwacher Mensch wie alle anderen.

Nicht daß mir Gewaltfilme Bauchschmerzen machen. Ab und zu kann ich einen Splatter schon genießen. Die kollektiven Angstneurosen der Männer, aber volle Kanne, können gute Unterhaltung sein. Wovor zum Teufel haben sie solche Angst? Vor ihrem eigenen Schatten? Das erinnert mich daran, daß ich vor ein paar Jahren auf Strøget überfallen wurde. Vor offenem Vorhang niedergeschlagen. Ich fiel rücklings auf den Asphalt und lag zappelnd da. Wehrlos wie eine Schildkröte mit dem Bauch nach oben. Junge Männer im Pulk können Leute wie mich nicht ausstehen. Aber unter vier Augen werden sie weich. Als sie genug hatten, verschwanden sie mit lauten Kampfrufen. Geile Einhörner auf dem Weg zu neuen Abenteuern. Ich schleppte mich zu einem Taxi. Nein, um Gottes willen keine Anzeige. Man muß vorsichtig sein und sich im Schatten halten. Sein Kreuz tragen. In aller Bescheidenheit gesagt, natürlich. Ich werde dem großen Meister nicht ins Gehege kommen – à propos Splatter. Entschuldigt, Kinder, ich flippe schon wieder aus.

Nein, da lobe ich mir die Naturfilme auf Discovery. Die haben Stil. Die Brutpflege der Känguruhs auf den Hochebenen Australiens. Das Liebesleben der Tropenfische unter den Korallenriffs des Stillen Ozeans. Das Tierleben in seiner rätselhaften Mannigfaltigkeit. Das Füllhorn der alten Mutter Erde direkt ins Wohnzimmer. Mehr wünsche ich mir nicht. Zu meinen langen, stillen Nächten mit Discovery nach Hause zu kommen, darauf freue ich mich am allermeisten.

Das passiert sicher nicht in den nächsten paar Tagen. Sie

wollen mich hierbehalten, bis ich fieberfrei bin. Sie gehen kein Risiko ein. Ich werde behandelt wie das zerbrechlichste, kostbarste Porzellan. Nennt mich einfach Flora Danica. Ich weiß, was du denkst, Schatz. Ich war immer gut darin, mich zu verkaufen. In meinem nächsten Leben werde ich Handlungsreisender. Du hast immer gesagt, ich könnte Sand in der Sahara verkaufen. Ja, ich kann mich begeistern. Ich kann mich über einen Grashalm begeistern. Ohne Begeisterung kann ich nicht leben. Du bist die einzige, der ich nie etwas habe verkaufen können. Du kaufst die Ware nicht. Ich bin nicht dein Typ. Dazu gehören Haare auf der Brust. Me Tarzan, you Jane. Geschmacklos? Vergiß es, Schatz, nimm ein Stück Schokolade. Sei so lieb.

Ich will nicht sagen, daß ich auf deine Männer eifersüchtig war. Eifersucht ist unter meiner Würde. Ich wundere mich nur darüber, was das für Typen waren. Du hast dir immer selbst die Hölle heiß gemacht. Als Masochistin, die du ja bist, hast du dich in eine hoffnungslose Beziehung nach der anderen gestürzt. Du sammelst geradezu männliche Chauvinisten. Im Grunde geht mich das nichts an. Wir leben jeder sein Leben. Zwei unabhängige Sonnensysteme. Aber trotzdem bin ich jedesmal der Mülleimer, wenn es schiefgeht. Dann kommst du zu mir. Wir zwei Kinder lieben uns immer noch. Auf irgendeine inzestuöse Weise sind wir tief verbunden, stimmt's, Schatz? Ich halte es nicht aus, wenn du unglücklich aussiehst. Du hattest deine Mimik nie unter Kontrolle. Dein Gesicht spiegelt alles, was in dir vorgeht. Die kleinsten Gefühlsregungen. Es hat mich immer irritiert, daß du die Maske nicht bewahren konntest. Nicht dagegenhalten konntest. Stell dir vor, wir hätten Silberne Hochzeit feiern können, wenn es zwischen uns gehalten hätte. Ich hatte eigentlich beschlossen, wieder mit dir zusammenzusein, wenn wir alt würden. Ein romantischer Traum? Aber ich bin Romantiker. Vielleicht konnte ich mich deshalb nicht an einen einzigen Menschen binden. Du glaubst nicht an meinen Traum. Das macht nichts. Es reicht, daß ich selbst daran glaube. Ich meine wie Ibsen, daß man den Menschen ihre Lebenslüge nicht nehmen soll. Darin warst du immer so gut, Schatz. Mit deiner scharfen Zunge, die alles zerlegt. Dein klarer Blick hat mir nie gefallen.

Ich fühle mich am wohlsten im Nebeldunst der Dämmerung. Ich verstecke mich hinter meiner Kurzsichtigkeit wie eine muslimische Frau hinter ihrem Schleier. Ich trage meine Brille im Theater und im Kino, aber nie auf der Straße. Die Umgebung wird zu aufdringlich. Die Konturen werden zu grell. Allein die Gesichter der Leute zu sehen. Ganz zu schweigen von all denen, die man dann grüßen müßte. Ich sehe niemanden, erkenne niemanden. »Wer im Verborgenen lebt, lebt gut«, wie deine Mutter gesagt hätte. Ich bin ein Nachttier. Ich ziehe die Kulisse und das künstliche Licht der geballten Faust des Tageslichts vor. Morgens sehne ich mich schon nach dem Abend. Der Tag gibt mir ein Gefühl der Unzulänglichkeit. Erst nachts werde ich ich selbst. »Ich liebe die Dunkelheit der Schatten, wo ich allein mit meinen Gedanken sein kann.« Die Sonne könnt ihr gern behalten.

Es gibt eine Photographie von mir aus unserer Jugend. Ich liege im Sand, in deinem weißgepunkteten Sommerkleid und deinem gelben Strohhut. Wir mußten ja an den Strand, damit du braun werden konntest. Du wurdest so schön braun. Ich konnte schon damals die Sonne nicht vertragen und mußte meine zarte Haut schützen. Ich war völlig zugedeckt. Nur mein Schwanz schaute heraus. Ich wollte Sonne auf dem Schwanz haben. Der war glücklicherweise nicht so empfindlich wie der Rest von mir. Ich hoffe, du hast die Photographie nicht weggeworfen, Schatz, du hast sie ja gemacht. Du mußt zugeben: Wir hatten wirklich viel Spaß miteinander, als wir jung waren.

Es ist eine Befreiung, daß die Ärzte mir verboten haben, mich in direktem Sonnenlicht aufzuhalten. Ein Hautkarzinom kann eine der Folgekrankheiten sein. Krebs? Nein, nicht Krebs, Schatz. Das ist so vulgär. Ich möchte euch bitten, Karzinom zu sagen. So heißt es doch: Karzinom, nicht Krebs. Das ist äußerst wichtig für mich. Karzinom. Ich meine, ein Hautkarzinom. Haut ist etwas Phantastisches. Es gibt davon ebenso viele Varianten wie Menschen. Ich bin tatsächlich hingerissen von Haut. Die Haut ist unser größtes Sinnesorgan. Es gibt Haut wie Schlagsahne, Seidenhaut und Samthaut, bei deren Berührung man erschauert oder auf den Schenkeln eine Gänsehaut bekommt. Es gibt Pergamenthaut, schuppige Fischhaut, Haut wie Sandpapier, rauhe und trockene Haut, die die Handflächen aufkratzt.

Erinnerst du dich an Lola? Ihre Haut war wie Sandpapier. Ich glaube, die Haut hat etwas mit der Persönlichkeit zu tun. Die Haut spiegelt den Charakter. Lola? Ja, wenn wir jetzt die Vergangenheit aufrühren wollen: Ich war mit ihr im Bett. Ein paarmal. Wann? Vor sieben, acht Jahren. Lange nach unserer Scheidung, wie du sicher bemerkst. Ich weiß nicht mehr genau, wann wir geschieden wurden. 72? 78? Aha, 74. Du warst immer so gut bei Jahreszahlen und Daten. Muß verdammt anstrengend sein, das mit herumzuschleppen. Da ist ja nicht mehr viel Platz für anderes in deinem kleinen Hirn. Nimm das nicht zu wörtlich, Schatz. Ich will dich doch nur necken. Du bist und bleibst die Intelligentere von uns beiden. Ich bin nur ein Schafskopf, dumm wie Stroh.

Ich weiß, daß Lola deine Freundin war. Merkwürdige Frau. Anziehend und abstoßend, unsexy und pervers zugleich. Ich will nicht in die Details gehen. Es passierte damals, als sie mich bat, in ihrem Novellenfilm einen Sadisten zu spielen. Den männlichen Hauptakteur, der seine Frau ins Schlafzimmer einsperrt und, ja, du kennst die Geschichte. Die Idee hatte sie von dir. Ich fühlte mich verdammt geschmeichelt, daß sie einen Sadisten in mir sah. Der Gedanke war mir nie gekommen. Aber ich sah die Pointe. In gewisser Weise war ich dankbar. Sie hielt mir einen Spiegel vor. Ich sah mich selbst in einem neuen Licht. Sie ließ mich wachsen. Gab mir Auftrieb. Dann ging ich mit ihr ins Bett. Ich spürte ja, daß sie es gern wollte. Für mich war es so eine Art Dankeschön. Weiter nichts. Lola war nichts für mich. Sie war in meinen Augen zu unweiblich, beinah geschlechtslos wie die Modelle in den exklusiven Modemagazinen. Im übrigen habe ich nie die Initiative ergriffen, um mit einer Frau im Bett zu landen. Sie haben es immer auf mich abgesehen. Und ab und zu ist man ja schwach. Ich weiß nicht, warum es so ist. Ich habe Frauen am liebsten auf Distanz, dann kann ich sie bewundern, ungestört. Die Art, wie sie in einen Raum kommen, die Art, wie sie gehen. Immer dieses Bewußtsein, angeschaut zu werden. Ich habe keine Lust, sie zu berühren. Wie ich auch keine Lust habe, die Toten zu berühren. Ich sehe sie als schöne Bilder, Kunstwerke. Ich möchte gern so ein schönes Kunstwerk sein. Nein, hör jetzt auf. Lola hat mir nicht die Rolle gegeben, um mit mir schlafen zu können. Sie wollte mich dafür, weil sie sah, daß ich die Rolle ausfüllen konnte. Sie sah etwas in mir. Sie entdeckte eine neue Saite, auf der sie spielen konnte. Sie eröffnete mir neue Möglichkeiten. Erweiterte mein Register. Du ziehst die Dinge immer auf tieferes Niveau. Du bist ein Spielverderber. Frauen sind einfach irritierend, wenn sie einem zu nahe kommen. Das galt auch für Lola, falls dich das tröstet. Zweimal, dann war ich fertig mit ihr.

Ich wünschte, es wäre nicht so. Ich wünschte, ich könnte ein einziges Mal erleben, wie es ist, eine schöne Frau zu begehren. Sich vom Blitz getroffen zu fühlen. Ein Teil der großen Liebe zu sein, von der man in Büchern liest und die man in Filmen sieht. Daß ich zu einer Frau auf die gleiche Weise gehen könnte wie zu den Männern. Direkt und hart. Aber das ist ja nur Sex. Vielleicht Funken von Zärtlichkeit. Eigentlich sagt mir Sex nur dann etwas, wenn er von Liebe getrennt ist. Wenn Gefühle hineinspielen, funktioniert er für mich nicht. Das ist mein Fluch. Ich bin ein Halbaffe, der noch nicht von den Bäumen gekommen ist.

Tränen? So ein Unsinn! Meine Krankheit ist nichts, worüber man weinen müßte. Ich nehme mein Schicksal auf mich. Amor fati. Das ist in all ihrer Einfachheit meine Lebensphilosophie. Seit der Antike ist es mit uns bergab gegangen. Wir haben keine Moral mehr. Keine Ideale. Keine gemeinsamen Normen. Keine Lebensart. Keinen Gott, der die Decke abhebt. Wir sind Opfer unserer Gelüste und Bedürfnisse. Unsere Gier frißt uns von innen auf. Wir sind Kleinkinder außer Kontrolle. Wir haben die Orientierung verloren. Wir wissen nicht, was oben und unten, was gut und böse ist. Wir sind für uns selbst sinnlos geworden. Nein, vergiß all das Altmännergeschwafel.

Ich bin tatsächlich nur in eine falsche Zeit hineingeboren. Ich hätte in der Antike leben sollen. Wo der Mensch nicht nach sexuellen Orientierungen eingeteilt wurde. Die alten Griechen hatten eine natürliche philosophische Beziehung zur Liebe zwischen Männern. Die habe ich nicht? Wollen wir jetzt von dem reden, was du mein Doppelleben nennst, Schatz? Das klingt wie ein schlechter Doktor-Jekyll-und-Mr.-Hyde-Krimi. Der nette Mann, der unter seinem Anzug ein Monster verbirgt. Bin ich ein Monster? Antworte mir! Bin ich ein Monster? Entschuldigt, meine Gefühle gehen mit mir durch. Das war nicht meine Absicht. Heute sollt ihr fröhlich sein.

Mein Doppelleben ist Vergangenheit. Ich bin Vergangenheit. Meine Seele ist gereinigt. Vom Begehren befreit. Endlich bin ich Mönch geworden. In meiner Jugend war es mein höchster Wunsch, mit Frau und Kindern ein normales Familienleben zu führen. Ich wollte nicht als einsamer alter Schwuler ohne Familie enden. Mein unschuldiger Traum war, normal zu sein. Ist das ein Verbrechen, Schatz? Du warst die Auserwählte, die mir helfen sollte, mein Projekt durchzuführen. Aber keiner konnte mir helfen. Höhere Mächte, Kräfte, deren ich nicht Herr bin, haben den guten Willen zunichte gemacht. Das Experiment scheiterte. Ich kam damit nicht durch.

Nehmt ein Praliné, meine Süßen. Ihr tut mir einen großen Gefallen. Ich ersticke noch in Schokolade. Es liegen mindestens zwei Schachteln in meinem Schrank. Jeden Morgen bringt man mir eine Riesenschachtel erlesenster, handgemachter Pralinés. Jemand schickt sie mir anonym. Ich habe einen heimlichen Bewunderer. Es ist angenehm, zu wissen, daß jemand meine Arbeit schätzt. Arbeit ist das einzige, was etwas bedeutet. Stimmt's, Schatz? Darüber zumindest können wir zwei kleinen Kinder uns einigen. Die Arbeit ist unser fester Punkt. Ein Heim für die Heimatlosen. Sicherheit für die verfrorenen Seelen und die verirrten Körper.

Ich gehe ins Theater und bin vollkommen glücklich. Wenn ich auf der Bühne stehe, kann mir nichts Böses geschehen. Die Toten stehen auf, nachdem der Vorhang gefallen ist. Die unglücklich Liebenden halten einander wieder an den Händen. Der Büttel verbeugt sich und schweigt. Radelt nach Hause zu Frau und Abendbrot. Bringt am nächsten Morgen die Kinder in die Schule. Nach dem Drama des Abends ist die Unschuld wiederhergestellt. Alles war nur ein Traum.

Am Tag darauf wiederholt sich das Ritual. Proben für die nächste Premiere. Das laufende Repertoire am Abend. Die harte Wirklichkeit außerhalb der Mauern wird an straffen

Zügeln gehalten von diesem strengen Zeitplan, der zum Leben nur einen schmalen Streifen Vormittag und die kurze Nacht übrigläßt. Mehr brauche ich nicht. Mir genügt es, am Leben zu nippen wie an einem guten Bordeaux und von Glücksmomenten auf anderen Planeten zu träumen.

Nein, ich bin nicht erhaben über das schmutzige Leben. Ich schütze mich dagegen. Meine Arbeit ist meine Rüstung. Ich glaube an die Kunst als den großen Healer. Die Kunst als Transzendenz, das Tor zur geistigen Dimension. Die Liebe ist die größte unter ihnen, flüsterst du in der Tiefe deiner christlichen Seele. Aber schöpferische Arbeit ist ein Liebesakt. Nicht Kompensation oder Sublimierung. Die Kunst ist »das Ding an sich«. Ich bezweifle nicht, daß die Welt existiert. Ich strebe nur nach einer höheren, schöneren, wahreren Wirklichkeit.

Jetzt kannst du mir nicht mehr folgen? Bleib du nur, wo du bist. Mit beiden Beinen auf der Erde. Ich besteige meinen Berg allein. Strecke den Kopf in die Wolken und genieße die Aussicht. Ich finde eigentlich, ich habe das Recht, ein bißchen auszuflippen. Grenzen zu überschreiten. Wenn ich schon mal ins Grenzland gekommen bin. Dort bin ich immer gewesen. Du nennst es Doppelleben. Das ist so häßlich. Aber ich muß mich damit abfinden. Nennen wir es einfach Doppelleben, obwohl es so verhüllend klingt. Vom Doppelleben zum Doppelmord. Entschuldige, ich flippe wieder aus. Es ist eine mind-blowing Erfahrung, den Tod zu küssen. Ich wünschte nur, du könntest mich verstehen. Aber wir haben nicht dieselbe Wellenlänge. Ich bin das, was du weltfremd nennst. Außerstande, die Dinge zu sehen, wie sie sind. Ich sehe nur, was ich sehen will. Ja, so möchte ich nun einmal leben. Die Phantasie an die Macht. Unter dem Pflaster der Strand, haben wir das nicht so gesagt in unserer Jugend?

Machst du das Fenster auf, Schatz? Ich habe wieder Fieber. Ich bin schweißgebadet. Verehre du nur die handgreifliche Wirklichkeit. Von mir aus. Du bist diejenige, die intolerant ist. Du hast meine Lebensphilosophie nie akzeptiert. Dein Schweigen ist nicht Zustimmung, sondern Verachtung. Ich habe hartnäckig die freie Entfaltung sexueller Experimente gepredigt? Das kann schon stimmen. Ich bin selbst ein sexuelles Experiment.

Auch unsere Hochzeit war ein Experiment. Ich hatte nicht das Gefühl, daß es einen Grund gab, dieses Stück Papier zu feiern. Das wäre falsche Romantik gewesen. Du warst rührend einig mit mir, hast aber trotzdem die Hochzeitsnacht durchgeweint. Du hast viel geweint am Anfang. Schließlich hattest du keine Tränen mehr. Ich konnte das Geflenne nicht aushalten. Ich wußte nicht, warum du weinst. Das wußtest du selbst nicht. Wie solltest du das wissen? Du kanntest den Mann nicht, den du geheiratet hattest. Du warst ein naives junges Mädchen vom Lande. Gepflückt am ersten Abend in der Großstadt. Handverlesen, könnte ich auch sagen.

Es war auf einem Pensionsfest. Eine richtige »Sause«, wie man damals sagte. Ich hatte durch die Gastgeberin von dir gehört, die dich auf der Reise von England hierher kennengelernt hatte. Ihr hattet auf dem Weg über den englischen Kanal zwischen Harwich und Hoek van Holland zusammen gekotzt. Ihr hattet euch während der Höllenqualen der Seekrankheit gegenseitig Mut gemacht. Sie erzählte, wie schön du warst, selbst wenn du völlig grün im Gesicht dalagst und dich übergabst. Sie beschrieb dich, wie ein Mann eine Frau beschreibt. Ich glaube, sie war in dich verliebt. Deine langen, dunklen, spiegelblanken Haare. Deine runden Wangen mit dem leichten rosa Schimmer. Dein sinnlicher Mund mit dem frechen Amorbogen. Deine Beine, die aus der Kindheit noch nicht herausgetreten waren. Bis heute hast du Beine wie eine Vierjährige. Auf eine bestimmte Weise rund und formlos. Wie geschaffen, um hineinzubeißen und einen Liebhaber glücklich zu machen.

Ich fragte die Gastgeberin, was du in England gemacht hättest. Ob du dich für Sprache und Literatur interessiertest. Sie antwortete, du seist eine stille, verschlossene Person, zu schüchtern, um über dich selbst zu reden. Aber sie hatte aus dir herausgequetscht, daß du auf einem längeren Besuch bei einem Freund oder einer Freundin in London gewesen warst. Sie hatte dir dafür zwischen den Seekrankheitsanfällen von ihrer unglücklichen Liebesgeschichte mit einem jungen Studenten erzählt, der sie geschwängert hatte. Was damals ja eine ernste Sache war. Sie war auf dem Heimweg nach einer kürzlich überstandenen Abtreibung.

Sie meinte, dieses Mädchen – also du – sei etwas für mich, du hättest alle Eigenschaften, die zu meiner Lebensführung paßten. Ländliche Bescheidenheit. Genügsamkeit. Du würdest für dich selbst nichts verlangen. Sondern für andere leben. Bereit sein, dich für den einzigen zu opfern und dich auf den Altar der Liebe zu legen. Ich sah diese unschuldige Feldblume vor mir. Die jungfräuliche Tempelpriesterin. Ich zog sie vor meinem inneren Blick aus und war sofort verliebt. »Wie sind ihre Brüste«, fragte ich mit der Sachlichkeit eines Chirurgen. »Die Brüste sind das Vollkommenste an ihr. Wir haben die Kajüte geteilt. Ihre perfekte Schönheit konnte mir nicht entgehen.« Ich fühlte, daß ich mein Glück gemacht, daß mir das Schicksal meine Herzdame in die Hände gespielt hatte. Jetzt ging es nur darum, die kleine Unschuld vom Lande zu erobern. Ich nahm dich sozusagen unbesehen.

Die Gastgeberin war ebenso enthusiastisch wie ich und fügte hinzu, sie werde mich bei meinem Plan unterstützen, falls die geheimnisvolle Unbekannte sich als standhafter erweisen sollte als erwartet. Hinter der sanften, wehrlosen Erscheinung könne ein starker Wille stecken. Kurz gesagt, der Schein könne trügen. Aber meine Freundin war eine hervorragende Menschenkennerin und irrte sich in ihren Beurteilungen selten. In ihrer Vergangenheit war sie Hellseherin gewesen und hatte in den USA ihre eigene Fernsehshow gehabt. Sie hatte aufgehört, als sie ihr erstes Kind bekam. Sie wollte dem Kleinen ein wirklichkeitsnäheres Heranwachsen ermöglichen und hatte das Reich der Geister zugunsten von Windelwaschen und Hausarbeit verlassen.

Sie hatte eine Pension eröffnet, die für ihre wilden Feste berühmt war. Die kürzlich überstandene Abtreibung suchte sie heim. Sie hatte mir anvertraut, daß sich das kleine, geschlechtslose Wesen jetzt auf der anderen Seite befinde. Sie hätten guten Kontakt. Aber sie habe gegen ihre innerste Überzeugung verstoßen, gegen das Lebensprinzip selbst. Was sie dazu gebracht hatte, mit ihrer ethischen Haltung einen Kompromiß einzugehen, erläuterte sie nicht näher. Ich respektierte ihre Zurückhaltung. Sie war meine gute Freundin seit vielen Jahren. Wir waren zusammen aufs Gymnasium gegangen. Ich wollte nicht die Freundschaft aufs Spiel setzen, nur um meine Neugier zu befriedigen. Ich vermutete, der Grund war der Seitensprung, der um des Hausfriedens willen geheimgehalten werden sollte. Ihr Mann war krankhaft eifersüchtig. Eine Eigenschaft, die ich immer verachtet habe.

Ich stand in der Diele, als du klingeltest. Die übrigen Gäste waren längst eingetroffen und mit dem Alkohol und dem Plattenspieler beschäftigt, der so laut aufgedreht war, daß er jedes normale Gespräch verhinderte. Du hattest dich mit der S-Bahn verfahren und warst in Ballerup gelandet statt in Ordrup. Dann war dir der Bus vor der Nase weggefahren. Du mußtest eine halbe Stunde auf den nächsten warten. Du hast dich viele Male entschuldigt. Du seist mit Kopenhagen noch nicht so vertraut, aber freundliche Menschen hätten dir geholfen, sonst hättest du nie zu dieser Adresse gefunden.

Ich muß zugeben, ich war enttäuscht. Der erste Eindruck entsprach, gelinde gesagt, nicht meinen Erwartungen. Du hattest die Haare in einer ungewöhnlich häßlichen Spange, und ich bat dich sofort, sie abzunehmen. Das half ein wenig. Das Schlimmste war deine Kleidung. Ein brauner, plissierter Rock und eine dicke, plumpe Bouclébluse in einer undefinierbaren giftgrünen Farbe. Ich war mir klar darüber, daß mich eine große Aufgabe erwartete, wenn ich die Schönheit entwickeln wollte, die meine Freundin in dir gesehen hatte. Dann hast du etwas absolut Unerhörtes getan. Du zogst dir die Schuhe aus und stelltest sie unter deinen geschmacklosen Mantel, der aussah wie ein Versandhausmodell von Daells Varehus. An die Sache mit den Schuhen warst du wohl von zu Hause gewöhnt. Meine Freundin und ich wechselten Blicke. Aus uns beiden wäre nie ein Paar geworden, hätte sich nicht das phantastische Bild, das mir die Gastgeberin serviert hatte, in meine Netzhaut eingebrannt.

Ich nahm mein Projekt sofort in Angriff. Ich ging mit dir ins Wohnzimmer. Deine Füße in den Socken waren mir äußerst peinlich. Ich bediente dich den ganzen Abend. Ich überließ dich keinen einzigen Augenblick anderen. Du gehörtest schon mir. Du würdest mir nie mehr entkommen. Ich schmierte hausgemachte Leberpastete auf selbstgebakkene Brötchen. Danach Preßwurst und Mettwurst. Du hast höflich gegessen, ohne Widerrede und ohne meinen Strom von Brötchen und Wurst aufzuhalten. Du sagtest sehr wenig. Du warst auffallend still. Die Art und Weise, wie du still warst, hat mich wohl am meisten frappiert. Dein ganzes Wesen war still, bis ins Mark. Eine Stille, die an große Wälder oder einen windstillen Tag auf dem Meer erinnert.

Ich war nicht verliebt in dich. Ich wußte nur ganz instinktiv, daß du in mein Lebensmuster passen, daß du fügsam sein würdest. Ich hatte andere Beziehungen gehabt, die völlig unmöglich waren. Mit der Aussicht auf Verlobungsringe und die ganze mißratene Familie sonntags zum Mittagessen. Jedesmal, wenn die ganze bürgerliche Komödie am Horizont auftauchte, bin ich abgehauen. Mit der erstikkenden Umarmung des Familienlebens kam ich nicht zurecht. Ich bekam Klaustrophobie von all diesen ungeschriebenen Regeln für gutes Betragen. Dieses ewige Danke für heute, für letztes Mal, für deine Freundlichkeit etc. Diese Familienbande. Du hast mir das Leben gerettet, Schatz. Nein, du hast mir das Leben geschenkt. Du warst mein Ei des Columbus.

Als ich dich gefüttert hatte, fragte ich dich vorsichtig, ob du gern liest. Ob du Literatur magst. Ich nannte keine Namen. Deine Wangen wurden rot vor Erregung. Dein Blick bekam den träumenden Ausdruck eines verliebten Mädchens. Dostojewski und Gorki, kam es mit leiser, verschleierter Stimme. Als wären es Liebhaber, deren Liebkosungen du dich leidenschaftlich hingabst. Mit liederlichen Mundbewegungen fingst du an, von diesen Männern und ihren Werken zu sprechen. Deine Stimme war fremd und klanglos. Du hast wie jemand gesprochen, der nie sprechen gelernt hat und jedes Wort, jedes Satzgefüge von Grund auf erfinden muß. Als sei die Sprache nicht in dir, sondern außerhalb von dir. Du hast dich auf eine seltsame Weise aufgelöst, wenn du mit deinem unzusammenhängenden Sprechen begonnen hast. Nur das Schweigen fügte dich zu einer vollständigen Person zusammen. Instinktiv wußte ich, daß ich dein Schweigen brauchte. Ich wußte, du würdest mein Geheimnis nie verraten. Aus dem einfachen Grund, weil du nicht imstande sein würdest, es in all seiner doppelten und vielfachen Komplexität, die das Rätsel des Menschen repräsentiert, auszudrücken. Ich habe mich, wie gesagt, nicht in dich verliebt an diesem ersten Abend. Ich habe dich an mich gebunden. Ich habe mich zu deinem Schicksal gemacht.

Kanntest du keine anderen der großen Klassiker der Weltliteratur als diese schwerfälligen, vulgären Russen, für die das Leiden der Weg zur Erlösung entweder in der Begegnung mit Gott oder der Revolution war? Ich war schon voll dabei, dich zu demontieren, um dich nach meinem Bild wiederaufbauen zu können. Das sind selbstverständlich alles Rationalisierungen. Ich war mir nicht bewußt, was ich tat. Aber ich hatte schon immer ein Gespür dafür, mir zu verschaffen, was ich zu einem bestimmten Zeitpunkt brauchte. Nenn es Selbsterhaltungstrieb. Ein Instinkt, den wir mit den Tieren teilen.

Du sahst mich verwirrt an. Du hattest nie etwas anderes gelesen als diese beiden kolossalen Trivialschriftsteller. Ich sah die Leere in deinem Gesicht. Von jetzt an redete ich. Ich war der Schöpfer, der dem leblosen Lehm Leben einhaucht und ihn nach seinem Bild formt. Ich hatte den Lehm! Ich spürte den willenlosen Widerstand, den jedes formbare Material leistet. Das spornte mich an, mich auf unbekannte Pfade zu begeben, auf denen meine Schöpferkraft dich führen würde wie ein unschuldiges Kind an der Hand des Vaters. Ich drückte dir ein Glas Rotwein in die Hand, damit du etwas zu tun hattest, während ich dich in Proust, »Auf der Suche nach der verlorenen Zeit«, einweihte. In dieses Monument unserer Sterblichkeit und unseres Verfalls. Die Zeit als Drehpunkt menschlicher Schicksalsgemeinschaft. Du hast mich im Satz unterbrochen: »Dann muß der Sinn des Lebens ja sein, so weit zu kommen, daß man keine Angst vor dem Tod hat. Daß man sich mit dem Tod versöhnt. Wie der Winter, der Frühling wird.«

Ich war irritiert über deine selbstsichere Naivität und gab dir zu verstehen, daß im Zusammenhang mit einem Genie wie Proust simple Bauernphilosophie vom Wechsel der Jahreszeiten und der Wiederauferstehung des Lebens im Frühling nicht reichte. Im größten literarischen Kunstwerk unseres Jahrhunderts gehe es um größere Themen als die Ordnung der Natur. Ich kann mich wirklich nicht erinnern, wie ich dich überzeugt habe. Schon bei unserem nächsten Treffen hattest du »Auf der Suche...« gekauft. Es war dir gelungen, es in einem Antiquariat zu finden. An mir ist ein großer Pädagoge verlorengegangen.

Ich war von dir sexuell nicht angezogen. Der Lehm nahm mich gefangen, das Material. Ich hatte keine Lust, mit dir zu tanzen. Ich ließ dich sitzen und stürzte mich auf eine der niedlichen Schauspielschülerinnen auf dem Fest, die die Blüte der hoffnungsvollen Jugend 1962 bildete. Du hast dich mit meiner Treulosigkeit mit einem kleinen ironischen Lächeln abgefunden, als besäßest du eine Lebenserfahrung, aufgrund deren du von anderen nichts erwartest. Du hast den Schleier vor einer Überlegenheit gelüftet, für die ich dich später hart bestraft habe. Ich haßte dich vom ersten Augenblick an, weil ich dich so sehr brauchte. Ich wußte, ohne dich war ich nichts. War es das Alles oder Nichts der Liebe, dem ich gegenüberstand?

Ich kam nach jedem Tanz mit den Schauspielschülerinnen zu dir zurück. Mittlerweile waren wir alle betrunken, maßvoll, als die Bürgerkinder, die wir waren – mit Ausnahme von dir. Du hast dich sinnlos betrunken und bist in meinen Armen erloschen wie eine Kerze. Ich war gezwungen, mich als dein Beschützer zu betätigen, obwohl ich nicht die Absicht hatte, der Festgesellschaft mein Interesse an der Landpomeranze zu verraten. Ich legte dich ins Bett, stellte einen Eimer zum Brechen ans Kopfende. So undelikat, so charakteristisch für dich. Dieses mangelnde Maßhalten, dieser Mangel an Erziehung. Im Suff – denn nur im Suff warst du damals so gesprächig wie heute – hast du eine unverständliche Entschuldigung heruntergehaspelt, eine Art Erklärung für dein peinliches Auftreten. Du hattest einmal auf einem Gymnasiumsfest Schnaps aus einem Bierglas getrunken und einen Blackout gehabt. Seitdem konntest du nichts mehr trinken. Ich habe deine Geschichte nicht recht geglaubt. Warum zum Teufel hast du getrunken, wenn du nichts trinken konntest? Ich habe dir angeboten, dich nach Hause zu fahren. Du wohntest, soweit ich mich erinnere, in einem kleinen Zimmer in Østerbro bei einer Familie, die dich wie ein Dienstmädchen behandelt hat.

Ich ließ ein paar Wochen vergehen, bis ich dich besuchte. Ich wußte, daß du auf mich wartest. Du hast in deinem Zimmer gesessen und in einem deiner Studienbücher gelesen – »Englische Phonetik« –, als ich anklopfte. Ich erinnere mich deutlich an deinen Gesichtsausdruck. Er wärmte mein einsames Herz.

Nimm noch ein Praliné. Sei ein bißchen süßer. Ja, wer kann der edle Spender sein? Ebbe? Schon möglich. Nur er und ihr zwei Pusselchen wißt, daß ich krank bin. Jetzt bist du wirklich sauer. Du kannst es nicht ertragen, seinen Namen zu hören. Aber ich kann ihn nicht hassen. Schwulsein ist eine Strafe an sich. In einem Ghetto leben. Der Verachtung und bösartigen Witzen platter Stand-up-Comedians ausgesetzt, die kaum trocken hinter den Ohren sind. Du kannst dich da nicht hineinversetzen.

Ich habe mich dafür entschieden, zu verzeihen. Deinen Haß mußt du anderswo unterbringen. Ich muß mir verbitten, daß du versuchst, ihn bei mir abzuladen. Es ist deprimierend, wenn du dich über Dinge äußerst, von denen du nichts verstehst. Er ist ein armer Kerl. Endlich wollte ich den Sprung wagen und hatte angefangen, diese Seite von mir im vollen Tageslicht auszuleben. Daß mich dann die Ironie des Schicksals getroffen hat, geht dich nichts an. Es gibt nur einen, der sich zu dem kleinen Mißgeschick verhalten kann, und das bin ich. Es ist gar nicht so einfach, zugeben zu müssen, daß man infiziert ist, wenn man sich in einer intimen sexuellen Situation befindet. Mörder, nein, jetzt hör auf. Du hast es mit etwas zu tun, das nicht in deinen hübschen kleinen Kopf geht. Deine Engstirnigkeit hindert dich daran, die Dinge in einer größeren Perspektive zu sehen. Ich habe Mitleid mit ihm. Ich kenne die Scham.

Verantwortung für andere Menschen? Das hier ist meine eigene Verantwortung. Ich hätte die Signale besser lesen können. Seine Abneigung gegen Sex. Seine plötzliche Müdigkeit, seine Depressionen. Du sagst das so häßlich. Ich bete Sex nicht an. Ich gehe nicht für Sex in den Tod. Ich betrachte nur seine Gründe dafür, nicht zuzugeben, daß er infiziert war, etwas nuancierter. Wie schlecht muß es ihm gegangen sein, dem armen Kleinen. Und die Schokolade – falls sie von ihm ist – ist ein Beweis dafür, daß er Gewissensbisse hat. Du verlangst eine gerechte Strafe für das, was er getan hat. Du bist immer noch ein primitives Tier. Was würde das helfen? Es macht weder ihn noch mich gesund.

Safer sex? Ja, aber das ist schwer, wenn man in der Situation ist, habe ich ja gesagt. Es wirkt wie Mißtrauen, eine Verdächtigung des anderen, wenn man Sicherheit verlangt. Selbstverständlich habe ich daran gedacht. Aber mich dann dafür entschieden, mich auf ihn zu verlassen, und darauf bin ich stolz. Mag sein, daß dir das verrückt vorkommt. Aber du fandest mich schon immer verrückt, also ist das nichts Neues. Mit deinen Meinungen von mir kann ich ganz gut leben. Niemand außer mir selbst kann entscheiden, ob ich verrückt bin. Ich finde mich nicht damit ab, daß du ihn weiter anklagst. Ihn anklagen heißt auch mich anklagen. Ich nehme meinen Teil der Schuld auf mich. Ich habe die Beziehung zu ihm abgebrochen. Das muß reichen. Fang jetzt nicht an, dich in meinem Namen zu rächen. Ich weiß, wie aggressiv du bist. Ich habe nicht vergessen, daß du gedroht hast, mir Rattengift zu geben, als ich dir damals von meinem Nachtleben erzählt habe. Du konntest es nicht ertragen, die Wahrheit zu hören. Du, die du sonst so wahrheitsliebend bist. Das ist Komik auf einer höheren Ebene. Nein, nicht ich bin aggressiv. Ich projiziere nicht das Geringste auf dich. Du kannst deine Gefühle nicht beherrschen. Das ist einer deiner großen Fehler. Die anderen Fehler? fragst du. Die sparen wir uns auf für ein andermal. Du hältst dich fern von ihm. Du fängst nicht an, ihn zu belästigen. Denn dann kannst du mich vergessen. Ich bin es, der krank ist. Ich bestimme jetzt.

Nein, Schatz, so war es nicht immer. Du warst der Drehpunkt. Ich war Statist in deiner verdunkelten Landschaft. Deine Gemütszustände bestimmten unsere Ehe. Ich weiß es. Das war keine normale Ehe. Nenn es, wie du willst. Wir waren Pioniere. Revolutionäre. Jetzt ist der Aufruhr vorbei. Krankheit und Tod sind wieder da. Ich bin kein Pessimist. Ich bin Realist. Nur wer keine Hoffnung hat, ist frei. Wie die Buddhisten sagen: »Hoffen ist Wünschen, ohne zu genießen, ohne zu wissen und ohne zu können.« Ohne zu genießen, weil man sich ausschließlich wünscht, was man nicht hat. Ohne zu wissen, weil die Hoffnung immer eine gewisse Portion Unsicherheit enthält. Ohne zu können, weil niemand sich etwas wünschen würde, was zu beschaffen er selbst imstande ist. Die Hoffnung bringt uns nicht nur in einen negativen Zustand, sie läßt uns auch die Gegenwart verpassen. Denn beschäftigt damit, uns eine bessere Zukunft zu schaffen, vergessen wir, daß das einzige Leben, das es wert ist, gelebt zu werden, und ganz einfach das einzige, das es gibt, das Leben ist, das sich hier und jetzt vor unseren Augen abspielt. Du hast völlig recht. Ich rede nicht nur wie ein Buch, ich *bin* ein Buch. Ich habe vergessen, wie es heißt. Es liegt irgendwo auf der Ablage des

Nachttisches. Ich lerne alles auswendig. Das ist eine Berufskrankheit.

»Philosophieren heißt sterben lernen«, Schatz. Du bist ja nicht so sehr für das Philosophische. Du warst immer Materialistin. Du hättest das Tausendjährige Reich des Kommunismus eingeführt. Statt dessen kam es zum Einsturz. Nicht nur dem der Mauer. Auch zu unserem Sturz in den Abgrund mit seinen widerlichen Echsen und Kröten. Wir wälzen uns im Sumpf, Schatz. Das ist der Weg zur Katharsis. Ja, selbstverständlich, ich kann nur für mich selbst sprechen. Du begnügst dich damit, am Rand zu stehen und zu uns anderen glücklichen Unglücklichen herunterzugucken. Schreib nur an Königin Margrethe und klage ihr deine Not. Sie wird dich verstehen. Sie ist die Königin des Volkes.

Das Beste, was ich von Ebbe sagen kann, ist, daß er mir einen schönen Traum geschenkt hat. Daß der Traum nicht wahr werden konnte, ist nicht ihm zur Last zu legen. Ich will ihn als eine liebe Erinnerung bewahren. Ich will nicht, daß du ihn besudelst. Er hat mir den Glauben an das Leben geschenkt. Zu spät, ja, aber dadurch wird der Glaube nicht kleiner. Er hatte einen schönen Körper. Wie eine griechische Statue. Fein muß es sein? Ja, denn das Reine ist immer rein. Er schenkte mir etwas normales Leben. Wochenenden im Sommerhaus. Fernsehabende bei mir. Spaziergänge im Dyrehaven und Mittagessen bei Peter Liep. Sonntagmorgen mit Krümeln im Bett. All das, was wir beide in unserem jugendlichen Hochmut langweilig fanden. Wir hatten ein knappes halbes Jahr im Zeichen des Alltags. Das einzige, was ich brauchte, um mein Leben zu vollenden, bekam ich von ihm. Soll ich da nicht dankbar sein? Soll ich ihn, der mich zu einem Menschen unter Menschen gemacht hat, hassen? Er war die Perle, die das Leben für mich in der Hinterhand hatte. Sei nicht eifersüchtig, Schatz. Du bist außer Konkurrenz. Eine zweifelhafte Ehre? Ich mag es nicht, wenn du mich unterbrichst. Es stört meinen Gedankenfluß. Sei so lieb und zieh die Gardine zu. Ich kann nicht mit Sonnenbrille hier im Bett liegen.

Ich weiß, daß du es gut mit mir meinst. Du hast mir Liebhaber besorgt, um mir eine Freude zu machen, oder hast du es getan, um mich zu halten, Schatz? Du hast dich für mich geopfert. Mein Geheimnis geteilt. Und wenn jemand ein Geheimnis für sich behalten kann, dann du. Ja, du hast dich geopfert. Deshalb bist du so wütend auf mich. Aber deine Wut sagt mir nichts. Ich bin nicht imstande, Schuld zu empfinden. Das ist einer meiner Mängel. Mit Ausnahme der Geschichte mit Michael vielleicht. Er war ein phantastischer Friseur. Mein Haar hat nie besser gesessen. Er konnte nur nicht akzeptieren, daß es aus war zwischen uns. Von meiner Seite war es ein zu nichts verpflichtender Flirt. Eine Freizeitbeschäftigung, ein Jungenspiel, das sich als ein Spiel mit dem Feuer erwies.

Durch diese Affäre habe ich etwas gelernt: daß man nicht mit den Gefühlen von Menschen spielen soll. Er hat mich verfolgt. Hat mich zwei Jahre lang terrorisiert. Nachts angerufen und mit verstellter Stimme gedroht: er würde mich umbringen, die Wohnung abbrennen, mich bei der Presse verraten. Es war wirklich sehr unangenehm. Er lag wie ein Hund auf meiner Fußmatte, wenn ich nach Hause kam, und weigerte sich, zu verschwinden. Ich mußte über ihn steigen, um durch die Tür zu kommen. Eines Tages erzählte der Nachbar über mir, er habe eine Person gesehen, die sich am Briefschlitz zu schaffen gemacht habe und dabei gewesen sei, bei mir einzubrechen. Ein circa vierzigjähriger Mann im Jeansanzug und mit schütterem Haar. Er sei weggelaufen, als der Nachbar mit seinem Hund vorbeigekommen sei. Das kann nur er gewesen sein. Er hatte eine Menge Mist durch den Briefschlitz geworfen. Geld, das er mir schuldete, Bücher, die er sich geliehen hatte, alte

Briefe und dreckige Unterhosen, die ich bei ihm vergessen hatte.

Er folgte mir wie ein Schatten. Ich konnte nicht in die Stadt gehen, ohne mich die ganze Zeit von ihm beobachtet zu fühlen. Er war wahnsinnig. Ein besessener Pastorensohn aus Jütland. Es gelang ihm, mich mit zu seinen Eltern zu locken, als es zwischen uns noch funktionierte. Da entdeckte ich den hellen Wahnsinn zwischen Vater und Sohn und bekam kalte Füße. Als wir nach Hause kamen, war ich gezwungen, ihm den Gnadenstoß zu geben. Ich hatte weder Zeit noch Lust, Vaterersatz für ihn zu sein. Er brauchte einen Psychiater.

Erheblich lustiger war es mit Lasse. Er ist mit das Amüsanteste, was mir je begegnet ist. Trieb alles bis zum Extrem. Der Junge hatte Sinn dafür, sich völlig auszuleben. Ich habe ihn bewundert für seinen Mut. Die langen Kleider, die er trug. Er führte sich auf wie eine Diva. Er hatte star quality. Ihr hättet ihn als Zarah Leander sehen sollen. Ich genoß es, zu ihm in die kleine Wohnung in Vesterbro, die er mit einer schwarzen Hure teilte, zu kommen. Ich war in bester Gesellschaft mit Ministern und Topleuten aus der Finanzwelt, die diskret über die Hintertreppe zu Besuch kamen. Sicher spielte Kokain eine etwas zu große Rolle. Auch ich bekam mein Teil ab. Lasse hat sich selbst zugrunde gerichtet. Seine Kerze an beiden Enden abgebrannt. Friede sei mit ihm. Er ist eine meiner schönsten Erinnerungen. Es sind immer die besten Menschen, bei denen es schiefläuft.

Die Affäre mit Michael hat mich so erschüttert, daß ich umgesattelt und mich noch einmal im Rahmen des »Normalen« versucht habe. Ich wurde mir schnell klar darüber, daß es eine Flucht vor mir selbst war. Karin war in erster Linie eine hervorragende Künstlerin, eine große Schauspielerin. Eine der besten der jungen Generation. Wir waren in vielerlei Hinsicht das perfekte Paar. Sie war jung und hübsch, ein Star in voller Fahrt zum Himmel der Theaterwelt. Ich war reich und berühmt. Berühmter als reich, um bei der Wahrheit zu bleiben. Und das soll man ja in deiner Gesellschaft, Schatz.

Als Karin anfing, von Hochzeit zu phantasieren und gegenüber Gott und der Welt auszuposaunen, wir würden mit vier Brautjungfern und Billedbladet und Se og Hør in der ersten Reihe in der Holmens Kirke heiraten, war ich gezwungen auszusteigen. Ihr war es viel zu wichtig, mondän, Jetset zu sein. Am Anfang war ich fasziniert von ihr oder genauer gesagt: fasziniert von ihrer Faszination von mir. Aber der Glanz war schnell ab. Sie war zu dick, und wirklich schön war sie auch nicht. Sie fing an mich zu langweilen. Doch, ich liebe Frauen. Allein die Anzahl beweist das. Daß sie mir dann nicht genügen, ist eine andere Sache. Sie sind eine Tür, die sich mir nie geöffnet hat. Ich finde Frauen attraktiv, schön. Ich suche das Perfekte in ihnen. Ein falscher Geruch, ein kleiner Fehltritt in Hinblick auf die Garderobe, eine dumme Bemerkung, und das Licht geht augenblicklich aus und dann nicht wieder an. Du brauchst es nicht zu sagen. Ich weiß: Mir fehlt das ganz elementare Bedürfnis nach Ehe und Familienleben. Ich habe mich nach dem Normalen gesehnt, aber das Ziel meiner Wünsche nie erreicht. Dich habe ich gebraucht, aber war das Liebe? Und als ich mich entschloß, mit Ebbe mein Coming out zu wagen, der Umwelt mitzuteilen, wer ich bin, stand ich vor der Entscheidung meines Lebens. Sie hieß Jetzt oder Nie. War es aus Liebe zu ihm? Oder war er nur eine Krücke? Ich weiß nicht, wie ich zu diesem Mißtrauen meinen eigenen Gefühlen gegenüber komme.

Endlich bin ich befreit. Ich habe den Status des Neutrum, das ich immer gewesen bin. Befreit von der Fleischeslust. Es gab Zeiten, da war ich so tief gesunken, daß ich die 0039 anrief. Die Phantasie der jungen Burschen war grenzenlos. Ich erlebte Liebeserklärungen, die ich mir nie hätte träumen lassen. Ich erlebte süße Worte. Frechheiten. Obszönitäten. Ich spürte das Rauschen der Kloaken. Die Klauen der Ratten, die an den Rohren kratzten. Ich vergaß mich selbst. Ich stellte mir die jungen, wohltrainierten Körper hinter den Stimmen vor. Ich hatte unzählige junge Männer auf einmal zu meiner Verfügung. Ich war im siebten Himmel. Danach hatte ich Lust zu sterben, zu verschwinden. Einfach ein Teil des Untergangs der Welt zu sein. Des Endes des Lebens.

Es gab Abende, da zwang ich mich, nicht die 0039 anzurufen. Und dann trieb mich trotzdem spät in der Nacht zwischen zwei und drei ein böser Geist ans Telefon. Ich konnte nicht einschlafen, bevor ich nicht Kontakt mit den liederlichen Stimmen gehabt hatte. Einer von ihnen lud mich in seine Wohnung in Valby ein. Ich konnte der Versuchung nicht widerstehen. Ich nahm ein Taxi dorthin und fand einen kleinen alten Mann im Bademantel mit braunen Tabaklippen, die sich zu etwas ausstülpten, das einmal ein Lächeln gewesen war. Die ganze Wohnung roch nach Katzenpisse. Der Alte hob die Hand zu einem Gruß. In einer müden, resignierten Geste blieb die Hand an dem schlaffen Handgelenk in der Luft hängen. Die traurigen Augen bohrten sich in mich wie Pfeile. Ich konnte nicht glauben, daß die frische, junge Stimme diesem Alten gehörte. Es mußte Betrug sein. Er mußte jemand anders bei sich haben. Einen Jungen, der mich mit seinem Sirenengesang in die Nacht hinausgelockt hatte.

Ich schlug den Alten, damit er seinen Betrug zugab. Er schrie mit den hellen Schreien eines jungen Mannes. In Gestalt des Alten schlug ich mich selbst. Ich floh voller Grauen. Ich hatte Angst vor mir selbst. Angst, daß die ganze Szene ein Produkt meiner kranken Phantasie, Angst, daß ich nicht mehr im vollen Besitz meiner Sinne sei. Ich flüchtete aus der Wohnung, als hätte ich ein Gespenst von jenseits des Grabes gesehen, meinen eigenen Wiedergänger. Seitdem habe ich die 0039 nicht mehr gewählt. Ich hatte den absoluten Nullpunkt erreicht. Ich verlor das Lebensgefühl. Ich gehörte nicht mehr zur Welt der Lebenden.

Du hast ja immer gesagt, Pusselchen, ich würde nicht alt werden bei dem Leben, das ich führe. Du hast mich durchschaut. Ich weiß nicht, von wem du deine hellseherischen Fähigkeiten hast. Von deiner Mutter, vermute ich. Sie ist eine Hexe, obwohl sie versucht, es zu verbergen. Ich bin stolz auf dich. Ich bin stolz darauf, daß du meine Tochter bist. Daß du eine Familie gegründet hast und jetzt dein zweites Kind bekommen wirst. Laß mich deinen Bauch berühren, Pusselchen. Du konntest mir keine größere Freude machen, als Kinder zu gebären. Je mehr, desto besser. Ich möchte sie heranwachsen, dich in der Mutterrolle blühen sehen. Du brauchst einen reichen Mann, einen spanischen Adeligen, der dir alles schenken kann, worauf du zeigst. Damit will ich nicht diesen Habenichts von einem Freizeitpädagogen kritisieren, den du gewählt hast. Ich möchte nur immer das Beste für dich. Du sollst alles haben, was ich dir nicht geben konnte. Weine nicht um mich. Spar dir deine Tränen.

Heute sehe ich meine Schattentäler in einem versöhnlicheren Licht. In hundert Jahren ist alles vergessen, sagt man nicht so? Ich weiß weniger vom Leben als mit siebzehn. Ich weiß nur, daß ich nichts weiß. Nichts verstehe. Am allerwenigsten verstehe ich mich selbst. Nein, bleibt sitzen. Ihr dürft nicht gehen. Na ja, mach einfach eine Klappe auf. Die Luft ist vielleicht doch nicht so gut hier drinnen. Aber ich habe mich daran gewöhnt. Müßt ihr zu zweit sein, um eine Klappe aufzumachen. Kommt, setzt euch. Ich habe euch etwas Wichtiges zu sagen. Ich will nicht, daß ihr jemandem erzählt – auch nicht meiner armen alten Mutter –, was mir fehlt. Es ist so demütigend. Ihr könnt sagen, ich habe Leukämie. Das klingt besser. Und es ist ja nicht mal völlig gelogen. Nennen wir es eine Wahrheit mit Modifikationen. Leukämie kann nämlich eine der Folgekrankheiten sein. Alle Formen von Krebs können im Kielwasser auftauchen. Man kann sagen, es ist eine Krankheit, die die Phantasie anspricht. Jetzt mach nicht so ein erschrockenes Gesicht, Schatz. Ich weiß, es ist hart für dich. Ich habe dir im Laufe der Jahre viel Geheimniskrämerei zugemutet. Aber dieses letzte Geheimnis respektiere bitte. Nein, rühr mich nicht an. Das ertrage ich nicht, solange ich so aussehe. Ich sehe ja aus wie ein lebendiger Leichnam. Gib mir etwas Zeit. Dann sehe ich mir wieder ähnlich. Du wirst mich nicht jetzt sofort los. Ich bin stark wie ein Ochse.

Stell dir vor, wir gehen an einem trüben Tag Hand in Hand am Strand entlang. Am tosenden Meer. Wir sammeln schöne Steine und Muschelschalen. Die Steine sind rot und schwarz mit kleinen glänzenden Kristallen. Wir freuen uns. Die Steine und die Schalen sind unser ganzes Gepäck. Der Himmel erhebt sich über uns in schwarzen, terrassenförmigen Wolkenbänken. Ein leuchtender Himmelsstreifen liegt über dem Horizont. Die Wolkendecke preßt den Streifen zusammen, so daß er zuletzt ein strahlendes Seidenband und zuallerletzt ein schimmernder Silberdraht ist.

Die Tage, die Jahre liegen vor uns wie eine unendliche Blumengirlande. Wir sind Kinder der Ewigkeit. Du bist schön. Deine Haare, deine Brüste. Deine traurigen Augen. Du bist so still. Du lebst in einer Welt, die nicht die Welt der Wirklichkeit ist. Was ist das für eine Welt? Warum hast du dich nie gefreut? Du brauchst nicht zu antworten. Ich kenne die Antwort: Weil ich ein Mann bin, der Frauen nicht liebt. Ich genieße Frauen. Aber ich begehre sie nicht. Soweit hast du recht. Ich habe keine Lust, die Rolle des Mannes zu spielen. Nicht für länger. Ein einzelner Abend oder zwei ist ganz in Ordnung. Ich kann die Männerrolle sogar genießen. Ich spiele sie gut. Bis ich anfange, mich zu langweilen. Ich ertrage weder mich selbst noch die Frau. Sie wird dumm und banal. Unsere Beziehung fängt an, wie eine Parodie zu wirken. Ich will kein falsches Leben leben. Ich will wahrhaftig sein. Mir selbst treu. Was heißt das? Daß ich an einen Punkt gekommen bin, wo ich keinen Kompromiß eingehen kann. Ich will gut essen, von Luxus und Schönheit umgeben sein. Du brauchst mich nicht daran zu erinnern, daß ich es nicht weiter gebracht habe als zu einer Ein-Zimmer-Wohnung. Du warst immer ein Miesmacher. Du bringst mich dazu, alles schwarz zu sehen. Ja, ich schulde dir Geld. Das kriegst du, wenn ich wieder auf den Beinen bin. Warum zum Teufel hat man auch das Pfandleihersystem abgeschafft. Weißt du noch, als wir jung waren? Wir haben dein ganzes Konfirmationssilber und meine teure Gitarre verpfändet. Ich habe nicht einmal auf ihr gespielt. Es ging uns gut zusammen, am Anfang. Kann sein, daß es dir nicht gutging, mir aber schon.

Ich will nicht mehr darüber reden. Es wird gemacht, wie ich es will. Ich habe Leukämie. Leukämie ist eine saubere, ästhetische Krankheit. Man wird dünn und blaß, fast rosafarben. Ich habe eine unglaublich interessante Abhandlung darüber gelesen, daß die Chance für die Heilung von Leukämie fifty-fifty ist. Ich finde das nicht unwichtig. Wenn ich mich für Leukämie entschieden habe, muß ich mich ja auch informieren, was diese Krankheit mit sich bringt. Sonst wirke ich nicht glaubwürdig. Nein, du mußt nichts darüber lesen. Frag mich einfach, wenn du über irgend etwas im Zweifel bist. Ich habe ziemlich viel darüber gelernt. Ja, das kann man so sagen. Das Doppelleben, die Lüge, geht weiter bis zum bitteren Ende. Wollen wir nicht aufhören, in der Vergangenheit zu graben, und statt dessen nach vorn sehen? Es ist sowieso zu spät, um etwas zu ändern. Ich will die Zeit lieber für etwas Erbauliches verwenden. Ja, es ist meine Zeit, von der wir reden. Danach könnt ihr machen, was ihr wollt.

Warum ich dir nicht von Anfang an erzählt habe, daß ich auch auf Männer stehe? Aber Schätzchen. Das mußte ich erst selbst begreifen. In meiner wildesten Phantasie hätte ich mir nicht vorstellen können, daß ich einer von denen bin. Ich hatte immer eine tiefe Aversion gegen das Schwulsein. Ich weiß noch, als ich auf Studienreise in Ägypten war, direkt nach unserer Heirat. Das war wirklich grauenvoll. Eine traurige Hochzeit? Ich war nie für die Ehe. Warum ich dann geheiratet habe? Das weißt du genau. Damit wir die Wohnung behalten konnten. Das ging nur, wenn wir verheiratet waren. So waren damals die Regeln. Ich habe mich für uns geopfert. In den ersten Jahren, die wir verheiratet waren, war ich wirklich fertig. Ständig deprimiert. Es war die finsterste Zeit meines Lebens. Nach und nach habe ich mich daran gewöhnt. Ich fand, ich spielte die Rolle gut. Dann bekam ich einen Rückfall, als du unterwegs warst, Pusselchen. Mit einem Kind saß ich noch mehr fest im Familienmuster. Glücklicherweise wurdest du ein Mädchen. Einen Jungen hätte ich nicht ausgehalten. Mädchen sind viel einfacher. Mit Frauen habe ich mich immer am wohlsten gefühlt. Frauen sind intelligenter. Männer sind so dumm mit ihren Zoten. Im Windelnwechseln war ich gut. Ich habe mich am meisten um dich gekümmert, als du ganz klein warst. Du widersprichst mir die ganze Zeit, Schatz. Du willst mir offensichtlich die Laune verderben. Was du auch sagst, das ist meine Version. Für die Babyshow war ich zuständig. Nach unserer Scheidung selbstverständlich du. Sie lebte ja bei dir. Ich war von der Bildfläche verschwunden.

Ich bin ganz abgekommen von dem, was ich erzählen

wollte. Die ägyptischen Männer haben mich angeekelt. Ihre klebrigen Berührungen und hungrigen Blicke. Ich fühlte mich beschmutzt. Zum Glück widerstand ich all den Aufforderungen, mitzukommen in die dunklen Gassen, die nirgendwo endeten. Da waren ein paar junge Burschen, die mir folgten und vor denen ich durch ein blaues Tor in ein großes, weißes Haus flüchten mußte. Ich rannte die abgetretenen Steintreppen hinauf und versteckte mich in einem Raum, der aussah wie ein Gastraum, mit niedrigen Sofas und noch niedrigeren Tischen davor. Da stand ein Tablett mit verzierten Messingbechern und einer Messingkanne. Den Becher, den ich mitnahm, als ich mich wieder auf die Straße traute, habe ich noch. Aus diesem Becher trinke ich meinen Morgentee. Dir habe ich erzählt, er sei ein Souvenir, das ich im Bazar gekauft hätte. Wir wollen nie mehr Geheimnisse voreinander haben, Schatz.

Eigentlich war mein Leben so unschuldig. Ich habe nichts zu bereuen. Die Lügen? Der Betrug? Ich halte all diese – nennen wir es Geschichten – für notwendig. Sie waren der unzulängliche Leim, der mein zersplittertes Leben zusammengehalten hat. Trinkt ein Glas, meine Pusselchen. Im Augenblick vertrage ich Wein nicht, aber ich würde es genießen, wenn ihr einen Schluck trinkt. Wir können ja auf unser neues Enkelkind trinken. Ich muß kurz raus, mich ein bißchen frisch machen. Magst du mir aufhelfen, Schatz. Übrigens, benutzt besser nicht meine Handtücher. Nehmt lieber Papier zum Händeabtrocknen. Das sage ich nur aus Sicherheitsgründen.

V Bücherverbrennung

Sie wollten eine Woche zusammen im Sommerhaus verbringen, damit er nach der anstrengenden Lungenentzündung zu Kräften kommen konnte. Mit seinen eingefallenen Wangen, der hervortretenden Stirn und Kieferpartie sah er immer noch aus wie ein lebendiger Leichnam. Selbst die Schläfen waren hohl und betonten die Form des Schädels, nur bedeckt von der dünnen Haut, die nach den vielen heftigen Fieberanfällen ausgetrocknet war. Zu dem kleinen idyllischen Ort auf Nordsjælland, wo ihr gemeinsames Refugium war, hatten sie ein Taxi genommen. Sie brachten einiges an Gepäck mit, unter anderem zwei schwere Koffer mit seinen Tagebüchern, die bis zurück in seine Kindheit gingen.

Das Sommerhaus war ein schwarzgebeiztes Haus mit weißen Fenstern und grünem Pappdach. Eine primitive Hütte in der Größe eines Bauwagens. Die Einrichtung stammte noch aus den Fünfzigern, aus der Zeit, als sie gebaut worden war. Die geblümten Korbmöbel und curryfarbenen Gardinen des Vorbesitzers waren nicht ausgetauscht worden. Alles war so, wie sie es übernommen hatten. Nicht weil es ihr Geschmack gewesen wäre, sondern weil keiner von ihnen Interesse hatte, Zeit auf ein Sommerhaus zu verschwenden. Es sollte nur funktionieren. Und sie hatten es gern wie ein liebes Familienmitglied, das immer bereit war, sie mit offenen Armen zu empfangen.

Es war Ninas Haus, gekauft in einem euphorischen Augenblick mit dem Hintergedanken, es wieder zu verkaufen, wenn sie es sich nicht mehr leisten konnten. Ihre Beziehung war von der Art: »Was dein ist, ist auch mein.« Sie waren noch immer und für immer die engsten Vertrauten füreinander, obwohl sie inzwischen länger geschieden waren, als ihre Ehe gedauert hatte.

Es war mitten in einer der Hitzewellen des Sommers. Er vertrug die Sonne und die Wärme nicht, und sie hatten ihn in einen Liegestuhl unter einen der schattenspendenden Bäumen ganz unten im Garten gelegt. Bekleidet nur mit einem dünnen Baumwollkimono, ein Mitbringsel von ihr von einer Japan-Reise mit einem jungen Liebhaber. Sie und die hochschwangere Tochter packten Lebensmittel und ein paar Sommersachen aus. Badezeug, Bademäntel und alte Pullover für die kühlen Sommerabende gehörten zum Hausinventar. Die Koffer mit den Tagebüchern stellten sie in den Schuppen.

Sie fingen an, auf den beiden Propangaskochern in der kleinen Küche, in der die Halbtüren zum Garten hinter dem Haus, einer Wildnis aus kniehohem Gras, heruntergefallenen Ästen und Blättern vom Herbst, offenstanden, das Essen vorzubereiten. Aus dem Garten drang ein trockener, süßer Duft von Kompost und Unkraut herein. Er hatte Lachskoteletts und die besondere Zitronensauce mit Kapern bestellt, die sie öfter für ihn gemacht hatte. Er hatte noch keinen Appetit. Sein Gewicht war für einen Mann seiner Größe und mit seinem kräftigen Knochenbau weit unter dem Normalen. Die Ärzte hatten ihm befohlen zuzunehmen. Das Ziel des Urlaubs war, ihn zu mästen, damit er schnell zu Kräften kam und die vielen Aufgaben, die im Theater auf ihn warteten, wieder in Angriff nehmen konnte. Bei jeder Mahlzeit in dieser Woche sollte das Menu aus seinen Lieblingsspeisen bestehen.

Elin saß auf einem Küchenstuhl und schrubbte Kartoffeln, während die Mutter, Nina, mit Salz und Pfeffer und Zitrone die Lachskoteletts vorbereitete. Sie hörten, wenn sie in der Küche arbeiteten, normalerweise Radio. Heute hatten sie es nicht angemacht. Stefan war überempfindlich für das kleinste Geräusch, das nicht aus seinem eigenen Walkman kam. Unwillkürlich flüsterten sie, nicht weil er sie aus der Entfernung hätte hören können, sondern weil sie das Gefühl hatten, hinter seinem Rücken zu reden. Denn selbstverständlich war er es, über den sie redeten.

Sie redeten über die Geheimniskrämerei, die er ihnen auferlegt hatte. Nina beklagte sich darüber, daß sie ihre besten Jahre damit verbracht habe, sein Geheimnis zu vertuschen, und wenn sie jetzt bis in den Tod weiterlügen müsse, werde sie wieder völlig isoliert sein, ohne einen einzigen Menschen, dem sie ihre Sorgen und Kümmernisse anvertrauen könne. Sie sah von den Lachskoteletts auf und schüttelte resigniert den Kopf. Elins Haltung zum Diktat des Vaters war gelassener. Sie war vom gleichen Schrot und Korn und verstand die Notwendigkeit seiner Entscheidung. Er habe sich nicht zu einem Coming out entschlossen und sei deshalb gezwungen, das Spiel zu Ende zu spielen. Ninas Klagen trafen bei ihr auf taube Ohren. Sie rüffelte sie sogar und sagte, sie solle sich zusammennehmen und seine Forderung ablehnen. Sie habe jedenfalls nicht die Absicht, das Gebot des Vaters zu befolgen. Sondern werde ihren Freunden und der Familie ihres Mannes von seiner Krankheit erzählen und sie bei ihrem Namen nennen.

Elin saß kerzengerade da, die Kartoffelschüssel zwischen dem schwangeren Bauch und den Knien, und sah aus wie eine indische Göttin, die wie ein fremdes Wesen von einem fremden Planeten aus Ninas Schoß gekommen war. Sie hatte eine verletzliche Feinheit, die bewirkte, daß Nina sich in ihrer Nähe dumm und unbeholfen fühlte. Ihr Äußeres war so unterschiedlich. Elin war groß und blond wie der Vater, mit blendend weißer Porzellanhaut und schrägen, schmalen Augen, und wurde oft gefragt, ob sie asiatischer Abstammung sei. Ihre aristokratische Erscheinung mit langen, schlanken Beinen und einem großen, üppigen Mund, wie eine Rose ins Gesicht gepflanzt, war von einer erhabenen Schönheit, die Nina mit der Leidenschaft eines Liebhabers anbetete. Dieses unmütterliche Gefühl, diese Leidenschaft, auf das eigene Fleisch und Blut gerichtet, erfüllte sie mit Scham.

Zwischen ihnen herrschte ein beinah metaphysisches Einverständnis, als wären sie mit einer unsichtbaren Nabelschnur verbunden. Keiner von beiden war völlig klar, wer die Mutter und wer das Kind war. Sie tauschten ständig die Rollen, aber ihre Auffassung von der Rollenverteilung stimmte nicht immer überein. Elin war eher geneigt, sich für die Mutter ihrer Mutter zu halten, als Nina zugeben wollte, daß sie an die Mütterlichkeit ihrer Tochter appellierte. Erst als Elin nach dem Tod des Vaters mit ihr brach, verriet sie, daß sie unter dieser Mutter-Tochter-Verwechslung in ihrer Beziehung und unter Ninas kindlicher Abwehrhaltung, die ihr das Gefühl gab, mit ihr nicht in Kontakt kommen zu können, gelitten hatte.

Als Gegengewicht zu diesem fehlenden Mutter-Tochter-Kontakt hatte sich Elins Sinnes- und Gefühlsapparat in telepathischer Richtung entwickelt, für die Nina weitaus empfänglicher war und die eher ihrer eigenen Wellenlänge entsprach als der direkte emotionale Kontakt. Ihr inneres Radarsystem war voll und ganz auf Elin ausgerichtet. Sie hatte sie im Grunde nie geboren, in dem Sinne, daß sie sie nie aus ihrem Körper ausgestoßen hatte. Sie trug sie noch immer unter ihrem Herzen, wie der Wolf, der Rotkäppchen gefressen hatte. Und deshalb konnte sie sie auch nicht als eine Person begreifen, die getrennt von ihr lebendig durchs Leben ging. Manchmal vergingen viele Tage, an denen sie überhaupt nicht an sie dachte. Sie vergaß einfach, daß sie existierte.

Als Elin mit den Kartoffeln fertig war, setzte sie sich auf

die Schaukel, die an der hohen Tanne hinter dem Haus hing. Sie vermißte ihren kleinen Sohn, den sie bei ihrem Mann zurückgelassen hatte. Sie schaukelte auf der roten Kinderschaukel langsam vor und zurück und summte eine kleine Melodie von Bach, die der Vater ihr beigebracht hatte, als sie im selben Alter war wie Mark jetzt. Sie dachte daran, daß er jetzt gerade gebadet und zu Bett gebracht wurde. Sie mußte nur die Augen schließen, schon spürte sie seinen kleinen, weichen Körper unter dem hellblauen Frotteebademantel, spürte, wie ihre Lippen nach seinen roten Apfelwangen schnappten, daß er vor Lachen schrie. Sie hatte Lust, ihn anzurufen und seine süße, vibrierende Stimme zu hören – ein Echo vom Gesang der Engel. Aber er würde nur anfangen zu weinen, und sie wäre den Rest des Abends am Boden zerstört. Sie sprang von der Schaukel, die sich vor- und zurückbewegte, wie ein stiller Ruf nach dem Kind, und ging den schmalen Waldweg am Grundstück entlang, um Blumen für den Eßtisch zu pflükken.

Sie aßen auf der kleinen Terrasse, die Elins Mann in dem Sommer, in dem sie zum ersten Mal schwanger gewesen war, gebaut und mit sechseckigen Fliesen belegt hatte. Nach einer halben Kartoffel und einem Stückchen Lachs war Stefan fertig und konnte nicht mehr. Er klagte über die Hitze, die still zwischen den Tannen und den riesigen Birken stand, die das Grundstück abschirmten und es zu einem Backofen machten. Wäre er nicht so verdammt schwach, er hätte auf der Stelle ein Taxi nach Hause genommen. Er fühle sich eingesperrt in einem schwarzen Loch. Die hohen, düsteren Tannen bedrückten ihn. Mindestens drei Bäume würden gefällt werden, ginge es nach ihm.

Nina versuchte abzuwiegeln und behauptete, das Wichtigste sei, daß sie alle drei zusammenseien. Das passiere so selten, seit Elin geheiratet und ein Kind bekommen habe.

Sie sollten ihre Dreieinigkeit, die vielleicht nicht wiederkehren werde, doch jetzt genießen.

Die festgefahrenen Positionen der Eltern, Symptome ihrer ungleichen Beziehung, waren für Elin eine Qual. Sie wünschte sich weit weg von der Schwäche der Mutter und der unzufriedenen Tyrannei des Vaters, die seine Krankheit verstärkte und legalisierte. Sie bereute bitter, daß sie mitgefahren war. Sie war zu alt, um Vater, Mutter und Kind zu spielen. Sie wäre lieber mit dem Vater allein gewesen. Sie hatten eine ebenbürtige Beziehung. Sobald die Mutter dazukam, ging alles schief. Mit ihrer negativ geladenen Nervosität erzeugte Nina Spannungen. Elin hatte sich ein für allemal geschworen, daß sie nicht werden wollte wie ihre Mutter. Sie hatte längst akzeptiert, daß sie ihrem Vater ähnlich war, und freute sich über ihr genetisches Glück.

Sie schirmte sich ab gegen ihre Streiterei, die nie richtig ausbrach, weil die Mutter nicht zu streiten wagte und der Vater nicht streiten wollte. Sie saß zwei Behinderten gegenüber, die sich Eltern nannten. Sie war ausschließlich ihnen zuliebe mit aufs Land gefahren. Denn tief unter diesen komplizierten Gefühlsschichten fühlte sie sich für die Dreieinigkeit verantwortlich.

Als sie zum Dessert kamen, war es etwas kühler geworden, und der Wein hatte die Stimmung gehoben. Es war fast wie in alten Zeiten, als Elin klein war und sie noch zusammenwohnten. Stefan saß bequem, mit einem Kissen im Rücken, und sprach von seiner Theaterarbeit. Die Arbeit sei alles für ihn. Und wenn er nicht mehr arbeiten könne, habe sein Leben keinen Inhalt mehr. Deshalb habe er die Entscheidung getroffen, sich Tabletten zu besorgen, um sich selbst ein Ende zu machen, bevor die Krankheit so weit fortgeschritten sei, daß er die Sache nicht mehr selbst in die Hand nehmen könne. Sie seien diejenigen, die es erführen. Niemand sonst solle in den Plan eingeweiht werden. Er betrachtete sie mit dem streng ermahnenden Blick eines Oberlehrers.

– Wann willst du es tun? flüsterte Nina. Die Terrasse drehte sich um sie wie ein durchgehendes Karussell. Alles wurde eins, die Bäume, das Haus, der Rasen. Sie klammerte sich an den Tisch.

– Ich weiß nicht genau. Es kommt darauf an, wie es sich entwickelt. Stefan war entspannt, als wäre es das Natürlichste von der Welt, sich das Leben zu nehmen.

– Wie willst du so viele Tabletten auftreiben? Nina hoffte verzweifelt, sie könne ihn davon überzeugen, daß es Wahnsinn war, eine so drastische Entscheidung schon jetzt zu treffen.

– Ich würde euch nie bitten, mir dabei zu helfen. Eure Hände sollen sauber bleiben.

– Wer hat solche Verbindungen?

– Joen kann sicher das, was ich brauche, in Amsterdam oder Christiania besorgen.

– Aber kannst du ihn darum bitten? Er wird sich für den Rest seines Lebens schuldig fühlen.

– Ich habe mit ihm darüber gesprochen. Er versteht mich.

– Sollen wir darauf warten, daß wir dich eines Tages in deiner Wohnung finden?

– Ihr sollt dabei sein. Nach einem guten Essen mit gutem Wein – wie heute abend – lege ich mich in mein Bett und nehme die Tabletten, und dann haltet ihr mir die Hand, bis es überstanden ist.

– Da können wir nicht dabei sein. Das ist gegen die Natur.

– Jaja, du warst immer ein Naturkind, Schatz.

– Was sagen wir den Sanitätern? Und der Polizei? Werden wir angeklagt wegen Tötung auf Verlangen?

– Mach dir nicht soviel Sorgen. Das ist ja noch lange hin.

Stefan klang, als betrachte er seinen eigenen Tod als eine geschäftliche Angelegenheit.

– Du kannst deine Meinung noch ändern.

– Ich war mir in meinem Leben noch nie einer Sache so sicher.

– Wir wollen nicht, daß du stirbst. Sie sah auffordernd Elin an. Die aber verhielt sich still beobachtend.

– Du kannst deine Meinung ja auch noch ändern, wiederholte sie, da er nicht antwortete. Aber sie wußte, keine zehn Pferde würden ihn davon abhalten können. Und das machte sie schwach und mutlos. Sie wünschte, Elin, die klüger war als sie beide zusammen, werde etwas sagen, ihr zu Hilfe kommen. Doch die saß nur da und starrte vor sich hin, als wäre sie gar nicht da.

– Ich muß ins Bett. Gute Nacht, Kinder. Stefan stand auf.

– Schon? Nina ertrug es nicht, daß er so ohne weiteres verschwand, nachdem er ihnen eine Bombe auf den Kopf geworfen hatte. Aber sie konnte ihn nicht halten. Das oberste Gebot der Krankheit war Ruhe und noch mal Ruhe. Er ging, unsicher auf den Beinen, ins Haus und mußte sich am Türrahmen abstützen.

– Kommst du allein zurecht? rief sie ihm nach. Elin fing an, den Tisch abzudecken. Ihre Bewegungen waren so ruhig. Nina saß einen Augenblick da, dann lief sie Stefan nach, um für ihn aufzubetten. Er wollte in dem kleinen Zimmer mit dem Alkoven schlafen. Der war so kurz, daß er sich nicht ausstrecken konnte. Aber in dem Alkoven zu schlafen und sich wieder wie ein Kind zu fühlen war das Beste, was er sich vorstellen konnte.

Sie hatte für ihn aufgebettet und stand da und wartete darauf, daß er etwas zu ihr sagte. Seinen Selbstmordplan dementierte. Zugab, daß er eine finstere Phantasie war, entstanden aus Verzweiflung über die unheilbare Krankheit, die er zu Leukämie umgetauft hatte. Aber er sah sie mit einem Blick an, der sie bat, ihn allein zu lassen. Sie ging in die Küche und half Elin beim Abwaschen. Dort war es so eng, daß sie aufpassen mußten, damit sie nicht zusammenstießen. Sie versuchte mit Elin zu reden und murmelte etwas in der Richtung, es sei eine unmögliche Situation, in die ihr Vater sie gebracht habe. Elin tat das ab, indem sie sagte, es sei seine Entscheidung, und da wolle sie nicht hineingezogen werden. Das müßten sie untereinander klären, sie und der Vater. Sie habe an ihr eigenes Leben und an die Kinder zu denken. Ihr bildschönes Gesicht war verdeckt von der ausdruckslosen Maske des verletzten Kindes.

Sie waren müde von dem aufreibenden Abendessen und gingen zu Bett, sobald sie in der Küche fertig waren. Die Sterne leuchteten noch nicht am Himmel, als Mutter und Tochter sich im Schlafzimmer ins Doppelbett legten. Sie hörten Stefan im Alkovenzimmer im Traum laut lachen und schliefen Hand in Hand ein.

Schon am nächsten Abend, als sie bei Kaffee und Kranzkuchen vom Bäcker saßen, wollte er anfangen, seine Tagebücher auf dem Gartengrill zu verbrennen. Nina holte die schweren Koffer aus dem Schuppen und schleppte sie auf die Terrasse. Stefan hatte beschlossen, daß die Tagebücher in chronologischer Reihenfolge verbrannt werden sollten. Elin half ihm, sie zu sortieren und den Jahreszahlen entsprechend aufzustapeln. Die ältesten stammten aus seiner Internatszeit.

Nina sammelte inzwischen trockene Zweige zum Anzünden und holte Birkenholz vom Holzstoß unter dem Dach des Schuppens. Stefan hatte es abgelehnt, zur Verbrennung seiner Tagebücher Grillkohle zu verwenden. Was vernichtet werden solle, sei seine Vergangenheit, eine Zusammenfassung seines ganzen gelebten Lebens. Und das solle mit Holz von bester Qualität geschehen, was Birkenholz seiner Ansicht nach sei. Elin hatte versucht, ihn zu überreden, die Bücher als Erinnerung an ihn ihr in Gewahrsam zu geben. Davon wollte er nichts hören. Seine tiefsten und intimsten Gedanken und Betrachtungen sollten nicht dem Urteil der Nachwelt ausgeliefert werden. Die Bücher sollten mit ihm verschwinden.

Der Grill war selbstgebaut und bestand in seiner schlichten Form aus zwei Stapeln Ziegeln in einem Meter Abstand voneinander und einem quergelegten rostigen Eisenrost. Darunter lagen große, runde Steine vom Strand. Nina nahm den Rost weg und knüllte ausgerissene Zeitungsseiten zu harten Kugeln zusammen, die sie auf die Strandsteine legte, und darauf Zweige wie zu einem Lagerfeuer. Sie hielt ein Streichholz an die Zeitungskugeln, und bald war das Feuer so kräftig, daß sie die Birkenscheite darauflegen konnte. Es tat ihr weh, sich an der Verbrennung des Lebens ihres Geliebten, wie es im geheimen Raum der Tagebücher niedergeschrieben war, beteiligen zu müssen. Sie hatte das Gefühl, an einem satanischen Ritual teilzunehmen, ein Sakrileg zu begehen. Aber es war ihr nicht eingefallen, ihm sein Vorhaben auszureden. Sie sah die Bücherverbrennung ausschließlich von seiner Seite und richtete sich ganz automatisch nach seinem Entschluß.

Erst beim dritten Versuch gelang es ihr, den Birkenscheiterhaufen anzuzünden. Gleich roch es auf der Terrasse nach Waldbrand. Die Flammen waren klar, und das leichte Knistern verbreitete eine Atmosphäre friedlichen Wohlgefühls. Vater und Tochter waren immer noch ins Sortieren vertieft. Nina stand da, den Feuerhaken in der Hand, und betrachtete sie. Die Dreieinigkeit war in zwei Einheiten zerschnitten. Sie und die beiden. Sie gehörten zusammen. Sie war vor die Tür gesetzt. Ausgetrieben aus dem Paradies, was die beiden zusammen für sie waren. Jeder für sich waren sie ihr Maßstab. Sie würde sich nie mit ihnen messen können, nie das Niveau dieser beiden olympischen Wesen erreichen, die sie mit einer fanatischen Unterwerfung anbetete. Sie hatte die Rolle des Dienstmädchens der Dreieinigkeit übernommen. Sie waren der Sinn ihrer irdischen Durchreise, ihre Lebensvoraussetzung wie der Sauerstoff der Luft und das Wasser in den Weltmeeren. Ihre einvernehmlichen pingpongartigen Wortwechsel waren wie ein Summen. »85 kommt doch nach 82.« »Na ja, die Sache mit den Zahlen.« »Laß mich das machen.« »Du hast den Sinn deiner Mutter für Mathematik geerbt, Pusselchen.« »Ein zahlenblinder Idiot.« Sie genoß die Musik in ihren Stimmen, ohne das Bedürfnis zu haben, den Inhalt zu deuten. Sie versank in dem süßen Schmerz des Ausgeschlossenseins, das ihr die Gratwanderung zwischen ihren unvereinbaren Forderungen an sie ersparte.

Sie saßen wieder alle drei am Tisch. Die ersten Tagebücher aus der Internatszeit 50 bis 54 lagen vor Stefan, bereit für den Scheiterhaufen. Er griff nach den schwarzen Heften. Sie hielten die Luft an. Aber er fing an, in den Heften zu blättern, als suche er nach etwas. Er saß lange wie versunken in seine frühe Pubertät. Schließlich unterbrach er das fieberhafte Blättern und glättete mit einer liebkosenden Bewegung die Seite in dem aufgeschlagenen Heft.

– Habt ihr Lust, die alte Scheiße hier zu hören? sagte er mit einem Anflug von Selbstverachtung in der Stimme, der Nina daran erinnerte, daß sie irgendwo in einem populärpsychologischen Artikel in einer Frauenzeitschrift gelesen hatte: »Stolz ist eine Form von Selbsthaß.« Sie nickten eifrig, dankbar für den Aufschub, und hofften, das Vorlesen könne ihn dazu bringen, das Todesurteil zu ändern.

– »1. 9. Mein Geburtstag! Kein Paket von Mutter. Hat wahrscheinlich Verspätung. Die Post ist etwas unzuverlässig in letzter Zeit. Auch kein Brief von Tante Maggie, die immer zwanzig Kronen schickt. Aber ich nehme es hocherhobenen Hauptes hin wie Holger der Däne.«

– »12. 9. Gestern bekam ich Stubenarrest. Ich hatte einen toten Vogel in den Schlafsaal getragen und in meine Blechkassette für besonders wichtige Dinge gelegt. Um den Vogel hatte ich einen Handschuh gewickelt und die Kassette unter meiner Bettdecke versteckt. Ich wollte versuchen, ihn von den Toten aufzuerwecken. Aber als ich von den Schulaufgaben kam, war der Vogel weg, und die Kassette stand auf dem Kopfkissen. Ich trauerte ein wenig, dachte aber, daß er vielleicht nur scheintot gewesen und weggeflogen war. Aber dann kam Petersen, unser Klassenlehrer, angestürzt und zerrte mich mit runter ins Büro, wo der Vogel auf einer Zeitung auf dem Schreibtisch lag. Er fragte, was das für eine Schweinerei sei, eine Leiche mit ins Bett zu nehmen. Ja, aber ich wollte ihn aufwärmen und wieder lebendig machen. Ich wärme dir deine Ohren, schrie er und gab mir darüber hinaus eine Woche Stubenarrest. Was alles dem Zweck dient, mich zum Mann zu machen.«

– »5. 10. Zurück in der Sklavenanstalt. Die Flucht verlief ansonsten planmäßig. Ich erreichte den letzten Nachtzug nach Kopenhagen. Ich hatte drei Monate gebraucht, um die Fahrkarten zusammenzusparen. Also die ganze Zeit keine Süßigkeiten und kein Kino. Vom Hovedbanen ging ich den weiten Weg nach Hause zum Nyelandsvej und klingelte bei Mutter. Es war vier Uhr nachts. Nicht der beste Zeitpunkt. Aber ich rechnete damit, daß sie sich trotzdem freuen würde, mich zu sehen. Sie schreibt immer, wie sehr sie mich vermißt und sich danach sehnt, mich zu sehen. Sie kam im Nachthemd herunter. Dem weißen mit den Spitzen, das sie von unserer Untermieterin bekommen hat, einer dicken Opernsängerin (das darf ich nicht sagen, wegen Mutter, aber sie ist so wabbelig und will immer, daß ich auf ihrem Schoß sitze. Widerlich). Mutter war schön wie eine Göttin dort im Halbdunkel des Flurs. Eine Athene oder Artemis. Sie hielt sich die Hände vor die Augen, als könnte sie meinen Anblick nicht ertragen, und gab mir eine schallende Ohrfeige, die mein Trommelfell sprengte. Au, tat das weh. Sie ließ mich nicht rein. Sondern sagte: ›Warte einen Augenblick hier, ich geh rauf und zieh mir was an.‹ Ich stand in der Tür und traute mich nicht rein. Sie kam im Plüschmantel und mit dem Hut mit der Pfauenfeder, der mir so gut gefiel – Geschenk eines Liebhabers –, die Treppe herunter. Dann ging sie mit mir los zum Hovedbanen, wo sie einen Einzelfahrschein kaufte und mich in den Morgenzug setzte. Alles in allem schiefgegangen. Als ich zum Internat zurückkam, hatte sie angerufen und die Leute dort damit beruhigt, daß ich unterwegs war und rechtzeitig zur ersten Stunde kommen würde. Ich handelte mir noch einen Stubenarrest von vierzehn Tagen ein und hatte furchtbare Kopfschmerzen, die mich seitdem verfolgen. PS. Das Trommelfell ist wieder zusammengewachsen. Mutter sagt am Telefon, es tut ihr leid, und daß ich ihr nie mehr so etwas antun darf.«

Stefan verstummte und las für sich weiter. Nina hatte die Ausbruchsgeschichte von Stefans Mutter gehört, die noch immer, jetzt im hohen Alter, von einem schlechten Gewissen gequält wurde, weil sie ihn in ihrem unbeherrschten Zorn zurück zur Schule geschickt hatte. Elin saß da, die Hände auf dem Bauch gefaltet, und sah in das Grillfeuer, dessen kräftige Wärme an alte Zeiten vor dem Kachelofen, an Winterwärme mitten im Sommer erinnerte. Stefans leises, glucksendes Lachen riß sie aus ihren Gedanken. Er sah von einer zur anderen, einen fast munteren Schimmer in den Augen.

– Hört mal das hier, dann werde ich euch nicht mehr quälen: »Ich habe ein Schauspiel geschrieben, das habe ich ›Schwein Mathis und die gestohlenen Brötchen‹ genannt. Hinten auf einer Haferflockenpackung waren vier Figuren: Schwein Mathis, Vater, Mutter und Vetter. ›Erfinde selbst die Geschichte‹, stand da mit Ausrufezeichen! Ich fühlte mich verpflichtet, der Aufforderung zu folgen. Ich konnte die armen Puppentheaterfiguren nicht ohne Geschichte frei in der Luft schweben lassen. Sie riefen mir mit kleinen, dünnen Stimmen, die nur ich hören konnte, zu: ›Gib uns Leben, mach uns lebendig.‹ Ich schnitt sie aus und stellte sie auf den Tisch im Spielsaal.

Das Schwerste an der Aufgabe war, daß Schwein Mathis eine Schale mit runden Kugeln trug. Ich entschied, daß es Brötchen waren, die seine Mutter gebacken hatte. Aber was sollte ich anfangen mit diesen Brötchen, die er die ganze Vorstellung hindurch herumschleppen mußte? Es paßte mir nicht, an irgendwelche langweiligen Brötchen gebunden zu sein, die mich ebenso behinderten wie Schwein Mathis.

Die vier Personen eroberten mich. Sie wohnten in mir. Ich war ihr Haus. Wenn ich sie im Stich ließ, ließ ich mich selbst im Stich. Ich verlor die Lust, morgens Haferflocken zu essen, und ging hungrig in die Klasse hinunter. Ich trug die kleine Familie überall mit mir. Ihre Stimmen verfolgten mich. Bald verzweifelt und lautstark. Bald flüsternd und flehend. Nachts träumte ich von Brötchen. Am Tag dachte ich nur an Brötchen und konnte mich auf den Lehrstoff nicht konzentrieren. Die Lehrer gaben es auf, mich in den Stunden abzuhören, und setzten mich in die hinterste Bank, enttäuscht vom Versagen ihres Musterschülers.

Plötzlich, mitten in der Religionsstunde, sagte Mutter: ›Wer hat meine Brötchen gestohlen?‹ Der tugendhafte Vetter antwortete: ›Ich habe gesehen, wie Schwein Mathis damit auf den Hof gelaufen ist.‹ ›Das wird er noch bereuen‹, rief Vater und nahm seine Schrotflinte von der Garderobe in der Diele. Die Jagd auf Schwein Mathis fing an. Er wurde schnell gefangen und gestand.

Mildernder Umstand war, daß er keines der Brötchen gegessen hatte. Mutter zählte sie nach. Alle 21 waren da. Das Familiengericht trat zusammen. Die Strafe war hart. Die gestohlenen Brötchen sollten in alle Ewigkeit an ihm kleben.

Zuletzt stand Schwein Mathis allein auf der Bühne, gekettet an sein Verbrechen. Er gelobt Buße und Besserung. ›Mutter, ich werde es nie wieder tun. Ich werde ein guter Junge sein.‹ Aber hier hilft kein Weh und Ach. Er wird die Brötchen nicht los. Er steht einfach da und weint. Ich konnte ihm nicht helfen. Ich hatte nur die Aufgabe gelöst, die die Haferflockenpackung mir gestellt hatte.

Nach ›Schwein Mathis‹ war ich nicht mehr ich selbst. Ich war er. Ich entschloß mich, ihn und mich aus dem traurigen Ende zu retten. Er sollte singen lernen. Jeden Nachmittag ging ich in den Wald und übte. Eine Lichtung im Wald war meine Theaterbühne. Ich sang meine Klagelieder den Buchen vor. Die großen, schweigenden Riesen breiteten ihre Arme aus. Ich sang im Chor mit den Baumkronen zur Begleitung des Windes.

Vor jedem Sängerwettstreit mit den Bäumen sprach ich Schwein Mathis' letzte Replik und weinte seine mutigen Tränen, die der Wind von meinen Wangen trocknete. Nach dem Gesang verbeugte ich mich vor den Bäumen, und sie verneigten sich allergnädigst. Jetzt bin ich fertig mit ihm. Er muß allein zurechtkommen.« Stefan klappte das Tagebuchheft zu.

– Ich hätte wahrhaftig Dramatiker werden können. Vielleicht wäre ein stilles, friedliches Leben zu Hause wie deines, Schatz, viel besser gewesen. Du hast immer gelebt wie der liebe Gott in Frankreich, während wir anderen draußen in der harten Welt die Ohrfeigen eingesteckt haben.

– Wie alt warst du, als du das geschrieben hast? fragte Nina. Sie liebte den Jungen in den Tagebüchern und wünschte, er wäre ihrer.

– Ja, ich muß wohl ungefähr zwölf gewesen sein. Ich wirke ja etwas kindlich. Aber das tue ich immer noch.

– Sein Wortschatz ist aber sehr erwachsen.

– Ich hatte damals schon die ganze *Ilias* und *Odyssee* gelesen.

– Hast du es je vor Publikum aufgeführt?

– Ja, vor Mutter. Sie hat sich amüsiert.

– Wollt ihr nicht bald anfangen, oder habt ihr es euch anders überlegt? schob Elin ein und distanzierte sich mit ihrem »Wollt ihr...« und »habt ihr...« von ihnen.

– Ja, stimmt, Pusselchen. Jetzt können wir es nicht länger aufschieben. Stefan sah sie liebevoll an und reichte ihr die Hefte. Er hatte nicht die Kraft, das Todesurteil über den Jungen, der er selbst gewesen war und der jetzt für immer in den Flammen verschwinden sollte, zu vollstrecken.

Elin stand seitlich zum Grill. Die runde Halbinsel ihres Bauches zeichnete im Abenddunkel eine weiche Silhouette. Sehr gegen ihren Willen legte sie die ersten Bände vom Leben des Vaters auf den Grill. Anstatt in Flammen aufzugehen, wirkten die Hefte wie ein Feuerlöscher. Der steife Einband schien das Feuer zu scheuen. Elin bückte sich, nahm die Hefte wieder heraus und öffnete sie, damit die Flammen die dünnen, dichtbeschriebenen Tagebuchseiten des Internatszöglings erreichen konnten.

Nina verfolgte Elins Bewegungen und konnte den Blick nicht von ihr wenden. Hätte sie doch nur versucht, Stefan von der Idee, seine Tagebücher zu verbrennen, abzubringen oder ihn wenigstens dazu gebracht, es aufzuschieben, so daß er Zeit gehabt hätte, es sich zu überlegen. Diesen Vorwurf machte sie sich jetzt, da es zu spät war und die Bücher schon ins Feuer geworfen waren. Warum diese Eile? Hatte Stefan schon einen fertigen Zeitplan für seinen Tod? Sie wagte den Gedanken nicht zu Ende zu denken.

– Bücher sind sehr schwer zu verbrennen, und sie brennen verdammt langsam, konstatierte Stefan mit einer gewissen Zufriedenheit in der Stimme.

– Dann ist es ja gut, daß wir eine ganze Woche dafür haben, Vater, sagte Elin und verschob die Hefte mit dem Feuerhaken. Dicker schwarzer Rauch stieg vom Grill auf. Sie hustete, und ihre empfindlichen Augen tränten. Das Kind trat heftig. Sie mußte sich setzen und den Grill ihrer Mutter überlassen. Nina legte ein paar dünne Hölzchen unter die Hefte, und das Feuer loderte auf und begann sie von innen zu verzehren. Die Seiten schrumpften zusammen und verkohlten.

Am ersten Abend verbrannten sie nicht mehr als fünf Hefte. Sie hatten entdeckt, daß Bücherverbrennen ein Metier für Experten ist. Aber beim nächsten Mal würde es viel leichter gehen. Jetzt, da die schlimmsten Anfängerschwierigkeiten überstanden waren. Nina blieb sitzen und behielt die letzte Glut im Auge, nachdem Stefan und Elin zu Bett gegangen waren. Sie wollte lieber unter freiem Himmel wachen, als ruhelos um sich selbst rotierend auf einem zusammengeknüllten Laken liegen. Gegen Morgen schlich sie hinein und legte sich neben Elin, bis es Zeit zum Aufstehen war. Sie wollte ihre Schlaflosigkeit nicht ausstellen.

Die Tage vergingen einer wie der andere. Dieselbe scharfe Sonne herrschte. Dieselbe heiße Luft, die sich über ihre schweißigen Körper legte. Dieselben stillen Bäume, die über sie wachten. Ninas und Elins Tage waren erfüllt von den drei Hauptmahlzeiten. Zuerst zum Einkaufen drei Kilometer mit dem Fahrrad und wieder zurück mit den Fahrradkörben voller Delikatessen. Dann die Zubereitung in der Küche und schließlich die Einnahme der Leckereien und das nachfolgende Aufräumen. Stefan saß, nur von einer Ruhe nach dem Mittagessen unterbrochen, den ganzen Tag unter einem der Bäume im Garten und las Proust, »Auf der Suche nach der verlorenen Zeit«. Sie sahen ihn im flimmernden Schattenlicht der Bäume sitzen, sich zur Musik aus seinem Walkman sachte im Schaukelstuhl wiegend.

Die Abende nach dem Essen auf der Terrasse waren der Höhepunkt des Tages, jedesmal mit der gleichen Prozedur. Stefan las ihnen Kostproben aus den Tagebüchern vor, was die Verbrennung so lange aufschob, daß sie erst am späten Abend damit anfingen, wenn sie alle drei nach dem langen, heißen Tag müde waren. Nina fragte sich besorgt, ob Elin mit ihrer fortgeschrittenen Schwangerschaft dieses nächtliche Treiben verkraften konnte, und ermunterte sie, sich am Tag auszuruhen und sich zu Stefan in den Schatten zu setzen. Aber Elin konnte sich aufs Lesen nicht konzentrieren. Sie war zu rastlos, um längere Zeit stillsitzen zu können. Sie wartete nur darauf, daß die Woche verging, damit sie wieder nach Hause zu ihrem Sohn konnte. Das einzige, was sie aufrechterhielt, war die Zusammengehörigkeit mit dem ungeborenen Kind.

Sie waren inzwischen bei Stefans vielen Reisen nach New York Anfang der Achtziger. Er verlor sich in Urlaubserinnerungen und schien die Tagebücher nicht loslassen und ihrem Schicksal auf dem Grillfeuer überantworten zu können. Er las zerstreut und langsam, übersprang Passagen und zensierte fortlaufend den Text. Er murmelte vor sich hin und vergaß ihre Anwesenheit.

– »New York ist meine Stadt. Ich fühle mich hier drüben zu Hause und frei. Gestern habe ich den Tag damit verbracht, auf einen Mann zu warten, der gegen die Kakerlaken vorgehen sollte, von denen es wimmelt. Wir mußten beinah die ganze Wohnung auseinandernehmen, damit er in alle Ecken und Ritzen kommen konnte. Puh, das war dringend nötig, aber ich habe einen dicken Kopf von dem Gift, das mit einem üblen Gestank in der Luft hängt …«

»Vorgestern war ich beim Friseur. Sie sagte, ich solle es mit einer leichten Dauerwelle probieren, und siehe da, zum ersten Mal in meinem langen Leben machte mir jemand meine echten Locken schöner und voller. Es fühlt sich gut an und sieht gut aus, denn es ist niemandem aufgefallen. Es sieht also ganz ›natürlich‹ aus. Jetzt stürze ich mich ins Nachtleben und treffe vielleicht den kleinen cute Negerjungen ...«

»Was ist Liebe? Es ist ziemlich irritierend, daß man in seinem 43. Lebensjahr nicht die Spur von dieser Scheiße ahnt ...«

– Aber eine Art Leben ist doch dabei herausgekommen. Meistens Arbeitsleben. Seitauf, seitab – aber das will ich euch ersparen, fügte er hinzu, als ihm plötzlich einfiel, daß er Zuhörer hatte.

– Ihr langweilt euch doch nicht?

– Nein, beeilte sich Nina für sie beide zu antworten.

Elin wurde mit jedem Tag, der verging, stiller. Nina spürte, daß sie ihr Pflichtgefühl ihnen gegenüber auf eine harte Probe stellten und die Grenzen dessen überschritten, was man einem Kind zumuten kann. Sie eine ganze Woche in einem Stilleben am Grill einzusperren. Und ein einziger Schnappschuß von Stefan im Schaukelstuhl. Sie machte sich an seinem Autodafé mitschuldig. Indem sie sich ohne weitere Diskussion und ohne den geringsten Widerstand beteiligte, wurde sie seine Alliierte.

In ihren wachen Nächten auf der Terrasse las sie heimlich in den Tagebüchern. Sie blätterte planlos, auf gut Glück. Die Bücher brannten in ihren Händen wie Diebesgut. Aber ihre unerlöste Liebe zu Stefan trieb sie weiter. Sie aß von der verbotenen Frucht. Sie aß und ging schwer und übersättigt zu Bett wie nach einer Orgie masochistischer Selbstquälerei. Sie wurde in den gründlichen Journalen seines Erwachsenenlebens selten erwähnt, und wenn, dann nur mit einem nüchternen N. Wie eine Leidenschaft für einen anderen Menschen, die so wenig Nahrung fand, so anhaltend sein und 28 Jahre dauern konnte, war ihr ein Rätsel. Und das Rätsel war sie selbst. Die Hoffnung, jemals des Rätsels Lösung zu finden, schwand während der Lektüre mehr und mehr.

– »Mutter ist krank. Sie muß sich endlich daran gewöhnen, daß sie langsam alt wird, aber das ist ihr absolut nicht recht. Sie hat ein merkwürdig kindliches Verhältnis zu Krankheit und Tod. Und sie haßt Ärzte. Dumm! Als wir Kinder waren, sagte sie jeden Abend nach dem Essen: ›Nach dieser Mahlzeit sind wir dem Tod näher.‹ Sie hat im Krieg zu viel erlebt. Zuerst Vater an der Ostfront und dann ihre große Liebe anderswo. Aber ich bin sie gestern besuchen gegangen. Rufe sie ziemlich oft an. Ihre Krankheit geht mir näher, als ich erwartet hatte. Sie ist trotz allem meine Mutter.«

»Es ging mir auch schlecht, was das Schlafen betrifft, und auch das ist wie voriges Mal, und da muß ich einfach durch. Letzten Samstag oder, genauer gesagt, schon vor einiger Zeit hatte ich es in meiner Phantasie mit Männern eigenartig schwer. Den ganzen unmöglichen ›Apparat‹ um Homosexualität habe ich plötzlich so furchtbar satt und vermisse wirklich das Weibliche, also Frauen. Menschlich, sozial und sexuell.«

»Die Vorstellung, die Bekanntschaft mit Ulf wiederaufzufrischen, langweilte mich plötzlich, weil sie so typisch und uninspirierend war. Besonders weil das Sexuelle und das Menschliche nicht zu trennen sind. Aber er rief natürlich an und lud mich zum Essen ein. Ich war an Sex nicht interessiert und ging unter einem Vorwand nach Hause. Auf der Seite des Knochens ist für mich kein Fleisch mehr. Es ist klar, daß schöne Männer mich anziehen, aber ich habe das Ganze satt, wenn ich daran denke, daß Freundschaften via Sex einfach unmöglich sind. Freundschaft mit Schwulen ist tatsächlich besser ohne Sex, denn ich bin ja trotz allem nicht einer von ihnen, sondern respektiere sie und wünsche mir ihre Freundschaft. Aber wenn es zum Sex kommt, ist es gewissermaßen so, als ob ich gefühlsmäßig irgend etwas erwarte, und das kommt einfach nicht. Deshalb diese Frustration, die seit einiger Zeit da ist. Hinzu kommt, daß ich ihr ›Schicksal‹ als fremd und falsch empfinde. Ich habe nicht das Gefühl, daß ich all die Qualen erleiden muß, die sie erleiden. Es ist mir unmöglich, in ein so schiefes Leben zu investieren. Also darf es nur ein bißchen sporadisch sein, aber ich bin froh, daß ich diesen Schritt weitergekommen bin.«

»Habe heute viel geschlafen. Ging mir dreckig. Übermüdet und merkwürdig blue innerlich. Fühlte mich allein, häßlich und gestresst. Man wird so egozentrisch und pseudo-romantisch, wenn man allein ist. Solche Tage gibt es einfach. Träume von physischer Liebe. Wo, verdammt noch mal, steckt die?«

»Netter Besuch von Elin am Wochenende. Ich erzähle ihr immer mehr von meinem sexuellen Leben. Wir sprechen eine gemeinsame Sprache, die das unproblematisch und produktiv für uns beide macht. Darüber bin ich wirklich verdammt froh. Eigentliche Geheimnisse habe ich, so gesehen, in der Beziehung zu ihr wenige.«

Es wurde immer schwerer, die Tagebücher zum Brennen zu bringen, je näher sie den letzten Jahren kamen, in denen Stefan zu Journalen im DIN-A-4-Format mit festen Deckeln übergegangen war. Aber er beharrte darauf, daß die Verbrennung fortgesetzt wurde. Der Heizerjob war Nina übertragen. Sie mühte sich ab, das Feuer im Grill aufrechtzuerhalten, und ihre Arme wurden schwarz von dem Kampf mit den unmöglichen Journalen, die verkohlten, aber nicht verschwinden wollten. Stefan und Elin saßen unterdessen da und plauderten gemütlich. Er hatte das Interesse verloren, aus den Tagebüchern vorzulesen. Sie sollten einfach nur ins Nichts befördert werden, damit die Last der Vergangenheit von seinen Schultern genommen würde wie ein alter und viel zu schwerer Mantel.

– Du siehst aus wie ein Kohlenträger, Schatz. Aber ich bin dir ewig dankbar dafür, daß du das tun magst. Wir waren uns ja immer die Nächsten. Stefan sah immer noch aus wie ein gerupftes Huhn. Es war eine unmögliche Vorstellung, daß er im August wieder arbeiten könnte.

Am letzten Tag radelten Nina und Elin zum Strand, der ein paar Kilometer entfernt lag. Sie fuhren am späten Nachmittag, als die schlimmste Hitze abgeklungen war, los. Sie hatten das Bedürfnis, vom Haus und den kulinarischen Strapazen, die bislang keine sichtbare Wirkung auf Stefan gehabt hatten, wegzukommen. Elin litt unter der Wärme und hatte kleine, feine Schweißperlen auf der Oberlippe. Sie trug ein weißes Sommerkleid aus dünnem, beinah durchsichtigem Mull, das an ihrem feuchten Körper klebte und über dem Bauch spannte. Sie wirkte fern und unnahbar, und Nina zerbrach sich den Kopf, was sie zu ihr sagen sollte.

Das Schweigen war ihr gemeinsames Element, ein Ozean, der zwei Kontinente trennte, so unterschiedlich, was Klima, Vegetation und Geographie anging. Zwei Erdteile, die früher einmal miteinander verbunden gewesen waren, denselben Himmel, denselben Mond und dieselben Sternbilder gehabt hatten, waren voneinander getrennt worden. Eine Naturkatastrophe oder vielleicht nur Jahrmillionen geologischer Entwicklung hatten die alte und die neue Welt auseinandergerissen und den Wassermassen des Ozeans Platz gemacht.

In dem Versuch, einander wiederzufinden, verließen sie den eigenen Kontinent und tauchten hinab zu den mit Schnecken und Herzmuscheln geschmückten Korallenschlössern des Meeresgrundes, von Seepferdchen bewacht.

Die synchronisierten Schwimmzüge ihrer Körper breiteten sich durch den Ozean aus und wurden zum gedämpften Klagelied ihrer Trennung, zu Lachen und Rufen aus der kurzen, glücklichen Zeit, als die beiden Kontinente eine symbiotische Einheit waren und das Weltbild ganz und ungeteilt.

Das schwache Echo der Erinnerung erreichte sie durch die rollenden Wellen und das unerbittliche Tosen der Brandung an die zerrissene Felsenküste des neuen Kontinents und wurde an die ruhigen Sandstrände der alten Welt zurückgeworfen. Der Ozean existierte nicht auf der Weltkarte, war aber im Atlas ihrer Körper, in jeder Zelle und in jedem Blutkörperchen abgebildet und hineinkopiert in das Spiegelkabinett, das man Seele nennt.

Der alte griechische Mythos von den Liebenden, die einst vor Beginn der Welt ein Leib gewesen seien, der am Schöpfungstag in zwei Hälften, nämlich Mann und Frau, zerteilt worden sei, für ewig verurteilt zur Sehnsucht nach dem paradiesischen Verschmelzen – diese zur Sehnsucht verurteilten Liebenden sind in Ninas Geschichte eine Mutter und eine Tochter.

Sie stellten die Fahrräder am Parkplatz ab und gingen den Strandweg hinunter. Nina spürte, wie Elins graziöse Bewegungen die Luft in Schwingungen versetzten, die ihre Wangen und Schultern liebkosten. Das Luftmeer umschloß die beiden wie eine allgegenwärtige Seidendecke, geschaffen zur Linderung des Liebesschmerzes. Ein leichter, sanfter Sommerwind band Schleifen in ihr Haar.

Der Strand war überfüllt. Sie fanden eine Mulde in den Dünen, wo sie für sich sein konnten. Elin schmierte sich mit fetter Creme den Bauch ein und legte sich mit geschlossenen Augen auf den Rücken. Nina ließ sie in Ruhe und ging hinunter zum Baden. Sie schwamm geradewegs vom Strand weg. Sie wollte sich vom Geruch der verkohlten Tagebücher, der in ihrer Haut und ihren Haaren hing, reinigen. Sie hatte Lust, quer über den Sund zu schwimmen und sich auf die fremden Klippen zu legen, weit weg von den Abenden am Grill mit den Tagebuchstapeln auf dem Tisch und der Asche, die übrigblieb, wenn die Operation endlich gelungen war. Sie war selbst das Feuer, das nicht brennen wollte. Die Flammen, die demütig an den Buchseiten leckten und mit einem resignierten Seufzer erstarben.

Sie sah sich die Bücher auf den Grill legen, eines nach dem anderen. Mit jedem Buch kam sie dem Tod einen Schritt näher. Sie verbrannte ihren Geliebten, Stück für Stück. Mit verbissener Beharrlichkeit opferte sie ihn Abend für Abend auf dem Scheiterhaufen. Er hatte sie selbst darum gebeten. Aber warum weigerte sie sich nicht, die Henkersarbeit für ihn zu verrichten? Wollte sie auf diese Weise das Gefühl von Nähe bestätigen, das die unendliche Entfernung zwischen ihnen hervorrief?

Nina lief unter dem hohen, unsichtbaren Himmel lange am Strand entlang, vorbei an am Wasser spielenden Kindern und an Familien, die dabei waren, Sonnenschirme und Badetiere zusammenzupacken, um nach Hause zu gehen. Als sie zur Mulde zurückkam, war Elin aufgewacht. Sie räkelte sich frisch und ausgeruht und sagte, sie habe so schön geträumt.

– Besser, wir fahren jetzt nach Hause und füttern den Alten ab, fuhr sie mit nachsichtiger Leichtigkeit fort. Sie stand auf und schüttelte sich den Sand aus den Haaren. Wie sie so dastand, mit ihren langen, schmalen Füßen solide in den Sand gepflanzt, war sie für Nina ein Bild der Mutter Erde. Sie nahm den Fahrradkorb mit den Badesachen. Aber Elin bestand darauf, daß sie ihn trug.

– Laß mich das machen. Du hast ja die ganze Last mit Vater, sagte sie mit der Sanftheit eines Engels und fing an, den Hang hinaufzugehen. Nina folgte ihr auf den Fersen.

– Du hast genug damit zu tun, dich um das Kind zu kümmern, sagte sie zur Verteidigung der ungewöhnlichen Arbeitsverteilung.

Zu Hause im Garten wartete Stefan ungeduldig auf sie. Er hatte sich gelangweilt, obwohl sie im Laufe des Tages, wenn er in Proust vertieft dasaß, nicht viele Worte miteinander wechselten. Aber ausnahmsweise hatte er das Buch weggelegt und saß da und hielt mit seinem kurzsichtigen Maulwurfsblick Ausschau nach ihnen. Er hatte Angst, ihnen sei etwas passiert, sie seien unvorsichtig geradelt und von einem Auto überfahren worden, oder Elin sei umgefallen und habe ihr Kind verloren. Und sobald er sie draußen auf dem Weg sah, rief er ihnen zu, sie sollten zu ihm kommen und vom Strand erzählen. Und da nichts zu erzählen war, außer daß Elin geschlafen hatte und Nina Richtung Schweden geschwommen war, steckte er die Nase wieder irritiert in sein Buch. Sie sahen ihm seine schlechte Laune nach, die er meistens hinter einer schlagfertigen, mutwilligen Attitüde verbarg, die an seine Mutter erinnerte.

Hatte er sie wirklich vermißt in den kurzen zwei Stunden, die sie weggewesen waren? Darüber sprachen Nina und Elin in der Küche, während sie das Abendessen vorbereiteten. Hatte die Krankheit ihn milder gemacht und näher zu ihnen geführt? Sie waren voller Fragen, hatten aber keine Antworten. Denn er war immer so weit entfernt von ihnen und mit seinem eigenen problematischen Leben, seiner Karriere und seinem Erfolg, der spät zu ihm gekommen war, beschäftigt gewesen. Zu Elins großem Verdruß konnte nicht einmal das Enkelkind sein Interesse wecken. Er hatte ihn gern, in kleinen Dosen und nicht zu lange. Er sei gefühlsmäßig zu belastend. Er stehe etwas anderem im Wege, etwas, das größer sei als das Leben.

Nina hatte während der Essensvorbereitung schon eine Flasche Wein geleert. Der Alkohol nahm der Nervenanspannung, die sie in Elins Nähe spürte, die Spitze. Sie hatte an diesem letzten Abend das seltene Gefühl, mit ihr in Kontakt zu sein. Sie fand plötzlich, die Zeit im Sommerhaus sei viel zu schnell vergangen, und nahm schon Abschied und vermißte sie im voraus. Elin schielte besorgt zu ihr hinüber. In ihrer Kindheit hatte sie ihre Mutter viel zu oft betrunken und krank gesehen.

– Mutter, trink jetzt nicht mehr, sagte Elin, als Nina noch eine Flasche entkorken wollte.

Es waren nur noch wenige Tagebücher übrig. Nina machte Feuer, während Elin den Tisch deckte. Sie wollte es vor dem Dessert hinter sich bringen, damit sie den Abend mit ihren beiden Lieben genießen konnte. Das Feuer ließ sich gut an. Sie war ungeduldig und legte alle Bücher auf einmal auf den Grill, was das Feuer augenblicklich erstickte. Und sie mußte von vorn anfangen. Elin übernahm das Servieren und bediente die Eltern. Ihre gute Laune wirkte ansteckend, und selbst die Bücherverbrennung schien leicht und unbeschwert. Nina ging zwischen Tisch und Grill hin und her. Nur Stefan blieb an seinem Platz sitzen. Er war nachdenklich und wortkarg und schien die Aktivitäten um ihn zu genießen. Er aß mehr als gewöhnlich und nahm zwei Lammkoteletts. Elin lobte ihn für seinen Appetit und sagte, er solle dafür sorgen, genauso gut zu essen, wenn er nach Hause komme. Er versprach ihr, auf seine Gesundheit zu achten.

– Es ist nur so verdammt langweilig, sich auf dem Gebiet um sich selbst zu kümmern, aber ich tue es für euch, sagte er.

Dieser allzu kurze Abend war für Nina ein Teil der Ewigkeit. Sie träumte davon, sie könnten alle drei zusammen eine Reise machen, wenn Stefan sich erholt hätte. Mitten in ihren Träumereien fuhr ein Auto in die Einfahrt. Es waren zwei junge Schauspieler, die Stefan gleichzeitig mit seinem Antritt als Theaterchef ans Theater engagiert hatte.

Sie blieben am Auto stehen, unsicher, ob sie näher treten durften. Stefans Gesicht wurde finster vor Ärger. Es war ihm absolut nicht recht, daß ihn jemand in der schlechten Verfassung, in der er war, sah. Gesellschaft wollte er nur, wenn er in Topform war.

Aber es war nun einmal passiert, und er konnte sich nicht drücken. Sein Gesicht veränderte sich in der Sekunde, die er brauchte, um einmal tief Luft zu holen, und er stellte den Strom an, winkte ihnen ausgelassen zu, und forderte sie auf, mitzuessen. Sie wollten gerade mit dem Dessert anfangen, und der Scheiterhaufen flammte mit den letzten Tagebüchern im Rachen auf. Endlich hatte es geklappt. Jetzt konnten sie erleichtert aufatmen. Gott sei Dank waren die beiden jungen Leute nicht früher gekommen, so daß sie sich keine Ausreden wegen der Tagebücher einfallen lassen mußten. Das, was in den Flammen lag, ließ sich nicht mehr identifizieren.

– Hier riecht's nach Krematorium. Bodil ließ sich am Tisch nieder und strahlte eine magische Energie aus. Sie sah sehnsüchtig Elins Bauch an und fragte, ob sie ihn berühren dürfe. Elin ließ es widerwillig geschehen.

– Wir verbrennen gerade Gartenabfall, sagte Stefan, wir fahren morgen nach Hause.

– Wir haben gehört, du warst im Krankenhaus, und da mußten wir ja sehen, wie es dir geht, sagte Frans und sah Stefan liebevoll an. Sie waren treue Freunde. Nina kannte sie nur durch Stefan, hatte aber große Sympathie für sie. Elin fand sie affektiert.

– Ich hatte eine üble Lungenentzündung. Das ist alles, sagte Stefan.

– Du siehst nicht gut aus, sagte Bodil bekümmert.

– Es geht mir schon viel besser.

– Ich finde, du siehst nicht aus wie jemand, der Lungenentzündung hatte, sagte Frans. Er trug bequeme Freizeitkleidung und Laufschuhe. Er hatte einen Bürstenhaarschnitt und lange, dunkle Wimpern. Er war ein untersetzter, charmanter Machotyp.

– Aber hier habt ihr es ja nett. Bodil sah sich forschend um. Ihre Intuition sagte ihr, daß etwas nicht stimmte. Daß nicht alles so war, wie es zu sein schien. Elin brachte Apfelkuchen, dekoriert mit dunklen Schokoladestücken.

– Herrlich, herrlich. Frans half ihr, die Teller auf den Tisch zu stellen. Nina stocherte in der letzten Asche. Ohne die Tagebücher herrschte eine beinah sichtbare Leere.

– Komm, setz dich her, überlaß den Grill sich selbst, sagte Stefan.

– Originell, den Grill als Außenkamin zu benutzen. Bodil machte Nina Platz. Die saß wie auf Kohlen vor Angst, sich zu verplappern und etwas über Stefans Krankheit zu verraten. Elin beschäftigte sich damit, Kaffee zu machen und zwischen Küche und Terrasse hin- und herzulaufen. Sie schien unbeeinflußt von der peinlichen Situation, an der die beiden jungen Leute in ihrer Ergebenheit für Stefan völlig schuldlos waren. Sie machten sich aufrichtig Sorgen um seinen Gesundheitszustand und wirkten beklommen, weil sie eingebrochen waren in die Dreieinigkeit, deren Stimmungslage sie nicht deuten konnten.

– Wir wollten nur Guten Tag sagen und hören, wie es dir geht. Wir hatten nicht vor, uns so bewirten zu lassen. Bodil suchte nach einer Erklärung für die gedrückte Stimmung. Sie bekam sie in Gestalt von Stefans Totenkopf und glasigem Blick, verschloß aber davor die Augen. Frans versuchte, die Stimmung mit einer Klatschgeschichte aus der Theaterwelt zu heben.

– Habt ihr gehört, daß Sara, die bei dir die Amme im »Romeo« war, den Direktor vom Thalia Teatret heiraten wird? Was sieht sie in dem Idioten? Es geht ihr doch nur um Hauptrollen.

– Sie hätte lieber bei ihren lesbischen Beziehungen bleiben sollen, ergänzte Bodil.

– Sie ist ja nun nicht die erste Frau, die einen Idioten geheiratet hat. Stefan konnte es nicht lassen, eine alte Flamme zu verteidigen.

– Und er kann auch Qualitäten haben, die nur die Liebe entwickeln kann, setzte er sein Plädoyer fort. Er konnte üble Nachrede und Klatsch nicht ausstehen. Vielleicht weil er wußte, daß er selbst ein leichtes Opfer war.

– Ich schätze Sara sehr, als Künstlerin wie als Frau, damit ihr Bescheid wißt.

– Na, na, Papa, es war nicht böse gemeint, sagte Frans besänftigend.

Das Gespräch stockte wieder. Das junge Paar fühlte sich sichtlich unwohl angesichts der verborgenen Tagesordnung der Dreieinigkeit, über die sie Stefans von der Krankheit gezeichnetes Äußeres nicht im Zweifel ließ. Frans stand auf, und Bodil folgte seinem Beispiel. Sie war eine große, blonde Femme fatale in engen Hosen und kleinem, kurzem T-Shirt.

– Ihr seht müde aus, ihr drei. Ferien sind ja auch Schwerstarbeit. Ich hoffe, wir haben nicht zu sehr gestört. Wir wollten uns, wie gesagt, nur vergewissern, daß du noch lebst.

– Wollt ihr nicht noch einen kleinen Rausschmeißer, bevor ihr fahrt, sagte Stefan matt und wenig überzeugend.

– Nein, danke, du siehst aus, als könntest du eher einen kleinen Absacker gebrauchen. Bodil bückte sich und küßte ihn auf die Stirn.

– Sieh zu, daß du gesund wirst. Uns allen zuliebe.

– Ja, wir können dich nicht entbehren. Du bist die Hoffnung des Theaters. Frans umarmte ihn lange und klopfte ihm auf den Rücken, als wollte er etwas von seiner Energie auf Stefan übertragen. Dieser raffte sich auf und begleitete sie zum Auto, und sie umarmten ihn noch einmal, als würden sie ihn nie wiedersehen.

Als er mit flatterndem Kimono zur Terrasse zurückkam, sagte Elin:

– Sie haben es nicht geglaubt.

– Was? Stefan blinzelte überrascht.

– Daß es eine banale Lungenentzündung war.

– Selbstverständlich haben sie es geglaubt. Hatten sie Grund zu etwas anderem? sagte Stefan selbstsicher.

– Es war peinlich, fuhr Elin fort, ist dir das nicht klar?

– So ein Quatsch. Stefan war irritiert darüber, aus dem Glauben an seine eigene Undurchschaubarkeit herausgerissen zu werden.

– Wenn sie einen Verdacht haben, würden sie es dir nie sagen, sagte Nina, dazu haben sie dich zu gern.

– Was für einen Verdacht? fragte Stefan immer erregter. Nina und Elin sahen einander an.

– Daß du ...

– Leukämie hast, half ihr Elin.

– Sie werden sehr traurig sein, wenn sie die Wahrheit erfahren.

– Die Wahrheit, sagte Nina böse, du meinst die Lüge.

– Sei doch nicht so engstirnig. Ist es nicht gleichgültig, wie wir es nennen?

– Wenn es gleichgültig ist, warum sagen wir dann nicht einfach, wie es ist.

– Ich kann dich nicht ausstehen, wenn du den Wahrheitsapostel spielst.

– Du wirst uns ein Lehrbuch über Leukämie schenken müssen, wenn wir glaubwürdig wirken sollen, falls uns jemand fragt, was dir fehlt.

– Ich habe doch gesagt, kommt einfach zu mir. Ich weiß alles darüber. Mein junger Lieblingsarzt hat mir eine bahnbrechende Abhandlung über Leukämie fotokopiert.

– Warum mischt der sich da ein?

– Die Ärzte da draußen sind glücklicherweise auf der Seite der Patienten.

– Sie unterstützen dich also darin, daß du es Leukämie nennst.

– Sie kennen ja die Vorurteile der Leute uns gegenüber.

– Sie liegen auf dem Bauch vor den Schwulen.

– Ich bin nicht schwul. Stefan war weiß vor Wut.

– Es macht mich krank, daß die Lügen immer weitergehen. Ich kann den Leuten nicht in die Augen sehen.

– Hör jetzt auf, Mutter, sagte Elin.

– Niemand zwingt dich, Schatz. Du kannst einfach aussteigen.

– Etwas spät, dieser Hinweis.

– Ich bin ehrlich gesagt zu müde, um auf diesem Niveau zu diskutieren.

– Und ich habe keine Lust, euch beim Streiten zuzuhören. Elin stand auf und verließ den Tisch. Nina lief ihr nach, um sich zu entschuldigen und es wiedergutzumachen. Aber Elin ging direkt ins Bett und ließ Nina zerrissen zurück. Sie hatte noch einmal ihr Kind verloren. Warum konnte sie nicht lernen, den Mund zu halten und das Schicksal, das die beiden waren, einfach auf sich zu nehmen? Beiden gerecht zu werden. Aber das war unmöglich. Sie konnte nicht beiden gleichzeitig dienen. Sie war zu klein und hatte nicht das Format, mit den beiden Riesen fertigzuwerden. Sie ging langsam über den Rasen und hatte Lust, zu Elin hineinzugehen und mit ihr zu sprechen. Wenn es zur Qual der Wahl zwischen den beiden kam, war Stefan der Stärkere.

– Du wirst immer so verdammt aggressiv, Schatz, sagte Stefan.

– Du mußt doch verstehen, daß es schwer für uns ist.

– Elin ist auf meiner Seite.

– Es wirkt völlig unüberschaubar. Wen rufen wir an,

wenn … es passiert ist? fragte Nina in ihrem neurotischen Vorgriff auf die Ereignisse.

– Ich bin krank, also bestimme ich. Stefans Plan sollte nicht diskutiert werden. Nicht einmal mit ihr und Elin, ohne die er ihn nicht durchführen konnte. Sie sah ein, daß es nichts mehr zu sagen gab.

Sie saßen eine Viertelstunde da und sahen hinauf zu den Sternen, die er für sie identifizierte: Jakobsstab, Großer Bär, Venus, Cassiopeia. Er hatte sie früher hinauf zu den Sternen geführt, als sie jung und unschuldig waren und das Leben noch vor sich hatten. Sie lehnte sich an ihn und gestand sich ihre Niederlage ein.

Am Abreisetag packte Nina ihre Sachen zusammen und stellte die Taschen auf die Terrasse. Die leeren Koffer blieben im Schuppen stehen. Danach machte sie im ganzen Haus, in dem ein paar Freunde Urlaub machen wollten, gründlich sauber. Stefan und Elin saßen unter den Schattenbäumen im Garten und warteten darauf, daß sie fertig wurde, damit sie das Taxi rufen konnten. Es lag eine besondere Vormittagsruhe über dem schönen, kleinen Anwesen. Proust lag aufgeschlagen auf Stefans Schoß und war als einziges nicht zusammen mit dem Gepäck eingepackt. Elin neckte ihn und sagte, er könne seine Nuckeldecke nicht entbehren. Sie waren beide erleichtert, daß die Ferien vorbei waren, und freuten sich darauf, nach Hause zu kommen.

– Erzähl mir noch ein bißchen mehr, wie es dir geht, Schatz. Ich hoffe, es war nicht zu anstrengend, mit den »Alten« zusammenzusein, sagte Stefan mit plötzlicher Sanftheit. Er sah sie als sein Ebenbild und hatte, bevor sie ihre eigene Familie gründete, große Erwartungen gehabt, daß sie in seine Fußstapfen treten werde.

– Wie es mir geht? Das kann ich dir erzählen, aber es dauert lange.

– Wir haben Zeit genug. Deine Mutter wird so schnell nicht fertig. Inzwischen kannst du mich unterhalten.

– Ich will dir gern den Traum erzählen, den ich gestern nachmittag am Strand hatte. Elin verschob ihren Stuhl, so daß sie ihm gegenüber saß.

– Fang an. Ich bin ganz Ohr, Pusselchen. Stefan liebte Elin wie sich selbst.

– Am Anfang gab es nur drei Menschen. Meinen Vater und meine Mutter und mich. Wir waren etwas Besonderes. Eine Dreieinigkeit, die uns vom Rest der Welt unterschied. Alle anderen Menschen waren von anderer Art und hatten andere Sitten und Gewohnheiten, andere Normen als wir. Ich wußte nicht, worin der Unterschied bestand. Es war ein Gefühl, das ich mit der Muttermilch aufgenommen hatte, etwas Naturgegebenes, eine unerschütterliche Tatsache.

Ich fange mit meinem Vater an. Ich war sehr stolz auf ihn. Er war klug und erzählte Geschichten von Prinzen und Prinzessinnen und von Rittern und Jungfrauen. Ich ritt auf seinen Schultern. Er war das Pferd. Ich war der Mensch. Zusammen waren wir ein Kentaur. Halb Mensch. Halb Tier. Er war auch streng. Besonders mit dem Zähneputzen und der Schlafenszeit. Jeden Abend las er mir aus der griechischen Mythologie vor. Er führte mich in die großartige Welt der Antike ein. Wo Athene aus der Stirn des Zeus geboren wurde. Des Führergottes, der über kleinere Götter und Halbgötter herrschte. Er machte mich zur Göttertochter und war selbst Zeus in höchsteigener Person.

Ich fürchtete den Zorn meines Vaters. Ich wußte nie, wann er ausbrach. Es konnte passieren, wenn ich für seine empfindlichen Nerven etwas zu laut schrie oder mich weigerte, ein ausländisches Gericht zu essen, das er mit großer Sorgfalt zubereitet hatte. Das einzige Mal, daß ich eine Ohrfeige bekam, war an einem Morgen, als ich mich weigerte, in den Kindergarten zu gehen, ohne mich von meiner

Mutter zu verabschieden. Es war, als ob meine Mutter in dem Augenblick, als ich die große Hand meines Vaters an meiner kleinen Wange spürte, vor mir verschwand. Nur mein Vater und ich waren auf der ganzen Welt noch übrig. Das Bett meiner Mutter, in dem sie lag und schlief, weil sie nachts nicht schlafen konnte und deshalb morgens schlafen mußte, erstarrte zu einem Sarkophag mit einer Toten. Ich weiß nicht mehr sehr viel von meiner Mutter. Nur, daß sie lange, dunkle Haare hatte und nie fröhlich war. Sie war wie ein dunkler Tannenwald, verschlossen und unzugänglich. Ich war der kleine, helle Buchenwald. Ich hatte Angst vor dem dunklen Wald, in den sich meine Mutter zurückzog. Denn im Inneren des Tannenwaldes wurde sie zur Hexe.

Wenn das Licht nach der Gute-Nacht-Geschichte meines Vaters ausgemacht war, lag ich in meinem Bett, verschlungen vom Dunkel, und wartete darauf, daß die Hexe aus dem Wald käme und mich mit hineinnähme. Zuerst wuchsen all die dunklen Bäume aus dem Fußboden. Oder sie kamen durch die geschlossene Tür herein. Mein Vater wollte nicht, daß sie angelehnt war. Ich durfte auch mein kleines Nachtlicht nicht anmachen. Die Worte meines Vaters waren Gesetz.

Die Bäume füllten das Zimmer bis zu den Wänden. Die höchsten standen um mein Bett. Ich wußte, daß meine Mutter unter den Bäumen war. Sie hatte sich als Tanne verkleidet, um mich zum Narren zu halten. Ich war außer mir vor Erregung. Mein Körper war angespannt. Ich rief meine Mutter, bekam aber keine Antwort. Sie neckte mich, und ich war ein einfaches Opfer für ihre Neckereien, weil ich mich so nach ihr sehnte und auf sie warten würde bis zum Ende der Welt. In meiner Verzweiflung rief ich in den Wald hinein. Mein Vater saß im Wohnzimmer. Er klopfte dreimal an die Wand. Ich sollte still sein, wenn ich im Bett lag. Also flüsterte ich statt dessen. Meine Mutter verstand Schreie und Flüstern. Ich sah kurz ihr lockiges Hexenhaar, so ganz anders als ihre eigenen glatten Jungmädchenhaare. Ich hatte eine so herrlich junge und schöne Mutter. Auch mein Vater war jung. Er war der große Bruder und meine Mutter die große Schwester, die ich mir immer gewünscht hatte. Ich war die kleine Schwester in der Familie. Ich wurde von meinen großen Geschwistern verwöhnt, vom großen Bruder aber auch an straffen Zügeln gehalten. Die große Schwester war immer sanft und lieb und konnte nicht Nein sagen, wenn ich um etwas bat. Deshalb ging ich immer zu ihr, wenn ich mir etwas wünschte.

Die Hexe trat aus dem Wald. Sie war ein hoher, schlanker Stamm in einem grünen Paillettenkleid aus glänzenden Tannennadeln. Von den Ästen tropfte Harz. Ihr Haar bildete einen dicken Kranz um ihren Kopf. Sie war meine Königin-Mutter. Die Hexenkönigin. Sie erzählte mir vom Leben im Wald und fragte, ob ich mir vorstellen könne, eine kleine Tanne zu werden. Ich konnte nicht Nein sagen, obwohl ich lieber eine junge Buche sein wollte. Sie streckte die Hand aus und zog mich aus dem Bett hoch. Ich glitt in ihre Arme. Sie hielt mich so fest, daß die Tannennadeln sich in meine Haut bohrten und kleine, rote Punkte hinterließen. Ich liebte meine Mutter so sehr. Sie flüsterte mir ins Ohr, ich sei der schönste Baum des Waldes. Sie war von einem so feinen Duft umgeben.

Vor allem war die Umarmung ein Zeichen dafür, daß sie mehr meine Mutter war als eine Hexe. Die Hexe wohnte im dunklen Wald. Meine Mutter wollte mich mit in den Wald nehmen. Ich sträubte mich, denn ich wollte meine Mutter behalten. Die Hexe war keine böse Hexe, aber trotz allem eine Hexe. Sie legte mir den Arm um die Schultern, und ich gab nach. Sie sagte, ich solle keine Angst haben. Sie sei meine Freundin, und sie wolle mir nur ihr Haus im Wald zeigen.

Im Dunkel war ein schwaches, gelbes Licht, auf das wir zugingen. Die Hexe pfiff wie ein Mann, um die Fledermäuse fernzuhalten. Es war warm im Wald. Das Dunkel wurde von einer unterirdischen Sonne gewärmt. Ich hatte mich an die Hexe und ihre große Hand, die meine kleine Kinderhand umschloß, schon gewöhnt. Sie pflückte Tannenzapfen und steckte sie sich als goldenen Schmuck ins Haar. Es war so seltsam, daß wir im Dunkeln sehen konnten. Auf dem Waldboden wimmelte es von roten Fliegenpilzen, kleinen Champignons und violetten Austernseitlingen. Oben in den Bäumen saßen die Eulen und guckten uns an. Eulen waren die Lieblingsvögel der Hexe. Die Hexe und die Eule waren zwei kluge Wesen. Ich mochte am liebsten die Schwalben, die weit weg vom Wald Nester unter der Dachtraufe bauten. Trotz der Wärme flößte mir der Wald Kälteschauer ein. Die Hexe drückte mir beruhigend die Hand. Sie schritt auf ihr Waldhaus zu. Ich lief mit, so gut ich konnte, an ihrer Seite. Ich fühlte mich beklommen. Es gab keinen Himmel über den Tannen.

Das Dach des Waldhauses war aus farbigen Steinen, die ein Sternenmuster bildeten. Schon von weitem konnten wir die Steine im Dunkel schimmern sehen. Das gelbe Licht, nach dem wir uns gerichtet hatten, war eine Laterne, die über der Eingangstür hing. Das Haus war aus Lehm. Ich hatte so ein Haus noch nie gesehen. Mir ging auf, daß die Hexe nicht mehr meine Mutter war, sondern eine fremde Dame mit einem geheimen Leben. Ich zog meine Hand aus der der Hexe. Ich wollte nicht mit ins Haus. Ich wollte meine Mutter wiederhaben. Ich wollte nach Hause. Aber die Hexe öffnete mit einem Tritt die Tür und schleppte mich in etwas hinein, das aussah wie ein Trödelladen. Überall lagen alte Sachen herum. Die Wände waren mit Fotografien in versilberten Rahmen bedeckt. Auf dem Boden lagen Strohmatten in mehreren Schichten. Kronleuchter hingen in dichten Reihen von der Decke. Auf den Tischen standen stapelweise Kannen, Töpfe und Schalen. In geflochtenen Körben lagen Spitzen und bunte Bänder.

Ein schwarz lackierter Wagen mit vier Pferden stand vor dem kleinen, dunklen Fenster. Die Hexe hob mich in den Wagen. Innen war er mit Gold ausgekleidet. Ich verschwand in dem Goldstaub, der in dem Augenblick aufwirbelte, als ich auf den Sitz gesetzt wurde, der ebenfalls aus Gold war. Die Hexe stieg selbst in den Wagen. Sie stand direkt vor mir und nahm die Zügel. Ihr Kleid war aus schwarzer Spitze. Ihr Rücken war lang und schlank. Sie stand aufrecht wie eine Statue. Sie zog hart an den Zügeln und schnalzte mit der Zunge, um die Pferde in Bewegung zu setzen und den Wagen auf den vier Rädern ins Rollen zu bringen.

Wir fuhren ins Dunkel hinaus, das heller und heller wurde, so daß wir uns in der großen, lichten Landschaft, die der Hexe gehörte, umsehen konnten. Da standen kleine Häuser aus Glas. Wir konnten durch das Glas hineingukken. Darin wohnten erwachsene Zwerge und Elfen, die das Mittagessen machten, während die Kinder Karten oder mit Puppen aus Lehm spielten. Meine Mutter peitschte die Pferde, damit sie schneller liefen. Ich hatte Lust, ihren schönen Rücken zu berühren. Sie hatte die Haare jetzt offen. Sie lagen schwarz und blank auf der mattschwarzen Spitze. Ich streckte die Hand aus. Mein Herz klopfte plötzlich heftig. Im letzten Augenblick, kurz bevor meine Fingerspitzen den mittleren Punkt zwischen ihren Schulterblättern erreichten, verließ mich der Mut. Ich traute mich nicht, sie zu berühren, ohne zu wissen, wie ihr Gesicht aussah.

Ich sehnte mich danach, dieses Gesicht, das über meine Wiege gebeugt gewesen war, zu sehen. Ein leuchtendes Mondgesicht, die Augen voller Tränen. Meine traurige Mutter. Meine Mutter, die nie lächelte. Ich unternahm große Anstrengungen, um sie aufzuheitern. Ich spielte Komödie für sie. Kleine Schauspiele mit all den Kindern, die in mir steckten. Sie drängten sich hervor, während ich völlig übergeschnappt mit meiner verstellten Kinderstimme alle Rollen spielte. Sie schüttelte den Kopf und bat mich, mit dem Theater aufzuhören. Ich glaube, sie hatte vor mir genausoviel Angst wie ich vor ihr.

Wir verließen jetzt die Liliputdörfer aus Glas und fuhren in die offene Landschaft hinaus. An den Hängen waren sorgfältig Perlen und Edelsteine aufgereiht. Oben auf den flachen Berghöhen mit ewigem Schnee lagen Eisseen, in denen die Seerosen wie Sterne vor einer einsamen Sonne ohne Himmel leuchteten.

All diese Schönheit gehörte meiner Mutter. Es war ihr Land, das sie mit ihrer Hexenkraft hervorgezaubert hatte. Mit einem harten Ruck der Zügel brachte sie die Pferde zum Stehen. Wir waren am Fuß eines Berges. Sie hob mich auf die Erde, die mit echten Teppichen bedeckt war. Ich war sehr müde und hatte Lust, mich auf die weichen Teppiche zu legen und zu schlafen. Meine Mutter wollte zu Fuß weiter. Sie wurde nie müde. Hexen schlafen nicht. Sie schließen einen Augenblick die Augen, und dann ist es so, als hätten sie eine ganze Nacht geschlafen. Wir gingen an einem breiten Fluß entlang. Das Wasser des Flusses war aus schimmerndem Quecksilber. Die Fische sprangen aus dem Wasser und wurden zu kleinen Regenbogen, die sie mir zu Ehren hervorzauberte. Sie wollte mir so gern eine Freude machen. Sie fing mit den bloßen Händen einen Fisch für mich. Alles Lebendige und Tote gehorchte ihr. Bäume schossen auf den kleinsten Wink von ihr aus dem Boden. Sie schnippte mit den Fingern, und die Berge bekamen Füße und gingen auf Wanderschaft. Sie bahnte einen Weg den Fluß entlang und säumte ihn mit Blumen. Die Hexe war stumm. Sie konnte mit den Bäumen und mit den Bergen sprechen, aber nicht mit mir. Der Weg war lang und endete, wo er begonnen hatte. Wir waren im Kreis gegangen.

Ich wußte nicht, daß das Ziel unserer Wanderung mein Vater war. Daß die Hexe mich in seine Arme führen wollte. Ich wollte gar nicht zu ihm. Ich wollte bei ihr bleiben. Sie war ja meine Mutter. Am Ende der Landschaft, wo mein Vater wohnte, gab es keine Perlen und Edelsteine. Hier hörte die Zauberkraft der Hexe auf. Um seine bescheidene Wohnung, die ein Bauwagen war, lagen Asche und Schlakke. Er saß da und hörte auf einem alten, abgenutzten Grammophon Beethoven. Er war überrascht und irritiert über unseren unangemeldeten Besuch. Er ließ uns lange in der Türöffnung stehen, ohne uns hereinzubitten. Meine Mutter, die keine Hexe mehr war, schrumpfte zu einer kleinen Puppe – nicht viel größer als ich. Ich hatte Angst, sie werde mich bei meinem Vater abliefern, oder sie werde sich in sein Bett legen, das eine schmale Pritsche war, und mich allein draußen vor der Tür stehen lassen.

Von Panik ergriffen, wollte ich den Weg zurück zu den Bergen und Flüssen, zu den gewebten Teppichen und Regenbogenfischen der Hexe laufen. Ich riß mich los von ihrer Hand, die in Gegenwart meines Vaters schwach geworden war. Sie konnte mich nicht mehr festhalten. Ich ging rückwärts die beiden Holzstufen des Bauwagens hinunter. Ich machte mich ganz klein, damit sie nicht sah, daß ich sie verlassen wollte. Weg von den beiden, die, wenn sie zusammen waren, meine Feinde waren. Jeder für sich waren sie meine Freunde. Meine besten Freunde. Ich stand vor dem Bauwagen. Meine Mutter hatte nur Augen für meinen Vater und merkte nichts. Sie war schon bei ihm. Sie konnte ihre Lust, ihm übers Haar zu streichen, nicht beherrschen, obwohl er es nicht ausstehen konnte.

Ich drehte mich um und wollte in das verzauberte Land der Hexe laufen. Es war verschwunden. Die Schlacke und

Asche meines Vaters hatten es unter sich begraben. Vor mir lag eine Wüste. Ich wurde so ängstlich und mutlos, daß ich auf den Rücken fiel, die Arme und Beine ausgestreckt zu einem lebendigen Kreuz. Ich hörte die Stimmen meiner Mutter und meines Vaters. Sie waren so beschäftigt mit dem Gespräch über Beethoven, daß sie nicht merkten, daß ich weg war. Ich lag da mit offenen Augen und sah direkt in die Sonne. Sie war bleich und durchsichtig. Sie schien mit weißem Mondlicht auf die weiche Asche. Der Himmel war ein schwarzes Loch ohne Sterne. Es war Nacht und Tag zugleich. Die Stimmen drinnen im Bauwagen wurden lauter. Sie hatten angefangen, über einen Film zu streiten, den mein Vater für ein Kunstwerk hielt und den meine Mutter als faschistisch bezeichnete.

Sie stritten sich nie über mich, nur über Bücher, Filme und Musik. Ich war so pflegeleicht und still und weinte nie in der Wiege. Ich war so lieb, wie der Tag lang war. In den ersten Jahren störte ich die Nachtruhe meiner Mutter nicht ein einziges Mal. Erst später war ich nachts unmöglich. Ich hatte Alpträume. Meine Mutter mußte bei mir sitzen und meine Hand halten, bis es hell wurde. Ich durfte nicht zu ihr ins Bett kommen. Ihr Bett war heiliges Gebiet. Nur für sie selbst und ihre Träume bestimmt.

Sie erzählte mir von den Träumen. Sie handelten meistens von den warmen Ländern, wo die Vögel so groß waren wie Pferde und die Nacht so dunkel war wie ein Wald, die Sterne aussahen wie Diamantschmuck am Himmel. Dort gab es Wasserfälle und gefährliche Flüsse mit Krokodilen, die von Menschenfleisch lebten. Das Beste aber waren die Blumen. Sie waren so groß wie Kinder und sprachen mit hohen, klaren Kinderstimmen. Sie spielten Versteck und versteckten sich in der dichten Dunkelheit. Die Kleinsten hatten Angst und weinten, wenn sie nicht in ihre Blumenbeete zurückfanden. Manchmal kam es zu Schlägereien, so daß ihre Kronblätter abfielen, die sie anschließend suchen und wieder aufsetzen mußten. Das ging gelegentlich schief, und sie brachten die Kronblätter durcheinander, so daß man nicht sehen konnte, wer wer war. Eine war halb Tulpe, halb Rose, eine andere halb Margerite, halb Stiefmütterchen. Das sah idiotisch aus, auch redeten sie mit komischen, verzerrten Stimmen und wußten nicht, wer wer war. Dann weinten sie alle im Chor und waren die ganze Nacht unglücklich, und meine Mutter brauchte sehr viel Zeit, um sie wieder richtig zusammenzusetzen. Denn sie bestimmte über die Träume.

»Du liegst hier?« sagte meine Mutter, »steh auf und geh rein zu deinem Vater.« Ich wollte sie mitnehmen, aber sie wollte zu sich nach Hause. Der Wagen stand schon bereit. Die Pferde traten ungeduldig auf die Schlacke, die in der Asche versteckt lag. Sie packte wieder die Zügel und fuhr mit einem Ruck los. Der Bauwagen mit meinem Vater blieb allein zurück. Die Reise endete bei ihm.

– Was für eine Phantasie, sagte Stefan begeistert und streckte die Hand nach ihr aus.

– Der Apfel fällt nicht weit vom Stamm, fügte er hinzu. Elin lächelte.

VI Vorhang

Wir haben September. Ich bin in Malmö, habe eine Wohnung gemietet, um zusammen mit einem jungen schwedischen Regisseur, M., ein Drehbuch zu schreiben. Es ist ein sehr warmer Indian summer. Ich komme nicht weiter und schaffe es nicht, daß das Drehbuch funktioniert. Ein schwerer Schatten liegt über der Arbeit. M. hat mich gebeten, einem Treatment, für das er ein Stipendium bekommen hat, Leben einzuhauchen. Eine dieser ungleichen Liebesgeschichten, für die ich Expertin bin. Ein junger Mann aus den unteren sozialen Schichten verliebt sich in die verwöhnte Tochter reicher Eltern. Um sich dem Mädchen zu nähern, versucht er auf jede mögliche Weise, sich den übrigen Familienmitgliedern anzubiedern und sich mit großen und kleinen Diensten unentbehrlich zu machen. Schließlich gelingt es ihm, mit der Geliebten allein zu sein. Nur um zu erfahren, daß sie einen heimlichen Liebhaber hat. Einen abgehalfterten Kunstmaler, der sich als professioneller Glücksspieler durchschlägt und dem Geschmack der Familie nicht entspricht. Sie bittet den jungen Mann um Hilfe, sie will mit dem Glücksspieler ins Ausland fliehen und schlägt dem jungen Mann eine Pro-forma-Verlobung vor. Danach will sie mit ihrem Auserwählten zur Verlobungsreise in die Türkei aufbrechen und so ihrer Familie entkommen. Er geht auf ihren Vorschlag ein. Er kann nicht anders. Die Liebe zu dem Mädchen läßt ihm keine andere Wahl. Es zeigt sich, daß sie gegen den Willen der Eltern Bauchtänzerin werden will und daß der Liebhaber eine reine Erfindung ist. Sie will nicht auf Verlobungsreise, sondern nach Istanbul, um Bauchtanz zu studieren. Die Begegnung mit dem Orient verändert sie. Sie wechselt Persönlichkeit und Geschlecht und kann nicht zur Familie zurückkehren. Sie beschließt ihre Tage als herumwandernder Prophet auf den Hochebenen Anatoliens.

Ich fühle mich in mein Schreibgefängnis eingesperrt. Die Wohnung ist heruntergekommen und schmutzig. Die Möbel und besonders das Bett sind unbequem. Auf dem kleinen Balkon stehen leere Flaschen und tote Topfpflanzen. Alte Lumpen, in Streifen geschnitten, liegen zwischen Tür und Balkonboden, um das Regenwasser am Eindringen zu hindern. In allen Räumen riecht es nach Schimmel, gemischt mit einem scharfen Salmiakgestank wie nach einem Großreinemachen, das nie stattgefunden hat. Vielleicht sind es Geruchshalluzinationen. Der Wunsch, daß die Arbeit von Reinheit umgeben ist.

Ich gehe ruhelos von einem Raum in den anderen. In der Küche mache ich die fünfte Tasse Kaffee, die der Phantasie Flügel verleihen und mich hinaustragen soll aus der deprimierenden Wohnung, in der das Holzwerk mit einer fetten Haut vom fünfzigjährigen Wohnen eines alten Mannes ohne auffrischenden Anstrich oder eine Ajaxbehandlung bedeckt ist. Seine Schuhe stehen immer noch im Schrank. Es riecht nach Tod, aber ich ziehe vor, es Schimmelgeruch zu nennen. Die Seele des alten Mannes weigert sich, die Wohnung zu verlassen. Nicht nur Schimmel und Salmiak sind in der Luft. Man hört seltsame raschelnde und knarrende Geräusche. Ich stehe in der Küche. Mir platzt beinah der Kopf von Grübeleien, die im Leeren kreisen. Der Kaffee brennt auf der Zunge. Ich verachte mich und meine Phantasielosigkeit.

M. ist unzufrieden mit mir. Und wirft mir vor, ideenlos zu sein, und er hat recht. Ich bin so verzweifelt, daß ich denke, nur der Tod kann mich erlösen. Ich sehe mich vom Balkon im vierten Stock springen. Ich sehe mich neben dem Kronleuchter am Haken an der Decke hängen. Die Arbeit ist meine Rettungsleine, meine einzige Energiequelle. Nichts anderes bindet mich an die Erde, als mit zwangsneurotischer Aktivität alles Irdische zu beschreiben. Alles muß aufgeschrieben werden, damit ich für mich selbst wirklich werden und damit das Leben um mich lebendig werden kann. Selbst die toten Möbel erweckt die Arbeit zum Leben.

Ich bin völlig am Ende und suche nach einem Vorwand, um aus der Zusammenarbeit mit M., dessen Lebensprojekt ich gerade in den Grund bohre, herauszukommen. Er hat seine Entscheidung, mich als Co-Autorin zu beauftragen, bereut. Und in meinem Selbsthaß verstehe ich ihn nur zu gut. Ich verschwende meine Zeit. Ich kann nicht die Geschichte eines anderen schreiben. Er kann seinen Film nicht machen. Alles meine Schuld. Das Angebot eines jungen Filmgenies hat mir geschmeichelt, aber ich habe mich selbst überschätzt.

Jetzt klingelt das Telefon. Es ist Stefan, der Mann meines Lebens. Wir können einander nicht loslassen, weil niemand im Ernst zwischen uns getreten ist. Oder vielleicht ist es auch umgekehrt. Niemand kann uns nahekommen, weil wir zusammenhängen wie Kletten. Er hat nie eine längere Beziehung zu einem Mann gehabt. Ich komme mit Männern auch nicht zurecht und habe den Gedanken an eine neue Ehe längst aufgegeben. Wir sind gefangen in unserer gemeinsamen Sackgasse.

Er beginnt das Gespräch mit der Frage, wie es mit der Arbeit geht. Wie ich es gewohnt bin, benutze ich ihn als meinen Mülleimer und lasse meiner Verzweiflung freien Lauf. Ich liege im Bett, eine Zigarette in der einen und den Telefonhörer in der anderen Hand. Mein Redestrom wird von einem heftigen Raucherhusten unterbrochen. Ich habe im Laufe der wenigen Minuten, in denen wir jetzt miteinander sprechen, schon meine zweite Zigarette angezündet.

Schließlich verrät er, warum er anruft. Er hat einen aidsbedingten Lungenkrebs bekommen. Der Arzt gibt ihm noch zwei Monate. Ich kenne seinen mythomanischen Drang, dick aufzutragen, und frage skeptisch, ob es wirklich so schnell geht. Er wird wütend und droht damit, das Gespräch abzubrechen. Ich wiegle ab und sage, daß er es selbstverständlich am besten weiß. Er beruhigt sich wieder und sagt, er sei erleichtert darüber, endlich einen exakten Zeithorizont zu haben und nicht mehr in der Ungewißheit zu leben, die ihn jahrelang begleitet hat. Er wolle nicht teilnehmen an der großen Lotterie des Krankenhauses um die große und die kleine Chemotherapie, die Teil eines großangelegten Forschungsprojekts sei. Und der Arzt habe ihm ausnahmsweise erlaubt, selbst zu entscheiden. Pro forma habe er die kleine gewählt, der er sich selbstverständlich nicht unterziehen werde.

Ich heule Rotz und Wasser und kann nichts sagen. Er sagt, ich solle aufhören mit meiner Hysterie. Schließlich sei er krank, und wenn einer weinen solle, dann er. Ich verspreche, später am Tag nach Hause zu kommen und vom Flugboot aus direkt zu ihm zu fahren. Ich werde alles in meiner Macht stehende tun, sage ich, und ich weiß nur allzu gut, was das bedeutet, nämlich daß ich ihm helfe, Selbstmord zu begehen, denn er will sein Ende nicht vegetierend beenden. Er hat zu viele seiner Freunde als hilfloses Etwas im Rollstuhl enden sehen, und ihn ergreift Panik bei dem Gedanken, ebenso hilflos zu sein. Er will sich auflehnen gegen sein Schicksal, eine schöne Leiche werden. Er will in Würde sterben. Und Selbstmord ist seiner Lebensphilosophie zufolge der einzig würdige Tod. Ich lege den Hörer auf und stehe auf und nehme einen Schluck aus der Whiskyflasche, die am Bett steht.

Am Abend sitzen wir in seiner gemütlichen, kleinen Küche und essen frischgeräucherten Lachs mit grünem Spargel. Ich trinke Weißwein. Wegen der vielen starken Tabletten verträgt er keinen Wein mehr und begnügt sich mit Wasser. Das französische Volvic ist die Marke, die er vorzieht. Alles andere ist unter seinem Niveau. Ich sage, daß wir die kurze Zeit, die uns bleiben wird, nutzen müssen. Verreisen und die Welt sehen oder einfach ins Sommerhaus fahren. Er lehnt meinen Vorschlag ab und teilt mir in aller Kürze mit, daß der Selbstmord in der folgenden Woche stattfinden soll. Er hat den Tag jedoch noch nicht festgelegt.

Er ist merkwürdig kalt und ruhig. Er sieht durch das Fenster den roten Abendhimmel an und wendet mir sein lockiges Profil zu. Seine Gesichtshaut ist trocken und verbrannt. Er wirkt fern und unnahbar. Ich sehe auf meinen Teller und ziehe mich in mich selbst zurück. Ich bin machtlos. Sein Wille ist stärker als meiner. Schon jetzt gleite ich allmählich in einen tranceähnlichen Zustand, der mich zu seinem ferngesteuerten Roboter macht. Ich spüre, wie mein Gesicht zu einer bleichen Maske wird. Ich höre beinah auf zu atmen. Ich rühre den Fisch auf dem Teller nicht an.

Er fängt an, von meinen Eltern zu sprechen und von den ersten Jahren unserer Ehe. Lauter Schönfärberei. Ich bin dankbar dafür, daß das, wo ich herkomme, mein ländlicher Hintergrund, ihm so viel bedeutet hat, daß gerade die Erinnerungen es sind, die er mit ins Grab nehmen will. Ich fange an zu weinen. Er wartet geduldig darauf, daß ich aufhöre, damit ich ihm wieder zuhören kann.

»Wir parkten das Auto und folgten der Reifenspur auf dem Kiesweg zum Wasser hinunter. Wir badeten den ganzen Tag und sprachen von dem dunkelgelockten kleinen Jungen, den wir haben wollten. Den ich aber leider daran hinderte, zur Welt zu kommen. Mit mehr Familienleben kam ich nicht zurecht. Es sollte nur uns zwei geben. Wir waren selbst die Kinder, unsere eigenen Kinder.«

»Warum wolltest du nicht, daß wir erwachsen werden«,

frage ich. Meine Stimme hat ihren Klang verloren. Von jetzt an spreche ich mit einer Stimme, die gewissermaßen die Stimme einer Toten ist. Er antwortet nicht, sondern setzt seine Erinnerungen an jenen Sommer fort. Er ist ein guter Erzähler. Wie ein Dichter, der spontan Geschichten erfindet und mich mitzureißen versteht, obwohl ich sie schon oft gehört habe. Jedesmal gibt es neue Details, die wie Nadelstiche wirken. Der dunkelgelockte kleine Junge ist eine neue Erfindung. Und ich protestiere nicht. Er selbst glaubt voll und ganz an das, was er erzählt. Ich habe keine Korrekturmöglichkeiten. Er erzählt wie im Rausch. Er will sich um jeden Preis an einem anderen Ort aufhalten als in seiner eigenen Küche, die ihn daran erinnert, daß er diese Welt bald verlassen wird. Ich liege im Sand am Strand. Er schwimmt so weit hinaus, daß ich ihn nicht mehr sehen kann. Außer uns ist niemand am Strand. Ich gehe am Wasser entlang und rufe nach ihm. Ich bin sicher, er hat mich verlassen und liegt jetzt auf dem Meeresgrund.

Er erzählt so lebendig. Ich sehe die kleine Strandidylle deutlich vor mir, wie in einem Film. Er malt die Szenen mit Farben und Licht aus. Der Wärmedunst über dem Kleinen Belt. Die Möwen, die vor einem hellblauen Himmel schweben. Mein weißer Badeanzug auf der braunen Haut. Er taucht selbstverständlich wieder auf. Ich sehe weit draußen auf dem Wasser einen kleinen, schwarzen Punkt. Er ist der Umarmung des Meeresgottes entkommen. Ich atme erleichtert auf und lege mich wieder mit geschlossenen Augen auf dem Rücken in den Sand. Er kommt zu mir und legt sich mit seinem nassen Körper auf mich. Er badet immer ohne Badehose. Ich stöhne unter seinem Gewicht und sage nicht, daß ich mich um ihn geängstigt habe. Er haßt mütterliche Fürsorge, den tiefen, weiblichen Instinkt, den er in mir ständig zu zerstören versucht. Er will selbst Mutter sein, meine und seine eigene.

Zum letzten Mal in der Geschichte unserer Ehe lieben wir uns im Sand. Das Kind ist bei meinen Eltern untergebracht. Er will mich für sich allein haben, und er will das Kind für sich allein haben. Während wir uns lieben, denke ich an das Kind. Ich vermisse sie und hätte gern zusammen mit ihr Sandburgen gebaut. Aber er hat mich in der Tasche. Ich bin eine von den Frauen, die den Mann als Gott anbeten und ihn höher schätzen als das Kind. Ich weiß sehr wohl, daß es sich für eine richtige Frau, die noch ihre weibliche Würde hat, anders verhält. Eine richtige Frau ist ihrem Kind am nächsten, und der Mann kommt erst in zweiter Linie. Und wenn sie klug ist – ohne daß er es merkt.

Stefan macht das Transistorradio auf der Fensterbank an, und wie immer hat er es auf P2 eingestellt. Wir hören ein bißchen Mozart. Mozarts Munterkeit macht mich so traurig.

Wir fahren zurück zu den Eltern und holen das Kind ab, das mehr an ihm hängt. Er hat ihr eingeredet, daß sie sich am besten an ihn hält und daß sie mit mir nicht rechnen kann. Er nimmt das Kind auf den Arm und flüstert ihr ins Ohr, Mutter sei müde und wolle sich ausruhen, und sie beide könnten derweil draußen in der Sandkiste spielen. Großvater hat für sein erstes Enkelkind eine Sandkiste gebaut. Das kleine Mädchen jubelt und wendet sich mit der Kälte des enttäuschten Kindes von mir ab. Ich sage, ich sei nicht müde, aber das Kind ist schon hinausgelaufen. Stefan sagt, er sehe mir an, daß ich müde bin, und tätschelt mir die Wange, bevor er hinausgeht um mit ihr zu spielen.

Einer unserer gemeinsamen Freunde, Joen, ruft an und bietet an, etwas zu essen zu bringen. Stefan sagt, das sei lieb von ihm, aber er habe gegessen. Joen hat die fünfzig Morphiumtabletten für den Selbstmord besorgt. Er und seine Frau gehören zu den wenigen, die den Plan kennen. Stefan kommt zu mir zurück und erzählt, er habe am Vormittag mit seinem Chef am Theater besprochen, daß er am nächsten Montag aufhöre zu arbeiten, und er habe verlangt, offizieller Grund solle Urlaub sein. Er hat dem Chef eingeredet, es sei eine Frage von Wochen. Er ist der einzige im Theater, den Stefan notgedrungen über seine Krankheit informiert hat.

Er fügt hinzu, er wolle am Montag oder Dienstag ins Krankenhaus gehen. Der junge Erste Assistenzarzt hat ihm erlaubt, dort Selbstmord zu begehen. Dort steht jederzeit ein Bett für ihn bereit. Und der Oberarzt, eine der Koryphäen der Aidsforschung, bürgt für die Tabletten, die Joen durch seine Kontakte in Christiania bekommen hat. Dem Oberarzt zufolge sind sie goldrichtig. Die würde er auch selbst nehmen, denn sie erzeugten keine Krämpfe und keinen Schaum vor dem Mund, und er hat Stefan geraten, sie mit Whisky hinunterzuspülen, um die Wirkung zu verstärken.

Ich frage vorsichtig, ob er es wirklich schon nächste Woche tun will. Er gibt zur Antwort, am Freitag werde er sich zum letzten Mal öffentlich zeigen, nämlich zur Premiere von Gustav Wied, die der Abschluß seiner Theaterkarriere sein solle. Ich bin starr vor Schreck, weil er seinem Leben so schnell ein Ende machen will. Ich sage, daß ich ohne ihn nicht leben kann. Er sitzt bewegungslos da wie der Steinerne Gast und verzieht keine Miene. Dann ist er plötzlich aufgedreht und will Wein trinken. Aber nach einem halben Glas ist Schluß. Wir sitzen immer noch in der Küche, und Tag 1 nähert sich seinem Ende. Er macht Kaffee für mich und Tee für sich selbst. Kaffee verträgt er nicht mehr.

Ich nehme das Tablett mit ins Wohnzimmer. Wir setzen uns aufs Sofa. Die Stimmung hat sich gelöst, und wir sprechen darüber, wieviel wir einander bedeuten und füreinander immer bedeutet haben. Wir waren zusammen arm und zusammen nichts, als wir jung waren. Und diese Zusammengehörigkeit hat nichts damit zu tun, daß wir ein Kind haben und früher miteinander verheiratet waren. Wir einigen uns, daß die Zusammengehörigkeit von »höherer Stelle« bestimmt ist. Ich erinnere mich nicht, worüber wir sonst noch gesprochen haben, abgesehen davon, daß Elin in den Selbstmordplan eingeweiht werden sollte. Er verspricht, sie am nächsten Tag anzurufen und zum Abendessen einzuladen. Er hat auch ein Geschenk von 5000 Kronen für sie, als Vorschuß auf das Erbe. Ich werde später kommen, falls Elin meine Unterstützung braucht. Es ist eine Erleichterung, daß er sich für das Krankenhaus entschieden hat, so daß es uns erspart bleibt, bis zum Ende dabeisein zu müssen. Das Krankenhaus ist seine Kompromißlösung, sie kommt unserem Widerstand dagegen, beim Selbstmord anwesend zu sein, was sein ursprünglicher Plan war, entgegen.

Ich versuche ihn davon zu überzeugen, daß er aufgrund der Mitteilung des Arztes heute früh in Panik geraten ist, und bitte ihn, noch einmal zu überlegen, bevor er die endgültige Entscheidung trifft. Ich hasple eine Menge Argumente herunter – der Sinn eines Selbstmords sei es, sein Leben zu beenden, aber dabei werde ihm die Krankheit auf jeden Fall helfen. Und er wolle ja nicht sein Leben beenden, im Gegenteil. Ich höre genau, daß hier mein eigenes Wunschdenken spricht. Ich will ihn nicht vor der Zeit loslassen. Aber wenn er es nicht ertragen könne, die Qual in die Länge zu ziehen und immer an die Schönheit des Lebens erinnert zu werden, solle er selbstverständlich souverän entscheiden, fahre ich fort. Und was mich betreffe, mache mich die Tatsache, im Krankenhaus nicht bis zum letzten Augenblick mit ihm zusammensein zu können, ebenso unglücklich wie der Gedanke an das Mitwirken bei seiner Todesinszenierung zu Hause. Es sei die Wahl zwischen Erhängen oder Verbrennen. »Wahrscheinlich bist du in Panik geraten«, bemerkt er, nachdem er sich meine Gefühlsentladungen geduldig angehört hat. Es hat nicht gereicht. Es gibt nur take it or leave it.

Wir hören die P2-Sendung zu Ende. Ich umarme ihn lange und stolpere auf dem Weg hinaus über die Türschwelle. Ich bin eine zerbrechliche Schale, die jederzeit zerspringen kann. Ich merke, daß ich meinen Regenmantel vergessen habe und kehre um. Ich habe einen Schlüssel zu seiner Wohnung, will mich ihm aber nicht aufdrängen und klingle statt dessen. Er macht nicht auf. Ich gehe hinaus in den Regen und werde durch und durch naß.

Mittwoch, 26. September. Tag 2. Ich gehe mit Frühstück hinüber zu ihm und habe nachts nicht geschlafen. Ich wohne nur zehn Minuten von ihm entfernt in einer etwas größeren Wohnung. Mir fällt plötzlich ein, wie ähnlich die beiden Wohnungen sind. Der schlichte, spartanische Stil ist geprägt von einer langjährigen finanziellen Misere. Die relativ hohen Einnahmen der letzten Jahre haben unserem Geschmack nicht auf die Sprünge geholfen. Die lange Armut klebt an uns.

Ich schließe die Tür zu seiner Wohnung auf und gehe in die Küche und setze Wasser auf. Er liegt mit Fieber im Bett. Ich will ihn nicht stören und setze mich mit einer Zeitung an den Küchentisch. Ich lege die Zeitung weg und nehme meinen Notizblock aus der Tasche. Ich fange an, mir fieberhaft Notizen für das Drehbuch zu machen. Aber ich kann mich nicht konzentrieren.

Ich gehe zu Stefan hinein und frage, ob er etwas möchte. Er schüttelt den Kopf. Ich würde am liebsten bei ihm sitzen. Aber ich traue mich nicht an ihn heran. Das würde seine Schwäche und seine Abhängigkeit von mir unterstreichen. Er kommt mit der Nähe zu anderen Menschen, die die Krankheit mit sich bringt, nicht zurecht und hält die ganze Zeit Distanz. Das hat er im Grunde immer getan. Hat er Angst vor den Gefühlen anderer, weil er Angst vor seinen eigenen hat? denke ich. Solche amateurpsychologischen Fragen werden nie beantwortet. Und vielleicht sind sie auch irrelevant.

Ich bin wieder in der Wohnung in Malmö. Ich packe meine Sachen zusammen. M. ist sehr ernst. Er sagt, mein schlechtes Gewissen darüber, daß ich die Zusammenarbeit unterbrechen muß, helfe ihm nicht weiter. Er sei bereit zu warten und wolle ein paar Werbespots machen, bis ich weitermachen könne. »Eine Pause kann die Phantasie auch aufblühen lassen«, sagt er mit einer schlecht verhüllten Anspielung auf meine Schreibhemmung. Ich werfe einen letzten bewußtlosen Blick auf diese Ruine von einer Wohnung.

Er nimmt höflich meinen Koffer und meine Taschen und begleitet mich zum Flugboot, wo uns ein kalter Wind veranlaßt, in einer warmen Umarmung zusammenzurücken. Zwischen uns ist nichts weiter als die Arbeit und sein aufrichtiges Mitgefühl mit meiner Situation. Er bleibt stehen, bis ich an Bord des Schiffes bin. Ich sehe ihn langsam zu Malmös Zentrum zurückgehen, den Mantelkragen über die Ohren hochgeschlagen. Ich hätte mir durchaus eine Liebesbeziehung mit M. gönnen können, obwohl er zu jung für mich ist. Aber ich bin an Stefan gebunden wie ein Zombie an seinen Hexendoktor.

Vom Schiffsterminal aus rufe ich bei Stefan an. Er ist irritiert, weil Elin noch nicht da ist. »Diese unpräzise Jugend, hat keinen Respekt vor der Zeit, die das Leben selbst ist«, sagt er. »Aber die Jugend lebt in dem Irrtum, das Leben dauere ewig. Die Jugend kann nicht erkennen, daß die Zeit so verdammt kostbar ist.« Er läßt seine Wut auf Elin an mir aus und bittet mich, sofort zu kommen. Ich soll ihm Gesellschaft leisten, während er ißt. Er will mit dem Essen nicht länger warten. Ich beruhige ihn damit, daß Elin gleich kommt und sich sicher nur wegen der Kinder verspätet. Ich verspreche, mit einem Taxi in zehn Minuten bei ihm zu sein.

Stefan und Elin sitzen in der Küche und essen Kalbsmedaillons mit Pilzsauce. Ich umarme sie beide. Elin etwas länger als Stefan, bis sie sich mir mit einer linkischen Bewegung entzieht. Ich sage, daß die beiden, Vater und Tochter, einander unglaublich ähnlich seien, besonders heute abend. Elin schnaubt böse und fragt, ob mir nichts anderes einfällt. Immer dieselben behämmerten Kommentare. Ich streiche ihr mechanisch über die Wange. Das tue ich jedesmal, wenn sie mich beschimpft. Ein solcher weiblicher Masochismus ist für Elin kein Vorbild.

Sie wendet sich demonstrativ Stefan zu, der ihr Kindheitsidol war und auf ihrer Rangliste immer noch weiter oben steht. Aber die Selbstmordpläne haben eine traurige Distanz zwischen ihnen erzeugt. Elin überläßt die Todesshow uns und ist nur Gast in unserem Wirklichkeitstheater. Sie hat mir erzählt, sie habe oft in Stefans Badezimmer gestanden und überlegt, die Morphiumtabletten die Toilette hinunterzuspülen. Habe es aber nicht getan. Sie ist trotz allem kein Kind mehr.

Wir gehen alle drei ins Wohnzimmer und setzen uns aufs Sofa. Stefan war zu einer der letzten Proben im Theater. Ich sehe ihm an, daß er erschöpft ist. Er lehnt sich schwer an Elin, die zwischen uns sitzt. Er sagt, er werde ins Krankenhaus gehen, und sie weiß genau, was das bedeutet. Er muß ihr die Details nicht ausmalen. Auf diese Weise schont er seine beiden Lieben. Wir wollen ja, daß er lebt. Er rechne damit, es bis Mittwoch oder Donnerstag zu schaffen, sagt er und hält Elins Hand und liebkost sie mit großer Zärtlichkeit. Er klammert sich an ihre Hand wie ein Ertrinkender an einen kleinen Felsvorsprung. Ich bin gerührt und mißmutig zugleich. Ein Kind, mein Kind, eine junge Frau wird viel zu früh den Vater verlieren. Montag hat er sein letztes Meeting mit der Dramaturgie des Theaters.

Ich fühle mich frustriert, als er anfängt, Elin zu erklären, wie er sich den Selbstmord im Krankenhaus vorstellt: Wir kommen mit einem Freßkorb mit Hähnchen und Wein und Trauben. Er hat sich das Hähnchen gewünscht, das ich nach dem Rezept meiner Mutter aus der dänischen Landküche mache und das so viele gute Erinnerungen in ihm auslöst. Und wenn wir dann, nicht zu spät, am Abend Abschied genommen haben, wird er sich für die Nacht mit dem Tod verabreden. Er sagt nicht, für welchen Tag er es sich vorgenommen hat. Wahrscheinlich, weil er sich noch nicht entschlossen hat oder es nicht über sich bringt, es Elin selbst zu sagen.

Stefan redet, und Elin hört auf ihre besondere, stille Art zu. Sie trägt ein rotes Kleid. Seit seine Krankheit ausgebrochen ist, trägt sie das rote Kleid, wenn sie sich treffen. Ich weiß nicht, ob es ein Zufall ist. Oder ob sie ihrem Vater, der großen Wert darauf legt, daß sie gut gekleidet ist, eine Freude machen will.

Ich höre Stefans endlosem Vortrag über die Vortrefflichkeiten des Krankenhauses nicht mehr zu. Es macht mich rasend, daß er Elin mit Gerede hinhält. Ich brauche Klarheit von dem Mann, der sich vor unseren Augen das Leben nehmen will. Ich kann nicht weiter in Ungewißheit leben. Seit anderthalb Jahren hängt Stefans Selbstmordvorstellung über unseren Köpfen wie eine Bombe mit Zeitzünder. Ich bin gefangen in der Rolle der Todesmagd. Das ist der Preis, den ich bezahlen muß, um ihn schließlich zu bekommen. Wenn er es nicht spätestens Mittwoch macht, schaffe ich es nicht. Zuerst unterbricht er die Arbeit mit meinem jungen Lieblingsregisseur. Danach verplempert er meine Zeit mit der Premiere am Freitag und dem Meeting am Montag, anstatt dem Ganzen schnell ein Ende zu machen und es hinter uns zu bringen.

Es fällt mir nicht auf, daß ihr Gespräch verstummt ist und Stefan dasitzt und mein saures, unzufriedenes Gesicht betrachtet. Ich werde aus meinen Gedanken gerissen, als er sagt, ich sähe aus wie Margaret Thatcher. Ich tue so, als hätte ich seine Bemerkung nicht gehört, und gehe auf die Toilette. Ich sehe mich im Spiegel, und der Anblick gefällt mir nicht.

Als ich wieder ins Wohnzimmer komme, sind sie beim Kaffee und der dunklen Feodora-Schokolade angelangt, die er immer auf Lager hat. Sie reden vom Grab. Er will eine anonyme Beisetzung. Aber dagegen protestieren wir. Wir wollen ein Grab, zu dem wir kommen und wo wir ihm nahe sein können – danach. Das ist das mindeste, was er hinterlassen kann. In dem Punkt gibt er nach. Er merkt, daß es uns viel bedeutet. Er hat immer gesagt, er wolle verbrannt werden, weil ihm das reiner und hygienischer vorkomme. Elin und ich verabscheuen die Vorstellung, verbrannt zu werden. Wir wollen im Sarg in die Erde und zum Skelett werden. Aber jetzt kommen ihm plötzlich Zweifel. Sollte er sich doch begraben lassen wie wir? fragt er. Sein Blick wird unruhig und flackernd. Hat er Angst davor, zu Asche zu werden? Oder will er sich in der langen Nacht der Ewigkeit nicht von uns trennen?

Elin sitzt da und hält seine Hand, als wolle sie ihn vor sich selbst schützen. Wir überzeugen ihn davon, daß er an seinem ursprünglichen Plan, sich einäschern zu lassen, festhalten soll. Sein Haar ist dünn und bleich geworden. Wegen des Hautkrebses, der ihn gezwungen hat, seine Eitelkeit zu zügeln, färbt er es nicht mehr.

Bevor wir gehen, sagt er noch, er wolle auf dem Vestre Kirkegård, dem Arbeiterfriedhof, wie er ihn nennt, begraben werden. Er will auf einem Friedhof mit Herman Bang,

Tove Ditlevsen, Stauning und Jens Otto Krag liegen. Es sei so schön da draußen, sagt er. Mehr Park als Friedhof. Und daß der HT-Bus hindurchfährt, mache ihn zu einem lebendigeren Ort und erleichtere es uns auch sehr, ihn zu besuchen. Er spricht darüber, als handele es sich um einen Wohnungswechsel und den Umzug in eine grünere Gegend, oder als rede er von jemand anders, einem engen Freund. Sein praktischer Zugriff auf die Situation hindert uns daran, unsere Gefühle zum Ausdruck zu bringen. Wir werden stumm und sehen ihn nicht an.

Elin will nach Hause und steht vom Sofa auf, das aus einer von Stefans Inszenierungen stammt. Ein halbkreisförmiges Ungetüm mit einem weißen Überwurf. Auch ich stehe auf. Ich will sie nicht allein gehen lassen. Stefan ist zu müde, um uns hinauszubegleiten, und wir verabschieden uns von ihm am Sofa. Wir gehen zur Tür und bleiben stehen. Es ist schwer für uns, ihn zu verlassen. Er sitzt da und starrt leer vor sich hin, als habe er uns schon vergessen. Im Treppenhaus will ich Elin den Arm um die Schultern legen, aber sie reißt sich los. Sie ist zornig. Ich folge ihr zur Bushaltestelle. Sie geht mit harten Schritten voran und steigt in den Bus, ohne Lebwohl zu sagen.

Donnerstag, 27. September. Tag 3. Ich stehe in der Diele an der kleinen, häßlichen Kommode und telefoniere mit M. Wir verabreden, daß ich am Abend wegen des Drehbuchs zu einem letzten Treffen nach Malmö komme. Ich habe wieder die betäubte Zombiestimme. Ich wiederhole, wie dankbar ich sei, daß er die Unterbrechung so nett aufnehme. Dadurch hätte ich die Ruhe, mich auf Stefan zu konzentrieren. Er sagt, ich wirkte krank. Ich sei ein kranker Mensch. Ich kann mich nicht wehren und gebe ihm recht. Er ist mein einziger Mitwisser außerhalb unseres kleinen Kreises von Eingeweihten.

Ich gehe für das Mittagessen einkaufen und bewege mich mit dem benebelten Blick einer Schlafwandlerin über das Trottoir. Stefan ist wählerisch und will nur das Beste vom Besten. Ich wähle das Gemüse für den Salat und die italienische Wurst mit Sorgfalt aus. Zur Sicherheit gehe ich nach Hause und rufe ihn an. Er sagt, es eile nicht mit dem Kommen. Der Freund, der Bühnenbildner Joen, sei da und habe Essen mitgebracht. Ich setze mich auf einen Stuhl und tue nichts anderes als warten. In der Wohnung ist ein seltsam kaltes Licht, das den weißen Wänden einen phosphorartigen Schimmer verleiht. Mir kommen Zweifel, ob ich oder Stefan sterben soll. Ich kann zwischen ihm und mir nicht mehr unterscheiden.

Ich warte eine Stunde, bevor ich zu ihm gehe. Joen ist noch da. Er sitzt allein in der Küche und trinkt Tee. Stefan ist zu Bett gegangen. Wir reden leise über alles mögliche, außer über Stefan. Er hat etwas, das mich an Stefan erinnert. Ist es die gefühlsmäßige Schamhaftigkeit des Einzelgängers? Der kühle Intellekt, der unheilbare Wunden überdeckt? Wir kennen uns seit unserer Jugend. Und hatten damals die Andeutung einer Liebesaffäre, aus der nie etwas wurde. Nach der Scheidung entfernten wir uns voneinander. Joen hielt sich an Stefan. Und sie haben im Laufe der Jahre mehrere große klassische Inszenierungen zusammen gemacht. Ich brauche das Gespräch mit ihm, aber nicht in Stefans Wohnung, während der daneben im Bett liegt. Er sagt freundlich, ich könne jederzeit anrufen. Ich bin unsicher, ob er es wirklich so meint. Wir sind uns inzwischen fremd. Ich spüre keine wirkliche Nähe. Stefan ist zwischen uns.

Als Joen weg ist, gehe ich zu Stefan hinein, der findet, es sei so gemütlich, im Bett zu liegen und uns in der Küche reden zu hören. So ähnlich sei es gewesen, wenn er als Kind beim Abendessen unter dem Tisch gesessen habe und die

Erwachsenen habe reden hören. Er ist zu müde, um seine Papiere zu ordnen, wobei ich ihm helfen wollte. Ich lege mich neben ihn auf die Bettdecke, und wir schließen zusammen die Augen. Später essen wir zusammen. Was wir gegessen haben, weiß ich nicht mehr. Ich sage, es gebe keine Barrieren zwischen uns und deshalb sei alles ganz wie sonst, obwohl er bald sterben werde. Er widerspricht mir nicht. Vielleicht macht es ihn traurig, daß das alles ist, was ich ihm zu sagen habe. Er sagt insgesamt nicht sehr viel. Er ist schon in der anderen Welt. Ich habe Angst, seine erkämpfte Ruhe zu stören, und traue mich nicht, ihn zu fragen, wie es ihm geht.

Nach dem frühen Abendessen wasche ich ab. Ich bringe Stefan Tee ans Bett und mache mich auf zum letzten Treffen mit M. Wir sitzen in seiner Arbeitswohnung in Malmö. Wir haben ein gutes Gespräch. Ich erleichtere mein Herz und beklage mich darüber, daß ich die Situation, in die Stefan mich gebracht hat, nicht bewältige. Ich dringe nicht bis zu ihm vor. Ein Abgrund ist zwischen uns. Und vielleicht will er es genau so haben. Vielleicht entspreche ich gerade seinem Wunsch, mich zu den Vorgängen neutral und praktisch zu verhalten. M. gibt zu, daß er nichts begreift und mir deshalb nicht helfen kann. »Aber in jeder Situation hat man eine Wahl«, sagt er. »Ich habe keine Wahl«, protestiere ich und fühle mich mißverstanden. »Das ist auch eine Wahl«, sagt er und spielt des Teufels Advokat. Ich sitze in der Falle und bin nicht imstande, auf tiefere ethische Erwägungen über Schuld und Verantwortung einzugehen. Ich versuche, optimistisch zu sein, und sage, daß wir für Samstag oder Montag, wenn Stefan auf dem Meeting im Theater ist, noch einmal über das Drehbuch reden können. M. lächelt und sieht mich skeptisch an. Er wirkt anziehend auf mich.

Wir haben schon ein paar Flaschen Wein miteinander getrunken. Der Wein verlängert den Abschied, bringt aber nicht die erlösende Leichtigkeit. Wir enden in der Kneipe, wo der Lärm uns daran hindert, das Gespräch fortzusetzen. Wir sitzen an der Bar und trinken, ohne betrunken zu werden. Ich starre auf die Spiegelwand mit den aufgereihten Schnapsflaschen, deren elegante Etiketten kleine Kunstwerke sind. Ich gebe dem ästhetischen Vergessen nach. M. macht mich darauf aufmerksam, daß ich das letzte Flugboot versäumt habe, und bietet an, daß ich bei ihm und seiner Frau, die vor wenigen Wochen einen Jungen geboren hat, übernachten kann. Wir gehen den ganzen Weg zur nördlichen Vorstadt hinaus und sind erst gegen drei Uhr dort. Die junge Ehefrau knallt uns die Tür vor der Nase zu und hängt die Sicherheitskette ein. M. muß durch die Türspalte rufen und die Harmlosigkeit der Situation erklären und danach selbst auf dem Ledersofa für mich aufbetten. Ich liege in dem fremden Wohnzimmer und warte darauf, daß es Morgen wird. Ich verlasse die Wohnung, bevor das Paar aufwacht.

Freitag, 28. September. Tag 4. Stefan winkt mich ins Schlafzimmer. Er liegt im Bett und telefoniert. Es herrscht eine seltsame Diskrepanz zwischen seinem erloschenen Gesicht und der energischen Telefonstimme. »Am Wochenende bin ich beschäftigt, aber Montag vormittag um neun machen wir ein Meeting. Wenn du dafür sorgen würdest, daß die Tagesordnung fertig ist. Streiche ›eventuell‹. Es soll ja nicht den ganzen Tag dauern. Ab Montagnachmittag mache ich Urlaub. Ich habe meinen Schreibtisch aufgeräumt. Nein, ich fahre nicht rauf ins Sommerhaus. Falls du mit mir in Kontakt kommen mußt? Da, wo ich sein werde, ist kein Telefon. Es gibt nichts, das so wichtig ist, daß es nicht warten kann, bis ich zurückkomme. Wann? In ein paar Wochen, nehme ich an. Mach's gut.«

Er legt auf und beklagt sich mit einer plötzlich ganz dünnen und irritierten Stimme über Inkompetenz und mangelnden Überblick der Sekretärin. Er habe durch sie nicht die Entlastung, die er in seinem stressigen Job brauche. Sie sei so hilflos, daß er ihr nicht die kleinste Entscheidung überlassen könne. Ich verteidige sie damit, daß sie am Telefon immer so freundlich klinge. Aber das interessiert ihn wenig. Er stelle die gleichen hohen Anforderungen an seine Umgebung wie an sich selbst. Ich habe die ganze Zeit im Hinterkopf, daß er bald nicht mehr da sein wird, und kann meine Verteidigung der Sekretärin nicht fortsetzen. Er lebt in dem Irrtum, sein Komödienspiel sei für andere undurchschaubar und seine Krankheit ein wohlgehütetes Geheimnis. Ich weine innerlich bei dem Gedanken, daß er seine Schwäche gerade ausstellt und Personal und Kollegen zu Tratsch und Verachtung hinter seinem Rücken geradezu einlädt. Er hat wegen seiner Geheimniskrämerei auch mehrere gute Freunde verloren.

Er bittet mich, ein Glas Wasser zu holen, und sagt, er sei zu müde, um auf die Premiere zu gehen, und Elin und ich sollten ihn vertreten. Er war am Vormittag zur kleinen Chemotherapie, was ihn seine letzten Kräfte gekostet hat. Er sei äußerst unzufrieden mit dem jungen Arzt, der mit der Chemiespritze herumgefummelt habe und die Vene nicht habe finden können. Er habe sich beim Oberarzt beschwert und verlangt, bei der nächsten Behandlung einen erfahreneren Arzt zu bekommen. Wohl wissend, daß es ein nächstes Mal nicht geben wird.

Wir benutzen den Nachmittag vor der Premiere dazu, Briefe und Papiere wegzuwerfen. Stefan will keine Dokumente seines Privatlebens hinterlassen. Es gibt eine Reihe ungeöffneter Briefe einer Politikerin, die ein paar Jahre für ihn geschwärmt hat, ohne etwas zu erreichen. Er sei geschmeichelt und habe mit dem Gedanken gespielt, ihren

Annäherungsversuchen nachzugeben, finde sie aber zu unweiblich in ihrer Erscheinung, mit ihrer herrischen Stimme, dem kurzgeschnittenen Haar und dem ewigen Hosenanzug mit den viel zu breiten Schulterpolstern.

Mit meinem unmenschlichen Durchhaltevermögen verdränge ich einen kleinen Stich von Eifersucht. Ist unsere Liebe ein Phantasiegebilde? Bin ich in ebenso hohem Maß wie Stefan Opfer eines gigantischen Selbstbetrugs? Ich habe den unmittelbaren Kontakt mit meinen Gefühlen, die in der furchtbaren Notwendigkeit der praktischen Tätigkeiten ertrinken, verloren: in den Briefen, die effektiv in dem schwarzen Müllsack verschwinden, im Arbeitstisch, der sich nach und nach leert.

Ich hole aus der Küche einen ausgewrungenen Lappen. Stefan will nicht nur, daß aufgeräumt, sondern auch, daß saubergemacht wird, bevor er weggeht. Er will keine Spur hinterlassen. Ich wische die Tischplatte ab. Ich wische auch die Architektenlampe und den Schreibtischsessel ab. Ich reibe fester und fester. Ich existiere nur in den Bewegungen der Hand. Ich bin zugleich der Lappen und die Dinge, die von dem unreinen Staub befreit werden sollen. Ich bin eingesperrt in mich selbst, eine autistische Kopie von Stefan, sein Doppelgänger, der, der auf dem Vestre Kirkegård begraben werden soll. Ich kann nicht aufhören. Ich klammere mich an den Lappen, als wäre er das Leben. Ich nehme mir den Arbeitstisch noch einmal vor. Ich wische über die Beine und alle Kanten. Hinter den Dingen gibt es eine andere Welt, noch größer als die Welt der Wirklichkeit. Ich will hinein in diese andere Welt. Mich in der großen Wiege des Wahnsinns verlieren.

Ich werde von Stefan, der von meinem Reinemachanfall genug hat, aufgehalten. Er ist aufs Kopfkissen geglitten und hat ein weiteres Bündel Briefe, auf der Bettdecke verteilt, vor sich. Er besteht darauf, mir einen von ihnen vorzulesen, bevor auch sie im Müllsack verschwinden. Ich hole eines der großen dunkelroten Sofakissen, damit er den Rücken an die Wand stützen kann. Er wählt aufs Geratewohl einen Brief aus dem Bündel und wirkt plötzlich stark und lebenstüchtig. Der Brief ist von einer jungen Frau. Möglicherweise einer Bewunderin. Er nennt nicht ihren Namen. Ich will lieber weiterarbeiten, setze mich aber hin und höre zu. Stefan braucht offenbar Ablenkung.

Ich höre nur mit halbem Ohr zu. Nur einzelne Sätze dringen ein. »London ist wunderbar.« »Eine unaufhörliche Welle der Bewegung.« »Die Beziehung zu John ist auf Sand gebaut.« »Verliebtheit oder ‚romance' spielt keine Rolle.« »Ich habe nur Heimweh nach meinem richtigen, richtigen Geliebten.« »Ich hoffe, dieses harmlose Zwischenspiel hat nichts zwischen uns zerstört.« Es handelt sich offensichtlich um einen der vielen, die Stefan bei Liebesaffären als Beichtvater benutzt haben. Ich schlage vor, daß er die Briefe an den Absender zurückschickt. Aber er will, daß sie zusammen mit ihm verschwinden. Ich bin sein gehorsamer Roboter. Ich tue, was er sagt, und fange an, die Briefe zusammenzusammeln. Ich habe keinen Willen mehr.

Es klingelt an der Tür. Ich gehe hinaus und mache auf. Es ist einer der Schauspieler des Theaters, der mit fünfundzwanzig roten Rosen in Zellophan auf Krankenbesuch kommt. Ich nehme den Strauß in Empfang und hätte den Besucher gern hereingebeten, aber Stefan ist dafür zu müde. Und er will unter keinen Umständen jemanden sehen, der in den Plan nicht eingeweiht ist. Er hat außerdem für die Zeit, die wir im Theater sind, einen anderen Besuch verabredet, und zwar von seinem jungen Freund Janus, der Schauspielunterricht bei ihm hatte und den er vor einer Karriere als Strichjunge gerettet hat. Stefan ist seit vielen Jahren unglücklich verliebt in Janus, aber jetzt ist ihre Beziehung in eine enge Vater-Sohn-Freundschaft übergegangen. Er gehört zu den wenigen, die in den Selbstmordplan eingeweiht sind, und darf deshalb einen Abschiedsbesuch machen.

Wir machen weiter mit dem Aufräumen, das beendet sein soll, bis es Zeit fürs Theater ist. Stefan sagt väterlich, Elin und ich sollten auf seine Rechnung essen gehen und es uns ein bißchen nett machen. Wir sollen nicht an ihn denken. Er kann heute abend sowieso nichts essen. Kurz bevor ich gehen will, erzählt er mir, er wolle Sonntagabend ins Krankenhaus gehen und Montagabend, wenn Elin und ich das Krankenhaus verlassen hätten, die Tabletten nehmen. Ich werde mir klar darüber, daß ich in meinem tiefsten Inneren gehofft hatte, daß er nicht ernst machen würde mit seinem Plan. Ich bin zu schockiert, um zum Theater radeln zu können, und nehme ein Taxi. Ich treffe Elin im Foyer. Wir sitzen sechste Reihe Mitte und sehen zusammen mit Stefans Mutter, Bruder und Schwägerin die Vorstellung an.

Die Inszenierung ist ein schöner und schmerzlicher Abschied. Das Puppentheater eines Kindes für die Erwachsenen. In ihrer schlichten Unbeholfenheit eine Studie vom Wesen des Theaters. Eine Etüde, gespielt von einem Vierjährigen auf einem Konzertflügel. Die braungrauen Farben wie auf einer alten Daguerreotypie, die beiden alten Schwestern, gespielt von den großen Damen des Theaters, die er mit einer kindlichen Liebe anbetet, sind ein Traum von vergangenen Zeiten, die nie zurückkehren. Von den beiden Fräuleins der Internatszeit, dem strengen, das schlug, und dem sanften, das danach Bonbons verteilte. Das Trauma seines Lebens, zusammengefaßt in einer primitiven Kinderzeichnung. Ich kann am Ende nicht mitklatschen. Das hieße, dem Tod zu applaudieren.

Nach der Vorstellung versammelt sich die Familie. Keiner erwähnt Stefan, den Sohn und Bruder, mit einem einzigen Wort. Es ist, als wage es niemand, seinen Namen auszusprechen. Nur der Bruder, der Pharmazeut ist, kennt seinen Selbstmordplan, weiß aber nicht, daß seine Realisierung so kurz bevorsteht. Er hätte Stefan die Tabletten besorgen können und hätte es sicher getan, wenn Stefan ihn darum gebeten hätte. Er hat selbst Morphiumtabletten im Medizinschrank für sich und seine Frau bereitliegen, im Falle von Krankheit und Invalidität. Aber Stefan wollte den Bruder nicht mitschuldig machen an seinem Tod. Der Bruder erkundigt sich nach meiner Schlaflosigkeit, die er großzügig mit Medikamenten lindert. Ich klage darüber, daß das Präparat, das er mir letztes Mal gegeben hat, bei mir nicht wirkt. Darüber ist er beleidigt. Die aufgesetzte Munterkeit der Mutter ist ergreifend, und ich weiche ihr aus. Ich schäme mich auch für Stefan, weil er sie konsequent ausschließt und sich weigert, sie zu einem Besuch zu empfangen.

Ich nehme Elin mit hinter die Bühne. Wir trinken ein Glas zusammen mit den Schauspielern. Ich habe Stefan versprochen, ihnen tief in die Augen zu sehen und sie von ihm zu grüßen. Dazu bin ich nicht in der Lage. Ich fühle mich wie eine Betrügerin, durch ein böses Geheimnis von allem und jedem isoliert. Elin hält es nicht aus, Konversation zu machen, da sie daran denkt, daß Stefan zu Hause liegt. Wir verlassen schnell das Theater und setzen uns in ein Restaurant in der Nähe. Wir bestellen Salat mit Entenbrust, aber keine von uns bekommt einen Bissen herunter. Ich erzähle Elin, daß ihr Vater am Montag Selbstmord begehen will. Sie kommentiert die Neuigkeit nicht. Statt dessen winkt sie dem Kellner und bittet um die Rechnung. Ich lege einen großen Schein auf den Tisch zwischen die unberührten Teller. Wir warten nicht auf das Wechselgeld.

Als wir nach Hause zu Stefan kommen, ist Janus noch da. Er liegt bei ihm auf dem Bett und führt seinen neuen Computer vor. Er hat frische Feigen mitgebracht und bietet uns mit selbstverständlicher Ritterlichkeit eine Feige an. Seine

Vitalität und seine Begeisterung für die Glückseligkeiten des neuen Werkzeugs wirken befreiend. Wir werden von seinem Enthusiasmus mitgerissen und vergessen einen Augenblick den Tod. Er kokettiert damit, daß er überlege, in die Computerbranche zu gehen, mit dem Slogan: Jedem Menschen sein PC. Er ist sicher, damit Millionär zu werden und bis ans Ende seiner Tage das Leben eines reichen Mannes führen zu können, hätte er nicht andere Pläne mit seinem Leben. Er will Regisseur werden wie Stefan. Ich bin dankbar, daß er es schafft, der Grabkammer der kleinen Familie Leben einzuhauchen. Leider ist Stefan müde und bittet ihn zu gehen. Er habe ihm eine Stunde gegeben, und jetzt sei er vier geblieben. Er ist als einziger fähig, Stefans Panzer aufzubrechen und seine Grenzen zu überschreiten. Er packt den Computer zusammen, küßt Stefan die Hand und geht rückwärts zur Tür hinaus, ohne seine Gefühle zu zeigen.

Danach will Stefan unsere Meinung zur Inszenierung hören. Er selbst meint, es sei die beste, die er gemacht habe, die Krönung seines Werks. Ich bringe es nicht über mich zu sagen, daß er seine Urteilskraft verloren hat und in die Kindheit zurückgekehrt ist, und daß die Inszenierung deshalb mit seiner übrigen Produktion nicht verglichen werden kann. Es ist nicht seine letzte, sondern seine erste Arbeit. Ich begnüge mich mit der Frage, ob er die Schauspieler mit Absicht wie in einem Marionettentheater geführt habe. »Das hast du völlig mißverstanden«, sagt er und fängt an, von seinem Gebrauch des Verfremdungseffektes zu sprechen. Er habe die Personen dem Publikum am ausgestreckten Arm vorgehalten, damit es in ihnen sich selbst sehe. Sie sollten mit dem Verstand dabei sein, nicht mit den Gefühlen.

Elin hat den Mut, der mir fehlt, und keine Angst, ihn zu kritisieren. Sie sagt, es wirke wie eine Volkskomödie. Nichts gegen Volkskomödien. Die seien nur nicht ihr Ding. Stefan gibt nicht so leicht auf. Er stürzt sich in die Verteidigung des »Volkstümlichen« als ästhetisches Wirkungsmittel. »Ästhetik ist Kommunikation«, schließt er belehrend mit einem seiner Steckenpferde. Er hatte sich gewünscht, daß Elin eine Theaterausbildung macht, aber sie wollte keine Künstlerin werden. Sie hat zu viel von der Kehrseite der Medaille gesehen.«Jaja, Papachen. Das hast du schön gesagt. Aber was zählt, ist das Ergebnis.« »Wir sind nicht einer Meinung, aber das ist kein Grund zum Streiten. Ich weiß, was ich gemacht habe und warum. Es ist mein Testament.« »Du hast das letzte Wort. Der Klügere gibt nach«, sagt Elin und legt die Hand an seine Wange. Alles wirkt wie ein gewöhnlicher Abend im gewöhnlichen Leben.

Samstag, 29. September. Tag 5. Ich liege mit offenen Augen da und wache über Stefan. Ohne zu blinzeln, starre ich an die Decke, die eine hübsche, einfache Stuckkante und in der Mitte, wo ein kaputter Lampenschirm hängt, eine Rosette hat. Ich höre eine Uhr ticken. In der Wohnung ist keine Uhr, nicht einmal ein Wecker. Es muß eine größere, übergeordnete Uhr sein. Ich bin in eine andere Zeitrechnung geraten. Eine größere Zeit, außerhalb von Stefans kurzer Zeit, die nur diese Nacht, morgen, die Nacht nach morgen, übermorgen, die Nacht im Krankenhaus, den Tag danach und die letzte zerrissene Nacht umfaßt. Ich rechne Stefans Zeit, die auch meine Zeit ist, in Stunden um. 72 Stunden. Vielleicht eine Stunde länger, vielleicht ein paar Stunden kürzer. Darüber ist nur Stefan Herr.

Ich umarme ihn mit meiner Schlaflosigkeit und wickle ihn in die weiße Sternendecke der unendlichen Nacht. Er ist mein Wickelkind. Ich habe ihm angeboten, diese Nacht bei ihm zu bleiben. Das hat er abgelehnt mit der Begründung, ich solle nicht an ihn denken, sondern nach Hause gehen und mich ordentlich ausruhen für den nächsten Tag, der ein anstrengender Tag werde. Nichts darf dem Zufall überlassen werden. Nach ihm soll Ordnung herrschen. Und zur Durchführung seines Ordnungsprojektes braucht er mich.

Ich befinde mich in einem großen, leeren Raum von Unentbehrlichkeit. Endlich, nach 28 Jahren, gehört er mir. Ich teile ihn nicht mehr mit anderen Männern oder Frauen. Nicht einmal mit Elin, die sich aus dem »Beerdigungsinstitut« längst verabschiedet und sich entschlossen hat, sich auf ihre Kinder zu konzentrieren. Ich habe Stefan so lange auf der Todesroute begleitet, daß ich jetzt ganz allein mit ihm bin. Wir haben alles Leben hinter uns gelassen. Es sind nur noch zwei Menschen auf der Welt. Er und ich. Die letzten vor der Sintflut. Ich bin einer Naturkraft überlassen, die aufzuhalten nicht in meiner Macht steht. Ich lebe in einer unheimlichen Zukunft, in der der gottlose Mensch seinen eigenen Tod bestimmt und inszeniert. Was ist das für eine Art von Liebe, die mich mit in diese Science-fiction gerissen hat?

Ich gehe hinüber zu Stefan und mache Frühstück. Er fühlt sich immer noch schlecht, hat aber keine Schmerzen. Er sagt, er habe in der Nacht gut geschlafen, abgesehen davon, daß er aufgewacht sei, als er habe husten müssen. Er hat Wasser in den Lungen. Ich habe ihm einen kleinen Elfenbeinelefanten aus dem Kongo mitgebracht. Den soll er von mir mitnehmen. Er freut sich und sagt, er werde die Silberhalskette, die er von mir zum Geburtstag bekommen hat, anbehalten, wenn er ins Krankenhaus geht. Ich soll der Krankenschwester sagen, daß sie sie ihm nicht abnehmen darf, wenn er tot ist. Sie soll zusammen mit den Zähnen in der Asche zurückbleiben.

Ich rufe M. an und sage, das mit Stefan stehe kurz bevor und ich käme nicht mehr nach Malmö. Ich verspreche anzurufen, sobald es überstanden ist. Er wünscht mir viel Glück. Ich habe einen Kloß im Hals. Und habe Lust, ihm zu sagen, daß ich ihn vermisse. Er ist mein letzter Kontakt mit der wirklichen Welt, die jetzt unwiderruflich mit ihm verschwindet.

Wir sortieren weiter Stefans Papiere. Ganz hinten im Schrank liegen ein paar Tagebücher, die er bei der Bücherverbrennung übersehen hat. Ich frage, ob sie zusammen mit den Papieren in den Container sollen. Das findet er zu riskant. Er hat Angst, daß sie jemand findet. Ich soll statt dessen die Tagebücher verbrennen, wenn ich das nächste Mal ins Sommerhaus fahre.

Wir fangen an, eine Liste der Personen zu schreiben, die bei der Beisetzung dabeisein sollen. Er will nur die Nächsten, und die sollen zu der geschlossenen Séance eine spezielle Einladung bekommen. Das sind hauptsächlich die Schauspieler, zu denen er eine enge Beziehung hatte. Ich hatte von einer großen, öffentlichen Bestattung geträumt, offen für jeden, der teilnehmen will. Er macht eine Skizze, wie die Einladungskarten aussehen sollen. Ungefähr wie zu einem runden Geburtstag. »Es würde uns freuen, Dich/Euch bei Stefans Beisetzung mit anschließender Zusammenkunft zu sehen ... etc. Unterschrieben Nina und Elin. PS. Es war Stefans Wunsch, daß die Beisetzung unter Ausschluß der Öffentlichkeit und nur in Gegenwart der Familie und der engsten Freunde stattfindet.«

Er schlägt vor, in der Todesanzeige solle »nach kurzer Krankheit« stehen. Damit es mit dem Interview übereinstimmt, das er vor wenigen Wochen einer der großen Boulevardzeitungen gegeben hat, um die Gerüchte in den Medien, er sei von der »häßlichen Krankheit« betroffen und vernachlässige daher seine Arbeit am Theater, zu dementieren. Er selbst glaubt voll und ganz an das Dementi. »Ich will mich verdammt noch mal nicht krank machen lassen.

Mein Gesundheitszustand ist jetzt völlig normal, sonst könnte ich nicht arbeiten, wie ich es tue. Es ist irritierend, in den Zeitungen als jemand hingestellt zu werden, der auf dem besten Weg ins Grab ist. Besonders, wenn man es nicht ist. Natürlich war ich vor einem Jahr krank. Aber ich bin schnell wieder gesund geworden. Jede öffentliche Person hat zum Teufel das Recht, krank zu werden und sich scheiden zu lassen und zu sterben, ohne daß falsche Gerüchte verbreitet werden. Ich habe in vierzehn Tagen Premiere. Wie könnte ich ein kranker Mann sein«, hatte er in dem Interview behauptet. Er ist auf seiner Todesreise an einen Punkt gekommen, wo Wirklichkeit und Tatsachen für ihn nicht mehr existieren.

Ich will mich an den Lügen nicht länger beteiligen und sage, es solle nur dastehen, daß er tot ist. Dem fügt er sich. Er sagt, er habe jetzt die Reise Richtung Endstation begonnen, mit uns beiden aber sei es wie immer. Wir ließen die Gefühle nicht mit uns durchgehen. »Es ist alles so praktisch«, wende ich ein und weiß nicht, ob die Worte bis zu ihm vordringen. Draußen vor den Fenstern ist ein unnatürliches Licht, eine matte Dunkelheit, die lange Schatten wirft wie bei einer Sonnenfinsternis.

Joen und seine Frau, Stefans engste Freunde, bei denen er in den anderthalb Jahren, die er krank ist, viele Abende verbracht hat, werden um zwei kommen, um Abschied zu nehmen. Stefan verschiebt die Verabredung auf den nächsten Tag. Elin und ihr Mann und die beiden kleinen Enkelkinder haben ihren Besuch angekündigt. Und zwei Besuche an einem Tag verkraftet er nicht. Um vier kommt Elin mit Familie. Das kleine Mädchen, ein Jahr alt, krabbelt zu ihm ins Bett. Der Junge, zweieinhalb, stellt sich ans Fußende des Bettes und singt mit seiner spröden, schüchternen Kinderstimme »Dornröschen war ein schönes Kind«. Er singt alle Strophen zweimal. Danach ist es still.

Ich nehme die Enkel mit ins Wohnzimmer und spiele mit ihnen. Wir bauen hohe Türme aus Legosteinen, während Elin und ihr Mann, Troels, mit Stefan sprechen. Er schreibt Troels eine Vollmacht, damit er Stefans Auto verkaufen kann. Das junge Paar braucht Geld. Troels erzählt mir später, daß der Autohändler, als er den Brief mit der Vollmacht, in dem Stefan schreibt, er wolle das Auto verkaufen, weil er Geld für eine längere Reise brauche, gelesen hatte, gesagt habe: »Mich braucht er nicht anzulügen. Ist er nicht sehr krank?«

Nach einer Stunde nimmt die kleine Familie Abschied. Troels sagt zu Stefan: »Es dauert wohl lange, bis wir uns wiedersehen« oder »Wir sehen uns anderswo«. Draußen in der Diele bricht er zusammen und weint. Elin und ich trösten ihn. Ich gehe zurück zu Stefan, der sagt, er mache sich Sorgen um Elin. Er hat Angst, es gehe ihr mit Troels nicht gut. Sein größter Wunsch sei, daß sie einen Millionär heiraten und ein spanisches Kindermädchen für die Kinder haben werde, damit sie Spanisch lernten und sie die Ausbildung machen könne, die sie wolle, und überhaupt genau das tun könne, was ihr passe. Es ist, als rede er von sich selbst. Träumt er davon, im nächsten Leben Elin zu sein?

Wir essen zusammen zu Abend und hören ein paar Bänder, die ich aus seinem Auto unten im Hof geholt habe. Mozarts Linzer Sinfonie, Prager Sinfonie und die Jupitersinfonie. Wir wollen das Musikstück aussuchen, das zur Bestattung gespielt wird. Stefan will kein Orgelgedröhne, wenn die Gäste in die Krankenhauskapelle kommen, von der aus er beigesetzt werden wird. Er stellt sich vor, daß Elin und ich am Eingang stehen und die Gäste empfangen. Und seine Mutter, sein Bruder und seine Schwägerin sollen zusammen mit uns in der ersten Reihe sitzen. Die Enkelkinder will er nicht dabeihaben. Kinder bringen Unordnung mit sich. Sie weinen und können nicht still sein, wenn die Musik spielt.

Wir wählen die Jupitersinfonie (Mozarts letzte). Wir hören sie noch einmal und nehmen die Zeit. Sie dauert 25 Minuten, was Stefan für eine angemessene Länge hält. Er will keine Reden, nur die Jupitersinfonie. Wonach die Gäste die Kapelle wieder verlassen sollen. Der Leichenschmaus soll im Kongens Haves Restaurant stattfinden, mit reichlich Essen und Trinken. Ich schreibe alles auf wie ein pflichtgetreuer Regieassistent.

Wir hören die Sinfonie erneut, um noch einmal die Zeit zu kontrollieren. Es ist sehr wichtig für Stefan, daß die Musik, aus der die Zeremonie im Grunde besteht, genau die richtige Länge hat. Diesmal geht es schief. In meinem Nervensystem kommt es zu einem Kurzschluß. Alle Lichter gehen aus. Die teuflische Musik füllt das Dunkel mit Ungeheuern. Stefan hält meine Hand, bis ich aufhöre zu weinen. Ich streiche manisch seinen Arm auf und ab, als wäre er ein toter Gegenstand, der zum Leben erweckt werden soll, und sage, es sei unfaßbar, daß sein Arm aus Fleisch und Blut, den ich berühre, verschwinden wird.

Stefan sieht mich mit in sich gekehrtem Blick an. Ich sage weiter, die Beisetzungsvorbereitungen seien für mich so unwirklich, als wären sie nur etwas, das wir uns vorstellen, als spielten wir Theater. Er sagt mit einem Unterton des Triumphes in der Stimme, er habe beinah das Gefühl, an seiner eigenen Beerdigung teilzunehmen. Er sehe alles so deutlich vor sich. Die Kapelle mit Blumen und Kränzen den ganzen Mittelgang entlang. Die Gäste, die hereinkommen und sich auf die Bänke setzen. 25 Minuten lang gibt es nur die Musik. Der Raum ist voller Sonne. Wenn die Musik vorbei ist, ist nichts mehr.

Er gibt mir ein paar Abschiedsbriefe mit, damit ich sie nach seinem Tod aufgeben kann. Ich frage mich, wann er

Zeit gehabt hat, Briefe zu schreiben. In seinen einsamen Nächten? Ich verlasse ihn, der mit geschlossenen Augen in seinem japanischen Baumwollkimono im Bett liegt. Er strahlt eine zurückgezogene Selbstbeherrschung aus wie eine Königin.

Sonntag, 30. September. Tag 6. Ich war heute nacht nicht im Bett. Ich bin unaufhörlich durch die Straßen der Stadt gewandert. Die Straßen sind dunkle Waldwege. Die Mietshäuser eine undurchdringliche Mauer aus Bäumen. Ich suche im Labyrinth der Straßen nach einem Ausweg. Ich suche nach glücklichen Menschen. Ich suche nach den erlösenden Worten, die Licht in der Dunkelheit schaffen. Ich will weg aus dem Tal des Todes. Ich will die große Hochebene finden und mich unter einem offenen Himmel verstecken.

In den Straßen wimmelt es von jungen Menschen, die meine Kinder sein könnten. In großen und kleinen Gruppen erobern sie die Stadt. Die heiseren Kriegsrufe der jungen Männer, das lustvolle Gelächter der Mädchen füllt die kleinen, sargähnlichen Räume der Straßen mit der Erinnerung an Gott. Ich bin unsichtbar zwischen ihnen gegenwärtig. Ich warte auf sie vor den Diskotheken und Kneipen. Das lärmende Chaos der Musik hinter den offenen Türen und Fenstern zwingt mich in die Knie. Unter dem Scheinwerfer der Straßenlaterne rauche ich eine letzte Zigarette und wärme meine Lungen mit dem Rauch. Ich warte vergebens. Die jungen Löwen und Löwinnen kommen nicht wieder heraus. Ich mische mich unter die Obdachlosen, die immer zu zweit unterwegs sind. Ich bin selbst eine Obdachlose, die in Ermangelung eines Besseren in Versen mit sich selbst redet.

Ich bin schon um acht bei Stefan und habe Brötchen mitgebracht. Die gewöhnlichen mit Mohn, die dem Kind halfen, den Sonntag vom Alltag zu unterscheiden. Ich sehe, daß mit ihm etwas geschehen ist. Sein Gesicht leuchtet. Er sieht jung aus. Er erzählt, er habe ein ganz wunderbares Erlebnis gehabt. Er war um sieben Uhr aufgestanden und hatte von seinem Fenster im Wohnzimmer aus einen glühenden, rosafarbenen Himmel gesehen. Er habe sich absolut euphorisch gefühlt durch diese Schönheit. Er erzählt weiter, er habe in der Nacht von uns geträumt:

Wir standen auf einem Bahnhof in Italien. Wir waren sehr reich und sehr berühmt und beide sehr elegant gekleidet. Ich hatte schulterlange Haare, wie sie ihm so gut gefielen, und trug einen Kaschmirmantel mit Schalkragen, darunter trug ich Seidenunterwäsche, dazu Schuhe mit hohen Absätzen. Ich wollte irgend etwas kaufen, und er bat eine alte Dame, auf unsere Koffer aufzupassen. Der Zug fuhr ein. Und er wartete ungeduldig auf dem Bahnsteig auf mich und hatte Angst, ich würde zu spät kommen. Schließlich kam ich in einem roten Mantel und sah noch schöner aus als vorher. Er ging zu der Dame, um die Koffer zu holen. Die Dame behauptete, es seien nicht unsere, und wollte sie ihm nicht geben. Ein reicher Mann, ein Filmproduzent, mit dem wir nach Rom fahren sollten, kam ihm zu Hilfe und erzählte der Dame, wer wir seien, und wir bekamen die Koffer und setzten uns mit dem Produzenten in ein Erster-Klasse-Abteil. Er bot uns an, während der Verhandlungen über den Film, bei dem Stefan Regie führen sollte, in seiner Luxusvilla statt im Hotel zu wohnen.

Stefan geht es viel besser als an den vergangenen Tagen. Der Sonnenaufgang und der Traum haben ihm einen Kick gegeben. Er will ins Bad und sich die Krankheit abwaschen. Joen und Eva kommen um elf. Und die sollen ihn nicht gebrochen sehen und traurig werden. Ich wasche Socken in der Spüle, während er im Badezimmer ist. Der Wäschekorb soll leer sein, wenn er die Wohnung verläßt. Joen ruft an, um zu sagen, daß sie unterwegs sind, und ob das in Ordnung sei. Stefan kommt aus dem Bad. Er ist nach dem Duschen völlig erschöpft. Ich verschiebe den Besuch auf zwei, damit er sich noch ausruhen kann.

Stefans frischgewaschene Socken hängen am Wäschetrockner in der Küche. Nach den nächtlichen Ausschweifungen im wunderbaren Tivoli der Lebendigen bin ich wieder Dienerin des Todes. Stefan ist irritiert darüber, wie ich die Socken in zufälliger Reihenfolge durcheinander aufgehängt habe. Er will, daß sie paarweise hängen. Aber er hat nicht die Kraft, es selbst zu ändern. Ich habe nicht die Absicht, ihm bei etwas so Gleichgültigem nachzugeben. Wir schnauzen einander an wegen Kleinkram. Als die gefühlsmäßigen Analphabeten, die wir sind, halten wir uns an der Oberfläche und vermeiden zielsicher das tiefe Wasser der Liebe. »Wir sind wie die beiden griesgrämigen alten Schwestern, Tante Eins und Tante Zwei, in deiner Inszenierung«, fauche ich.

Er geht ins Bett, nicht um zu ruhen, sondern um Bürotätigkeiten nachzugehen, seinem Plan entsprechend führt er die letzten Geschäftsgespräche. Ich sitze mäuschenstill auf dem Sofa und lausche seiner Stimme. Ich habe die isländische Decke um die Schultern. Die Heizsaison hat noch nicht begonnen.

»Ja, jetzt heute abend, und dann ist es nur noch eine Frage von Tagen. Nein, es soll im Krankenhaus passieren. Ich habe nie zu denen gehört, die in ihrem trauten Heim sterben möchten. Wie die Tabletten heißen? Das habe ich wirklich vergessen. Aber sie sind in Ordnung. Der Oberarzt hat mir sein Wort gegeben. Mach dir keine Sorgen um mich. Kümmere dich lieber gut um unsere Mutter. Ich kann irgendwie nichts für sie tun. Sie geht mir auf die Nerven. Ihr diskretes Bitten um Kontakt ist so durchsichtig. Aber trotzdem tut sie mir leid, der alte Drache. Sie hat zuviel erlebt. Danke dir. Du bist trotz allem mein Bruder. Ich meine nichts anderes, als ich sage. Keine heimlichen Hintergedanken. Mein Bruder, verdammt noch mal. Ja, aber besser spät als nie. Nein, wir sehen uns nicht mehr. Der Zug ist jetzt abgefahren. Keine Sentimentalität. Danke, danke, du.«

Stefan legt auf und telefoniert sofort wieder. »Mutter, ich bin's nur. Prima, prima. Ich rufe nur an, um zu erzählen, daß ich ins Krankenhaus gehe, zu einer Untersuchung. Nein, wie gewöhnlich. Kein Grund zur Aufregung. Ja, ich habe die Krankheit auch bald verdammt satt. Mit so etwas rechnen wir ja nicht in unserer Familie. Wir sterben lieber im Stehen, wie Soldaten. Na, aber jetzt reden wir nicht mehr von mir. Ich rufe in ein paar Tagen an und erzähle dir, wie es geht. Nein, nicht so schlimm. Allmählich bin ich ja daran gewöhnt. Wie lange ich da bleibe? Das hängt von den Ergebnissen ab. Mach dir einen ordentlichen Drink zum Absacken. Und grüß alle.«

Stefan bekommt einen Hustenanfall. Ich schaudere unter der Decke, mir wird nicht warm. Es ist seltsam klamm in der Wohnung, als hätte sich ein unsichtbarer Nebel zwischen die Möbel gelegt. Ich habe Mitleid mit seiner Mutter, die am ausgestreckten Arm gehalten wird und sich ihrem jüngsten Sohn nicht nähern und ihn nicht zur Tür begleiten darf. Aber ich bin Lichtjahre von ihr entfernt. Sie hat das zweifelhafte Privileg der Uneingeweihten: in glücklicher Unwissenheit zu leben, bis die Katastrophe eintritt. Und sie bezahlt den Preis, indem sie außerhalb des kleinen, inneren Kreises gehalten wird, für den sie keine Rolle mehr spielt. Meine enge Freundschaft mit ihr hat sich im Laufe von Stefans Krankheitsjahren auf ein Minimum von Formalitäten reduziert. »Der alte Drache« muß seinen eigenen Weg gehen. Stefans geheimer Plan führt zu Trennungen und isoliert mich von allen menschlichen Beziehungen. Ich bin auf einer einsamen Insel, umgeben von einem windstillen Meer.

Stefan ist bei seinem dritten Telefongespräch mit seinem Regiekollegen. Seine Stimme ist munter und energisch. »Ich fürchte, ihr müßt auf dem Meeting am Montag ohne mich auskommen, ich habe an diesem Tag schon Urlaub. Ja, ich nenne es lieber Urlaub. Das ist besser für die Stimmung. Und wir haben ja weiß Gott nur den Spaß, den wir uns selbst machen. Aber Spaß beiseite. Ich rechne mit deiner Unterstützung für den ›Eingebildeten Kranken‹. Wir haben ja einen souveränen Darsteller für die Hauptrolle. Wie maßgeschneidert für ihn. Er war noch nie besser. Ich weiß. Das sagen wir jedes Jahr. Aber was mir am meisten am Herzen liegt, ist, wie du weißt, die dänische Dramatik. Da müssen wir was tun. Und das überlasse ich gern dir. Ich sehe zuversichtlich in die Zukunft. Wie meinst du das? Das kann ich ehrlich gesagt nicht beantworten. Wir sind wohl verschieden disponiert. Manche werden kurzatmig und verlieren die Stimme. Das tue ich offenbar nicht. Ich bin stark wie ein Ochse. Nicht umzubringen. Aber um auf den Spielplan zurückzukommen. Wir haben ja beide eine Schwäche für Fassbinder. Kannst du nicht eine Schlacht für ihn schlagen? Die Entscheidung überlasse ich dir. Meine Meinung kennst du. Und du bist ja eine Art Experte für ihn. Ja, da hast du recht. Hören wir lieber auf. Ich muß auch weiter. Nein, das ist in Ordnung. Selbstverständlich sollst du dich an einem Sonntagnachmittag deiner Familie widmen. Diesmal hatte ich auch nicht mehr zu sagen. Deadline ist nächste Woche. Danke dir.«

Stefan ruft mich und erzählt mir, was der Kollege ihm zum Abschied gesagt hat: »Was auch passiert, du hast deinen Namen in die Theatergeschichte geschrieben.« »Mehr kann ich nicht verlangen in diesem Leben«, sagt er. Er sinkt zusammen und sieht aus wie ein müder alter Mann. Aber es gibt kein Anzeichen für die Todesangst, die aufblitzen zu sehen ich so inständig hoffe, um meine eigene Angst mit ihm teilen zu können. Vielleicht läßt der Plan keinen Raum für derartige Gefühle unter der brüchigen Oberfläche. Er stellt das Telefon neben dem Bett auf den Boden. Er hat seine letzten Verpflichtungen abgeschlossen und ist bereit zur wohlverdienten Ruhe vor dem Gastmahl.

Trotzdem hebt er ab, als das Telefon klingelt. Er ist noch nicht fertig mit dem Leben. »Ulrich, du bist's? Das ist viel zu lange her. Ja, gleichfalls. Wie geht's? In Kopenhagen? Schön. Wir müssen uns sehen. Heut abend? Das wäre nett, aber ich habe Grippe. Ja, verdammter Mist. Lieber reich und gesund als arm und krank. Ich rufe an, wenn ich wieder auf den Beinen bin. Selbstverständlich bevor du abreist. Es dauert ein paar Tage, dann bin ich wieder gesund. Sonst fehlt mir ja nie was. Jetzt? Sicher, wenn es für dich besser ist. Dann kannst du deine Zeit auch besser disponieren. Sagen wir Samstag oder Sonntag. Okay, Sonntag. Ich kann an beiden Tagen. Nein, gehen wir essen. Das entscheidest du. Ruf mich Sonntagvormittag an, dann können wir genauer verabreden, wo wir uns treffen. Ich freue mich, dich zu sehen.«

Das unerwartete Gespräch hat ihn wieder aufgemuntert. Er genießt es offensichtlich, Verabredungen jenseits des Todes zu treffen, den er bis auf weiteres in der Hand hat und mit dem er spielen kann wie die Katze mit der Maus. Ulrich ist ein alter Freund aus der Jugendzeit, der nach München gezogen ist und sich dort als Chiropraktiker niedergelassen hat. Er ist auf der Liste derer, für die wir Abschiedsbriefe verabredet haben. Stefan beschließt, ihn von der Liste zu streichen. Er will ihn statt dessen bei der Beisetzung dabeihaben, wenn er sowieso schon in der Stadt ist. Ich übertrage Ulrich von der Briefliste auf die Gästeliste. Stefan ist froh darüber, daß er dabei sein wird. »Er ist eine große Begabung, lebensklug und menschlich klug. Ein Gewinn für jede Gesellschaft«, sagt er.

Wieder klingelt das Telefon. Stefan hebt ab, bevor es auch nur zweimal geklingelt hat. Ich gehe ins Schlafzimmer und setze mich mit Arena, einer von Stefans Lieblingszeitungen, aufs Sofa. »Schätzchen, wie lieb von dir, dich zu melden. Du weißt genau, daß ich alles getan hätte, um bei der Premiere mit euch zusammenzusein, und daß mich im Prinzip nur der Tod daran hindern kann. Aber ich war einfach zu matt. Und jetzt gehe ich für eine Weile ins Krankenhaus, um mich ordentlich durchchecken zu lassen. Ich weiß nicht, was dabei herauskommt. Ich lebe von einem Tag auf den anderen. Du sollst einfach wissen, daß ich so viel an dich und Frans denke und euch alles mögliche Glück in dem schwierigen Leben wünsche. Ich werde immer bei euch sein. Das darfst du nicht vergessen, versprich es mir. Ja, ich liebe euch auch. Jetzt fang nicht an zu weinen, Schatz. Sei fröhlich. Du hast das Leben vor dir. Du hast so viel zu geben. Du wirst eine große Schauspielerin. Das glaube ich nicht nur. Das weiß ich. Ich kann dich mit gutem Gewissen verlassen. Absolut flugfähig. Nein, hab keine Angst. Ich schaffe das schon. Mir passiert nichts. Ich klinge merkwürdig? Nur weil ich dich so gern habe. Und Frans. Grüß Frans und küsse ihn von mir.«

Stefans Stimme zittert. Er ist den Tränen nah, als er ihr Lebwohl sagt. Es ist das einzige Mal im Laufe der letzten Tage, daß er Schwäche zeigt. Er putzt sich die Nase und ruft mir entschuldigend zu, daß die beiden jungen Schauspieler es ihm mit ihrer übertriebenen Gefühligkeit schwermachen. Sie haben wohl erraten, daß er Aids hat, obwohl seine offizielle Krankheit noch immer Leukämie ist. Aber das sage ich nicht. Ich will ihm die Lüge nicht nehmen. Er hat den Abschiedsbrief an sie schon geschrieben und bittet mich, ihn zu zerreißen und wegzuwerfen. Er findet einen Brief überflüssig, nachdem er gerade mit einem von beiden geredet hat.

Er fragt, ob ich es pathetisch finde, diese Abschiedsbriefe zu schreiben. Ich sage, er soll denen schreiben, denen er gern Lebwohl sagen möchte. Die Briefliste ist schon von sechzehn auf fünf geschrumpft. Als habe er Angst, sich bloßzustellen. Als verlasse er sich auf niemanden und habe mehr Angst vor dem Leben als vor dem Tod.

Stefan ist sehr müde und sagt, er freue sich darauf, ins Krankenhaus zu kommen und ohne Telefon zu entspannen. Er steht auf und setzt sich in seinem Kimono aufs Sofa und macht sich bereit, Eva und Joen zu empfangen. Er zieht den Kimono enger um sich und strafft den Gürtel. Er zieht einen Kamm aus der Tasche und fährt sich damit durch die dünnen, schon toten Haare. Er schmiert sich Lippenpomade von Matas auf die Lippen und befeuchtet sich die Brauen mit Speichel. Er wischt mit dem Kimonoärmel ein paar Flecken von seinen braunen Bally-Lederslippern. Er fragt, ob er präsentabel genug sei, um Besuch zu empfangen. Er will ungern allzu krank aussehen. Ich antworte, er sehe nicht besonders krank aus, was zutrifft. Er kann von krank zu gesund wechseln, wie man eine Lampe an- und ausmacht. Er hat den Strom angestellt und wartet darauf, daß die beiden liebsten Freunde auftauchen. Er sieht ungeduldig auf seine Uhr. Es fällt ihm schwer, die Maske zu bewahren.

Ich schlage vor, einen Spaziergang zu machen, damit er mit ihnen in der letzten kostbaren Zeit, die sie zusammen haben, allein sein kann. Er wirft mir vor, überdiskret zu sein. Aber ich habe nicht die Kraft, gesellig zu sein und seinen Freunden gegenüber, zu denen ich nur eine Beziehung aus zweiter Hand habe, so zu tun, als wäre alles normal. Stefan bittet mich, nach einer Stunde zurückzukommen. Länger kann er sich nicht aufrechthalten. Ich gehe nach Hause und gucke in die Luft, bis es drei ist. Ich sehe die ganze Zeit Stefans Wohnung vor mir. Sie ist meine einzige

Wirklichkeit, mein einziger Haltepunkt. Auf dem Weg zu Stefan kaufe ich Milch und Brot und Butter.

Joen und Eva sind noch da. Ich höre Stefans Stimme schon in der Diele. Ich gehe in die Küche und lege Milch und Butter in den Kühlschrank und das Brot in den Brotkasten. Stefan ruft mich ins Wohnzimmer. Ich gehe hinein. Sie sitzen so merkwürdig weit voneinander entfernt. Stefan und Joen in jeweils einer Sofaecke. Eva linkisch ausgestreckt im Deckchair mit dem türkisen Bezug. Sie trinken Tee und essen Kuchen, den Joen mitgebracht hat. Ich setze mich in den roten Plüschsessel. Die Szene ist eine Art Theater der Grausamkeit, bei dem die Trauer hinter lächelnden Masken versteckt wird.

Stefan redet in einer hektischen Tonlage. Ununterbrochen. Er muß seine Visionen vom Theater als Kunstart der Zukunft loswerden. »Das Theater muß raus aus den Theatern, in die Tankstellen und auf die Rastplätze, in die Parks und auf die Plätze der Stadt. Wir müssen wieder Zigeuner sein. Die Leute sollen die Wäsche reinholen, wenn wir kommen, und es abends trotzdem nicht lassen können, in den Zirkus zu gehen. Wir müssen arbeiten in der Spannung zwischen der Angst vor dem Fremden und der Neugier darauf, mit dem Unbekannten im Menschen in Berührung zu kommen. Das Theater ist zu fein geworden, zu abgesichert.« »Du warst immer ein Aussteiger«, wendet Joen ein. »Ja, und darauf bin ich stolz.« Stefan zupft den Kimono zurecht. »Ich habe mich nie ins Bürgertum eingereiht. Ich bin draußen in der Kälte geblieben. Ich bin der, der draußen im Schnee geht und durch die Fenster zu den kleinen Familien hineinsieht, die um den Weihnachtsbaum tanzen, und preise mich glücklich, daß ich auserwählt bin, draußen unter dem Sternenhimmel zu sein. Die Sterne sind der Weihnachtsbaum des Einsamen.«

Schließlich kommt der unvermeidliche Abschied. Joen

umarmt Stefan und sagt: »Gute Reise.« Er ist sehr bewegt. Stefan bittet ihn, ihre kleine Tochter zu grüßen, und sagt, daß er sie sehr liebt. Er gibt ihm eine kleine, grüne Keramikschildkröte für sie mit. Ich kann die Tränen nicht zurückhalten und gehe hinaus in die Küche.

Sobald sie aus der Tür sind, geht Stefan ins Bett. Er ruft mich und fragt, ob ich glaube, daß sie fanden, er habe zu viel geredet. Wieder dieses ängstliche Kind, das nicht weiß, wie es sich verhalten soll und vor dem Urteil anderer Angst hat. Ich beruhige ihn und sage, ich sei sicher, daß sie das nicht gefunden hätten. Sie wüßten ja, daß er immer viel rede. Er hat kein Mittagessen bekommen, und wir essen früh zu Abend. Wir hören die Jupitersinfonie noch einmal, um ganz sicher zu sein, und entscheiden uns endgültig für sie.

Stefan möchte, daß ich alles aufschreibe, was wir in Hinblick auf die Todesanzeige, die Beisetzung (den ganzen Ablauf) und die Gästeliste jetzt definitiv verabredet haben. Jeden Punkt auf einem extra Blatt Papier. Der Grabstein soll ein Naturstein mit eingemeißelten Antiqua-Buchstaben sein, die nicht mit Gold oder Schwarz, sondern mit Yves-Klein-Blau ausgemalt werden sollen. Nur sein Name soll darauf stehen. Kein Geburts- oder Todesdatum. Ich protestiere und sage, ohne Daten sei es, als wäre er nie hiergewesen, aber er ist unnachgiebig.

Das Arbejdernes Ligkistemagasin am Fælledvej soll die Beisetzung organisieren. Ihm gefällt das alte, schwarze Glasschild mit den Goldbuchstaben so gut, und jedesmal, wenn er vorbeifährt, genießt er seinen Anblick. Er fragt, ob ich es makaber fände, über die Beisetzung und alles Praktische so detailliert zu reden. Darauf antworte ich mit Nein. Wir sind wie zwei Kinder, die ein sehr ernstes Spiel spielen, das gleichzeitig ein ganz alltägliches Spiel ist, so konkret und hausfraulich durchdacht.

Es ist beinah neun geworden. Ich habe in der Küche aufgeräumt. Stefan will den Ersten Assistenzarzt anrufen, um sich aufnehmen zu lassen. Ich finde es stressig, so spät ins Krankenhaus zu gehen, und frage, ob er mit der Aufnahme nicht bis zum nächsten Tag warten kann. Aber er will los. Er sagt, er sehne sich nach dem Tod, und die Angst komme jetzt nur noch anflugsweise.

Der Arzt ist auf dem Heimweg vom Dienst und hebt nicht ab. Eine Viertelstunde später ruft er zurück. Ich entnehme dem Gespräch, daß es nicht so einfach ist, ins Krankenhaus zu kommen und dort Selbstmord zu begehen, wie Stefan es sich in seinem Übermut vorgestellt hat. Oder wie der Arzt es ihm eingeredet hat. Ich durchschaue nicht, was zwischen den beiden vorgeht. Ich habe nur Stefans Version. Er argumentiert für die Krankenhausaufnahme damit, daß er nicht zu Hause bleiben könne, weil draußen vor den Fenstern ein Gerüst aufgebaut worden sei, und daß die Handwerker am nächsten Morgen anfangen würden, die Fassade zu renovieren. Der Assistenzarzt kann kein grünes Licht geben, ohne mit dem Oberarzt konferiert zu haben. Er verspricht zurückzurufen.

Stefan ist ganz außer sich darüber, daß der Arzt, der wie ein Freund aufgetreten ist, einen Rückzieher gemacht hat und ihm einreden wollte, es bestehe kein Grund zur Panik. Es sei doch nicht eilig. Er habe massenhaft Zeit, seinen Selbstmord durchzuführen. Und wenn es unbedingt sein müsse, habe er nicht ein Sommerhaus, wo er es machen könne?

Ich versuche, Stefan zu erklären, daß es selbstverständlich nicht so glatt gehen kann und daß es ein unheimliches Krankenhaussystem wäre, das Leuten dabei helfe, Selbstmord zu begehen. Aber Stefan ist erschüttert, daß sein Plan nicht läuft wie auf Schienen. Er ist sehr fixiert auf den »Plan«. Ich tröste ihn und sage, aufs Krankenhaus komme es nicht an. Wir können es zu Hause machen, in der Wohnung. Langsam fühle ich, daß es mein Selbstmord ist.

Der Arzt ruft wieder an und sagt, es sei in Ordnung, daß er komme, und sie könnten die Dinge am nächsten Tag bei der Visite durchsprechen. Er legt Stefan nahe, so zu tun, als hätten »diese Gespräche nie stattgefunden«. Stefan meint, er habe Angst um seine Stellung. Jetzt, da ihm aufgeht, daß sein Versprechen Konsequenzen hat und er entdeckt, daß er sich am Rande der Regeln bewegt.

Ich finde, das Ganze wirkt beunruhigend, will Stefan aber nicht den Mut nehmen. Er ist schon erschüttert genug. Als letztes schreibt er eine Erklärung, daß sein Erbe an Elin erst dann ausbezahlt werden dürfe, wenn sie mit einer Ausbildung beginne. Ich zweifle daran, daß ein solches Dokument Gültigkeit besitzt, aber Stefan läßt sich von derartigen kleinlichen Einwänden nicht aufhalten. Er ist sich außerdem nicht klar darüber, daß es gar kein Erbe von ihm gibt, sondern nur Schulden.

Stefan steht auf und zieht sich an, was er seit Mittwoch nicht mehr getan hat. Ich ziehe das Bettzeug ab, um es, wie ich ihm versprochen habe, am nächsten Tag zu waschen. Er packt den Elfenbeinelefanten aus dem Kongo und einen meiner Romane, die alle von uns handeln, in die Tasche. Es tut weh, ihn seine Wohnung zum letzten Mal verlassen zu sehen. Er hängt so an seiner Ein-Zimmer-Wohnung mit Balkon, ein gut eingerichtetes 70-Quadratmeter-Schiff, verwandelt in eine Bibliothek. Alle Wände sind vom Boden bis zur Decke mit Büchern bedeckt. Selbst über den Türen sind Bücher. Er hat das Wohnzimmer mit einer Trennwand geteilt und das kleine Schlafzimmer eingerichtet, wo er haust wie ein Tier in seiner Höhle. Zum ersten Mal in seinem bald fünfzigjährigen Leben hat er sich irgendwo zu Hause gefühlt. Er lebt wieder wie der einsame Internatsschüler, der seine liebsten Dinge in einer Kassette aufbewahrt.

Auf dem Weg zum Krankenhaus hebt Stefan an einem Geldautomaten 2000 Kronen ab. Es ist eine merkwürdige Fahrt durch die geliebte Stadt, die schon verlassen ist. Ich kann gut nachvollziehen, wie Stefan daran erinnert wird, daß er diese Häuser und Straßen, die er kennt wie seine eigene Hosentasche, zum letzten Mal sieht. Vielleicht hat er längst aufgehört, etwas zu fühlen. Vielleicht überläßt er diesen Teil von sich mir, damit er sich voll und ganz darauf konzentrieren kann, seinen Plan auszuführen.

Das Taxi fährt unter das Krankenhaus. Wir werden in der Parkgarage bei Aufgang F abgesetzt. Hier unten in der unterirdischen Betonwüste mit plumpen Säulen und tiefhängender Decke, die uns niederdrückt, beginnt die Reise zum Mond. Wie kann ich freiwillig und ohne Widerstand zu leisten den ganzen Weg zu diesem großen, modernen Krankenhauskomplex hinausfahren und Stefan als Selbstmordpaket abliefern? Wir nehmen den Lift zur Station 121. Die Krankenschwester führt uns in das wohlbekannte Einzelzimmer direkt am Eingang. Stefan zieht sich aus und die anonymen Krankenhaussachen an, deren weiche Baumwollqualität er über alle Maßen lobt.

Er liegt im Bett, als ein junger, langhaariger Arzt kommt, um ihn zu untersuchen. Es ist derselbe, der mit der Spritze für die Chemotherapie nicht zurechtgekommen ist. Stefan läßt sich seine frühere Unzufriedenheit nicht anmerken und begrüßt ihn freundlich nachsichtig. Er hat sich voll und ganz der Krankenhausmaschine überlassen. Er hat keine Kämpfe mehr auszufechten. Der Arzt zittert vor Nervosität und ist von übertriebener Sorgfalt. Er stellt Fragen nach Symptomen in einem vorsichtigen, untertänigen Tonfall. Er mißt den Blutdruck, fühlt den Puls und hört Stefans Lungen ab. Stefan wird ungeduldig und bittet den jungen Mann, die Untersuchung abzubrechen. Nach dem längsten Tag seines Lebens ist er kurz vor dem Zusammenbruch.

Sobald der Arzt gegangen ist, fragt Stefan, ob ich glaubte, daß er finde, Stefan sei zu gesund, um aufgenommen zu werden. Ich sage, es sei sein Recht, aufgenommen zu werden, wenn er darum bitte. Dieses Recht hätten die Patienten auf dieser Station. Ich sage mit Absicht nicht Aids-Patienten. Stefan hat etwas gegen dieses Wort: Aids.

Ich setze mich auf das hohe Krankenhausbett. Nach und nach wird Stefan ruhig. Er ist froh, endlich im Krankenhaus zu sein. Die Geräusche auf dem Korridor, die Piepser der Ärzte, die Gebläse bewirken, daß er sich sicher fühlt. Beschützt von der Anonymität. Er ist eine Nummer in einer Reihe und kann die Zügel loslassen. Das Krankenhaus hat die Regie übernommen. Er ist nach Hause zurückgekehrt. Zurück ins Internat seiner Kindheit. Er hat ein Bett, einen Schrank und die wenigen Dinge, die ihm etwas bedeuten. Er ist von allen materiellen Bindungen und praktischen Tätigkeiten befreit. Er ist bereit, reiner Geist zu werden.

Er kommt wieder und wieder auf das kalte Dunkel des Schlafsaals zurück. Die offenen Fenster in der Nacht. Die Fensterbänke, die morgens mit Schnee bedeckt sind. Der Jungensmief. Das Recht des Stärkeren. »Ich bin befördert worden«, faßt er zusammen, »ich habe jetzt mein eigenes Zimmer. Das hat mir das Leben zuletzt gegeben: Exklusivität und Sonderbehandlung. Eigentlich habe ich mir immer gewünscht, nicht zur Last zu fallen. Hier in diesen heiligen Hallen werden Leute dafür bezahlt, daß sie sich um mich kümmern. Hier hinterlasse ich keine Dankesschuld. Und ihr sollt als meine Gäste kommen und meinen Reichtum teilen. Das Krankenhaus befreit mich. Freiheit war immer wichtig für mich. Ich schätze die Freiheit höher als die Liebe. Bei den meisten ist es umgekehrt. Ich bin ein Ausnahmemensch.«

Ich sitze bei ihm bis Mitternacht. Dann schickt er mich

weg. Er erinnert mich väterlich daran, dafür zu sorgen, daß ich mich am nächsten Tag, wenn ich mich nicht um ihn kümmern muß, entspanne. Wir verabreden, daß Elin und ich um fünf Uhr nachmittags mit dem Hähnchen ins Krankenhaus kommen. Er gibt mir 200 Kronen für ein Taxi nach Hause und sagt, wir hätten Glück, daß wir auf diese Weise miteinander verbunden sind. Ich weiß nicht, was er mit »diese Weise« meint. Wir empfinden das gleiche. Ich fahre vom Krankenhaus, das Stefans Bundesgenosse und mein Feind ist, nach Hause. Der Rest ist blackout.

Montag, 1. Oktober. Tag 7. Früh am Morgen rufe ich Elin an und verabrede mit ihr, daß wir uns um drei bei dem Blumenhändler in der Købmagergade treffen, um einen schönen Strauß für Stefan zu kaufen. Auf dem Weg zum Krankenhaus können wir dann an meiner Wohnung vorbeifahren und das Hähnchen holen, das ich in meinem großen, eisernen Topf, dem Hochzeitsgeschenk von Stefans Mutter, zubereiten will. Elins passive Bereitschaft, sich an Stefans Plan, den ich zu meinem eigenen gemacht habe und für den ich die volle Mitverantwortung übernehme, zu beteiligen, läßt mich vor Scham erröten. Ich kann ihr nichts sagen, was es erträglicher machen würde. Es gibt keinen Trost und keine Vergebung für das, was Stefan und ich unserem Kind antun.

Kurz darauf ruft Stefan völlig verzweifelt an. Er kann es im Krankenhaus nicht aushalten. Jede Viertelstunde die ganze Nacht hindurch war eine Krankenschwester ins Zimmer gekommen, um nach ihm zu sehen. Er hatte kein Auge zugetan. Nach der Visite will er zu mir nach Hause kommen. In seiner Wohnung, wo die Handwerker auf dem Gerüst direkt vor den Fenstern herumrennen, könne er nicht sein. Daß der Schauplatz jetzt zu mir nach Hause verlegt und Elins und meine Mitwirkung beim Selbstmord ausgeweitet werden soll, trifft mich wie ein betäubender Keulenschlag am Hinterkopf.

Joen ruft an und sagt, er sei sehr traurig über »die Situation« und frustriert, weil er nichts tun könne. Es sei ihm so schwergefallen, von Stefan Abschied zu nehmen, und er habe mit dem Weinen gewartet, bis er im Treppenhaus gewesen sei. Er weiß, daß Elin und ich zu einem letzten Picknick ins Krankenhaus kommen und anschließend zusammen bei mir übernachten und auf den Anruf vom Krankenhaus warten sollen. Aber er weiß nicht, an welchem Tag. Ich habe nicht die Kraft, ihm zu erzählen, daß »der Plan« geändert ist. Ich sage, ich freute mich über seinen Anruf und ich würde ihn anrufen, wenn alles überstanden sei. Ich wirble mit in Stefans Todesspirale und kann Joen keine Hoffnung machen. Durch seine Trauer fühle ich mich wie ein Ungeheuer.

Später am Vormittag ruft Stefans Bruder an und ist sehr nervös. Ihm ist eingefallen, daß fünfzig, sechzig Tabletten vielleicht zu viel sind, wenn Stefan nicht richtig essen kann. Er hat Angst, Stefan werde sie wieder erbrechen. Er hat in seinem Medizinbuch gelesen, daß zehn eine tödliche Dosis sind, und meint, zwanzig bis fünfundzwanzig seien ausreichend. Er sagt, er wolle Stefan gern im Krankenhaus besuchen, nur fünf Minuten. Ich verspreche, es ihm zu sagen, aber ich glaube nicht, daß die Chance groß ist. Stefan will nur Elin und mich sehen. Wir sollen die letzten sein.

Auch ihm erzähle ich nicht, daß Stefan nach Hause kommt. Ich bin stark im Zweifel, ob ich Stefan von den Bedenken des Bruders erzählen soll. Nicht eine Sekunde lang – bis jetzt – ist mir eingefallen, daß »der Plan« mißlingen kann. Ich sage dem Bruder, wir müßten jetzt zusammenstehen. Ich weiß nicht einmal selbst, was ich mit dieser Bemerkung meine.

Stefan kommt um halb zwölf mit einem Taxi. Ich gehe

hinaus und nehme seine Tasche. Er ist außer Atem und erschöpft nach der schlaflosen Nacht und voller Verzweiflung darüber, daß »der Plan« geändert worden ist. Er kann sich kaum die Treppen hinaufschleppen. Ich helfe ihm aufs Sofa. Er ist aschgrau im Gesicht und hat nicht frühstücken können. Ich gebe ihm Tee und ein Stück Schwarzbrot mit Stryhns Leberpastete und Roter Beete, was in der letzten Zeit seine Lieblingsspeise gewesen ist.

Während wir Tee trinken, erzählt Stefan, er habe mit dem Arzt verabredet, daß ich ihn am nächsten Morgen, wenn wir ihn tot aufgefunden hätten, anrufen kann. Er hat Dienst, und er hat Stefan die Nummer seines Piepsers gegeben. Er werde dann sofort kommen und dafür sorgen, daß er ins Krankenhaus gebracht und daß der Totenschein dort geschrieben werde, damit Elin und ich nicht Rechenschaft für den Selbstmord ablegen müßten. Der Arzt habe ihm erklärt, es werde schwer sein, es in aller Ruhe im Krankenhaus zu tun, selbst wenn sie ein »Bitte-nicht-stören«-Schild an die Tür hängten. Die geübte Krankenschwester werde sehen, daß er nicht schlafe, sondern daß etwas nicht stimme, und sofort Alarm schlagen. Stefan schließt damit, daß sein Freund, der Erste Assistenzarzt, bestimmt erleichtert sei, ihn loszuwerden.

Ich fühle mich mißmutig und bedrückt durch die geänderte Selbstmordprozedur und kann ihm nichts sagen. Er sieht mich an und fragt, ob ich es schaffe. Ich sage: »Ja, weil ich es will.« Vielleicht meine ich eher: »Weil du es willst.« Wir sind zu ein und derselben Person verschmolzen. Er läßt die Hand über den schmuddeligen Sofabezug gleiten und sagt, ich solle ihn reinigen lassen und seine hellblaue Lampe auf meinen Couchtisch stellen. Das verspreche ich ihm, halte aber nichts von der Idee.

Wir einigen uns, nach Feierabend gegen vier zu ihm nach Hause zu fahren. Dann kann ich das Abendessen von dort aus einkaufen. Ich sage, ich würde kein Hähnchen machen, sondern Lammkoteletts. Ich weiß nicht, ob ich mein Landhähnchen machen kann, wenn ich nicht meinen eigenen Topf habe. Er nimmt die Enttäuschung mit stoischer Ruhe und sagt, er habe die ganze Nacht dagelegen und Schäfchen gezählt, deshalb sei es ganz natürlich, daß eines von ihnen mit einem Lamm niedergekommen sei. Während er schläft, gehe ich in mein Schlafzimmer und lege mich hin. Ich hätte vielleicht im Wohnzimmer bleiben und über ihn wachen sollen, aber sein Widerwille dagegen, gepflegt und gehätschelt zu werden, sitzt tief in mir.

Hinaus zum Taxi muß ich Stefan stützen. Er geht unsicher und schwankend. Die Medizin lähmt die Nervenbahnen in seinen Beinen und Füßen. Wir fahren bei seiner Bank vorbei. Er will alles Geld, das er auf seinem Konto hat, abheben und Elin geben. Aber er hat um 28.000 Kronen überzogen, also ist da nichts zu holen. Zu unserer großen Erleichterung sind die Handwerker weg, als wir an der Wohnung ankommen.

Als erstes zieht Stefan den Telefonstecker heraus. Er hat ja sein Zuhause offiziell verlassen. Ich beziehe das Bett neu, damit er sich hinlegen kann. Ich entschließe mich, ihm zu erzählen, was sein Bruder über das Risiko, die Morphiumtabletten zu erbrechen, gesagt hat. Das kommentiert er nicht. Und sein Gesicht verrät nicht, was er denkt. Statt dessen sagt er, daß Joen angeboten hat, Nachtwache zu halten, er habe das Angebot jedoch abgelehnt.

Ich gehe einkaufen für das Abendessen, das letzte Abendmahl, wie Elin es nennt. Lammkoteletts, Knoblauch, Petersilie, Volvic, Blumen. Außerdem das Allerwichtigste: Joghurt mit tropischen Früchten, der die Tabletten im Magen halten soll, und eine kleine Flasche Ballantine's, mit der er sie hinunterspülen will. Es ist der finale Einkaufsbummel. Ich sehe mich selbst in der dritten Person in die Geschäfte gehen, die Waren aussuchen, bezahlen, die Unschuld des Schuldigen ins Gesicht geschrieben, und mit der schweren Einkaufstasche wieder herauskommen. Leistet sie Beihilfe zum Mord oder zum Selbstmord? Sie schleppt sich das Trottoir entlang. Sie hat es nicht eilig, nach Hause zum Schafott zu kommen. Zeilen aus einem vergessenen Gedicht gehen ihr durch den Kopf: »Die Nacht steht in den Türen. Es kommt kein Morgen mehr.«

Ich bin beim Kochen. Stefan ist im Badezimmer, um sich fürs Abendessen frisch zu machen. Als er in seinem unvermeidlichen Kimono aus dem Bad kommt, ist er wie verwandelt. Nicht nur weil er sich mit Wasser gekämmt und frisch rasiert hat. Er ist auf eine unheimliche, schizophrene und Hitchcock-artige Weise ein anderer. Nachdem er den ganzen Tag müde, erschöpft und düster gewesen ist, hat er jetzt eine frische, muntere Ausstrahlung. Er leuchtet von angesparter Energie, wie wenn ein Schauspieler auf die Bühne tritt. Selbst die Enttäuschung darüber, daß wir kein Hähnchen essen werden, kann ihm nichts anhaben.

Als Elin kommt, ist er wieder ins Bett gegangen. Sie bietet an, bei der Vorbereitung des Essens zu helfen. Aber ich finde, sie soll zu Stefan hineingehen und bei ihm sein. Sie war in der letzten Zeit so wenig mit ihm zusammen. Ich decke den Tisch und zünde die Kerzen in den hohen Leuchtern an. Wir fangen an zu essen. Stefan hat etwas von seinem Glanz verloren. Wir sind uns einig, daß es trotzdem gemütlicher ist, zu Hause zu sein und nicht im Krankenhaus. Elin zieht Stefan mit der Politikerin auf, die in ihn verliebt ist, und sagt, sie sei eine schlechte Unterrichtsministerin. Er kann es nicht lassen, sie zu verteidigen, und fängt an, ihre vielen Vorzüge hervorzuheben. Worüber wir sonst noch sprachen, weiß ich nicht mehr.

Nach dem Essen geht Stefan wieder ins Bett. Elin sitzt bei ihm, während ich abwasche und in der Küche aufräume.

Ich gehe mit Kaffee zu ihnen und trinke ein paar Gläser von Stefans Ballantine's, meinem Lieblingswhisky. Wir reden über Stanley Kubricks Science-fiction-Film »2001« und den Tod als eine Reise hinaus ins Universum, als freien Fall zurück durch die Entwicklungsgeschichte der Erde und des Menschen und hin zum Nirwana. Ich habe kein konkretes Gefühl dafür, daß der nächste Schritt von hier aus der Abschluß, der Tod ist. Unser Zusammensein ist so idyllisch, alltäglich und intellektuell. Ich hoffe nur, daß die Zeit stillstehen wird. Daß wir das kleine, spartanische Zimmer nie verlassen, sondern für immer zusammenbleiben werden.

Stefan gibt mir die Nummer des Arztes für den nächsten Morgen und sagt, wir sollen gehen. Elin küßt ihn und sagt: »Du darfst aber nicht herumspuken, Vater.« Er antwortet, das werde er schon bleibenlassen. Und danach: »Paßt gut auf euch auf.« Ich sage, wir würden auch auf ihn aufpassen, und küsse ihn auf den Mund. Es ist unmöglich, von ihm wegzugehen. In der Mitte des Wohnzimmers kehre ich um und gehe zurück zu ihm, bleibe ein paar Meter vom Bett entfernt stehen und sage: »Wir sind immer zusammen.« Stefan scheint meine Anwesenheit nicht zu bemerken. Er ist tief in sich selbst. Schon nicht mehr existent.

Elin wartet auf mich in der Diele. Wir haben mit Stefan verabredet, daß wir das Geld und die Kreditkarte aus seiner Brieftasche nehmen. Wir diskutieren flüsternd hin und her und beschließen, die Kreditkarte dortzulassen. Ich bin in zwei Teile gespalten und liege drinnen im Bett und höre gleichzeitig unsere flüsternden Stimmen in der Diele. Wir verlassen die Wohnung, und das Geräusch der Tür, die hinter uns zuschlägt, macht jeder Hoffnung ein Ende. Im Lift breche ich zusammen. Elin tröstet mich. Sie ist die Erwachsene. Wir halten einander auf dem ganzen Weg zwischen den beiden Wohnungen an der Hand. In einer Art Selbstverteidigung sage ich, Stefan und ich gehörten zusammen und bildeten eine kosmische Einheit, die jenseits unseres Fassungsvermögens liege. Elin sagt, sie empfinde ebenso. Ich frage sie, ob sie dieses Gefühl auch ihren Kindern gegenüber habe. »Noch nicht«, sagt sie.

Wir kommen nach Hause und setzen uns einander gegenüber an den Eßtisch im Wohnzimmer. Wir sprechen über die Kinder und all das Gute, das wir den kleinen Wesen wünschen. Elin sagt, es seien die Kinder, die sie durch Stefans Todesszenario trügen. Hätte sie die Kinder nicht, würde sie nicht zusammen mit mir hier sitzen.

Mir fällt ein, daß Stefan in seiner Jugend einen Kurzfilm mit dem Titel »Selbstporträt« gemacht hat. Er schildert den Selbstmord eines jungen Mädchens. Das Mädchen war eine seiner Schulfreundinnen. Er hatte sie unglaublich gern, und ihre Freundschaft bedeutete ihm viel. In dem Film zeigt er mit minuziöser Genauigkeit, wie sie Fenster und Türen mit Klebestreifen abdichtet. Sie befindet sich in der tristen, kleinen Wohnung ihrer Zwillingsschwester, die übers Wochenende mit ihrem Freund unterwegs ist. Als letztes, bevor sie das Gas aufdreht, trinkt sie eine Tasse Kaffee und ißt einen Mazarin. Sie wäscht sorgfältig die Tasse ab und wischt Küchentisch und Edelstahlspüle mit dem Spüllappen ab, den sie danach ordentlich zusammenlegt. Dann legt sie sich ruhig vor dem offenen Gasofen auf den Linoleumfußboden.

Joen ruft an, und ich erzähle, daß Elin und ich gerade nach Hause gekommen sind. Er fragt, ob das bedeutet, daß es heute nacht sein soll. Ich antworte Ja. »Dann sollten wir sicher nicht telefonieren«, sagt er. Ich verspreche, ihn am nächsten Tag anzurufen. Einen Augenblick danach ruft Stefans Mutter an. Sie weiß wie gesagt nichts von dem »Plan«. Aber ihr sechster Sinn sagt ihr, daß etwas nicht stimmt. Sie macht sich große Sorgen und fragt, wie es Stefan im Krankenhaus geht. Ich sage, es sei ernst, und ich würde sie auf dem laufenden halten. Elin sagt, sie habe gefühlt, daß Stefan gestorben sei, während ich mit ihrer Großmutter gesprochen hätte. Ich habe das nicht gespürt, verlasse mich aber auf ihre Intuition.

Wir gehen um halb eins ins Bett. Ich schlafe traumlos und wache gegen vier mit dem Gefühl auf, mich in einer großen Stille zu befinden. Ich spüre, daß es vorbei ist, daß Stefan Frieden gefunden hat. Ich wage nicht einmal daran zu denken, was diesem Frieden vorausgegangen ist. Stefans einsame Nacht ist ein schwarzes Loch in meinem Bewußtsein. Ich gehe in die Küche und mache Kaffee und schreibe die Todesanzeige und die Einladungen zur Beisetzung, die Stefan selbst formuliert hat. Ich setze mich im Wohnzimmer ans Fenster und warte darauf, daß es Morgen wird. Ich bin erfüllt von innerer Ruhe. Der Abwesenheit von Leiden.

Dienstag, 2. Oktober. Tag 8. Um sieben höre ich Elin aufstehen. Ich sage ihr, wir sollten um acht, wenn der Arzt zum Dienst kommt, bei Stefan sein. »Acht ist auch der poetische Übergang zwischen Morgen und Vormittag«, denke ich. Elin will ins Bad. Ich kann meine Nervosität nicht beherrschen und treibe sie zur Eile. Sie wirkt ruhig und gefaßt.

Auf dem Weg zu Stefan reden wir darüber, was uns dazu bringt, zu tun, was wir tun, und einigen uns, daß es um ein Entweder-Oder geht. Wir können auf seine Prämissen eingehen, oder wir können ihm den Rücken kehren und ihn seinen Weg allein gehen lassen. Wir haben keine Wahl. Und wir trösten uns damit, daß wir es aus Liebe tun. Die Liebe ist unser Strohhalm.

Elin hat Angst davor, zu Stefan hineinzugehen, für den Fall, daß er entstellt aussieht. Ich verspreche ihr, als erste hineinzugehen, während sie in der Küche bleiben könne. Wir nehmen nicht den Lift. Wir schinden Zeit und schleppen uns langsam mit bleischweren Füßen alle Mosaikstufen der Treppen hoch. Ich gehe voran, mit Elin auf den Fersen. Mein Herz klopft hart gegen die Rippen.

Ich stecke den Schlüssel ins Schloß von Stefans Wohnungstür und schließe auf. Von innen kommen seltsame Geräusche. Wir bleiben stehen, starr vor Schreck. Wer kann das sein? Der Arzt? Der Nachbar? Elin schiebt vorsichtig die Tür auf und stellt sich hinter mich. Ich gucke widerstrebend hinein und sehe einen Zipfel von Stefans japanischem Kimono in der halboffenen Badezimmertür. Er steht im Badezimmer und übergibt sich. Er ist im buchstäblichen Sinne aus dem Grab auferstanden. Elin ist kurz vor dem Zusammenbruch. Ich packe sie und ziehe sie an mich. Unsere Beine tragen uns nicht über die Schwelle in den Gruselfilm, in dem ein Toter über die Kloschüssel gebeugt dasteht und sagt: »Ist es schon Morgen?«

Ich laufe am Badezimmer vorbei in die Küche und nehme einen Schluck aus der Whiskyflasche, die auf dem Elektroherd steht. Elin stürzt zum Telefon, um den Arzt anzurufen. Stefan ruft: »Nicht das Krankenhaus, nicht den Arzt.« Elin hat schon Kontakt zur Station, legt aber wieder auf. Ich taumle jammernd herum und raufe mir das Haar wie in einer griechischen Tragödie. Elin bleibt am Telefon. Wir trauen uns nicht, uns dem toten Stefan, verwandelt in einen Wiedergänger aus dem Nichts, zu nähern. Wir hören die belegte Totenstimme aus dem Badezimmer: »Helft mir ins Bett.« Wir überwinden unseren Schrecken und gehen wie auf höheren Befehl zu ihm hinein und nehmen ihn zwischen uns. Das einzige, was ich von ihm sehe, sind seine kreideweißen, aufgesprungenen Lippen und der lange, schwarzweiße Kimono.

Er sitzt auf der Bettkante, das Gesicht in den Händen. Sein Weinen ist verzweifelt. Das untröstliche Weinen eines Kindes. Er ist so merkwürdig lebendig. Seine schweißbedeckte Stirn. Seine Haare, die ihm in fettigen Zotteln zu Berge stehen und eine Wäsche nötig haben. Die langen, geschmeidigen Finger. Der zerknitterte, schmutzige Kimono. Die schwarzen Socken, die er nachts anhat, um seine kalten Füße zu wärmen. Sein Körper ist eine gigantische Vogelscheuche, in der Mitte zusammengefaltet. Er ist benebelt und spricht unklar: »Ich weiß nicht, was ich machen soll. Es tut mir leid, denn ich habe euch so gern, aber ich bin kein Übermensch.«

Wir bringen ihn dazu, sich ins Bett zu legen, und trösten ihn damit, daß es gut sei, daß er diese zusätzliche Zeit bekommen habe, so daß er uns jetzt die Dinge sagen könne, die er bis jetzt nicht habe sagen können, und daß er jetzt endlich weinen könne. Er solle einfach die Tränen fließen lassen, solange er könne. Unsere Beteuerungen hinsichtlich der Segnungen des Weinens veranlassen ihn, damit aufzuhören und zum »Plan«, den er jetzt den »Plot« nennt, zurückzukehren.

Er sagt, er habe fünfundzwanzig Tabletten genommen und den Rest die Toilette hinuntergespült. Er habe die ganze Nacht dagelegen und gefühlt, daß der Körper tot sei, daß der Tod aber nicht den Kopf erreichen könne. Der Kontakt zum Leben sei nicht abgebrochen worden. Er habe die ganze Zeit Elin und mich vor sich gesehen. Er sei verzweifelt und habe noch mehr Whisky getrunken. Gegen Morgen sei ihm schlecht geworden. Aber jetzt soll sein Bruder, Theis, die Tabletten bringen, die er zu Hause liegen hat. Elin fragt ihn, ob er da ganz sicher sei. Er zögert einen kurzen Augenblick und sagt mit einer schrillen, uns fremden Stimme, es solle jetzt geschehen.

Elin und ich besprechen leise miteinander, was wir machen sollen. Wir können ihn nicht mit all den Morphiumtabletten im Leib daliegen lassen. Wir brauchen eine schnelle Entscheidung. Wir entscheiden uns, von seinem kurzen

Zögern abzusehen, und fügen uns. Wir handeln gegen unseren eigenen tiefsten Instinkt, den Wunsch, daß er leben soll. Stefan unterbricht uns und sagt: »Ihr dürft nicht flüstern.«

Ich gehe ins Wohnzimmer und rufe Theis an und erteile ihm den kurzgefaßten, bestimmten Befehl, alles, was er in den Händen hat, loszulassen und sofort zu kommen. Es gefällt ihm nicht, seine Kunden im Stich zu lassen. Ich spiele an auf seine Mitschuld an dem mißlungenen Selbstmord, denn er habe in Hinblick auf die richtige tödliche Dosierung der Morphiumtabletten Verwirrung gestiftet. Um sicher zu sein, daß er die Botschaft verstanden hat, wiederhole ich noch einmal, daß er sofort kommen und die Tabletten mitbringen soll. Ich verbeiße mich in ihn, benutze Nägel und Klauen und lasse ihn erst los, als er nachgegeben hat.

Ich gehe ins Schlafzimmer zu Stefan und Elin. Ein Handwerker steht draußen vor dem Fenster auf dem Gerüst und hämmert laut auf irgend etwas. Ich gehe auf den Balkon und mache den Mann darauf aufmerksam, daß in der Wohnung hinter den geschlossenen Jalousien ein sehr kranker Mensch liegt. Ich bitte ihn, woanders hinzugehen, wenn er an einem Tag wie heute absolut Fenster reparieren muß. Er begreift nicht den Ernst der Situation und beruhigt die »junge Frau« damit, daß es nur fünf Minuten dauere, dann sei er fertig. Kurz darauf wird es draußen still.

Ich streiche Stefan über die Wange und sage, jetzt werde alles gut, jetzt komme Theis, und so könne er sich auch mit seinem Bruder, mit dem er immer eine gespannte Beziehung gehabt habe, versöhnen. Davon will Stefan nichts hören. Wie eine Geistesgestörte streichle ich ihm weiter die Wange und denke die ganze Zeit daran, wie wir seine Ehre retten können. Er kann nicht weiterleben, ohne das Gesicht zu verlieren. Seine Selbstinszenierung muß zu Ende gebracht werden, damit ihm erspart bleibt, mit dem Verschweigen seiner Krankheit, das er seit Antritt seiner Stellung als Theaterchef aufrechterhalten hat, konfrontiert zu werden.

Sein Leben lang hat er seine »Schattenseite« heruntergespielt und sich selbst eingeredet, seine Bisexualität sei ein wohlgehütetes Geheimnis. Er muß in der Hölle des Verschweigens weiterleben bis zum bitteren Ende. Auch der Selbstmord, der eine Flucht vor der Wahrheit ist, soll unter den Teppich gekehrt werden. »Der Plan« ist jetzt voll und ganz in meinen Händen. Er darf nicht mißlingen. Ich ertrage es nicht, wenn er zuletzt eine Niederlage erleidet. Es gibt keinen Weg zurück ins Leben.

Stefan muß sich übergeben. Ich hole die blaue Spülwanne, aber es kommt nicht viel heraus. Ich lasse die Wanne am Bett stehen. Ich verlasse mich darauf, daß der Bruder einen Teil der Last von unseren Schultern nimmt. Es klingelt an der Tür. Stefan sagt: »Endlich kommt Theis. Er ist so ein tüchtiger Pharmazeut.« Ich gehe hinaus und erwarte Theis im Treppenhaus, während Elin bei Stefan bleibt.

Sie erzählt mir später, er sei aufgelebt und habe angefangen, von ihrer Kindheit und Jugend zu erzählen. Von gemeinsamen Reisen und Ausflügen, die sie nie unternommen hatten. Die schönsten Erinnerungen aus einem imaginären Fotoalbum, in dem sie die Insel Kos erforschen. Sie sitzt hinter ihm auf einem geliehenen Motorroller, für den er keinen Führerschein hat. Sie hält ihn mit beiden Armen umfaßt. Ihre Haare flattern im Wind. Er sieht nach hinten und lächelt ihr zu. Wer hat das Bild gemacht, während sie in voller Fahrt die kurvige Bergstraße hinauffahren?

Auf dem nächsten Bild steht er mit ihr auf dem Arm vor dem Löwenkäfig im Zoologischen Garten. Sie hat eine große Eiswaffel mit Schlagsahne und Marmelade in der

Hand. Er zeigt auf das Löwenpaar hinter dem Gitter. Wer ist der unbekannte Fotograf? Dann ein Bild, auf dem sie durch den Wald gehen und Pilze sammeln. Es ist ein Nadelwald. Sie trägt eine Plastiktüte, die größer ist als sie selbst. Das Bild ist unscharf.

Auf dem letzten Bild sitzen sie auf einer Decke in einem Park und hören ein Kammerkonzert. Um sie ist ein Meer von Menschen. Er hat den Arm um ihre Schulter gelegt. Sie trägt das schwarze Sommerkleid, das er ihr in New York gekauft hat. Er sieht stolz seine schöne Tochter an. Sie ist konzentriert auf die Musik.

Ich sitze auf der obersten Treppenstufe und rede mit Theis. Ich gebe ein detaillierteres Referat der nächtlichen Ereignisse und bitte ihn noch einmal eindringlich um seine Hilfe. Es geht um den Nachruhm seines Bruders. Er hört mich schweigend an. Er wirkt mürrisch und elend. Ein dünnhaariger, ängstlicher, kleiner Mann mit der Statur eines Pfeifenreinigers. Seine tadellose, graue Flanellhose hat messerscharfe Bügelfalten. Ich erinnere mich deutlich an ihn als jungen Mann in schwarzer Lederjacke und sehe ihn vor mir, wie er auf der Jagd nach Schnaps in den Minuten vor Ladenschluß auf seiner Harley Davidson die Vorstadtstraßen hinunterdröhnt. Und wie er, wenn das Fest (eines der vielen Feste) gegen Morgen ausklang, seinen Schwanz auf das Schneidebrett auf dem Küchentisch legte und sich anbot, ihn als Belag für die Nachtstulle in Scheiben zu schneiden.

Ich werfe ihm nicht vor, daß er sich weigert, an diesem verzweifelten Zirkus teilzunehmen. Ich flehe ihn nur an, die Tabletten in Stefan hineinzuschütten und jede Vernunft zu vergessen. Er ist starr und verschlossen, als wir zu Stefan und Elin hineinkommen, die er mit einer ungelenken Armbewegung begrüßt. Er kommt nicht in Stefans Nähe. Sondern wirft den Plastikbeutel mit den braunen Morphiumtabletten auf die Bettdecke. Außerdem hat er eine weiße Plastikflasche mit Trinkjoghurt dabei.

Die beiden Brüder fangen an, die Morphiumtabletten zu diskutieren. Stefans heißen etwas mit »retard«, was bedeutet, daß sie langsamwirkend sind. Wie dumm! denke ich. Ich habe meine fünf Sinne nicht mehr beisammen. Aus der Diskussion geht hervor, daß die des Bruders und der Schwägerin stärker sind. Elin und ich gehen in die Küche. Wir wollen nicht zusehen, wenn Theis Stefan die Tabletten gibt. Wir überlassen die Drecksarbeit ihm.

Stefan ruft, daß wir kommen sollen. Er liegt zurückgelehnt im Bett und hat einen verklärten Gesichtsausdruck. »Jetzt bin ich glücklich«, sagt er, »es gab eine kleinere Unterbrechung, aber wir halten den ›Plan‹ ein. Und jetzt kann Theis gern gehen.« Aber das finden Elin und ich nicht. Wir haben Angst, daß Stefan die Tabletten nicht bei sich behalten kann. Er hat wieder fünfundzwanzig bis dreißig Stück bekommen. Der Joghurt mit den tropischen Früchten von heute nacht steht immer noch auf dem Boden.

Wir sitzen auf der Bettkante, und jede von uns hält eine von Stefans Händen. Theis sitzt auf dem Stuhl am Fußende. Ab und zu geht er ins Wohnzimmer, um zu rauchen. Er hat die Schuhe ausgezogen und geht auf Socken. Stefan sagt, Elin und ich dürften unsere Gesichter nicht von ihm abwenden. Wir sollen ihn ansehen. Wir wenden ihm die Gesichter zu. Mein Gesicht fühlt sich an wie eine phosphoreszierende Maske. Stefan sagt: »Es war ein Fiasko.« Ich antworte: »Das wäre nicht das erste Mal.« Ich meine es nicht so hart, wie es klingt. Und spreche weiter: »Es macht nichts, sei nicht traurig. Wir sind bei dir.« Ich will ihn nur trösten. Das versteht er hoffentlich.

Er fängt an, unzusammenhängend zu reden. Zuerst leise und undeutlich, dann lauter. Sein Blick ist auf das Fenster mit den geschlossenen Jalousien gerichtet: »Ich habe dich gesehen. Du brauchst dich nicht zu verstecken. Vor mir mußt du keine Angst haben. Ich bin nicht mehr hier. Der Kopf ist vom Körper getrennt. Nein, du darfst nicht weinen. Ich ertrage es nicht, dich weinen zu hören. Ich bin nicht hier, hörst du. Sag niemand, daß ich hiergewesen bin. Das ist ein Geheimnis. Ich bin ein Geheimnis.«

Alles dreht sich vor mir. »Sei still, Stefan«, flüstere ich. Er lächelt selig: »Das sagst du immer. Du hast auch recht, Pusselchen. Ich rede zuviel.« Wir halten seine Hände fest. Plötzlich wird er leichenblaß, die Lippen sind blau, die Lider schwarz. Der Druck seiner Hände läßt nach. Sie sind eiskalt. Wir versuchen, sie zu wärmen. So sitzen wir lange da.

Theis kommt aus dem Wohnzimmer herein und guckt ihn an. Er steht direkt vor mir. Ich strecke die Hand aus und streichle seinen dünnen Schenkel in dem weichen Flanell. Ich hoffe auf ein Wunder, das uns aus diesem in die Länge gezogenen Inferno befreit. Stefan kommt zu sich und sagt: »Ich werde wahnsinnig, wenn ich brechen muß.« Er beugt sich über die Wanne und übergibt sich. Es kommt nur eine braune Flüssigkeit.

Elin steht mit einer heftigen Bewegung vom Bett auf, wie eine Gefangene, die sich von ihren Ketten befreit. Sie will raus aus der Wohnung. Sie will weg. Egal wohin. Ihr Gesicht spiegelt Grauen wider. Ich fürchte um ihren Verstand. Endlich wache ich aus meiner Trance auf. Mein Kind ist in Gefahr. Stefan ist wieder weit weg. Ich lasse seine Hand los. Er sagt mit einer fernen Stimme: »Ihr dürft nicht gehen. Ihr sollt die letzten im Zimmer sein.« Elin flüchtet in die Küche. Ich laufe ihr nach. Mein Körper reagiert instinktiv. Es ist, als hätte ich sie während dieser ganzen Zeit vergessen. Wo bin ich gewesen? In welchem Land? Welcher Stadt? Sie steht vornübergebeugt und hält die Hände vors Gesicht. Sie wendet sich von mir ab, als ich versuche, mich ihr zu nähern. Das gaffende, leere Gerüst vor dem Fenster ist voller Gespenster.

Theis kommt zu uns heraus und sagt, es werde wohl nichts werden. Ich empfinde eine tiefe Enttäuschung darüber, daß der Alptraum mit seiner eigenen grimmigen Logik weitergeht, daß Stefan nicht sterben will. Theis hat seine Schuhe angezogen und sieht aus, als sei er bereit, die Wohnung zusammen mit uns zu verlassen. Aber Stefan kann unter keinen Umständen allein sein, und ich muß mein Kind aus diesem Schreckenskabinett befreien.

Ich überrede Theis, bei Stefan zu bleiben und abzuwarten. Den Tabletten die Chance zu geben, zu wirken. Ich kann die Hoffnung nicht aufgeben, daß Stefans Plan, der jetzt mein Plan ist, gelingen wird. Ich erkläre Theis, daß er, wenn Stefan wieder aufwacht, den Arzt anrufen und zum Krankenhaus mitfahren soll. Er bekommt die Telefonnummer des Arztes und den Schlüssel zur Wohnung. Er verspricht anzurufen, sobald etwas passiert. Er begleitet uns bis nach unten und kehrt nur widerwillig zurück in den Rachen des Todes. Ich habe mich in zwei Teile zerrissen und Theis als meinen Stellvertreter an Stefans Seite zurückgelassen.

Es ist zwölf. Wir kaufen für zu Hause Obst zum Mittagessen. Ich esse eine Banane und eine halbe Birne, die viel zu hart ist. Elin probiert ein paar von den blauen Trauben. Die Wohnung wirkt unaufgeräumt und schmutzig. Unbewohnt und ohne Leben, als wäre lange Zeit niemand zu Hause gewesen. Die Bühne hat sich um 360° gedreht. Wir stellen uns langsam darauf ein, daß Stefan überleben wird und daß er die letzte Zeit jetzt doch durchleben muß. Wir fangen an, Pläne für ihn zu machen. Wir wollen die Führung übernehmen und seine Freunde und die Familie einbeziehen. Einen Besuchsplan machen und ihm all die Liebe wiedergeben, von der er sich isoliert hat. Wir wollen nicht mehr allein sein mit dem Tod. Wir entscheiden, daß ich am Abend ins Krankenhaus fahren und ihn trösten und überzeugen soll, daß er ein Geschenk bekommen hat. Elin schafft es nicht, ihn vor dem nächsten Tag zu sehen. Sie will nach Hause zu ihren Kindern.

Mitten in unserer optimistischen Planung ruft Erika, Stefans Schwägerin, an und fragt, ob wir etwas dagegen hätten, daß sie zu Stefan hinausfährt und bis um vier bei ihm bleibt. Ich bin total verwirrt und verstehe nicht, wovon sie redet. Ich frage, wo Theis ist. Sie antwortet, bei seiner Arbeit. Ich explodiere und schreie ins Telefon: »Fuck you und euer Geschäft und eure scheißvornehme Selbstmordphilosophie. Wie kann er von seinem Bruder weggehen und ihn allein sterben lassen.« Meine Schreierei hat zur Folge, daß Theis ans Telefon kommt. Ich werfe ihm vor, er sei nicht Manns genug, an der Seite seines Bruders zu sein.

Er entschuldigt sich damit, daß er sich um seine Apotheke kümmern müsse, und versichert, er habe Stefan gefragt, ob es in Ordnung sei, wenn er gehe. Er behauptet, Stefan habe gesagt, es sei in Ordnung, und er sei erst seit zwanzig Minuten allein. Ich glaube ihm nicht. Es ist viel mehr Zeit vergangen. Ich verlange, daß er augenblicklich zu ihm fährt.

Elin übernimmt das Telefon und spricht leise und ruhig mit ihrem Onkel. Sie beschwichtigt und bringt ihn dazu, meinen nicht ausbalancierten Zustand zu verstehen. Ich habe schon die Jacke an. Ich will hinüber zu Stefan. Elin redet es mir aus. Sie will, daß ich mit ihr zusammenbleibe und mit zu ihr nach Hause fahre. Ich tue, was sie sagt.

Eine Viertelstunde später ruft Erika aus Stefans Wohnung an und sagt, daß sie ganz zitterig sei. Stefan gebe seltsame Laute von sich, und sie habe Angst, daß er sich wieder übergibt. Sie habe den Arzt angerufen, und Theis werde innerhalb einer halben Stunde dort sein, versichert sie. Ich sage immer wieder, sie solle Stefan ausrichten, daß ich am Abend ins Krankenhaus käme. Ich machte mir solche Sorgen, daß Stefan wegen des mißlungenen Selbstmords völlig verzweifelt sei. Ich trage ihr auf, vom Krankenhaus aus bei Elin anzurufen.

Die Kinder und Troels schlafen, als wir kommen. Wir gehen ins Café und trinken jede einen doppelten Espresso. Gegen halb drei kommen wir zurück. Theis hat inzwischen zweimal angerufen und Troels mitgeteilt, daß wir ihn nicht anrufen können. Er habe den Stecker herausgezogen. Wir sind aus dem Spiel und wissen nicht, was mit Stefan passiert ist. Wir wandern im Zimmer auf und ab, als wären wir in einer Psychiatrie, und reden zusammenhanglos miteinander, ohne die Sätze abzuschließen. Nicht einmal die Kinder können unsere Aufmerksamkeit auf sich ziehen.

Endlich ruft Theis an. Ich überschütte ihn mit Fragen. Nach vielen Ausflüchten räumt er ein, daß er gar nicht mit im Krankenhaus war. Der Arzt habe ihn davon überzeugt, daß das nicht nötig sei, da Stefan nicht bei Bewußtsein war. »Aber jemand muß ihm doch die Hand halten«, rufe ich, um mein schlechtes Gewissen zu betäuben. Theis weist darauf hin, daß der Arzt gesagt habe, die Chance, daß Stefan an den Tabletten sterben werde, sei vielleicht fifty-fifty.

Ich kann seiner Logik nicht ganz folgen und werfe ihm vor, Elin und mich im Stich gelassen zu haben. Wir hätten uns darauf verlassen, daß er die Verantwortung für Stefan übernehme, als wir vor den Dämonen hätten aufgeben müssen. Er habe uns zweimal im Stich gelassen. Die Verabredung sei ja gewesen, daß er erstens bei Stefan bleiben und zweitens mit im Krankenwagen zum Krankenhaus fahren werde. Ich könne den Gedanken nicht ertragen, daß Stefan ganz allein in der Gewalt der Ärzte aufwache. Als Pflaster auf die Wunde bietet Theis an, mich am Abend zum Krankenhaus zu fahren. Ich sage Nein danke und knalle den Hörer auf.

Ich rufe das Krankenhaus an, um den Ersten Assistenzarzt, der jetzt Stefan übernommen hat, zu erwischen. Er ist beschäftigt und hat seinen Piepser weggelegt. Ich sage zur Sekretärin, es sei sehr wichtig und sie solle ihn bitten, so schnell wie möglich zurückzurufen. Ich werde ungeduldig und rufe nach zehn Minuten wieder an. Der Arzt ist immer noch beschäftigt. Ich stelle mir vor, daß er mit Stefan beschäftigt ist. Wir einigen uns, zum Krankenhaus zu fahren, um Stefan zur Welt der Lebenden zurückzuhelfen.

Ehe wir aus der Tür sind, ruft der Arzt an und sagt, Stefan sei tot. Mir bleibt das Herz stehen. Ich kann gerade noch denken: »Es ist kurz nach vier. Ein schöner Zeitpunkt nach Theaterproben und direkt nach Feierabend.« Dann gebe ich einer wilden Wut nach. Warum er uns nicht hinausgerufen habe, so daß wir bis zuletzt bei Stefan hätten sein können? Wir seien die Nächsten. Stefan habe schon vor mehreren Jahren, als er zum ersten Mal auf der Station gelegen habe, unsere Telefonnummern angegeben. Der Arzt habe uns der letzten Dreieinigkeit beraubt. Ich drohe damit, mich beim Oberarzt zu beschweren. Er unterbricht mich und sagt, wir sollten kommen und mit ihm reden.

Es ist Rushhour. Das Taxi fährt unendlich langsam. Ich setze den Fahrer so unter Stress, daß er mehrfach bei Rot und gegen die Einbahnstraße fährt. Bevor ich es mit eigenen Augen sehe, kann ich nicht glauben, daß Stefan tot ist, gerade als wir uns darauf eingestellt hatten, daß er überleben würde. Wir sind hinters Licht geführt worden, Opfer einer Verschwörung zwischen Theis und dem Arzt. Ihr Verrat ist ein Schlag ins Gesicht für uns.

Wir werden in die Poliklinik im Krankenhauskeller geschickt und kommen in das Zimmer des Arztes. Wir sehen den langen »Lulatsch«, wie Stefan ihn genannt hat, zum ersten Mal. Ich werfe ihm wieder vor, daß er uns nicht ins Krankenhaus gerufen hat. Er zeigt uns einen kleinen, zerknüllten Zettel mit Theis' Telefonnummer. Theis hat ihm gesagt, er könne erst nach vier ans Telefon gehen. Wenn ich nicht angerufen hätte, hätte er den Bruder angerufen, sagt er. »Aber wir sind die Nächsten«, wiederhole ich, »die Nächsten.«

Er entschuldigt sich damit, daß ich ja nicht mehr mit Stefan verheiratet sei. Und also nicht als Angehörige betrachtet werden könne. Ich bin so erschöpft und hautlos, daß ich nicht mit ihm diskutieren kann. Er ist sehr bewegt und hat Tränen in den Augen. Er sagt, die Bekanntschaft mit Stefan sei eine Bildungsreise für ihn gewesen. Und erzählt, Stefan habe ihm »Vorträge« über die Vorzüge des Lebens auf dem Lande gehalten, mit meinen Eltern als Beispiel.

Er versichert uns, Stefan sei in guten Händen gewesen. Er und die Krankenschwester hätten ihm die Wange gestreichelt und ihm den kalten Schweiß von der Stirn gewischt. Habe er nicht begriffen, daß Elin und ich bei ihm sein und ihm den Schweiß von der Stirn hätten wischen sollen? Ich hätte ihn im Verdacht, Stefan für sich haben zu wollen. Er verteidigt sich, indem er sagt, es habe ihn verwirrt, daß der Bruder und nicht wie verabredet ich bei ihm im Krankenhaus angerufen hätte. Von einem Bruder habe er nie etwas gehört. Er habe zunächst geglaubt, es sei der Hausmeister, der ihn im Treppenhaus empfangen habe. Wir hören ihm apathisch zu. Die Worte dringen nicht ein.

Er geht zu einem sachlicheren Ton über und fragt, ob Stefan vielleicht durcheinander gekommen sei und zusätzliche Morphiumtabletten zu den fünfundzwanzig in der Nacht genommen habe. Er meint, es müßten weit mehr gewesen sein. Aber wir trauen uns nicht, die Wahrheit zu sagen. Daß wir daran beteiligt waren, Stefan umzubringen.

Der Arzt begleitet uns auf die Station, damit wir ihn sehen können. Wir kommen in das Zimmer, wo er liegt. Der »Lulatsch« geht und läßt uns mit ihm allein. Ich bin erleichtert, den Arzt los zu sein. Ich weine, als ich Stefan sehe. Elin hält mich fest. Er ist sich selbst nicht ähnlich. Sein Gesicht ist kleiner und hat eine viereckigere Form. Der Mund ist ein Strich und erinnert an den Mund seiner Mutter. Die Nase ist klein, die Haare platt. Nur der Kopf schaut aus der Decke. Das Gesicht leuchtet von einem gelben Licht. Die Seele hat den Körper noch nicht verlassen.

Wir stehen eng umschlungen wie an den Boden genagelt direkt vor der Tür und sehen ihn aus weiter Entfernung. Wir haben Angst, ihm zu nahe zu kommen. Er strahlt eine erhabene Unberührbarkeit aus, etwas Heiliges. Ihn anzufassen wäre Blasphemie. Ich bin auch nicht sicher, ob er wirklich tot ist.

Wir kommen in die diffuse Landschaft der Eingangshalle. Dort herrscht ein schwülwarmes Binnenklima. Ich bin in einem Schockzustand und schwitze meinen moralischen Katzenjammer unter dem wollenen Winterkostüm aus. Ärzte in weißen Kitteln, nichtbettlägerige Patienten in Krankenhaussachen und Pantoffeln, Angehörige in leichten Mänteln gehen, jeder in seiner Welt, aneinander vorbei. Am Zeitungskiosk ist eine Schlange. Ein Blumenstrauß in Zellophan liegt verlassen auf einem Sofa mit blauem Bezug. In der äußersten Ecke ist ein Münztelefon. Ich habe kein Kleingeld und gehe zur Information, um zu wechseln. Die Frau hinter der Glasscheibe sitzt mit einem kleinen Handspiegel da und ist dabei, sich die Lippen blaurot anzumalen. Ich schiebe einen Geldschein unter dem Glas hinein und bitte sie, mir einen großen Gefallen zu tun. Sie sieht mich verständnislos an und reagiert erst, als ich sage, es handle sich um einen Todesfall. Sie wühlt in ihrer Handtasche und findet ihr Portemonnaie. Sie versucht mühsam, Kleingeld in der entsprechenden Summe zusammenzusammeln. Es endet damit, daß sie mir ein paar Zwei-Kronen-Stücke schenkt. Ich sage Danke und laufe zum Telefon. Ich rufe Joen an. Wir halten es nicht aus, nach Hause zu fahren und mit uns allein zu sein. Wir suchen Schutz bei den wenigen Menschen, die wie wir alles von Stefans Tod wissen.

Joen steht draußen auf den Stufen und empfängt uns. Es duftet nach frischgebackenem Brot. Wir kommen in ein wunderbares Zuhause mit Kinderzeichnungen an der Wand über dem Klavier. Der Tisch ist gedeckt, mit Stoffservietten und Kerzen in Leuchtern. Es gibt Ochsenschwanzragout und italienischen Rotwein. Sie sehen aufgelöst und müde aus und entschuldigen sich damit, daß sie am vorangegangenen Abend auf der Premierenfeier gewesen seien und anschließend die ganze Nacht wachgelegen und mit ein paar Flaschen Jahrgangschampagner von Stefan Abschied genommen hätten. Die Stimmung ist feierlich und konzentriert. Die beiden Töchter von neun und drei werden ins Bad geschickt, während wir von Stefans letzten Tagen erzählen. Wir erinnern uns nicht mehr an die Details und die Reihenfolge der Ereignisse. Elin fängt an zu weinen an dem Punkt, wo er im Badezimmer steht und sich übergibt, als wir kommen, und glauben, ihn tot aufzufinden. Ich halte sie fest und tröste sie mit einem Trost, den es nicht gibt.

Die Familienidylle kann in unsere verfrorenen Seelen nicht eindringen. Die Kerzen brennen ungleichmäßig mit flackernden Flammen, als ob es von irgendwoher zieht. Aber alle Fenster sind geschlossen. Haben wir die Kälte des Todes in das gemütliche Wohnzimmer mitgebracht? »In Wirklichkeit ist es eine lange Liebeserklärung von ihm an euch«, sagt Eva, als wir vom Tisch aufstehen. Was sie meint, verstehe ich erst viel später. Ich denke die ganze Zeit daran, daß ich Stefans Mutter und Bruder anrufen sollte. Aber ich tue es nicht. Meine Beine wollen mich nicht zum Telefon tragen. Ich strafe sie mit meinem Zorn, den ich nicht gegen Stefan richten kann, und rechtfertige meine Unterlassungssünde damit, daß sie ihn mit ihren familiären Selbstmordneurosen umgebracht haben.

Nach dem Essen muß Joen ins Theater, zur Beleuchtungsprobe der nächsten Inszenierung, die nächste Woche Premiere hat. Ich bitte ihn, seinen Kollegen noch nichts von Stefans Tod zu sagen. Ich will erst am nächsten Morgen den Theaterchef anrufen. Er sagt, es falle ihm schwer, mit dem furchtbaren Geheimnis ganz allein zu sein. Wir begleiten ihn zum Theater und nehmen am Bühneneingang Abschied von ihm. Wir gehen durch die Stadt zu mir nach Hause. Wir schlafen zusammen in meinem Doppelbett. Jetzt gibt es einen Menschen weniger auf der Welt.

VII Nachschrift

Bald ist Winter. Aber der Herbst war schöner und heftiger als je zuvor. Es hat geregnet, als würde es nie mehr aufhören zu regnen. Die Sonne schien mit einer Kraft wie aus einer anderen Welt. Die roten und gelben Blätter der Kastanien strahlten mit überirdischer Schönheit. Stefans Tod hat im Universum Unruhe erzeugt. Aber es wird bald wieder mit sich in Harmonie sein, wenn Stefan seinen Platz in der Sonne, in Bäumen und Pflanzen, in der Erde, im Meer und im Himmel gefunden hat.

Nina glaubt daran, daß er in der Natur ist und alle Gestalten der Natur annehmen wird. Von der kleinsten bis zur größten. Sie glaubt daran, daß der Mensch groß ist, daß Stefan groß ist. Daß wir alle Könige sind. Sie glaubt nicht mehr an den Geschlechtsunterschied. Sie glaubt, daß Männer und Frauen eins sind. Und sich in Ewigkeit vereinen werden. Sie glaubt daran, daß das, was einmal vereint war (Stefan und sie), nie mehr zu trennen ist. Sie glaubt, daß er sie irgendwie als der Leitstern, der er für sie war, seit er in ihr Leben getreten ist, begleiten wird. Sie hat mit ihrem Freund Schluß gemacht, um den toten Ex-Mann in aller Ruhe anbeten zu können, ohne Eifersuchtsszenen und was an häuslichen Auftritten sonst noch zu einer Zweierbeziehung gehört.

Sie weiß nicht, ob sie all das, was sie in den letzten acht Tagen – von Dienstag zu Dienstag – Stefan hätte sagen wollen, hat sagen können. Ob sie eine Zärtlichkeit oder eine Unmittelbarkeit versäumt hat. Ob in all dem Praktischen und der psychischen Lähmung, die sie dem geplanten Tod gegenüber ergriffen hat, die Liebe erstickt ist. Sie hatte

Angst davor, sich selbst ins Zentrum zu rücken. Er sollte ja sterben. Wie gewöhnlich ließ sie seinetwegen sich selbst außer acht. Vielleicht war er enttäuscht darüber, daß sie sich nicht vorgewagt und ihm nicht geholfen hatte, seine Gefühle und Gedanken auszudrücken. Sie hatte geglaubt, er wolle es genau so haben. Er wolle, daß es normal und angenehm war. Daß alles war wie immer. Als existiere der Tod nicht. Jetzt zweifelt sie daran, daß es richtig war, sich seinem letzten Willen zu unterwerfen. Sie hätte sich dagegen auflehnen müssen. Aber jetzt ist es zu spät. Sie sehnt sich nur nach einem Zeichen von ihm, daß alles in Ordnung war, und damit nach seiner endgültigen Anerkennung.

Es ist jetzt achtzehn Wochen her, daß Stefan gestorben ist, und gut vier Monate, seit er begraben wurde. Nina liegt im Bett und liest in dem Tagebuch, in dem sie alles aufgeschrieben hat, wie es passiert ist, wieder durchlebt in der Erinnerung. Sie hat einen monomanen Drang, den Ablauf wieder und wieder zu durchleben, sich in die kleinsten Details zu vertiefen und zwischen den Zeilen das Verdrängte auszugraben. Inzwischen braucht sie nur noch zwei Stunden, um das Tagebuch von vorn bis hinten zu lesen, wenn sie es sich selbst vorliest. Sie hat die Whiskyflasche und die Zigaretten in Reichweite. Sie wohnt jetzt in ihrem Bett. Es ist ein breites Doppelbett voll mit Zeitungen, Illustrierten, Büchern, Tüten mit Chips, Bonbons, gebrannten Mandeln. Ein Schminkspiegel und die Kosmetiktasche mit Lippenstift, Puder, Rouge, Lidschatten, Mascara und flüssigem Make-Up stehen auf dem Nachttisch.

Sie denkt daran, ihren Namen zu ändern. Es soll ein exotisch, ausländisch klingender Name sein. Sie hat, solange sie sich erinnern kann, eine andere sein wollen als die, die sie ist. Als Kind ist sie in Novellen und Romanen der Illustrierten verschwunden. Woche für Woche hat sie diese Hintertreppenromane verschlungen und sich mit den armen Heldinnen, die von starken, geradlinigen Männern aus elenden Verhältnissen in hohe Gesellschaftspositonen erhoben wurden, identifiziert. Sie hat sich in schwarzweiße Welten hineingeträumt und wurde selbst weiß und rein gewaschen. Später als junges Mädchen vergrub sie sich in den Romanen Dostojewskis und fand sich selbst in Raskolnikow, Fürst Mischkin, dem Kellermenschen, Aljoscha und Iwan Karamasow. Sie identifizierte sich nicht mit den Frauengestalten. Nach der Pubertät war ihre Seele maskulin geworden und ihr junges Herz von den Romanen Dostojewskis geformt.

Sie sieht nicht tief genug in sich selbst hinein, um für die Verwandtschaft mit seinen Personen eine Erklärung zu finden. Sie weiß nur, daß sie etwas Gefährliches, von dem sie nichts wissen will, bloßlegt. Sie ist irritiert über sich. Sie will nicht zulassen, daß Dostojewski ihr jetzt reiferes Selbstbewußtsein besetzt. Bis jetzt ist sie auf den dünnen Eisschollen der Verdrängung geblieben. Und sie hat nicht die Absicht, Hand in Hand mit Dostojewski durch das Eis zu gehen und zu den kalten, schlammigen Tiefen des Seebodens hinabzusinken. Sie nimmt einen Schluck aus der Whiskyflasche. Der Whisky macht sie herrlich benebelt und hält die Dämonen auf Distanz.

Die Tage vor der Beisetzung rollen an ihrem inneren Auge vorbei, wie ein flimmernder Film mit ihr in der Hauptrolle als Stefans Erinnerung an sich selbst. Zuerst ist da der Zorn am frühen Morgen. Sie beschimpft die Wände. Sie verprügelt das Doppelbett mit einem in Mailand gekauften Ledergürtel. Sie gießt kochendes Wasser auf den Fußboden. Der Spiegel im Badezimmer zersplittert. Ein Scheiterhaufen aus Kräutern flammt in der Spüle auf. Der Zorn ist konzentriert in einer geballten Faust, gerichtet gegen Stefan und sich selbst. Er ergießt sich über sie wie eine Flutwelle der Destruktion. Sie kennt nicht seinen Ursprung. Hat der Zorn Gottes oder der Zorn der Natur sie ergriffen? Sie verflucht Stefan, sie verflucht den Tod und besonders den Tod von eigener Hand und das Chaos, das er mit sich gebracht hat. Sie setzt ihre Zerstörungen fort, bis die gesamte Einrichtung der Wohnung zerschlagen und besudelt ist.

Sie setzt sich auf einen Haufen Kleinholz, vor kurzer Zeit noch Teile von Möbelstücken. Wie die Hexe, die auf ihr Johannis-Feuer wartet, ist sie ganz allein auf der Welt und wartet auf das Urteil. Sie kehrt ihren Zorn gegen sich selbst und wünscht sich nur, genauso zu sterben wie Stefan. Im Bett, in dem japanischen Kimono. Sie kann an nichts anderes denken. Ihre Phantasie ist blockiert. Ihr Bewußtsein ist ein festgefrorenes Bild ihrer selbst in einer exakten Kopie von Stefans Todesszene.

Sie ruft M. an, den jungen Filmregisseur, und klagt ihm ihr Leid, daß sie mit dem Manuskript nicht weitermachen könne, denn durch die rituelle Wiederholung habe sie den Tod aus ihrem Körper vertrieben. Er schlägt ihr vor, einen Psychiater aufzusuchen. Sie dankt für den Rat und erkennt, daß sie dort, wo sie sich zusammen mit Stefan befindet, im Totenreich, niemand erreichen kann.

Es gab die euphorischen Tage, erfüllt von Vorbereitungen für das Fest, ganz in Stefans Sinn. Die praktischen Tätigkeiten ließen keinen Raum für traurige Gedanken und verwirrte Gefühle. Es war eine schöne Zeit, in der das Leben in voller Blüte stand und der Tod noch nicht angekommen war. Es war Geschäftigkeit, in erster Linie Geschäftigkeit. Und Blumen. Elin kaufte Tontöpfe mit roten Erikapflanzen. Überall in der Wohnung duftete es nach Erika von der jütländischen Heide, über die sie in der Schule gelernt hatte: »Was nach außen verlorengeht, wird nach innen gewonnen.«

Das Schild über dem Eingang zum Arbejdernes Ligkistemagasin war schwarz und spiegelblank mit verschnörkelten Goldbuchstaben. In einer Ecke stand: Seit 1883. Sie sieht vor sich die lange Reihe von Särgen, die im Laufe der Zeit aus diesem seriösen Unternehmen gekommen sind, und erinnert sich, daß der sympathische Beerdigungsunternehmer einem Gewerkschaftsboß ähnlich war. Sie hatte ihm Stefans Taufschein und Krankenversicherungskarte gegeben, als Beweis dafür, daß er wirklich existiert hat. Sie lächelt, als ihr einfällt, daß sie und Elin Joen veranlaßt hatten, die Papiere aus Stefans Wohnung zu holen, weil sie Angst hatten, daß er dort oben spuke. Sie trauten sich nicht einmal, sich in seiner Straße aufzuhalten, aus Furcht, er käme ihnen auf dem Trottoir entgegen, und hatten unten am Rondell auf Joen gewartet.

Der Beerdigungsunternehmer hatte Nina eine Liste, lang wie ein Smørrebrødzettel, präsentiert, auf der sie ihre Wünsche ankreuzen sollte. Sarg: schlicht, weißlackiert ohne Kreuz oder Weinranken. Hemd: weißer Baumwollstoff. Urne: mitternachtsblau. Wie aufs Stichwort kam die Blumenbinderin unten im Geschäft mit einem weiteren Smørrebrødzettel mit mehr oder weniger üppigem Belag, je nach Preis. Sie wählten dunkelrote Rosen und azurblaue Iris, die wie ein überfließendes Füllhorn den Sarg schmücken sollten.

Schließlich ging es um die Feier selbst. Aus Rücksicht auf die Schauspieler sollte die Beisetzung am Sonntag stattfinden. Es war schwierig, an einem Sonntag beigesetzt zu werden, wenn es nicht in einer Kirche stattfinden sollte. Aber es gelang dem vortrefflichen Mann, eine Absprache mit einem Vorstadtkrematorium zu treffen, das sonntags offen hatte. Nina übergab dem Beerdigungsunternehmer, der jetzt unmerklich zu einem eingeweihten Familienmitglied geworden war, das Jupiterband und erklärte, die ganze Feier solle genau die fünfundzwanzig Minuten lang sein, die es dauerte, das Band abzuspielen. Mozarts Musik sollte Stefans Kirche bauen.

»Diese verdammte Einfachheit«, zischt sie durch den Zigarettennebel, »gnadenlos selbstauslöschender Minimalismus ohne auch nur ein liebes Wort von einem Freund. Warum nicht ein bißchen Rücksicht auf die Hinterbliebenen nehmen, die ja trotz allem mit der Trauer weiterleben müssen.« Wieder ist sie von ihrem Zorn übermannt, dem einzigen, was von Stefan, dem Donnergott, übrig ist.

Sie sieht sich selbst und Elin im Wartezimmer der Krankenhauskapelle sitzen, während die beiden Männer, der eine im weißen Kittel, der andere im schwarzen Anzug, damit fertig werden, Stefan zurechtzumachen. Es war ein länglicher, steriler Raum ohne Schmuck, der neonbeleuchtete Vorhof zur Hölle oder zum Paradies. Sie hatte den weißen Elfenbeinelefanten und zwei blaue Lilien mitgebracht, die sie Stefan in den Sarg legen wollte. Elin eine Schnecke, damit er den großen Ozean hören konnte, und ein Bukett getrockneter Blumen, das sie mit bunten Bändern gebunden hatte.

Sie hörten ein Klopfen aus der Kapelle. Der Weißbekittelte steckte den Kopf heraus und sagte: »Er hat ein graues T-Shirt an. Macht das was, oder sollen wir es ausziehen?« Elin entschied, Stefan solle es anbehalten. Sie hatte ihm am Morgen nach dem mißlungenen Selbstmord geholfen, es anzuziehen. Sobald sich der Beerdigungsunternehmer hinter die geschlossene Tür zurückgezogen hatte, fiel ihnen die Silberhalskette ein, die Stefan ausdrücklich hatte bei sich haben wollen. Nina klopfte an die Kapellentür und fragte, ob Stefan die Kette anhabe. »Das hat er nicht«, sagten die beiden Männer wie aus einem Munde, und es stehe nicht in ihrer Macht, sie vom Krankenhaus herbeizuschaffen. Sie sei schon ans Nachlaßgericht übergegangen. Sie und Elin hatten sich damit getröstet, daß sie sie später bei Stefan eingraben konnten, wenn er unter der Erde war.

Sie kamen in die Kapelle. In zwei hohen Silberleuchtern brannten Kerzen. Der Sarg stand auf einem niedrigen, graulackierten Podium. Stefan lag da wie eine schöne, statuarische Skulptur. Seine Hände ruhten auf dem Leichentuch. Seine Wangen waren mit Rouge geschminkt. Er sah zufrieden und stolz aus. Das Hemd mit dem Stehkragen stand ihm und verlieh ihm eine elegante, mumienartige Aura, der alten Ägypter würdig. Sie und Elin legten den Elefanten, die Schnecke und die Blumen zu ihm in den Sarg. Ihr Blick hing an dem entseelten Kunstwerk, das die Zeit hatte stehenbleiben lassen. Keine von ihnen berührte ihn. Sie hatten Angst davor, eine warme, lebendige Hand könne ihn wekken, so daß er noch einmal von den Toten auferstehen würde.

Der Weißbekittelte kam herein und fragte, ob sie fertig seien. Sie kehrten benommen aus der Ewigkeit zurück und nickten ihm zu. Er legte das kleine, weiße Taschentuch über Stefans Gesicht und faltete das Leichentuch um ihn. Die beiden schwarzweißen Herren legten den Deckel auf. Sie und Elin und die Beerdigungsunternehmer packten jeweils einen Handgriff und trugen den Sarg hinaus zum Leichenwagen. Der Schwarzgekleidete setzte sich hinters Lenkrad. Sie blieben stehen und sahen den Wagen mit Stefan mit quälender Langsamkeit davonfahren, bis sie ihn schließlich aus den Augen verloren.

Nina erinnert sich an das Telefongespräch mit Stefans Mutter, die anrief und eine Einladung zum Essen absagte. Sie hatte Angst davor, was Nina von Stefans Tod erzählen würde. Daß sie sie nicht sehen wollte, verletzte Nina. Sie hatte sonst niemand, auf den sie sich stützen konnte. Die Mutter war, bevor Stefans Krankheit ausbrach, einer ihrer festen Haltepunkte gewesen. Sie hatte die Frau wirklich gern gehabt und sie als Vorbild gesehen. Während Stefans Krankheit war die Beziehung zu ihrer früheren Schwiegermutter gespannter geworden, nachdem sie Nina eines Nachmittags bei einer Tasse Tee anvertraut hatte, sie hoffe, Stefan werde es schaffen, rechtzeitig selbst ein Ende zu machen. Nina hatte damals das Gefühl, daß die Mutter, indem sie ihre morbide Lebenshaltung auf ihre Söhne übertrug, zum temporären Feind geworden war. Aber nach Stefans Tod hoffte sie auf eine Art Annäherung und Versöhnung.

Stefans Mutter überlegte es sich anders und wollte sie doch empfangen, aber nur zum Tee. Nina fuhr mit einem Blumenstrauß nach Charlottenlund. Die Mutter war reserviert und sagte sofort, sie wolle unter keinen Umständen von Stefan sprechen, weder über den lebendigen noch den toten. Er sei absolut tabu. Nina fühlte sich elend und wußte nicht, worüber sie mit ihr sprechen sollte. Sie hatte nichts anderes als ihn im Kopf. Sie erzählte ihr in vorsichtigen Wendungen von der Beisetzung, wie sie ablaufen und wer dabei sein sollte. Von der Jupitersinfonie. Dann hatte die Mutter genug. Sie unterbrach Nina mit der Bemerkung, es sei gut, daß es so schnell gegangen sei, sonst hätte sie nichts dagegen gehabt, Stefan persönlich eine Spritze zu geben.

Nina dachte kindlich, sie solle nur wissen, wie er gestorben war, dann wäre sie nicht so übermütig. Aber sie tat so, als habe sie die anmaßende Bemerkung der Mutter nicht gehört. Sie trank hübsch ihren Tee und setzte die gleichgültige Konversation über Wind und Wetter fort, vermied es aber, die selbstgebackenen Kekse anzurühren.

Nina spürt, wie ihr die Tränen die Wangen hinunterlaufen. Das ist der weichmachende Einfluß des Whiskys auf ihr Nervensystem. Sie schraubt den Verschluß zu und stellt die Flasche auf den Boden. Sie macht sich bereit, zum ersten Mal nach der Beisetzung aufzustehen. Sie zieht ein etwas zu ausgeschnittenes und etwas zu enges Kleid an. Sie schminkt sich und legt eine perfekte Maske mit olivgrünem Lidschatten, Mascara, Rouge und einer dicken Schicht Puder auf. Sie steigt in Schuhe mit hohen Absätzen. Sie ist immer noch am Leben. Sie ist schlank geworden. Die Trauer hat das Fleisch von den Knochen geschält. Die Trauer ist eine Verjüngungskur. Sie ist wieder jung. Die Haare glänzen, und die Augen sind klar. Sie ist die Unschuld vor dem Säurebad der Scheinehe. Der große Spiegel im Schlafzimmer spricht eine deutliche Sprache.

Sie hängt sich ihre Tasche über die Schulter und verläßt das Schlafzimmer. Ihre Existenz hat einen Zweck. Einen Punkt auf der Tagesordnung. Sie will zum Krankenhaus fahren und mit dem »Lulatsch« ein Hühnchen rupfen. Er erwartet sie in seinem tristen Zimmer im Betonkeller des Krankenhauses. Sie kommt auf die Minute genau. Ein Zeichen von Stärke und Überblick. Der Arzt macht eine Handbewegung und weist ihr den Stuhl auf der anderen Seite des Schreibtisches zu, wo der Kollege, mit dem er Zimmer und Schreibtisch teilt, seinen Platz hat. Er herrscht über unzählige Patienten, aber nicht über sein eigenes Zimmer. Das macht ihn ganz menschlich. Der Schreibtisch ist voller Papiere und Ordner. Er braucht eine liebevolle, ordnende Hand.

Sie glättet das Kleid, ein Überbleibsel aus der Weltraummode der fröhlichen Sixties, das perfekt für eine Cocktailparty im Stehen, aber zu eng für eine sitzende Stellung auf einem unbequemen Bürostuhl ist. Der Kleidersaum entblößt die Knie, die allzu großen, flachen Putzfrauenknie. Wie oft hat sie zu Gott gebetet, er möge sie durch kleine, spitze, aristokratische Oberklassenknie ersetzen.

Der Arzt räuspert sich und bittet um Entschuldigung dafür, daß es für dieses wichtige Gespräch keinen angemessenen Raum gebe. Ihr Besuch scheint ihn aufzumuntern. Der Hunger, über den Tod seines Guru-Patienten die volle Wahrheit zu erfahren. Sie hat sich noch nicht endgültig entschlossen, ihm die Wahrheit zu sagen. Sie weiß nicht, ob sie ihm vertrauen kann. Hat er ein laufendes Tonbandgerät unter dem Schreibtisch versteckt? Wird sein Gehirn ihre Worte in wohltrainierten Gedächtniszentren lagern? Um sie später wegen Beihilfe zum Mord anzuzeigen? Kann er seine Gefühle für Stefan von seiner professionellen Tätigkeit als Arzt trennen? Er bricht das einleitende Schweigen.

– Es waren zweifellos eher wirre Umstände, als wir uns letztes Mal begegnet sind, um nicht zu sagen chaotische.

Nina reagiert nicht auf die vorsichtige Annäherung. Will er seine Hände in Unschuld waschen?

– Ein ungewöhnlicher Handlungsverlauf. Jenseits des Normalen.

– Er war zuletzt ja auch nicht normal. Ein beinah schizophrenes Verleugnen der Krankheit.

– Es ist wohl eher so, daß er die Krankheit zu Mythologie erhoben hat.

– Nein, das ist völlig falsch. Die Krankheit sollte verschwinden, sie war eine Verlängerung der Sexualität, auf die er herabsah und mit der er sich nicht versöhnen konnte. Sie war schon auf Konfliktkurs.

– Wie auch immer, ich werde ihn nie vergessen. Der Arzt hat den Arztkittel abgestreift. Er will Mensch sein. Das macht alles komplizierter für sie. Setzt sie schachmatt. Sie versucht es mit Geschichtsschreibung.

– So war nicht nur er. Auch seine Mutter und sein Bruder leiden an Selbstmordfixierung. Ihre Antwort auf Krankheit ist der Tod. So schnell wie möglich weg mit dem Leben, wenn es nicht so will, wie sie wollen. Das ist keine Familie, die an Wunder glaubt. Sie richtet sich auf. Soweit das in der engen Kleiderhülse möglich ist.

Warum zieht sie die beiden armen Menschen mit hinein, Hinterbliebene wie sie selbst? Was haben sie ihr getan, das ihr das Recht gibt, ihre Selbstanklagen auf sie abzuwälzen?

Sie muß einen kühlen Kopf bewahren und sich auf das konzentrieren, wofür sie gekommen ist.

– Das liegt in der Zeit. Sein Schicksal selbst in die Hand zu nehmen.

– No man is an island. Sie hört selbst den arroganten Ton. Sie muß sanfter sein, freundlicher und zuvorkommender. Den Zorn ausradieren und ihr Temperament beherrschen. Sie muß in ihm einen Freund finden. Aber sie ist mit dem Schwert gekommen. Schwert? Warum Schwert? Wo kommt das her?

– Er war seiner Zeit voraus. Die Diskussion über aktive Sterbehilfe im größeren Maßstab hat gerade erst angefangen. In ein paar Jahren ist das eine Volksbewegung. Wir bekommen holländische Zustände. Er blinzelt pädagogisch.

– Und der hippokratische Eid?

– Nichts ist mehr heilig. Alles fließt. Die alten ethischen Imperative verändern sich. Absolute Wahrheiten sind passé. In Zukunft wird jeder das Recht fordern, sein eigenes Leben zu designen. Die Ärzte werden zu einer Art Unternehmer werden.

Sie schnaubt. Wer glaubt er, wer er ist? Sokrates? Oder ist es Stefans Lebensphilosophie aus seinem Mund? Seine possessive Beziehung zu Stefan verletzt sie. Indem er sich das Vorrecht auf seine Seele zuschanzt, setzt er sie in die zweite Reihe. Als Nicht-Angehörige wird sie in dem ungleichen Kampf zur Verliererin. Sie muß zurückschlagen.

– Warum hast du Stefan in dem Irrtum gelassen, er könnte im Krankenhaus Selbstmord begehen? Er hat fest daran geglaubt und war tief erschüttert, als ihm aufging, daß es eine Illusion war.

– Ich habe ihm nichts versprochen.

– Aber du hast auch nichts getan, um ihn auf andere Gedanken zu bringen. Hattest du Angst, ihn zu verlieren, wenn du ihm nicht nach dem Mund redest?

– Ich habe nicht geglaubt, daß er es so schnell tun würde. Er hatte mindestens noch ein halbes bis dreiviertel Jahr.

– Du hättest es ihm ausreden sollen, statt ihn in seinem Plan zu unterstützen.

– Ich hatte mir absolut nicht vorgestellt ... er hat ja die Chemo gemacht.

– Und die Tabletten. Warum hat ihm keiner gesagt, daß sie zu langsam wirken würden? Und warum hat der Oberarzt für sie gebürgt? Sie ist jetzt der Großinquisitor vor einem kleinen Verbrecher.

– Keiner von uns, weder ich noch der Oberarzt, hat sich über die Qualität der Tabletten geäußert. Der Arzt streicht sich übers Kinn.

– Stefan hat mich also angelogen, als er die Lobesworte des Oberarztes wegen seiner Wahl der Tabletten zitiert hat?

– Es liegt in der Natur der Sache, daß ich darauf nicht antworten kann. Er ist nervös, fühlt sich unwohl.

– Aber du kannst nicht leugnen, daß du ihm versprochen hattest, er könnte es im Krankenhaus tun.

– Das muß ein Mißverständnis sein. Er hatte eine lebhafte Phantasie. Er hat den Arztkittel wieder angezogen und ihn über seinem langgliedrigen Körper zugeknöpft. Das Mündel ist plötzlich zum Vormund geworden.

– Du hast dein Versprechen Sonntag abend gebrochen.

– Er wurde ja aufgenommen.

– Du hast eine Möglichkeit vorgetäuscht, die es nicht gab.

– Seine Überredungsgabe war groß.

Seine Augen sind feucht. Er stiehlt ihre Tränen. Er hat die Trauer übernommen, der Vampir, der Blutsauger. Sie ist nicht zornig, nur matt. Ihr Körper ist wie Gelee. Er hat Oberwasser. Sie kann nicht den Menschen anklagen, nur die Autorität. Sie gibt auf angesichts dieses Raffinements und läßt ihn die erste Runde gewinnen. So klein und machtlos, wie sie in ihrem sadomasochistischen Cocktailkleid dasitzt. Hätte sie nur einen dicken Pullover über dem Dekolleté.

– Ich möchte gern wissen, was an dem Tag, als Stefan starb, in der Wohnung passiert ist. Sie ist versöhnlich. Sie spricht zu einem Mitverschworenen.

– Der Bruder, der also nicht der Hausmeister war, war merkwürdig. Benahm sich verdächtig. Er wird auf seinem Piepser angerufen und entschuldigt sich einen Augenblick.

– Der Patient muß warten. Ich bin mitten in einer wichtigen Sitzung, die ich auf keinen Fall unterbrechen kann. Er legt den Piepser hin. Sie ist gerührt darüber, daß er sie dem Patienten vorzieht. Daß er sie nicht bittet, an einem anderen Tag wiederzukommen. Sie blinzelt eine Träne aus ihrem Augenwinkel und ist nahe daran, ihm um den Hals zu fallen. Er ist sicher ein guter Vater und ein guter Ehemann.

– Wo waren wir? Ja, ich hatte Angst, der Bruder würde verlangen, daß Stefan wiederbelebt wird. Ich kannte nicht seine Rolle in dem Spiel, wußte nicht, ob er in Stefans Selbstmordplan eingeweiht war.

Er hat eine professionelle Maske angelegt. Er ist vorsichtig. Theis hatte seine Mitwirkung bei dem Selbstmord offenbar nicht verraten. Sicher aus Angst vor den Folgen, falls herauskam, daß er seinem Bruder auf den Weg geholfen hatte. Sie klärt ihn über Theis' Rolle nicht auf. Sie will ihn nicht in Schwierigkeiten bringen. Er litt sicher schon so alle Höllenqualen.

– Hätte er wiederbelebt werden können?

– Wenn, dann nur mit ernsten Schädigungen, aber ich glaube es ehrlich gesagt nicht. Er war im tiefen Koma. Ich konnte mit ihm nicht in Kontakt kommen. Seine Pupillen waren zusammengezogen und reagierten nicht auf Licht. Aber ich hatte den Eindruck, daß der Bruder davon ausging, daß er überleben würde. Er beklagte sich darüber, daß der Krankenwagen so lange unterwegs war und daß Stefan die Wartezeit nicht überleben würde.

– Es war wohl auch sein gutes Recht, zu verlangen, daß sein Bruder wiederbelebt wird, sagt sie und läßt den Arzt im eigenen Saft schmoren. Sie durchschaut nicht, ob Theis Theater gespielt hat, um seine Haut zu retten, oder ob er aufrichtig geglaubt hat, ein Wiederbelebungsversuch sei möglich.

– Ich hatte Stefan versprochen, daß es dazu nie kommen würde. Daß er unter keinen Umständen wiederbelebt würde. Deshalb war auch verabredet, daß er bei uns aufgenommen wird und nicht im nächstbesten Krankenhaus. Und außerdem hatte er mich gebeten, den Totenschein zu schreiben, damit er um eine Obduktion herumkam.

Er war ein Held des Alltags. So aufopfernd und selbstlos hatte er seinen guten Namen und Ruf riskiert. Auch er war von Stefans Zauberkreis umschlossen gewesen.

– Ist es legal, mit einem Patienten solche Vorabsprachen zu treffen?

Der Kollege kommt ins Zimmer, um ein paar Papiere durchzugehen. Der »Lulatsch« bittet ihn, die Papiere mitzunehmen und ein anderes Zimmer zu benutzen. Der Kollege nickt zustimmend, wirft Nina einen raschen Blick zu und zieht sich eilig zurück. Wieder eine Bestätigung dafür, daß der Arzt ihrer Begegnung große Bedeutung beimißt.

– Ein Arzt hat das Recht, einen Patienten als seinen Privatpatienten zu behandeln. Er hat ein leichtes Zittern im Mundwinkel. Ihr fehlen die Voraussetzungen, um in eine Diskussion über das Ärztegesetz einzutreten.

Und wäre sie nicht glücklich gewesen, an dem Morgen, wenn sie Stefan tot aufgefunden hätten, den Arzt anrufen zu können? Hätte sie nicht das Gefühl einer natürlichen Zugehörigkeit zu der privilegierten Klasse gehabt, mit direktem Kontakt zu den Autoritäten als ihresgleichen? Sagt die andere Stimme in ihr. Hör auf, die Entrüstete zu spielen. Du warst selbst ein Teil der Maschinerie. Aber irgendwo war immer noch der Wurm drin.

– Kannst du die Angehörigen nicht leiden?

– Ich verstehe nicht.

– Es könnte doch sein, daß das »verdächtige« Benehmen des Bruders darauf beruhte, daß er aufrichtige Angst hatte, Stefan würde sterben.

– Warum hat sich dieser Bruder überhaupt in der Wohnung aufgehalten?

– Er sollte Elin und mich ablösen, als wir aufgeben mußten.

– Ich habe mich auch darüber gewundert, daß ihr diesen entsetzlichen Selbstmordablauf ertragen konntet. Er klingt trocken anklagend, verurteilend. Oder sprach da ihr eigenes schlechtes Gewissen? Sie begegnet seinem Vorwurf mit einem Gegenvorwurf.

– Es wäre normal gewesen, wenn der Bruder Stefan ins Krankenhaus begleitet hätte.

– Meine Einschätzung war, daß er dankbar dafür war, daß er nicht mit rausfahren mußte.

– Aber Stefan ganz allein sich selbst überlassen?

– Er war nicht allein. Die Krankenschwester ist im Krankenwagen mitgefahren. Ich fuhr in meinem Privatwagen. Er hat etwas Selbstgerechtes an sich, das sie hart trifft.

– Stefan hat sich hundertprozentig auf mich verlassen, beharrt er, ich hatte sein Vertrauen. Er hat sich von den anderen Schwulen auf der Station distanziert. Das Barleben, das sie bevorzugten, sei nicht sein Leben. Dieses Leben lebe er nicht, hat er mir mehrfach gesagt.

– Er hat dich verbal verführt, wie so viele andere.

– Er war eine Begabung.

– Wenn ihr, du oder der Oberarzt, ein bißchen von eurer Zeit für ein einziges Gespräch mit uns geopfert hättet, dann hättet ihr gewußt, was Elin und ich für ihn bedeutet haben. Und die Katastrophe wäre nicht eingetreten: daß Stefan allein im Krankenhaus stirbt.

– Wir reden nur mit den Angehörigen, wenn die Patienten selbst anwesend sind.

– Ich konnte mit dem Oberarzt in Stefans Gegenwart nicht offen reden. Da kamen nur hochtrabende Banalitäten und generelle Betrachtungen über nichts.

– Unsere Einstellung ist, daß wir nichts hinter dem Rükken der Patienten tun.

– Das ist schön in der Theorie, aber in der Praxis laßt ihr die Angehörigen im Stich. Und isoliert die Patienten.

– Wir sind auf der Seite der Patienten.

– Gegen die Angehörigen?

– Es gibt so viele Vorurteile – auch bei den Angehörigen. Er wirkt müde und feindselig. Sie ist reduziert auf eine lästige Querulantin und gleitet noch tiefer in die zugeteilte Rolle.

– Es müßte strafbar sein, einen anderen Menschen mit einer tödlichen Krankheit anzustecken.

– Weißt du, wer Stefan angesteckt hat? Seine Neugier ist geweckt.

– Hat er dir das nicht erzählt? Sie hat an Terrain gewonnen. Sie beschließt, ihn auf die Folter zu spannen.

– Wenn es keine Registrierungspflicht gibt, kann ein Mann nach Hause gehen und seine Frau anstecken, ohne daß ihr auch nur einen Finger rührt.

– Wir würden das Vertrauen der Schwulen verlieren, wenn wir die Anonymität aufgäben.

– Ihr habt viele Leben auf dem Gewissen. Sie muß sich Luft machen, obwohl sie weiß, daß die Schwulen die heiligen Kühe der Ärzte sind. Er nickt besserwisserisch, nachsichtig. Ihr Vorwurf ist es nicht einmal wert, daß er sich dagegen verteidigt.

Sie fühlt sich dumm und überspannt. Die falsche Witwe, die über dem unschuldigen, weißbekittelten Idealisten, der den diskriminierten Schwulen nur helfen will, ihre Galle ausschüttet. Ihr schwindelt von widerstreitenden Gefühlen.

– Ist er verheiratet?

– Wer?

– Der Ansteckungsträger.

– Nein, er ist nicht verheiratet. Warum?

– Ich dachte, du hast die Frauen deshalb verteidigt.

– Nein, ich habe eher rein menschlich ... an sie gedacht ... Sie hat die Inspiration verloren. Das Gas ist heraus aus dem Ballon.

– Es ist ein großer Verlust für uns alle. Jetzt ist er melancholisch nachdenklich. Nina fängt an, ihn als guten Menschen zu sehen, als Freund, nicht als Feind.

– Er ist bei der Polizei, sagt sie nach einem langen Schweigen, das die Luft zwischen ihnen gereinigt hat.

– Kriminalbeamter, fügt sie hinzu und versucht den Blick des Arztes zu fangen. Sie sucht Trost, Aufmunterung.

– Hast du ihn kennengelernt?

Sie stutzt über die Intimität seiner Frage und begnügt sich mit einem zweideutigen Nicken. Sie muß weg, bevor sie anfängt, von sich zu reden, sich ihm anzuvertrauen und ihr Innerstes auszuschütten.

Drei Stunden sind vergangen. Sie sitzen in dem halbdunklen Zimmer. Sie legt sich die Jacke über die Schultern und dankt für das Gespräch und dafür, daß er ihr seine kostbare Zeit geopfert hat. Er sagt, sie könne ihn gerne wieder besuchen, falls sie es brauche. Sie bricht in animierter, beinah euphorischer Stimmung auf, high davon, daß sie hatte sagen können, was sich eigentlich nicht sagen ließ, und kommt zu dem Schluß, ihre Dankbarkeit zu zeigen, indem sie ihm ihren Lieblingsroman, Dostojewskis »Der

Idiot«, schicken wird, mit einem herzlichen Gruß zur Erinnerung an einen unvergeßlichen Nachmittag.

Im Bus ins Zentrum entschließt sie sich, zum Abschiedsfest für die Leiterin des kleinen Experimentiertheaters, Teaterlaboratoriet, zu gehen. Sie hat die Einladung seit mehreren Wochen liegen, ohne zu wissen, was sie damit anfangen sollte, sie wollte nur zu Hause im Bett vor dem Fernseher bleiben. Aber noch einen Abend in einsamer Majestät zu verbringen, kommt ihr nach der Dopingspritze, die sie eben bekommen hat, unmöglich vor. Sie steigt aus dem Bus und geht in eine der Second-hand-Boutiquen der Heilsarmee und kauft ein dunkelviolettes Chanelkostüm. Es gelingt ihr, die Verkäuferin zu überreden, ihren alten, antiken Sechziger-Jahre-Fummel als Teil der Bezahlung anzunehmen. Mit dem Gefühl, auf einer Höhe mit dem Rundetårn zu sein, schwebt sie aus dem Geschäft.

Sie kommt im letzten Augenblick per Taxi an und betritt das geräumige Theatercafé, das an den Zuschauerraum grenzt. Sie befindet sich in einem Hexenkessel festlich gekleideter Theaterbesucher. Ihre bangen Ahnungen bewahrheiten sich sofort. »Violett ist die Farbe des Todes.« »Violett, das sieht dir ähnlich«, hört sie die flüsternden Stimmen um sich. Sie wird von ausgestreckten Händen und blendenden Lächeln umringt. »Du siehst großartig aus.« »Uns ist noch gar nicht richtig klargeworden, daß er nicht mehr ist.« »Ein großer Verlust. Er hinterläßt eine Lücke.« »Du warst hoffentlich bis zuletzt bei ihm.« Die Stimmen kommen von ihr selbst. Aus ihrem Inneren. Nur wenige wissen, daß sie früher einmal verheiratet waren. Die meisten haben gar keine Ahnung, daß zwischen ihnen eine Verbindung besteht. Die Gesichter wenden sich ab. Die Hände fummeln wieder an Sakkoknöpfen und Krokodilledertaschen. Sie geht eilig in den Zuschauerraum und sieht einen einzelnen leeren Platz mitten in der hintersten Reihe und erreicht ihn gerade noch, bevor das Licht ausgeht. Sie weiß nicht, was für ein Stück sie sehen wird. Sie hat auf die Einladung, die zu Hause im Papierkorb liegt, kaum einen Blick geworfen und erinnert sich weder an den Titel noch an den Autor.

Als nach dem letzten Applaus Blumen überreicht werden, kommt die scheidende Leiterin des Theaters auf die Bühne. Das Publikum steht auf und huldigt ihr mit Standing ovations. Als der Vorhang unwiderruflich gefallen ist, folgt Nina dem Publikumsstrom in das große, eckige Theatercafé, wo der anschließende Abschiedsempfang mit Buffet und Wein ad libitum stattfinden soll. »Ein Mann, der seine Geliebte nicht zu Tode quält, ist kein Mann«, wiederholt hinter ihr eine lachlustige Frauenstimme eine Replik aus der Festvorstellung für die beliebte Leiterin, die Direktorin eines der großen Provinztheater wird.

Nina stellt sich ans Buffet und betrachtet den Tisch, der sich unter den Delikatessen aus dem Meer und aus der Luft biegt: russischer Kaviar, Tintenfisch in eigener Tinte, gegrillte Kammuscheln, gefüllte Wachtelbrust, Möweneier und Singvögel in Kräutergelee. Ihre Augen sind schon satt. Sie bekommt keinen Bissen herunter, obwohl sie den ganzen Tag nichts gegessen hat. Eine solche Essensorgie deprimiert sie. Sie hält sich an den Weißwein und raucht Kette. Aber das Buffet ist wenigstens ein fester Anhaltspunkt in dem summenden Lokal. Die Gäste kommen einzeln oder paarweise an den Tisch und nehmen sich von den Gerichten asketisch kleine Portionen, die auf den großen, weißen Tellern beinah verschwinden. Sie hört sie vom »Regisseur der Schauspieler« und einer »Inspirationsquelle für uns alle« reden. Die Worte treffen sie und verwandeln sich in elektrische Teilchen, die wie kleine, hitzige, mikroskopische Mükken unter ihre Haut dringen und die Luft knistern und sieden lassen wie kochendes Öl.

Sie geht weg vom Buffet und versteckt sich hinter einer

der ramponierten Säulen, an die eine Zinkplatte zum Abstellen von Gläsern und Tellern montiert ist. Eine junge Schauspielerin folgt ihr und fängt an, von der Bedeutung ihres Lieblingsregisseurs für ihre Entwicklung zu reden. Nina kann vor der ekstatischen Heiligsprechung, die sie rührt, nicht flüchten, aber sie ist sich nicht ganz im klaren darüber, von wem die junge Frau redet. Ihr Mund bewegt sich wie der Mund eines japsenden Fisches, den man an Land geworfen hat. Wortlose Sprechblasen gleiten zwischen ihren kleinen, spitzen Zähnen heraus und schieben sich nach oben wie feine Barbie-Brautschleier.

Wie immer wenn Nina mit vielen Menschen zusammen in einem großen Raum ist, hat sie das Gefühl, sich aufzulösen. Sie kann mit jemandem sprechen, ohne mitzubekommen, was sie selbst oder was der andere sagt. Sie ist anwesend als ein Apparat von Sinnesorganen in Alarmbereitschaft, aber sie ist nicht bei Bewußtsein. Sie löst sich auf, zusammen mit den zerfaserten Wänden, den verwitterten Säulen und dem Boden, der wogt wie ein stürmisches Meer. Der geschmolzene Raum fließt zusammen mit den menschenähnlichen Gestalten und verwandelt sich in eine fließende Amphibie aus leuchtenden Flecken, in eine Riesenschildkröte mit kleinen Lichtspots im Panzer. Wenn diese Lichtflecken sie treffen, spürt sie ein Zittern in dem gänzlich aufgelösten Raum, das in ihrem Inneren eine Explosion auslöst, wie ein stiller Regen von Funken einer Wunderkerze. Für den Bruchteil einer Sekunde ist sie von der Umgebung getrennt und befindet sich in ihrem Körper. Um anschließend wieder mit der Umgebung zusammenzufließen.

Diesen fließenden Zustand empfindet sie als ein physisches Unwohlsein, es ist ein Gefühl wie nicht geboren zu sein, wie Bewußtlosigkeit ohne Körper. Die Luft ist in winzige blaue Blasen aufgelöst, die sich um sich selbst drehen. Dann kommt der Augenblick, wo alles stillsteht, wo die

Blasen zu milchweißem Nebel werden, der einen undefinierbaren Geruch von Leim ausströmt. Sie wird von einer mörderischen Übelkeit übermannt. Ihr Zwerchfell steigt auf wie eine hohe Welle und schlägt ihr ins Gesicht. Sie ist gefangen in einem schmalen Lichtschacht, der sich langsam zu steinharter Dunkelheit zusammenzieht.

Sie ist diejenige, der in einem Kreis von Menschen automatisch die Rolle des Sündenbocks zugeteilt wird. Diejenige, die irritiert gebeten wird, lauter zu sprechen, und die, bevor der erste Satz ausgesprochen ist, überhört wird. Diejenige, die vergessen wird, wenn der Wein eingeschenkt und der der Braten nie ein zweites Mal angeboten wird. Diejenige, die sitzen bleibt, wenn getanzt wird. Diejenige, die in fremden Blicken liest: Ich hasse dich. Diejenige, deren Selbstbild sich aufgrund ihrer bloßen Gegenwart im Unbehagen anderer spiegelt.

In diesem Spiegel erscheint sie als ein Ungeheuer mit haarigem Körper und blanken, glasigen Augen. Ihr Wedeln mit dem Schwanz erregt Abscheu. Ihre plumpen Fummelfinger provozieren Gelächter und höhnische Zurufe. Die Sehnsucht des Ungeheuers nach dem Guten ist wie eine Naturkraft, die gewaltige Wassermassen in den Flüssen steigen und Erdbeben Millionenstädte verwüsten läßt.

Das Ungeheuer wandert nachts allein in den leeren Vorstadtvierteln umher. Versteckt sich in Kellerschächten und Treppenhäusern, auf Spielplätzen und Balkons. Fliegt beim ersten Morgenlicht verschreckt in die dunklen Wälder, um sich die Wunden zu lecken, die verborgen bleiben müssen, um nicht noch mehr Blutdurst zu erregen.

Sie liegt mit dem Rücken platt auf dem Boden und sieht in ein paar häßliche, verzerrte Masken, die sich nach und nach zu besorgten Gesichtern glätten. Festlich gekleidete Theaterbesucher haben einen Kreis um sie gebildet und wollen wissen, was passiert ist. Sie fragen durcheinander.

»Wie geht es?« »Möchtest du ein Glas Wasser?« »Hast du dir weh getan?« Die Stimmen klingen wie Gesang. Sie ist in ein ganz neues, jungfräuliches Land gekommen, bewohnt von Menschen, die ihr nichts Böses wollen.

Diese farbenprächtigen Wesen haben in ihrer unendlichen Güte und Sorge um ihr Befinden einen Krankenwagen des Falck-Rettungsdienstes herbeigerufen.

– Hast du zu Hause jemand, der sich um dich kümmert? fragt einer der Sanitäter. Sie schüttelt den Kopf.

– Dann müssen wir dich zur Beobachtung mit ins Krankenhaus nehmen. Sie leistet Widerstand. Sie will nicht mit ins Krankenhaus und macht eine abwehrende Armbewegung. Sie hat Angst vor dem Krankenhaus. Angst davor, nicht wieder herauszukommen.

– Du darfst nicht allein sein. Es kann ja etwas Ernstes sein, erklärt der Sanitäter und hilft ihr auf die Bahre. Danach fühlt er ihren Puls und stellt fest, er sei weit unter dem, was normal sei. Sie bekommt ein paar Stücke Traubenzukker und wird unter der flaggenroten Falck-Decke liegend durch das Festlokal transportiert. Sie ist erfüllt von einem merkwürdigen, blubbernden Glücksgefühl und kann es nicht lassen, den verwunderten Gesichtern, die den ganzen Weg bis zum Ausgang ein Spalier bilden, zuzuwinken.

Eine schöne, dunkelhaarige Frau in einem weinroten Kleid mit weitem Rock läuft hinter der Bahre her zum Krankenwagen hinaus.

– Du sollst nicht ins Krankenhaus, sagt sie und fängt an, mit den Sanitätern zu verhandeln. Sie bietet Nina an, sie könne mit ihr und ihrem Mann nach Hause kommen und über Nacht bleiben. Sie würden über sie wachen und ihren Gesundheitszustand im Auge behalten. Sie befindet sich noch im Jungfrauenland, wo eine fremde Freundlichkeit sie beschützt.

– Erkennst du mich nicht? Eva, die am Teaterlaboratoriet

Kostümbildnerin ist, hilft ihr von der Bahre in das Auto, das Joen vor den Theatereingang gefahren hat. Ja, selbstverständlich erkennt sie sie. Sie muß sich nur zuerst erholen und den Kopf klarbekommen. Sie läßt sich willenlos auf den Rücksitz setzen. Eva legt ihr ein Plaid um die Schultern und setzt sich neben sie. Die Sanitäter sind mit dem Arrangement zufrieden und fahren mit dem leeren Krankenwagen davon.

Sie genießt die Autofahrt durch die Stadt. Von der Ohnmacht hat sie diese grenzenlose Leichtigkeit im Körper, die sie von allen psychischen und physischen Barrieren befreit, auch von der nervösen Selbstbezogenheit, die sie im Haus gehalten hat, weit weg von menschlicher Gesellschaft. Eva fragt nach ihrer Arbeit und beschwert sich, daß sie nichts von ihr gehört hätten. Joen dreht sich um und nickt zustimmend. Er hat ein blasses, markantes Gesicht und den unglücklichen, ausgehungerten Blick, den er immer zeigt. Als könne er die Bühne nicht verlassen, denkt sie, genau wie bestimmte ältere Ehepaare, die ihr ganzes Wohnzimmer mitschleppen, wenn sie auf Reisen sind.

– Ich weiß gar nicht, wo die Zeit geblieben ist, antwortet sie ausweichend und unterläßt es, auf ihre Arbeit einzugehen. Sie kann sich nicht vorstellen, daß sie jemals wieder schreiben wird.

Nach einer Viertelstunde Fahrt bleiben sie vor dem Einfamilienhaus in Rosenvænget stehen. Sie behält das Plaid um die Schultern und stützt sich auf Evas Arm. Ihr gefällt der Gedanke, ein krankes Kind in der Obhut der Erwachsenen zu sein. Joen schlägt vor, daß sie in der Küche einen Nachtimbiß nehmen. Sie sitzen auf hohen Barhockern an der schmalen Tischplatte, die von der Wand heruntergeklappt worden ist. Die Dunkelheit draußen vor den Fenstern wird von den starken Halogenspots, die an Decke und Wände montiert sind, auf Distanz gehalten.

Sie denkt vor allem an ihre Dankesschuld gegenüber diesen beiden lieben Menschen. Wie kann sie die je zurückbezahlen? Oder auch nur zeigen, daß sie nicht vergessen hat, was sie für sie getan haben? Und jetzt gibt es schon eine neue Schuld. Sie fängt an, unangenehm von innen zu schwitzen. Ihr Körper fühlt sich an wie eine chemische Fabrik.

Eva schiebt mit einer müden Bewegung den Teller weg und teilt mit, sie wolle ins Bett. Sie umarmt Nina, die ihr ein erschrockenes Danke ins Ohr flüstert.

– Du legst dich doch nicht ins Krankenhaus, wenn du uns hast, flüstert Eva zurück und verschwindet in den ersten Stock.

Sie bleibt zusammen mit Joen sitzen und sieht zu, wie er eine Flasche Bordeaux leert. Sie traut sich nicht zu trinken. Ihr Blackout hat ihr biochemisches System aus dem Gleichgewicht gebracht. Und sie weiß aus Erfahrung, daß es eine Woche dauert, bis es wieder in Ordnung ist. Sie ist von den Höhen der Ohnmacht heruntergekommen und wird jetzt von ihrer alten Schüchternheit gequält. Sie fühlt sich grau und zerschlissen in ihrem ausgebleichten Second-Hand-Kostüm, das auch zu warm ist für die warme Küche. Aber sie kann die Jacke nicht ausziehen. Sie hat nichts darunter. Nicht einmal einen Büstenhalter.

Joen packt die Flasche mit dem festen Griff des Alkoholikers und gießt die letzten Tropfen in das hochstielige Glas. Er hat keine Zigaretten mehr und schnorrt eine bei Nina und muß sich damit abfinden, mit Filter zu rauchen.

– Meine Frau liebt mich nicht, sagt er ohne jede Vorankündigung. Die unerwartete Offenbarung lähmt sie, und sie weiß nicht, wo sie hin soll.

– Sie behandelt mich wie Luft, wie nichtexistent.

– Sie hat vielleicht zuviel Arbeit, schlägt Nina phantasielos vor.

– Ich weiß nicht, warum sie aufgehört hat, mich zu lieben. Ich tue alles, um es ihr recht zu machen, aber sie sieht mich nicht. Sein Gesicht ist noch blasser und schmaler geworden. Sie fühlt sich schwach und durchsichtig nach ihrer Übelkeit, schlägt aber trotzdem vor, daß sie draußen einen Spaziergang machen sollten. Er sagt, dazu sei er zu betrunken, aber allein es in Worte gefaßt und ausgesprochen zu haben, habe ihm geholfen.

– Wir sind ja eine Art Verschworene, fährt er mit einem schiefen Lächeln fort, das ein paar fette Anführungszeichen markiert. Seine ironische Bemerkung entblößt ihre Erinnerung wie eine offene Wunde.

– Ich habe ihn vorgestern nacht in meinem Arbeitszimmer gesehen, als ich Modell gebaut habe. Er stand in der dunkelsten Ecke und sah so friedlich aus. Er war so lebendig, daß ich ihn hätte berühren können, aber er sah nicht so aus, als brauchte er noch jemanden.

– Er hätte nur nicht auf diese Weise gehen sollen.

– Da bin ich ganz anderer Meinung. Er hat das einzig Richtige getan, sagt Joen mit so glühender Überzeugung, als handle es sich um ihn selbst.

– Haben wir auch das Richtige getan?

– Das kannst du nicht unterscheiden. Das eine ist eine logische Folge des anderen. Er sitzt mit geschlossenen Augen zusammengesunken auf dem Hocker. Sie steht auf und sagt Gute Nacht und Danke. Joen kommt zu sich und bringt sie hinauf zum Gästezimmer, das ein eigenes Bad hat wie eine Suite in einem Luxushotel.

Sie legt sich in ihren Sachen auf die Bettdecke. Der vergangene Abend kreist in einem Gewimmel losgerissener Sätze und aufgelöster Gesichter in ihrem Kopf. Sie ist viel zu weit von sich entfernt, um schlafen zu können. Jede Zelle ihres Körpers ist um eine viertel Runde gedreht und sitzt widerstrebend in einem schiefen Winkel. Ihr Hirn ist herausgeblasen worden und durch einen gummiartigen Brei, der gegen die Innenseite des Kopfes drückt, ersetzt.

Eva sitzt allein am Frühstückstisch im Eßzimmer, als sie, aufgedreht vor Schlaflosigkeit, hinuntergeht. Joen macht ein Bühnenbild am Dramaten in Stockholm und ist schon um fünf zum Flughafen gefahren. Sie setzt sich vor das Gedeck. Eva schenkt ihr Saft ein und fragt besorgt nach ihrem Befinden. Sie sagt, wie es ist, daß sie nicht geschlafen habe, aber daß es ihr viel besser gehe, weil sie sich bei ihnen zu Hause fühle.

– Du kannst so lange bleiben, wie du willst.

– Lieb von dir, an mich zu denken.

– Du tust uns einen Gefallen.

– Ich hatte einen seltsamen Traum heute nacht, fährt Eva in einem ganz anderen Tonfall fort.

– Ich habe geträumt, Joen und ich gingen Arm in Arm durch den Garten. Plötzlich reichte er mir einen Revolver und bat mich, ihn zu erschießen. Ich wollte ihn nicht erschießen. Er sagte nur: »Du oder ich«, und zielte direkt auf mich. Ich nahm den Revolver und drückte ab. Im selben Augenblick wachte ich auf und entdeckte, daß er weg war und schon im Flugzeug saß. Ich war allein in dem kalten Bett.

– Liebst du ihn? erdreistet sich Nina zu fragen.

– Unser Leben funktioniert. Wir lassen einander Raum zum Arbeiten. Aber ich kann nicht mit seiner Untreue leben. Selbst an unserem Hochzeitstag letztes Frühjahr. Ich hasse die ganze Ehrlichkeit um seine Fließbandaffären. Daß ich auch davon was hören muß. Das ist das Schlimmste.

– Es kann ja sein, daß er dich vermißt, sagt Nina.

– Ich kann ihn nicht befriedigen, seufzt Eva, ich bin so langweilig gewöhnlich.

– Du unterschätzt dich.

– Er soll eine Therapie machen und lernen, sich von anderen Frauen fernzuhalten. Es muß etwas mit ihm passieren. Er muß sich ändern.

– Hast du nie daran gedacht, dich statt dessen scheiden zu lassen?

– Ihn soll keine andere haben. Dann wären all meine Leiden vergebens gewesen.

– Es gibt andere Männer als ihn.

– Mit einem anderen wäre es dasselbe. Ich bin immer noch ich.

– Du klingst so pessimistisch.

– Ich sehe nur der Wirklichkeit ins Auge, stellt sie fest. Sie hat sich verändert. Ihr sanftes Wesen ist verschwunden. Nina fragt nicht mehr. Sie befürchtet, sie habe ihre schlechten Vibrationen in das schöne Zuhause mitgebracht. Und sie sei auf irgendeine unerklärliche Weise schuld an ihrer unglücklichen Beziehung.

– Wir haben uns durch Stefan kennengelernt. Er hielt uns zusammen. Er war unser Schutzengel. Wir konnten immer mit ihm reden und uns einen guten Rat holen, wenn etwas war. Es fing an schiefzugehen, als er starb, sagt Eva. Nina wird wieder von Schuldgefühlen überwältigt.

– Ich weiß nicht, was ich ohne euch gemacht hätte.

– Wir sind ja die Nächsten.

– Ich habe euch auf dem Fest gar nicht gesehen, bevor du mich gerettet hast.

– Wir waren gerade gekommen.

– Dann solltet ihr doch nicht ...

– Es war eine gute Entschuldigung, um früh zu gehen. Wir sind häuslich geworden. Wir gehen nirgends mehr hin. Arbeiten zu viel und leben zu wenig. Aber im Sommer fliege ich nach Indien. Dann muß Joen selbst herausfinden, ob er mit will. Ich kann nicht dasitzen und warten, daß er sich zusammennimmt.

– Ich habe es auch nötig, weit weg zu kommen. Auf die andere Seite der Erde.

– Dann komm doch mit uns.

– Ich habe eine Reise nach Bangkok gebucht. Ich habe immer davon geträumt, die Tempel mit den riesigen Buddhastatuen aus massivem Gold zu sehen.

– Ich stelle mir Bangkok als Totenreich mit bunten Lampen vor.

– Ich erzähle dir davon, wenn ich dort war.

– Willst du allein reisen?

– Ja, allein. Sie steht auf und bleibt stehen.

– Danke fürs Frühstück.

– Du hast gar nichts gegessen, sagt Eva. Nina geht nach oben. Sie zieht das unbequeme Second-Hand-Kostüm aus, das an eine DSB-Uniform älteren Jahrgangs erinnert. Sie geht duschen und spült sich den Schweiß des gestrigen Tages vom Körper, der nach ihrem Ohnmachtsanfall einen klebrigen Salmiakgeruch hat. Sie steht lange unter der Dusche, bis die hellrote Farbe des Blutes die Haut von innen durchleuchtet und sie sich wie ein neuer Mensch fühlt.

Eva hat den Frühstückstisch in einen Mittagstisch verwandelt und kommt mit Winterlingen und Schneeglöckchen aus dem Garten.

– Du siehst viel jünger aus als beim letzten Mal, sagt sie. »Beim letzten Mal« war bei der Beisetzung. Sie ist immer für mindestens zehn Jahre jünger gehalten worden und fühlt sich dadurch eher unwohl als geschmeichelt.

– Setz dich nur. Ich hole den Wein.

– Ich glaube, ich kann Wein nicht vertragen.

– Dann kriegst du Leitungswasser mit Eis. Be my guest, sagt Eva und verschwindet in der Küche.

Nina stellt sich in die offene Gartentür. Es ist ein alter Garten mit Beeten voller winterfester Pflanzen und Obstbäumen wie in der Kindheit. Das erinnert sie daran, daß sie die Verabredung mit ihrer Psychoanalytikerin später am Tag noch absagen muß. Sie ist überzeugt davon, daß die Analyse den Ohnmachtsanfall hervorgerufen hat und daß sie es nicht schaffen wird, bei Charlotte weiterzumachen.

– Fühl dich wie zu Hause, sagt Eva und legt ihr die Hand auf die Schulter. Nina geht mit ihr zum Tisch. Sie fühlt sich gut in Evas Gesellschaft.

– Danke, sagt sie und überlegt, ob es je einen Ort gegeben hat, den sie ihr Zuhause hätte nennen können. Der einzige, der ihr einfällt, ist ein blühender Apfelbaum auf einem umwehten Hügel. »Zuhause« ist für sie ein Traumbild von Schönheit und Verlassenheit. Verstreute Erinnerungsfragmente durchziehen in einem konstanten Strom ihren Kopf. Die heftige Trauer des Herbstes hat ihr Erinnerungszentrum gestört und einen vorübergehenden Kurzschluß verursacht, durch den sie außerstande ist, eine zusammenhängende Vergangenheit zu rekonstruieren. Zu diesem Zweck braucht sie Charlottes Expertise.

Nach dem Mittagessen nimmt sie ein Taxi, für das sie sich Geld von Eva leiht. Die steht mit verweintem Gesicht auf der Treppe und winkt ihr zu. Wieder fühlt sich Nina wie ein Verräter und winkt zurück, mit einem merkwürdigen Schuldgefühl, weil sie Evas Angebot, ein paar Tage zu bleiben, nicht angenommen hat. Sie lehnt sich im Sitz zurück und ist unzufrieden mit sich selbst.

Schon im Treppenhaus hört sie das Telefon klingeln. Ihr Herz beginnt zu hämmern. Keiner hat ihre neue Nummer. Sie hat seit Stefans Tod mit niemandem Kontakt aufgenommen. Wie der Soldat, der aus dem Krieg heimkehrt, kann sie ihre Erlebnisse nicht mit anderen teilen. Niemand wird an das, was sie zu erzählen hat, glauben. Sie läßt das Telefon klingeln und hebt erst beim dritten Mal ab. Es ist eine Männerstimme, die ihr bekannt vorkommt. Sie hält die Luft an und lauscht.

– Bist du da? Hörst du mich? Ich bin verliebt in dich, seit ich dich das erste Mal gesehen habe. Wir hätten ein Paar werden sollen. Das habe ich immer gedacht. Das kann ich jetzt sicher zugeben, ohne jemandem auf die Füße zu treten.

– Also bist du mir nicht böse? fragt Nina. Aber die Stimme spricht weiter, ohne auf ihre Frage einzugehen.

– Man vergißt, daß es immer eine Rechnung gibt, die zu bezahlen ist. Der Mann fängt an zu weinen.

– Ich habe es aus prinzipiellen Gründen getan. Um meiner eigenen Haltung zu diesen Dingen gerecht zu werden. Ich hatte nicht mit den teuflischen Gewissenbissen gerechnet, die das nach sich zog. Ich hatte nicht mit dem Irrationalen gerechnet. Es hat mich eine Hirnblutung gekostet. Ich gehe davon aus, daß du verstehst. Wir sitzen ja im selben Boot. Er ruft sehr laut, als müsse er einen kräftigen Sturm übertönen. Dann folgt ein Klick. Die spröde Stimme einer alten Frau kommt dazwischen und sagt Ninas Namen.

– Mein Mädchen, was habe ich falsch gemacht. Sag es mir. Damit ich Frieden finde. Es ist unnatürlich, daß die Kinder vor den Eltern sterben. Ich will hier nicht sein. Es ist so langweilig. Nur alte Leute. Hilf mir. Ich habe Angst. Niemand erzählt mir etwas. Ich weiß nichts.

Die Verbindung wird unterbrochen. Sie kann nicht zur Schwiegermutter hinausfahren und sie trösten, wie sie es so oft getan hat. Es gibt keine Adresse mehr. Die Wohnung ist leer und das Inventar in alle Winde zerstreut. Nina legt den Hörer auf. Ihre Hände zittern. Das Fenster öffnet sich zu dem Strand von damals, als sie jung und glücklich waren. Sie schließt die Augen und wünscht sich brennend, sie könne die Zeit zurückdrehen und den Lauf der Dinge ändern.

Sie macht als erstes eine Tasse starken Nescafé, um die

Nerven zu beruhigen und sich von der Gemütserregung etwas zu erholen. Dann ruft sie Charlotte an, die mit mütterlicher Autorität eine vorübergehende Pause vorschlägt und ihr empfiehlt wiederzukommen, sobald sie sich dazu bereit fühle. Sie dürfe die Behandlung auf keinen Fall in einer so frühen Phase abbrechen. Das könne einen Zusammenbruch hervorrufen. Und sie rät ihr, fortlaufend ihre Gedanken und Träume aufzuschreiben oder eine Tonbandkassette zu benutzen, falls sie sich mündlich besser ausdrücken könne. Nina dankt für ihr Verständnis und verspricht, ihren Rat zu befolgen.

Nach dem Gespräch mit Charlotte geht sie ruhelos in der Wohnung umher. Eine dicke Staubschicht hat sich auf die Möbel und auf die Fensterbänke gelegt. In den Küchenschränken sind Spinnennetze und in der Badewanne schwarze Ränder. Seit Stefans Tod hat sie nicht saubergemacht. Sie hat das Chanelkostüm gegen den schwarzen Seidenkimono ausgetauscht. Sie trägt zu Hause immer schwarz, als trauernde Witwe, die nach vielen Jahren glücklicher Ehe ihren Mann verloren und ihre Schönheit, die mit der Trauer sogar aufgeblüht ist, behalten hat. Die Wahrheit ist, daß sie im fünfzehnten Jahr geschieden ist, obwohl sie sich Frau nennt, damit man sie hört. Sie hat das Alter, aber nicht die Würde. In ihrem Inneren ist sie nichts weiter als ein junges Mädchen mit einem naiven Glauben an die Menschen. Sie hat keine Bilder von sich selbst. Erkennt sich allein auf den Sternbildern auf der Sternkarte im Wohnzimmer. Besonders mit einem schmalen, ellipsenförmigen Sternennebel identifiziert sie sich, der sie in einem früheren Leben ist.

Sie sehnt sich schon danach, Charlotte im Sessel gegenüberzusitzen. Sie möchte gern wissen, welche Größe sie so klein gemacht hat. Welche Furchtlosigkeit so ängstlich. Welche Kraft so schwach. Welche Schönheit so stumm. Mit der fieberhaften Nervosität eines Menschen, der an Entzugserscheinungen leidet, holt Nina ihr altes Sony-Tonbandgerät hervor, das sie früher einmal im Zusammenhang mit einem Interviewbuch über Frauen im Exil benutzt hat. Sie will schon heute abend Charlotte ein Band schicken. Sie stellt das Mikrofon vor sich auf den Tisch und macht einen Tontest. Sie erkennt ihre eigene Stimme nicht wieder. Es klingt, als spräche ein anderer. Sie hat das unheimliche Gefühl, daß die fremde Stimme etwas von ihr verrät, dessen sie sich selbst nicht bewußt ist.

»Ich kann mir die Schönheit nicht aneignen. Ich habe viel zu lange Männerkleidung getragen. Nachts träume ich, mein Gesicht sei von einem Bart bedeckt. Es ist lang und schwer wie ein dicker, schwarzer Schleier, der nur die Augen freiläßt. Die Männerkleidung, der Anzug (second hand) ist zu meiner Rüstung geworden, einem Panzer um das weiche Krabbenfleisch.

Ich bin in dem Maß mit dem Anzug zusammengewachsen (obwohl er ein paar Nummern zu groß ist und Sakko und Hose nicht zusammenpassen), daß ich mich, wenn ich ein seltenes Mal und in größter Heimlichkeit ein leichtes Kleid und Schuhe mit hohen Absätzen anziehe, ungeschützt und nackt fühle wie ein Transvestit. Ich starre mein eigenes Spiegelbild an, das ich nicht wiedererkenne. Und wenn ich anfange zu frieren, ziehe ich Hose und Sakko wieder an und selbstverständlich den Schlips, diesen überflüssigen Strick um den Hals. Das Symbol für den verzögerten Selbstmord (durch Ersticken). Es ist mir seltsamerweise immer so vorgekommen, als sei der Schlips das einzig Feminine am Männeranzug.

Ich möchte sofort betonen, daß ich in meinem tiefsten Inneren eine Frau bin und noch weiter innen ein Mann und daß ich ganz innen – da, wohin weder der Anzug noch das weiche Fleisch reicht und wo es heiß wie im Fegefeuer und heiß genug ist, daß Frau und Mann verschmelzen, geschlechtslos bin. Aber dorthin komme ich nur in Gedanken.

Ich glaube, ich war ungefähr siebenunddreißig, als ich – zum ersten Mal seit meiner Kindheit – anfing, Männerkleidung zu tragen. Aber den genauen Zeitpunkt oder das genaue Jahr weiß ich nicht mehr. Es geschah nicht von einem Tag auf den anderen und auch nicht an Neujahr. Als ich entdeckte, was passiert war, daß aus meinem Inneren ein Anzug herausgewachsen war und daß er sich um meinen Körper gelegt hatte wie ein Panzer, fühlte ich mich befreit. Aber der Panzer wurde allmählich eine dicke Haut auf der Haut. Und als ich merkte, daß ich ein Gefängnis mit mir herumtrug, bekam ich Angst. Dennoch habe ich nicht die Absicht, liebe Charlotte, die Hose und das Sakko wegzuwerfen (vielleicht den Schlips, wenn ich etwas anderes und besseres finde), obwohl die Angst an meinem Körper klebt wie innen angerauhte Unterwäsche.

Anstatt die Haut zu entfernen und mich selbst lebendig zu häuten, ziehe ich einen weiten Rock über den Anzug. Und über den weiten Rock einen Wolfspelz. Und über den Pelz eine Mönchskutte. Über die Mönchskutte einen Bikini. Und das ist bis auf weiteres mein Name – auch wegen der Atomversuche im Stillen Ozean und der unglücklichen mißhandelten Inseln.«

Inhalt